PAR UNE NUIT
SI FROIDE

PAR UNE NUIT
SI FROIDE

TONI ANDERSON

Traduit par Diane Garo
pour Valentin Translation.

AUTRES LIVRES DE TONI ANDERSON EN FRANÇAIS

Le sommeil des justes

Dans l'ombre de la loi
Par une nuit si froide
Entre chien et loup

Consultez le site web de Toni Anderson pour connaître toutes ses nouvelles parutions en français :
www.toniandersonauthor.com/french-translations

À mes sœurs,
Julie et Eileen.

CHAPITRE UN

LE GRONDEMENT DES montagnes russes du centre commercial tonna au-dessus de leur tête, mêlé aux cris des gens. Le fils de Vivi Vincent, émerveillé, écarquilla ses yeux bleus en observant la scène avec envie. Il attrapa la manche de sa mère et sourit comme n'importe quel garçon de huit ans.

Les couleurs vives des attractions et le soleil éclatant à travers le toit de verre firent larmoyer ses yeux. Ou du moins, ce fut l'excuse qu'elle trouva. Cela n'avait rien à voir avec le désastreux rendez-vous qu'ils avaient eu le matin même à la première heure avec le Dr Hinkle.

Elle tapota la main de Michael, et il croisa son regard. L'intelligence qui brillait dans ses yeux lui coupa le souffle ; comme si tous les secrets de l'univers étaient enfermés dans cet esprit jeune et brillant.

Il lui tirait le bras, essayant de l'entraîner vers l'attraction, mais elle était déjà barbouillée. Hors de question d'ajouter à cela des montagnes russes. Et elle ne le laisserait jamais y aller seul : qui sait ce qui pourrait arriver ? Elle ne se pardonnerait jamais s'il se blessait juste parce qu'elle était trop trouillarde pour monter sur un manège.

— Ça te dirait d'aller faire un tour au magasin de jouets ? suggéra-t-elle à la place.

Il hocha la tête et sourit, mais elle pouvait lire sa déception dans ses yeux à cette façon qu'il avait de regarder cette monstruosité de plus de vingt mètres de haut derrière eux. Ils passèrent devant des carrousels à l'ancienne et des balançoires géantes en forme de champignon. C'était plus son style. Le Minneapolis Mall, un petit cousin du Mall of America situé à quelques kilomètres de la ville, était un véritable paradis pour les enfants.

Elle redressa les épaules. Michael *apprécierait* cette sortie, même si elle devait mourir de terreur. Cela compenserait, espérait-elle, le fait qu'il ait été examiné sous toutes les coutures par le Dr Hinkle le matin même, puis traité avec une condescendance qui frisait la folie par une journaliste de la télévision locale qui faisait un reportage sur le programme de recherche du célèbre neuroscientifique spécialisé en psychiatrie. La femme les avait interrogés sur les « problèmes » de Michael et sa capacité à dessiner. Vivi espérait que les actualités des villes voisines seraient suffisamment chargées pour éclipser cette interview.

Michael aperçut le serpent vert qui gardait l'entrée du magasin de jouets et toute trace de déception disparut de son visage. Ils restèrent bouche bée durant de longues minutes, fascinés par la vitrine du magasin. On y trouvait un ours en peluche en tenue de cow-boy à cheval, un dinosaure sur une moto et surtout un clown géant qui mettait Vivi très mal à l'aise. Qu'est-ce que les gens pouvaient bien trouver aux clowns ?

— Allez, on entre. Tu peux choisir un jouet, et ensuite on ira chercher quelque chose à manger. Et après on ira faire un tour de manège.

Il sourit et courut à l'intérieur. Vivi réprima un sourire. Elle lui emboîta le pas et percuta une silhouette massive qui la fit tomber par terre. Elle se retrouva étalée sur le sol. L'homme ne daigna pas s'arrêter. Sa mâchoire lui tomba devant tant de grossièreté, et elle se remit maladroitement sur ses genoux, tenant son poignet qui la faisait souffrir suite à cette rencontre inattendue avec le sol.

— Ça va ? demanda un homme en s'accroupissant à côté d'elle.

Il avait des cheveux bruns coupés court et de beaux yeux noisette avec d'infimes rides séduisantes. Sa poigne était ferme lorsqu'il la remit debout en la tenant par son bras valide.

— Merci.

Elle s'agrippa à lui pour garder l'équilibre en remettant sa chaussure. Il avait un nez droit, une lèvre inférieure pleine et une fossette au menton. Ses yeux sombres l'examinèrent d'un air critique comme pour évaluer ses blessures, puis quelque chose changea et son regard devint plus chaleureux, soudain empreint d'une franche appréciation masculine. Elle lâcha sa main, et ses genoux flanchèrent. Elle mit cela sur le compte des talons hauts qu'elle portait si rarement.

Une nouvelle salve de cris provenant des montagnes russes l'arracha à ses réflexions.

— Merci encore. Je ferais mieux d'aller chercher mon fils.

Elle fit un signe de tête vers le magasin de jouets. C'était devenu un automatisme d'utiliser Michael comme excuse, et cette habitude commençait à lui taper sur les nerfs. Peut-être parviendrait-elle un jour à se remettre des problèmes de confiance que son ex lui avait laissés en souvenir.

Peut-être.

Un jour.

— Bonne chance pour le sortir de là.

Le bel inconnu tenait un sac en plastique portant le logo

distinctif de la boutique, qui jurait avec ses vêtements de travail stricts – un costume noir, une chemise bleue, une cravate violette. La façon de se comporter d'une personne en disait généralement long sur elle. Sa posture suggérait un passé militaire et peut-être un poste dans la police. Il émanait également de lui une certaine autorité compétente qui lui rappelait son travail à l'ONU. Le dernier type qui l'avait affectée de cette façon lui avait appris qu'un beau visage et une attitude autoritaire ne remplaçaient pas la compassion ou la morale. Mais il était tout de même agréable à regarder.

— Je devais acheter un cadeau pour l'enfant d'un ami, et j'ai eu ma dose.

Pendant une fraction de seconde, une ombre passa sur son visage, puis disparut. Elle se dit qu'elle l'avait peut-être imaginé. Il fit un pas en arrière.

— Vous êtes sûre que vous allez bien ?

Elle hocha la tête et il sourit avant de s'éloigner.

Il était parti. Vivi cligna des yeux.

Il y avait longtemps qu'un homme ne l'avait pas regardée autrement que comme une mère célibataire de plus de trente ans, épuisée. La sensation d'être une femme de chair et de sang glissa sur son corps comme une robe moulante, ravivant une partie d'elle-même qu'elle avait oubliée. *Super*, encore une chose à ajouter à sa liste de frustrations.

En marchant vers le magasin, elle massa son poignet endolori et estima qu'il ne s'agissait que d'une légère entorse. Elle mettrait de la glace dessus quand ils rentreraient à l'hôtel plus tard dans la soirée.

Une explosion retentit au centre de l'atrium. Elle sursauta et se retourna. Les cris s'intensifièrent et pendant un moment, elle crut à un dysfonctionnement des montagnes russes. Puis un bruit étrange retentit, un bruit qui lui parut familier, mais qu'elle ne parvint pas à identifier au début. Puis elle comprit. *Des coups de feu.* Les gens se mirent à courir. Un homme qui se tenait à côté de la confiserie tomba au sol. La vitrine vola en éclats et son corps fut criblé d'une pluie de morceaux de verre, tandis qu'une large flaque de sang se formait autour de son corps.

Oh, mon Dieu.

Il y avait un tireur dans le centre commercial.

Michael !

Elle courut à l'intérieur du magasin de jouets, cherchant frénétiquement son fils. Les gens couraient en tous sens, terrorisés, cherchant leurs enfants et leurs proches. Un présentoir s'écrasa sur le sol, et une maquette explosa en mille morceaux. Vivi glissa sur les petits morceaux, mais se redressa avant de tomber. Une femme enfonça sa poussette dans ses chevilles, déterminée à rejoindre son enfant, qui errait vers l'entrée. Vivi attrapa l'enfant et le poussa dans les bras de sa mère.

— Merci.

Le visage de la femme était livide. Elle était terrorisée. Elle avait un bébé et un jeune enfant, ainsi que des tonnes de sacs de courses.

— Laissez la poussette. Prenez les enfants et sortez du centre commercial le plus vite possible, lui dit Vivi.

C'était ce qu'elle avait l'intention de faire. Elle balaya le magasin des yeux à la recherche des cheveux poil de carotte de la personne la plus importante de sa vie. *Enfin.* Elle se fraya un chemin au milieu des gens qui gesticulaient, paniqués.

Michael commençait à s'agiter. Il tremblait silencieuse-ment. Elle s'approcha de lui et caressa son joli visage d'une main, repoussant ses cheveux de l'autre. Elle devait le calmer s'ils voulaient avoir une chance d'en sortir vivants.

— Je suis là, Michael. Je vais m'occuper de toi, mais tu dois m'écouter et te concentrer, d'accord ? *Ne panique pas, s'il te plaît.*

Ses yeux bleus se firent plus clairs. Il était concentré. Son fils, incroyablement courageux, redressa les épaules et hocha la tête, prenant sa main et la serrant fort. Il savait qu'ils étaient en danger. Elle sentit son amour pour lui gonfler dans sa poitrine, prêt à éclater. Mais la terreur était bien là, prête à s'insinuer dans ses veines pour la dévorer vivante.

Elle ferait tout pour protéger cet enfant. N'importe quoi.

L'un des caissiers était au téléphone, probablement en train de parler à la sécurité. Un autre caissier cria :

— La police nous demande de rester assis pendant qu'ils évaluent la situation.

Rester assis ? Pas question.

Le bruit des tirs s'intensifiait ; les balles traversaient le verre et ricochaient sur le béton. Le métal venait frapper contre le métal et elle pouvait entendre les ricochets siffler tout autour de la structure, transformant le centre commercial en un flipper mortel. La poudre épaississait l'air, lui prenant la gorge. Puis elle entendit d'autres coups de feu, mais qui semblaient bien plus proches, comme s'ils provenaient de l'autre côté du magasin. Sa bouche devint sèche.

Il y avait deux tireurs.

Et Michael et elle, ainsi que tous les autres clients et employés, étaient pris en sandwich entre eux.

Elle s'approcha rapidement de l'une des portes du fond de la boutique et jeta un coup d'œil prudent. Au bout du couloir se tenait un homme, une imposante arme automatique à la main. Le même homme qui l'avait mise à terre plus tôt. Dieu merci, il ne s'était pas arrêté. Il regardait dans la direction opposée, balayant la zone du regard, puis s'arrêtant pour enchaîner les rafales de tirs rapides. Des cris s'élevaient. Certains étaient coupés court.

Les balles pleuvaient de l'étage du dessus et les maquettes surdimensionnées du toit du magasin volèrent en éclats.

Son sang se glaça. Il y avait au moins trois tireurs. Ils étaient au milieu d'une zone de guerre.

Vivi regarda par-dessus son épaule et se figea. Un homme armé serpentait à travers les manèges vers les magasins. Son visage était masqué, mais sa démarche était détendue, presque indolente. C'était un homme qui avait déjà tué auparavant et qui ne montrerait aucune pitié. Elle avait travaillé avec ce genre d'hommes, à la Maison-Blanche, à l'ONU.

Que pouvait-elle faire ? Le second tireur, qui se trouvait dans le couloir derrière le magasin, était trop près d'eux. Ils étaient piégés. D'autres identifièrent le danger imminent et commencèrent à fuir par l'arrière du magasin en criant, y compris la femme avec ses deux enfants, qui poussait toujours la poussette en tenant ses sacs de courses. Michael voulut les suivre, mais Vivi le tira en arrière et enfonça son visage dans son estomac tandis que les gens qui avaient pris leurs jambes à leur cou se faisaient faucher.

Des corps tombèrent. Tordus par l'agonie. Du sang maculait le sol. La femme avec la poussette s'écrasa sur le bambin, mais la jambe du petit garçon continuait de se tordre comme s'il essayait de se libérer.

Ne bouge pas !

Elle sentit ses intestins se tordre et la bile lui monter dans la gorge. Les couloirs blancs et lumineux du centre commercial se transformaient en boucherie.

Michael tremblait dans ses bras. Elle le serra plus fort.

— Je ne les laisserai pas te faire du mal, chuchota-t-elle.

Mais elle n'avait aucune idée de la façon de les arrêter. Elle surveillait en coin l'homme qui progressait à travers les attractions et jeta un coup d'œil pour voir où se trouvait l'autre tireur. Il était environ à six magasins d'eux, regardant dans les vitrines. À moins qu'il ne se retourne et ne s'éloigne, il les repérerait dès qu'ils s'enfuiraient. Si elle avait été seule, elle aurait peut-être pu lui échapper, mais traîner un enfant de huit ans sous une pluie de balles ? Cela valait-il la peine de s'élancer dans cette direction ou devraient-ils plutôt se diriger vers la station de bus et de métro ? Mais en voyant à quel point ces terroristes étaient organisés – que pouvaient-ils être sinon des terroristes ? – elle se dit qu'ils avaient dû bloquer les entrées. Les magasins alors ? Certains d'entre eux devaient être reliés au monde extérieur par des issues de secours, mais elle ne savait pas lesquels.

Elle repéra un placard sous la caisse et une idée lui vint.

— Michael, lui chuchota-t-elle à l'oreille. On va jouer à cache-cache. Seulement, c'est une partie très sérieuse, parce que ces gens nous veulent du mal, alors il ne faut pas se trahir. Tu comprends ?

Il hocha la tête. Ses yeux bleus exprimaient la crainte, mais également une compréhension totale. Il n'était pas aussi stupide que certains le pensaient, mais son intelligence ne ferait pas le poids si l'un de ces monstres lui tirait dessus.

Si quelque chose lui arrivait, elle n'y survivrait pas.

Elle le serra très fort dans ses bras, puis s'accroupit et l'invita à la suivre tandis qu'elle rampait vers la caisse enregistreuse. Elle fit glisser la porte d'un placard en silence. Il était rempli de fournitures. Agrafeuses, rouleaux de tickets de caisse, sacs en plastique. Elle entassa tout d'un côté du placard et le poussa à l'intérieur. Il était là, recroquevillé, tout tremblant, les yeux grands ouverts et effrayé. Elle laissa échapper un petit rire hystérique.

— Tu dois rester là et ne pas faire de bruit. Ne cogne pas ta tête ou tes mains ou tes pieds, sinon ils t'entendront, c'est compris ?

Il hocha la tête, mais saisit sa main dans un appel désespéré.

— Je vais courir vers ces deux magasins là-bas.

Il secoua rapidement la tête. Il avait vu ce qui était arrivé à ceux qui avaient tenté de s'enfuir.

— J'attendrai que les méchants regardent ailleurs. Je cours vite.

Elle glissa sur ses talons et lui serra les doigts.

— Je te jure que je reviendrai te chercher, mais quoi qu'il arrive, tu dois me promettre de ne pas bouger d'ici. De ne pas faire un bruit. C'est promis ?

Elle le serra si fort qu'il grimaça, mais il hocha la tête alors que les larmes commençaient à couler. Elle porta ses doigts à ses lèvres, puis embrassa sa joue chaude.

— Je reviendrai, Michael. Je ne les laisserai pas te faire du mal. Tu me fais confiance, n'est-ce pas ?

Il fit un signe de tête.

— Et je te fais confiance parce que je *sais* à quel point tu es intelligent.

Les larmes lui brouillaient la vue, mais elle les fit disparaître en clignant des yeux et une vague de détermination l'envahit. Elle l'embrassa à nouveau.

— Tu ne bouges pas d'ici jusqu'à ce que je vienne te chercher. Peu importe le temps que ça prendra.

Elle soutint son regard.

— Je reviendrai dès que possible. Je te le promets.

———————

L'AGENT SPECIAL DU FBI Jed Brennan ne passait généralement pas beaucoup de temps dans les centres commerciaux – surtout pas à l'approche des fêtes de Noël. Il aurait préféré se faire arracher une dent.

Officiellement, il n'était pas en service au sein de l'unité 4 du Département des sciences du comportement du FBI. Il prenait enfin ces jours de congé tant attendus. Officieusement, les choses étaient un peu plus compliquées.

Son patron avait insisté pour qu'il prenne un peu de temps pour lui après avoir fait un usage excessif de la force sur un suspect. C'était ce que vous gagniez en frappant un riche tueur en série au visage lors de l'arrestation de ce connard. Peu importe que Miles Brandon l'ait frappé si fort que son crâne bourdonnait encore, ou que le type ait essayé de glisser une fine lame entre ses côtes. Sans parler de ce qu'il avait fait subir à ces dragueurs crédules des bars gays de Washington. Cela n'avait pas d'importance. Casser le nez de ce connard était contraire aux règles.

La frontière était mince et il n'était pas sûr que l'ASAC Lincoln Frazer – récemment promu après le départ en retraite inattendu de l'ancien chef de leur unité la semaine précédente – aurait fait les choses différemment.

Heureusement, Frazer et lui étaient de vieux amis, depuis plus de dix ans, lorsque Jed était en poste à la base aérienne de Kandahar et avait fait appel au FBI pour enquêter sur un meurtrier en série présumé. Le jeune soldat ainsi que l'agent spécial inexpérimenté du FBI avaient attrapé le tueur, mais Jed était arrivé trop tard pour sauver Mia, la femme qu'il aimait. L'affaire avait fait de Frazer une superstar des médias, mais ce type était un excellent enquêteur qui avait consacré toute sa vie au DSC.

Ami ou pas, Frazer avait le pouvoir non seulement de le mettre sur la touche, mais aussi de le mettre hors-jeu de façon permanente s'il le voulait.

Il y avait des tas d'autres agents fédéraux désireux de remplir les bottes de Jed, taille 43,5. Il avait donc décidé de se plier à la volonté de son patron.

Il avait des affaires à régler sur son temps libre. Il profiterait de ses vacances forcées et rendrait visite à sa famille pendant les fêtes de fin d'année. Cette période aggravait la folie générale de l'humanité, et il était donc généralement compliqué de prendre des congés à ce moment-là. Le monde était plein de cinglés et de sadiques qui n'avaient rien de mieux à faire que de trouver de nouvelles façons de faire du mal aux gens. C'était son travail de contenir cette folie, même si certains jours il se disait que sa propre tête allait éclater à force de voir toutes ces horreurs.

Peut-être son patron avait-il raison. Peut-être pourrait-il profiter d'un peu de repos dans l'un des endroits les plus calmes et les plus paisibles de la planète : les Northwoods, dans le Wisconsin. Le fait qu'il doive rendre visite à la veuve et au jeune fils de Bobby était hors sujet. Il aurait dû le faire des mois auparavant.

La veille au soir, il avait rendu visite à un vieux copain de l'armée qu'il n'avait pas vu depuis deux ans, Jack Donovan, qui était inspecteur à la criminelle de Minneapolis. Il avait ensuite prévu de se rendre dans le Wisconsin, la Laiterie des États-Unis. Noël était suffisamment proche pour qu'il puisse s'acquitter de toutes ses obligations familiales d'un seul coup relativement indolore. Une dent arrachée. Peut-être même une simple égratignure.

D'où le centre commercial.

La femme aux cheveux roux et aux yeux intrigants était un bonus inattendu. Le connard qui l'avait renversée n'avait pas conscient des dégâts qu'il avait laissés dans son sillage. Jed avait hésité entre le poursuivre et aider la femme à se relever. L'instinct protecteur que ses frères et lui avaient hérité de leur père était trop enraciné pour l'abandonner à son sort.

Sa beauté l'avait aussi déstabilisé. De plus, elle avait cette assurance et cette confiance innées qui ne le laissaient pas de marbre. Il chassa le sentiment de regret à l'idée qu'il ne la verrait plus jamais. Il aimait les femmes. C'étaient les relations qu'il évitait à tout prix. Son métier n'avait rien de traditionnel, et depuis qu'il avait perdu Mia en Afghanistan des années auparavant, il avait décidé de blinder son cœur. Ce qui lui allait très bien.

Mais il pouvait quand même consulter le menu.

Un magasin de chasse attira son attention. Des milliers de couteaux de toutes tailles et de toutes couleurs. *Oh, yeah.* Il entra pour acheter de nouveaux couteaux pour son père et ses deux frères, et un couteau de poche avec plein de gadgets utiles pour sa mère. Encore deux boutiques et il en aurait fini.

Joyeux Noël.

BOUM !

Une explosion retentit au niveau des attractions. *Qu'est-ce que…* ? Puis il entendit le bruit de coups de feu. Terroristes ou braqueurs ? Jed tendit la main vers son arme et étouffa un juron en réalisant qu'il ne l'avait pas sur lui. Il avait laissé le SIG enfermé dans la voiture parce qu'il voulait faire un tour sur les montagnes russes en souvenir du bon vieux temps – Bobby, Liam et lui adoraient ça quand ils étaient adolescents. Or il était préférable de ne pas avoir d'arme mortelle sur soi lorsqu'on s'apprêtait à subir la force G.

Il montra son insigne au type chargé de la sécurité du magasin.

— Appelez le 911 et la sécurité du centre commercial. Il y a une sortie derrière ?

Il montra la porte dérobée à l'arrière du magasin.

Le type hocha la tête, l'oreille plaquée contre son portable. Ils se dirigèrent vers l'arrière du magasin. Une femme en tailleur noir, probablement la gérante, mit une clé dans la serrure.

— Attendez. Vous n'auriez pas un couteau de chasse pour moi ?

Qui savait ce qui se cachait derrière cette porte ? Il voulait se procurer une arme. La voiture de Jed était dans le parking de l'autre côté du centre commercial, sinon il serait allé chercher son SIG. Il observa les vitrines. Il aurait pu en ouvrir une de force, mais il ne voulait pas attirer l'attention sur lui ou sur les autres personnes qui se cachaient là.

Le type de la sécurité le regarda d'un air incertain.

Jed rapprocha son badge du visage de l'homme.

— Je suis un agent du FBI et je ne suis pas en service. Donnez-moi un foutu couteau… tout de suite !

Une arme blanche ne ferait pas le poids contre une mitraillette, mais c'était bien mieux que le jouet en plastique qu'il avait actuellement. Il posa la boîte sur le sol. Il la récupérerait plus tard. Avec un peu de chance.

Les balles fusaient dans le couloir, et faisaient plus de bruit encore depuis les niveaux supérieurs. Les gens étaient accroupis dans un silence terrifiant. Des cris perçants lui indiquèrent que des civils mouraient, mais il n'était pas en mesure de les sauver sans arme. L'agent de sécurité se précipita derrière la caisse et remit à Jed un couteau avec une lame de quinze centimètres. *C'était déjà ça.*

— Que voulez-vous que je fasse ? demanda l'homme.

— Le centre commercial a son propre service de sécurité, n'est-ce pas ?

L'homme hocha la tête, l'air toutefois incertain.

— Le PC sécurité se trouve à cet étage. Près de l'endroit où la première explosion a eu lieu. Personne n'a répondu quand j'ai essayé d'appeler.

Et merde. Si ces types avaient détruit le centre névralgique de la sécurité avant d'attaquer, ils étaient très organisés et voulaient faire le plus de dégâts possible. Ou voler une somme d'argent considérable au mépris total de la sécurité publique.

Jed balaya du regard la dizaine de personnes qui erraient dans l'incertitude.

— Faites-les sortir d'ici et dites aux flics à l'extérieur ce que vous savez. Quels sont les autres magasins avec des sorties à l'arrière ?

— Juste nous et le restaurant au bout de la rangée. Une fois que vous êtes dans le couloir, il y a des sorties vers les parkings et les quais de chargement utilisés pour les livraisons.

Jed fit un signe de tête.

— Quittez les lieux dès que possible, mais surveillez les tireurs à l'extérieur. Dites aux flics qu'il y a... – il testa la pointe du couteau avec son pouce – un agent du FBI presque désarmé à l'intérieur.

Il sortit son téléphone portable et appela le bureau local du FBI. Occupé. Il envoya un SMS à son patron et remit le portable dans sa poche. Quels congés !

Ils déverrouillèrent prudemment la porte à l'arrière du magasin et vérifièrent que le couloir était dégagé. L'agent de sécurité passa le premier. Un flot de civils se déversa, espérant se mettre à l'abri.

Une ombre noire passa devant le magasin et Jed retint son souffle. C'était le connard qui avait renversé la jolie rousse. Tout le monde dans le magasin se figea, puis se précipita vers la sortie, alors que le type se tournait lentement vers eux, armé d'un fusil d'assaut qu'il pointa entre les yeux de Jed. Ce dernier n'avait pas le choix. Il se rua vers la porte à la suite des autres. Il la claqua au moment où les balles traversaient les murs à côté de lui.

— Courez !

Il fit des gestes frénétiques pour pousser les gens dans la direction opposée. Il maintint sa position en écoutant attentivement les bruits de pas. Il était passé en mode attaque et il était rompu à ce genre d'exercice. Il l'avait pratiqué un million de fois. Mais jamais armé d'un simple couteau ni entouré de milliers de civils innocents qui pourraient se retrouver pris dans les échanges de tirs.

CHAPITRE DEUX

V IVI FIT GLISSER lentement la porte coulissante du meuble, la laissant légèrement entrouverte pour que Michael ne se retrouve pas dans le noir complet. Rassurée à l'idée que personne ne le verrait à moins d'ouvrir la porte du placard, elle regarda par-dessus la caisse.

Le centre commercial était devenu étrangement silencieux comme si tout le monde se cachait, retenant son souffle. Aucun signe des assaillants. Elle eut une vision horrible des tireurs à l'affût des acheteurs sans méfiance qui tenteraient de s'échapper. Les attractions brillaient encore de leurs lumières et couleurs criardes, mais elles étaient toutes à l'arrêt. Elle leva les yeux vers les montagnes russes au loin. S'ils avaient fait un tour de ce manège, il y avait de fortes chances qu'ils soient déjà morts. Ses jambes tremblaient devant l'horreur de la situation. Elle avait déjà vu ce genre de choses aux informations, mais ne s'était pas attendue à se retrouver au milieu. Surtout pas avec son fils à gérer.

Tout autour du magasin, de petites grappes de personnes cherchaient à se cacher, accroupies. Elle croisa le regard terrifié d'un homme dans la force de l'âge qui serrait une petite fille à ses côtés. Il lui adressa un regard de supplication, mais que pouvait-elle faire ? Elle n'avait pas d'entraînement, pas d'armes. Elle lui adressa quand même un signe de tête. Elle ferait tout ce qu'elle pourrait pour les faire sortir.

Au niveau de la porte arrière du magasin, elle utilisa le reflet de certaines vitrines en face pour rechercher les assaillants. Elle se figea en voyant le tireur rôder non loin de là dans le couloir. Le bambin qui se trouvait sur le sol devant elle commença à se tordre et à essayer de se libérer du bras inanimé de sa mère. Vivi reporta son attention sur le tireur. Il entra dans l'un des magasins et elle se prépara à bouger. Des coups de feu retentirent à l'intérieur du magasin où il était entré. *N'y pense pas.* Elle courut vers le petit garçon, le dégagea de sous sa mère et le prit sans ses bras. Elle jeta un coup d'œil à la poussette et vit le bébé, mignon tout plein avec son bonnet rose, les yeux grands ouverts, et souriant.

Oh, bon sang. Elle ne pouvait pas abandonner un bébé.

Vivi posa l'enfant sur le sol et il s'agrippa à sa jambe. Elle écarta les couvertures pour défaire les sangles de la poussette. Ses doigts tremblaient et elle n'arrivait pas à manipuler les boutons pression en plastique dur. Elle ne quitta pas des yeux le magasin où le tireur avait disparu. De nouveaux coups de feu. Son sang lui martelait les tempes si fort qu'elle devenait sourde à tout sauf à son propre rythme cardiaque erratique. Finalement, elle réussit à le libérer et mit le bébé sur son épaule. Puis elle prit la main du bambin et le poussa à courir vers le magasin de vêtements juste devant eux.

Elle inspecta rapidement l'intérieur de la boutique. Elle était vide, ce qui lui donnait un espoir de s'échapper. Elle se dirigea vers les cabines du fond. La porte de la réserve était fermée à clé. Elle frappa doucement et chuchota :

— Il y a quelqu'un là-dedans ? J'ai un bébé avec moi. Je peux entrer ?

Aucun son ne lui parvint de derrière la porte. Une vague

de terreur la frappa de plein fouet. *Et merde !* Elle ne pouvait pas reprocher aux gens de vouloir se protéger, mais…

Le bébé se blottit contre son épaule et commença à gazouiller. Son cœur se serra de chagrin pour la mère et pour les autres victimes, pour le cruel gaspillage inutile de vies humaines. Qui étaient ces monstres ? Que voulaient-ils ?

Elle était dévastée par sa décision de laisser Michael. Si dévastée qu'elle avait du mal à avancer, mais elle devait le faire. Il était caché et, espérait-elle, en sécurité jusqu'à ce qu'elle trouve un moyen de sortir de là. Les espaces exigus le réconfortaient. Plus il était à l'étroit, mieux c'était. Mais… et s'il lui arrivait quelque chose ? Ou à elle ? Le doute et l'incertitude tourbillonnèrent dans son cerveau jusqu'à ce que son cœur s'emballe comme si elle était sur le point de faire une crise cardiaque. Elle se força à se calmer. Elle respira comme au yoga. *Ne laisse pas ces salauds te faire mourir de peur.*

Elle ouvrit toutes les portes non verrouillées du magasin, mais ne trouva que de petits espaces de stockage. Pas d'échappatoire. Elle retourna vers l'entrée principale, accroupie derrière les portants à vêtements. Le gamin s'accrochait à elle sans vouloir la lâcher. Il était comme sa troisième jambe. Elle passa une main dans ses cheveux bouclés. Il allait être traumatisé à vie.

Se servant des reflets des vitrines, elle observa de nouveau le couloir. Personne en vue. Elle courut vers un restaurant voisin et se faufila à l'intérieur. Il était faiblement éclairé et comportait de nombreuses alcôves. C'était probablement un bon endroit pour se cacher, mais elle ne voyait personne ; elle espérait donc que le magasin offre un moyen d'échapper à cet enfer. Si c'était le cas, elle courrait chercher Michael.

Elle lova précautionneusement le bébé contre son épaule,

et regarda partout avant de foncer. Elle atteignit la cuisine et fut frappée par un étrange mélange d'odeurs. La nourriture qui cuisait sur les brûleurs à gaz, mélangée à la puanteur de la mort violente.

Trois corps gisaient tordus sur le sol. *Oh, non.*

Elle se retourna, prit le bambin sous son autre bras en enjambant les cadavres pour aller voir à l'arrière de la cuisine, près de deux énormes chambres froides.

Mais que faisait la police ?

La sensation de sang collant à ses bas lui donnait envie de vomir. Le poids des enfants lui faisait mal aux bras, mais elle serra les dents et continua à avancer. Elle repéra une porte avec un panneau de sortie de secours. Enfin !

Elle se figea en entendant le cliquetis métallique d'une arme. Elle se tourna lentement. L'homme qui l'avait renversée plus tôt pointait un fusil d'assaut noir mat sur son visage. Elle serra le bébé plus fort, posa le petit garçon par terre et essaya de le pousser derrière sa jambe.

Le tireur était grand, plus d'un mètre quatre-vingt-dix, des traits maghrébins, de petits yeux durs d'ébène sur un visage rond qui ne devait pas avoir plus de trente ans. Pas la moindre trace de sueur sur sa peau olivâtre. Aucun signe visible de remords.

— Pourquoi faites-vous cela ? demanda-t-elle.

Ses narines se dilatèrent.

Elle le lui redemanda en arabe.

Ses yeux s'écarquillèrent et il jeta un regard à ses cheveux découverts. Elle le vit prendre une profonde inspiration. Elle sut qu'il tirerait à l'expiration, et se jeta au sol derrière le comptoir de la cuisine. Elle essaya de mettre à l'abri le bébé qui s'était mis à pleurer en raison du mouvement brusque et du bruit des balles qui pleuvaient contre le mur derrière lequel elle se tenait quelques secondes auparavant. Les balles les suivirent lorsqu'il commença à marcher vers eux et elle fonça en traînant le bambin et le bébé sur le sol par leurs vestes rembourrées en tentant de s'échapper. Ses bas en nylon la firent glisser sur le sol ensanglanté. Elle s'étala et gesticula, faisant des pieds et des mains pour se relever. Le tireur arriva au niveau du plan de travail. Elle ferma les yeux et se prépara à recevoir une balle. Au lieu de cela, elle entendit un grognement et une pluie de coups de feu assourdissants qui ébranlèrent le métal de la cuisine. Puis ce fut le silence, ponctué par une respiration lourde. Elle ouvrit les yeux, mais il n'y avait personne.

Elle demeura immobile, ignorant ce qui avait bien pu se passer.

— Il est mort. Vous pouvez sortir, dit une voix étrangement familière.

Elle se releva et aperçut l'homme qui l'avait aidée plus tôt dans le centre commercial. Le couteau qu'il tenait à la main laissait s'écouler des gouttelettes de sang cramoisi sur le sol. Le terroriste gisait à ses pieds, encore frémissant. Son estomac se retourna, le soulagement rivalisant avec l'horreur. Son sauveteur saisit le fusil de l'assaillant et chercha dans les poches de l'homme d'autres armes et munitions qu'il enfonça dans les poches de sa veste.

— Merci. *Encore une fois.*

Sa voix était aussi râpeuse que du gravier. Sans lui, elle et les enfants seraient morts.

Il hocha la tête.

— Agent spécial du FBI Jed Brennan à votre service, madame.

Il n'était pas seulement beau, il venait d'acquérir le statut de superhéros.

— Très heureuse de faire votre connaissance, agent spécial Brennan. Vous nous avez sauvé la vie.

Le bébé se mit à pleurer, et elle le serra doucement dans ses bras, embrassant son petit front doux. Elle se dirigea vers l'agent du FBI. À présent, elle pouvait aller chercher Michael, et ils pourraient sortir de là. Elle lui tendit le bébé. Il le lui rendit immédiatement.

— Vous ne comprenez pas, lui dit-elle. Je dois aller chercher mon fils. Je l'ai laissé caché dans le placard sous les caisses enregistreuses du magasin de jouets.

Il fronça les sourcils, confus.

— Alors, qui sont-ils ?

Il montrait du doigt le bambin et le bébé.

— Je les ai trouvés dans le centre commercial. Leur mère a été tuée.

Elle avait la gorge nouée.

Elle essaya de lui remettre le bébé de nouveau, mais il fit un pas en arrière. OK, peut-être pas un superhéros, mais plus un agent fédéral de la force publique – un autre type d'homme à qui elle avait eu affaire dans le passé. Elle n'osait pas élever la voix, de peur d'attirer l'attention d'autres assaillants, mais elle était désespérée.

— *Je vous en prie.* Je dois sortir mon fils de là. Et il n'est pas seul.

— Combien d'autres personnes sont là-dedans ?

— Au moins quinze, peut-être vingt dans ce seul magasin, dont beaucoup d'enfants.

En entendant le bruit de pas se précipitant vers eux, le type du FBI les poussa, elle et les enfants derrière lui. Tous deux s'accroupirent derrière l'un des comptoirs de la cuisine. L'homme dans la force de l'âge qui avait attiré son attention dans le magasin de jouets arriva en larmes dans la cuisine avec toute une bande qui courait derrière lui. Ils s'arrêtèrent en voyant l'agent spécial Brennan, une arme à la main.

— Tout va bien. Il travaille pour le FBI, les rassura-t-elle.

Les visages des clients effrayés se détendirent légèrement, mais leur terreur devant la situation ne put s'effacer totalement. Ils étaient loin d'être en sécurité.

Elle balaya la foule du regard, puis fronça les sourcils.

— Où est mon fils ?

L'homme aux cheveux gris s'avança.

— J'ai essayé de le faire venir, mais il n'a pas voulu bouger.

Son cœur se serra. *Oh, non.* Elle lui avait fait promettre de ne pas bouger.

— Il faut qu'on sorte de là.

L'agent Brennan avait parlé à voix basse, mais c'était clairement un ordre. Il entrouvrit la porte de la sortie de secours et regarda dans le couloir.

— Par ici. Dépêchez-vous. Gardez les mains en l'air au cas où vous tomberiez sur des policiers qui pourraient penser que vous faites partie des terroristes. Restez à l'affût des tireurs.

Vivi essaya de remettre le bébé à une autre femme, mais l'enfant ne voulait pas la lâcher et se mit à pleurer encore plus fort.

— Qu'est-ce que vous faites ? demanda l'agent avec impatience.

Ses yeux chocolat étaient à présent aussi noirs et froids que l'obsidienne.

— Je *dois* aller chercher mon fils. Je lui ai *promis* que je ne tarderais pas.

— Si ce bébé continue à pleurer, vous mettez la vie de tous ces gens en danger.

La vive lueur d'intelligence dans ses yeux lui rappelait Michael.

— Faisons sortir tout le monde d'ici et ensuite nous reviendrons chercher votre fils, d'accord ?

Il essaya de mettre un peu de chaleur dans sa voix.

L'agent la manipulait et elle détestait ça. Elle n'y croyait pas, mais elle ne pouvait pas se résoudre à ce que l'un des assaillants les trouve parce que le bébé pleurait.

— Vous ne comprenez pas, mon fils n'ira nulle part sans moi.

Elle berça le bébé, qui se calma.

— Alors si vous me mentez…

— Je ne mens jamais aux belles femmes.

Son bref sourire n'était pas un compliment. C'était un sourire qui signifiait *bouge de là avant que je t'y oblige*.

Elle ne se laissa pas intimider. La seule chose qui l'intéressait était de faire sortir Michael sain et sauf. Elle ouvrit la bouche pour rétorquer quelque chose, mais elle fut emportée par la foule. Le petit garçon lui attrapa de nouveau la jambe, et elle le porta même s'il était très lourd. Ses biceps la brûlaient. Elle se retrouva coincée au milieu de toutes les autres personnes terrifiées qui couraient dans le long couloir vers le parking. *Et merde.* Elle serra les dents. Très bien. Elle ferait sortir ces enfants et retournerait chercher son propre bébé. C'était l'affaire de cinq minutes. *S'il vous plaît, mon Dieu, protégez-le jusqu'à ce que je revienne.* Son corps tremblait sous l'effet du choc et de l'effort, mais elle devait s'employer à faire sortir les enfants. Puis elle y retournerait. Pour sauver son fils.

Une vague d'air froid vint les cueillir lorsqu'ils arrivèrent dans le parking. Le béton impitoyable gela immédiatement ses pieds nus. Jed Brennan laissa pendre l'arme qu'il avait prise à l'assaillant par la courroie, brandissant son insigne doré de l'autre main.

Les bras de la jeune femme semblaient sur le point de se détacher. Des cris s'élevèrent et des hommes en uniforme noir les rassemblèrent dans une zone bouclée. Les flics les tinrent en joue et leur firent mettre les mains sur la tête. N'avaient-ils pas compris qu'ils étaient des victimes ? Les deux bébés commencèrent à crier quand quelqu'un les lui prit des mains. Ils étaient en sécurité à présent. Le bruit qu'ils faisaient n'avait donc plus vraiment d'importance, mais cela lui brisait le cœur. Elle espérait qu'ils avaient une famille aimante pour prendre soin d'eux.

Elle se tourna vers Jed Brennan. Il la regardait de ses yeux perçants aussi noirs que la nuit.

— Allons chercher mon fils ! l'exhorta-t-elle.

Un policier la poussa vers les autres, mais elle tint bon et haussa le ton.

— Cet agent du FBI a dit que je pouvais faire sortir ces deux enfants et ensuite retourner chercher mon propre fils.

— Ce n'est pas lui qui commande ici, et personne n'entrera dans ce centre commercial à part les agents de la force publique, madame. Vous allez rester ici jusqu'à ce que nous puissions vérifier votre identité.

— Agent spécial Brennan ! se mit-elle à crier.

Il parlait à quelqu'un qui semblait être le responsable. Le visage impassible, il lui tournait le dos. Il n'avait plus rien de beau. C'était encore un de ces types qui avait menti pour obtenir ce qu'il voulait, et qui n'avait pas tenu ses promesses.

Elle cria plus fort.

— Vous m'aviez *promis* que je pourrais retourner chercher mon fils !

La rage s'empara d'elle et elle essaya d'esquiver le policier de garde. L'instant d'après, elle était à terre, le menton frôlant le sol humide et sale, les poignets menottés.

— Vous m'avez menti. S'il arrive quelque chose à mon fils, je… Arrêtez. Arrêtez ! siffla-t-elle au policier qui la maltraitait. Il y a quelque chose que vous devez savoir sur Michael ! lâcha-t-elle.

Rien n'aurait d'importance s'il arrivait quelque chose à son beau petit garçon. Brennan la regarda à nouveau lorsque le policier la souleva du sol et commença à l'éloigner du centre commercial. Elle ne quitta pas des yeux l'agent du FBI, même quand elle trébucha et tomba.

— Sortez-le de là, je vous en supplie, ou je ne réponds plus de rien…

———————

JED NE PARVENAIT pas à chasser la culpabilité ni la rouquine hystérique de son cerveau alors qu'il essayait de se concentrer sur les nouvelles du commandant de l'équipe du SWAT. Le fait qu'il lui ait menti pour la faire sortir du centre commercial n'aurait pas dû le déranger, mais elle avait laissé son fils derrière elle et l'enfant courait un grave danger. Cela lui donnait mal au ventre.

N'y pensez pas. Ne laissez pas l'empathie pour les victimes obscurcir votre jugement – les paroles de son patron étaient sensées. Et il s'efforçait vraiment de les suivre.

Les terroristes avaient d'abord pris d'assaut le PC sécurité et toutes les caméras étaient éteintes. Ils n'avaient donc aucune visibilité à l'intérieur du centre commercial, à l'exception de deux agents de sécurité armés postés dans le coin nord-ouest, et de clients piégés qui envoyaient des tweets à la police pour obtenir de l'aide. On leur avait pourtant conseillé d'éviter les réseaux sociaux au cas où les assaillants les surveilleraient également. Ce n'était pas une bonne idée d'indiquer sa position exacte au monde entier alors même qu'une personne armée voulait vous tuer. On leur avait signalé de nombreuses victimes et au moins sept hommes armés, probablement plus. Deux à chaque étage et un autre qui faisait le pied de grue au niveau du centre de transit, armé d'un fusil d'assaut, attendant que les gens tentent de s'échapper par là ou que les policiers arrivent. Beaucoup de gens s'en étaient sortis. Mais il y en avait bien plus qui étaient encore piégés à l'intérieur, comme le fils de la rousse. Son nom était Michael, apparemment. C'était en tout cas ce qu'elle lui criait.

Cette journée commençait à ressembler à l'un des pires jours de sa vie – et il avait connu des moments difficiles. Le fait qu'il ait tué l'un de ces connards atténuait quelque peu cette sensation. La rousse lui cria encore dessus et un policier la plaqua au sol. Il ouvrit la bouche pour demander à l'homme de se détendre quand il croisa son regard.

On y lisait toute sa haine et son désespoir. Il avait menti pour la faire sortir de là, mais à présent son enfant était coincé en plein milieu d'une fusillade qui allait empirer. *Et merde.*

Il pouvait encaisser la haine ; c'était le désespoir qu'il lisait dans ses yeux bleu foncé qui lui remuait les tripes. Et la certitude que si l'autre policier ne l'avait pas retenue de force, elle aurait couru dans cette zone mortelle, armée de sa langue acérée et d'une sacrée paire de couilles, et aurait essayé de sauver son enfant elle-même.

« *Parce que c'est ce que font les vrais parents.* » La voix dans sa tête était celle de son père.

— Sortez-le de là, *s'il vous plaît* ! Brennan, je vous en supplie ! cria-t-elle plus fort.

Il peina à déglutir, la gorge nouée. Il fit un signe de tête.

Le type du SWAT le regarda comme s'il était idiot.

— Je dois y retourner.

— Nous n'avons pas besoin de héros morts, fiston.

— Vous n'avez pas vu les corps de tous les civils que ces gars ont déjà tués. Ils ne veulent pas faire d'otages. Ils veulent du sang.

Il se frotta la nuque.

— Je *dois* y retourner.

— Certainement pas tout seul.

Le commandant le regarda de la même façon que son patron quand il pensait qu'il allait faire quelque chose de stupide. Il dit quelque chose dans son micro.

Jed se grandit et écarta les jambes.

— J'ai été formé par le SWAT. J'ai fait sept ans au FBI et dans l'armée avant ça – formation de tireur d'élite. Donnez-moi des hommes pour mettre toutes les chances de notre côté et protéger les civils.

Les yeux du capitaine se tournèrent vers la femme menottée.

— Que se passe-t-il avec elle ?

— Elle a laissé son fils caché dans un placard du magasin de jouets pendant qu'elle cherchait une sortie. Je lui ai promis que nous irions le chercher ensemble. Elle vient de réaliser que j'ai menti.

Le type poussa un profond soupir.

— Vous avez fait ce qu'il fallait pour la sortir de là.

— Et maintenant, je vais retourner chercher son fils comme je lui ai dit que je le ferais.

Jed soutint le regard fixe de l'homme.

— Donnez-moi deux gars, sinon j'y vais seul.

L'homme eut une expression amusée.

— Je vais vous donner deux gars, mais seulement parce que c'était déjà mon plan. Vous êtes en renfort. Essayons de faire sortir ce gamin vivant.

Jed fit un signe de tête. Il savait qu'il n'aurait pas dû faire de promesses qu'il ne pourrait peut-être pas tenir, mais il ne pouvait pas être témoin du féroce amour maternel sur le visage de la femme sans au moins essayer.

— Merci.

Le regard du capitaine se porta à nouveau sur la rousse furieuse qui les regardait tous les deux.

— Ne tire pas des plans sur la comète avec celle-là, fiston.

Jed éclata de rire.

— Sans blague. Il y a plus de chances que les Packers gagnent le Super Bowl.

Deux officiers lourdement armés s'approchèrent. On lui remit un gilet pare-balles tactique, une oreillette, une arme d'assaut entièrement chargée et un Glock. Il s'équipa, mit des munitions dans les poches de sa veste, vérifia ses deux armes et hocha la tête.

— Allons-y.

Les deux autres, Wright et Marcos, prirent les devants pour retourner vers le centre commercial. Jed se sentait beaucoup plus à l'aise à l'idée d'y retourner avec ces types qu'en s'en échappant avec tous ces civils non armés. Mais cela ne signifiait pas pour autant que les choses n'allaient pas devenir encore plus dangereuses.

Il les guida vers la sortie de secours de la cuisine du restaurant. Il fit une pause assez longue pour photographier le visage du type qu'il avait abattu plus tôt. Il l'envoya par e-mail à son patron. Une équipe de l'Unité de réaction aux incidents critiques se mettrait en route dès que possible.

Wright vérifia la cuisine et contacta par radio le commandant qui pouvait tout voir et tout entendre grâce à une caméra embarquée.

Ils se déplacèrent lentement vers l'avant du restaurant. Jed compta les corps qu'ils croisaient. Trois jusqu'à présent, sans compter l'ordure de terroriste qu'il avait renvoyé auprès de son créateur. Ils arrivèrent à l'avant du restaurant et s'accroupirent derrière une fausse façade en pierre. *Et merde.* C'était un véritable carnage. Des corps d'hommes et de femmes gisaient sur le sol du centre commercial étincelant. Des morceaux de verre brisé semblables à des diamants luisaient sur le sang rouge rubis.

Toutes les personnes à terre n'étaient pas mortes. Il voyait parfois du mouvement. Une respiration anormale et superficielle, le fourmillement d'une paupière. Mais elles étaient blessées et vulnérables, sacrément mal en point. Il sentit la fureur le gagner, mais il la canalisa. Un afflux d'émotions ne lui serait d'aucune aide. Contrairement à un entraînement tactique et des balles bien placées.

Il jeta un coup d'œil au magasin de jouets, qui semblait vide. Le placard blanc situé sous la caisse était encore fermé. Aucun impact de balles. C'était bon signe.

Ils étaient sur le point d'avancer lorsqu'un homme armé apparut à l'intérieur du magasin de jouets, faisant les cent pas. Ils se figèrent tous. Le type portait une cagoule relevée sur son front. Des lunettes de soleil d'aviateur et une barbe noire taillée. Ses traits étaient difficiles à distinguer. Wright le mit en joue.

— Ne tirez pas, murmura Jed en voyant quelque chose d'autre se refléter dans le verre de l'autre côté du magasin.

Un autre tireur, puis une autre silhouette – qui ressemblait à une femme sous des vêtements encombrants et un foulard. Une des fameuses veuves noires ? Elle parlait rapidement aux autres, mais il ne pouvait pas voir son visage. Ils étaient tous lourdement armés, échangeant sans doute sur leurs plans de bataille sadiques.

La porte du placard bougea légèrement.

— Bon sang, gamin, ne sors pas maintenant.

C'était une intervention face à des terroristes, et la dernière chose dont il avait besoin, c'était que cela se transforme en fusillade avec un enfant au milieu.

CHAPITRE TROIS

— Est-ce que quelqu'un peut créer une diversion de l'autre côté de l'esplanade pour qu'on puisse entrer et extraire le gamin ? demanda-t-il en regardant Marcos.

Marcos resta baissé et s'éloigna dans le restaurant pour parler à son patron.

Jed balaya le centre commercial du regard et repéra plusieurs tireurs dans les coulisses, tous en train d'observer et d'attendre. Mais d'attendre quoi ? Des victimes ? Les flics ? Le père Noël ?

— Vous pensez que ce sont des intégristes musulmans ? lui demanda Wright à voix basse.

— Je n'en sais rien. Il peut s'agir de musulmans ou de personnes se faisant passer pour des musulmans pour semer le trouble. On en saura plus quand on aura identifié le type mort. Tout ce que je sais, c'est que ma mère fait parfois ses courses dans ce centre commercial et que ça pourrait être elle, sur le sol. L'idée qu'ils aient pu la tuer aussi facilement que n'importe qui me met hors de moi.

Marcos se pencha derrière l'épaule de Jed et lui glissa, sans quitter les terroristes des yeux :

— Le patron a une équipe qui s'apprête à faire une entrée en force par le côté nord. Ils essaient d'atteindre les agents de sécurité qui sont planqués et avec un peu de chance, d'obtenir plus d'informations sur ce qui s'est passé.

L'homme regarda sa montre.

— Dix secondes.

Jed lança un compte à rebours dans sa tête. Cela lui parut durer une éternité.

Une détonation retentit et les terroristes sursautèrent. Trois d'entre eux coururent en direction du bruit, un quatrième sortit du magasin et commença à patrouiller dans le couloir devant eux, l'arme levée. Dès qu'il tourna le dos, Marcos sortit son couteau, courut derrière le type et lui trancha la gorge. Wright sortit pour le couvrir, balayant du regard et de son arme les niveaux supérieurs. Jed se précipita vers le magasin de jouets avant que le terroriste ne touche le sol. Il s'arrêta et ouvrit la porte du placard. Une paire de grands yeux bleus se fixa sur lui, écarquillés par la peur.

— Je viens te sortir de là…

L'enfant se réfugia au fond du placard. Puis il ferma les yeux et commença à se balancer, ce qui risquait de faire beaucoup de bruit dans l'espace clos.

Il y a quelque chose que vous devez savoir… La rouquine *avait essayé* de le lui dire. Il avait été stupide de ne pas l'écouter.

Il parla doucement, mais fermement :

— Michael, ta mère m'a envoyé te chercher.

Le gamin cessa de se balancer.

— Tu ne me crois pas ?

Le gamin ouvrit les yeux. Jed aurait voulu trouver quelque chose à dire. Ils devaient faire vite et s'échapper avant que les assaillants ne reviennent et n'ouvrent le feu. Il sortit son badge et le lui montra.

— Ta mère est rousse comme toi, non ? Mais plus jolie,

dit-il en plaisantant. Et elle se fait entendre quand elle est en colère, elle fait vraiment du bruit. Elle était en colère contre moi pour ne pas l'avoir laissée revenir ici pour te chercher comme elle l'avait promis.

Jed avala la salive qui s'était accumulée dans sa bouche.

— Elle m'a beaucoup crié dessus. Alors je suppose qu'elle a un tempérament de rousse, hein ? Elle est fougueuse ?

Passionnée.

Il se donna mentalement des coups de pied pour avoir de telles pensées alors que des gens mouraient et qu'il essayait de sauver son fils. Mais c'était un homme et l'adrénaline montait, multipliant par mille son quota d'idiotie.

Le gamin planta ses yeux dans les siens. La connexion était établie. Il était concentré. Jed avait réussi à obtenir son attention, et il comptait en profiter.

— Je ne pense pas qu'elle m'aime beaucoup, mais si je te fais sortir d'ici comme je l'ai promis, je pense qu'on peut faire en sorte qu'elle arrête de me crier dessus. Tu penses que tu peux m'aider, Michael ?

Il se passait quelque chose de bizarre dans le cerveau de ce gamin, mais il n'était clairement pas idiot. Il était peut-être traumatisé. Jed le comprenait. Ce n'était pas non plus la façon dont il avait espéré passer sa journée. Il lui tendit la main et le traîna dehors, le rassurant d'une rapide pression des doigts. Le garçon se pencha et récupéra une paire de chaussures à talons hauts sur le sol.

— Brennan, allons-y, fit Marcos.

Wright et lui étaient à l'affût des tireurs. Jed tint la main de Michael tandis qu'ils couraient vers le restaurant. Une femme recroquevillée au sol laissa échapper un gémissement. Sans ralentir le pas, Wright et Marcos saisirent chacun un de ses bras et la traînèrent également. Des coups de feu criblèrent le sol derrière eux, jaillissant de nulle part. Jed attrapa Michael et pressa le pas. Il courut vers le restaurant où il tourna pour se mettre à l'abri. Il vit Wright s'arrêter et viser au-dessus d'eux. Deux secondes plus tard, le tireur tomba dans un cri avec fracas, atterrissant à moins de trois mètres de l'endroit où ils se trouvaient. Jed cacha les yeux de Michael et le força à avancer.

Ils traversèrent la cuisine au pas de course et prirent le couloir de sortie. Jed était en tête, Wright couvrait leurs arrières et Marcos portait la femme grièvement blessée dans ses bras.

Wright annonça par radio qu'ils allaient sortir. L'air frais leur fit un choc et ils restèrent les mains levées aussi longtemps qu'il fallut pour être identifiés comme les gentils. Une autre équipe les croisa, s'apprêtant à rentrer à leur place. Marcos remit la femme blessée à un urgentiste et Jed entendit un cri qui lui vrilla le cerveau.

— Michael !

Le bruit de la course l'avait préparé à l'impact.

La rouquine avait échappé à son policier baby-sitter et s'était élancée vers son fils comme une fusée. Heureusement, ils lui avaient enlevé ses menottes. Elle prit son enfant dans ses bras et lui fit décrire un cercle, l'embrassant et le serrant si fort que Jed grimaça.

— Il va bien.

Jed remit le Glock dans son étui.

Les yeux bleus lui dirent d'aller se faire foutre. Apparemment, le sauvetage de son fils n'avait pas suffi à lui faire gagner de bons points. Dommage. Michael tendit les chaussures à sa mère et Jed remarqua pour la première fois que ses pieds étaient en sang et nus.

— Merci, agent spécial Brennan.

Il fut surpris. Elle avait l'air furieuse et son ton était sec, mais elle parvint à s'exprimer sans s'étouffer. Elle ferma les yeux un instant avant de remettre ses chaussures.

— De rien. Et je suis désolé de vous avoir laissé croire que vous pourriez y retourner…

Ses lèvres se retroussèrent.

— Ne vous en faites pas. Vous n'êtes pas le premier homme à me mentir.

Aïe. De nouveau ce regard noir. Il leva les mains en signe de reddition. Dans d'autres circonstances, il aurait tenté d'entrer dans ses bonnes grâces, mais à l'intérieur, des gens étaient piégés et des assaillants se déchaînaient, tuant des innocents.

La rouquine jeta un regard à la femme qu'on allongeait sur le brancard.

— Oh, seigneur, je pensais qu'elle était morte.

Elle fit volte-face et adressa un signe au policier qui était censé s'occuper d'elle. Jed ne savait pas qui était cette femme, mais elle n'était certainement pas intimidée par l'autorité.

— C'est la mère du bébé et du petit garçon.

Elle montra du doigt les enfants qu'elle avait fait sortir du centre commercial, rappelant à Jed qu'elle avait fait des choses plutôt courageuses elle aussi, et qu'elle n'avait pas besoin de le remercier pour quoi que ce soit.

— Ils devraient rester ensemble.

Le policier hocha la tête et s'éloigna pour arranger ça. Elle se retourna vers lui. Michael échappa à l'étreinte de sa mère et sourit. Malgré l'épreuve qu'il venait de vivre, l'enfant avait l'air d'aller remarquablement bien.

Les flashs des journalistes se mirent à crépiter. Jed leva la main pour se protéger les yeux.

— Que diable font-ils si près ? Emmenez-les loin d'ici.

Deux policiers éloignèrent la presse agaçante à une distance plus raisonnable.

Jed jeta un coup d'œil à la femme. Elle et son fils se ressemblaient beaucoup, mais son visage était si blême qu'il pouvait voir le bleu de ses veines sous sa peau.

— Il était exactement là où vous l'aviez laissé.

Il ébouriffa les cheveux du garçon.

— Il a été formidable. Il n'a jamais fait de bruit, même quand on nous a tirés dessus.

Le visage de l'enfant s'illumina, mais la femme plissa les yeux et ouvrit la bouche, prête à lui rentrer dedans. *Et merde. Ce n'était pas la chose à dire.*

Jed leva un doigt en guise de censure.

— J'ai promis à votre fils incroyablement courageux que vous arrêteriez de me crier dessus s'il sortait de là avec moi.

Elle referma la bouche. Puis elle regarda le petit garçon poil de carotte et ravala ce qu'elle s'apprêtait à dire.

— Vraiment ?

Michael acquiesça rapidement, mais ses épaules commencèrent à trembler, le choc le rattrapant finalement. Les enfants se remettaient étonnamment vite, mais ils auraient probablement tous besoin d'une thérapie au vu des circonstances. Il faudrait d'abord s'occuper des effets à court terme.

Elle avait l'air épuisée.

— Très bien. Je vais arrêter de crier alors. On peut y aller ?

L'idée de ne plus jamais la revoir lui noua l'estomac, mais ils se trouvaient au beau milieu d'une intervention antiterroriste. Ce n'était pas vraiment le moment de lui demander son numéro ou de lui proposer d'aller boire un café.

— Nous devons vous interroger, vous et Michael, sur ce qu'il a vu ou entendu dans le centre commercial. Comment vous appelez-vous ?

— Veronica Vincent, mais on m'appelle « Vivi ».

Ses yeux s'embuèrent, et le gamin regarda par terre et frotta ses chaussures contre le sol.

— On ne pourra rien vous dire que vous ne sachiez déjà.

Il baissa la voix.

— Vous ne comprenez pas. Michael a passé du temps dans ce magasin avec certains des terroristes. Il pourrait avoir vu quelque chose ou entendu une conversation qui pourrait lui sembler insignifiante, mais qui pourrait être vitale pour l'enquête.

Elle prit son fils dans ses bras, et il enfonça son visage dans son cou.

— Non, c'est *vous* qui ne comprenez pas. J'ai essayé de vous le dire tout à l'heure, mais c'était un peu délicat en étant menottée au sol.

Son ton était lourd de reproches et ses yeux lançaient des éclairs.

— Michael ne parle pas, agent spécial Brennan. Il n'écrit pas et il ne signe pas. J'ai donc peur qu'il ne puisse pas vous aider, et j'ai déjà fait ma déposition au sympathique agent que voilà.

Elle hocha la tête en direction de l'homme qui l'avait menottée.

— On peut y aller maintenant ? J'aimerais l'emmener à l'hôpital.

La bouche de Jed devint sèche. Il fit un signe de tête. Elle se détourna, mais pas avant qu'il ne remarque l'angoisse sur leurs deux visages.

Perplexe et frustré, il n'avait pas eu le temps de demander ce qu'il en était. Son fils ne parlait pas ? Jamais ?

Et merde. Il se gratta le front et se rendit au centre de commandement. Il était temps de mettre le reste de ces personnes en sécurité. La rouquine et son enfant n'étaient pas son problème.

LES ACOLYTES DE Pilah se précipitèrent vers la dénotation provoquée par les autorités dans le centre commercial. Les flics avaient lancé l'assaut. Elle resta en retrait des autres, puis se retourna et vit Jamal se faire tirer dessus et tomber de l'étage supérieur.

Trois, non, quatre silhouettes se précipitèrent vers le restaurant qui offrait une sortie de secours vers le monde extérieur. Elle jeta un coup d'œil à l'arme qu'elle tenait à la main et prit sa décision. C'était maintenant ou jamais, et elle n'était pas prête à mourir. Elle courut vers l'endroit où Jamal avait atterri, effaça rapidement ses empreintes de l'arme qu'ils lui avaient donnée, puis la déposa à côté du corps désarticulé de l'homme.

Ses blessures étaient si horribles qu'elles lui retournèrent l'estomac. Mais elle avait vu tant de morts violentes et de destructions au cours des dernières années qu'elle n'en tint pas compte. Ce n'était pas comme si Jamal avait compté pour elle. Elle ne l'appréciait même pas.

Les fédéraux pourraient localiser le téléphone portable qu'elle avait utilisé, alors elle l'essuya contre sa cuisse et le glissa dans la poche du jean de Jamal.

La reprise des tirs l'incita à presser le pas. Elle courut dans un magasin de vêtements à côté du restaurant et chercha un pantalon, un chemisier, un pull et une veste à sa taille. Elle emmena tout derrière le comptoir, retira les antivols et les étiquettes de prix, puis enleva ses bottes et se mit en sous-vêtements. Le bruit de mouvement et de combat s'intensifiait. Dans peu de temps, les flics prendraient d'assaut le centre commercial. Rapidement, elle enfila les nouveaux vêtements, cachant les anciens et son foulard sous le comptoir. Du désinfectant pour les mains était posé sur le comptoir et elle en passa sur sa peau, espérant dissimuler tout résidu de poudre. Elle attrapa ses bottes et courut se cacher derrière une étagère de robes, au fond du magasin.

Elle laça ses bottes et s'assit ensuite, restant parfaitement immobile, écoutant la fusillade se dérouler alors que son cœur battait follement dans sa poitrine. Allaient-ils l'attraper ? Sauraient-ils qu'elle avait participé à l'attaque ?

Dix minutes s'écoulèrent avant qu'elle n'aperçoive l'ombre qui se déplaçait sur le devant de la vitrine. Le martèlement silencieux des pas se répercuta dans sa colonne vertébrale. Puis elle entendit des voix et un groupe de personnes sortir en courant de la réserve. Elle se déplaça rapidement et les rejoignit pendant que le flic avait le dos tourné. Une vendeuse la regarda et Pilah fondit en larmes.

— J'ai cru que j'allais mourir, sanglota-t-elle.

La femme enroula son bras autour des épaules de Pilah et la serra contre elle. Elle l'intégra au groupe.

— Nous l'avons tous cru, ma chérie. Nous l'avons tous cru.

Le petit groupe suivit le flic qui les conduisait hors du centre commercial. Les autres femmes furent horrifiées par le sang et le carnage. Pilah se cacha les yeux avec ses mains. Jamal avait fait le sacrifice ultime et son combat était terminé. Razur aussi. Ils seraient vénérés comme des martyrs, de la même façon que son mari. Mais son fantôme occupait une place glaciale dans leur lit et faisait un piètre substitut de père pour leurs filles.

L'image de sa fille aînée, Sabreena, lui traversa l'esprit. Assassinée par les troupes gouvernementales simplement parce qu'elle se trouvait au mauvais endroit au mauvais moment. C'était pour cette raison qu'Adad avait pris les armes à l'origine – pour se venger. Mais leurs autres enfants étaient désormais coincés en Syrie, un pays déchiré par la guerre civile alors que l'Occident refusait d'agir. Sargon avait dit qu'ils devraient démontrer que l'instabilité en Syrie pouvait atteindre le cœur même de l'Amérique et que les Américains seraient alors forcés d'intervenir. Des miettes de preuves pointeraient vers le gouvernement syrien, et peut-être alors l'Occident armerait-il les rebelles et aiderait-il à chasser le tyran vicieux du pouvoir.

Sargon lui avait demandé de l'aide, lui avait dit que ses enfants seraient élevés comme les siens si quelque chose lui arrivait. Il lui avait promis d'assurer leur sécurité si elle réussissait.

Eh bien, elle *avait* réussi. Elle avait travaillé au centre commercial pendant plusieurs mois et leur avait fourni toutes les informations nécessaires pour préparer l'assaut. Son estomac se serra. De nombreuses personnes avec qui elle travaillait avaient été tuées ce jour-là.

Elle sanglota fortement et quelqu'un lui tapa dans le dos. Les visages des personnes mortes lui traversèrent l'esprit et ses sanglots redoublèrent d'intensité. Puis elle vit ses propres filles. Son mari bien-aimé.

Les choses n'étaient pas censées prendre une telle tournure. Ils étaient des gens normaux menant une vie ordinaire. À présent, elle devait faire sortir ses filles de Syrie, les mettre hors de danger. Sauver ses bébés avant que la vraie guerre ne commence.

––––––––––––

SARGON AL SAHAD était assis dans sa villa de Rabieh, dans la périphérie urbaine de Beyrouth, et riait de ce qu'il voyait sur sa télévision par satellite. Il avait déjà consulté son compte bancaire et avait ensuite transféré la première moitié du paiement sur un compte en Suisse. Il était désormais très riche.

Bien sûr, il était déjà riche auparavant. Et il avait hâte de recevoir la seconde moitié de son paiement, et d'avoir le luxe de pouvoir profiter de ses richesses.

Il mit une figue fraîche et succulente dans sa bouche, et savoura la douceur qui inondait ses papilles. Le téléphone à côté de lui, sur le canapé, sonna. Il attendait cet appel.

— Beau travail, dit la voix sans préambule.

Sargon se rengorgea.

— Ne vous avais-je pas dit que je pouvais le faire ?

— Les vôtres ont-ils des soupçons ?

La voix de l'homme était profonde et dégageait une force impressionnante.

Sargon enviait ce genre de pouvoir.

— Ils pensent que nous piégeons le régime pour que l'Occident intervienne, ce qui est vrai, je suppose. Personne ne soupçonne rien d'autre. Notre secret est bien gardé. Comme promis.

Syrien de naissance, Sargon en avait assez de voir son pays systématiquement déchiré de l'intérieur. Pour le meilleur ou pour le pire, sa patrie serait débarrassée de l'ancien régime et prête à se reconstruire. Et quand les combats se calmeraient, il voulait être à l'avant-garde de cette révolution politique. D'ici là, il attendait son heure au Liban, même si les personnes qu'il avait recrutées aux États-Unis croyaient qu'il se battait toujours au front. C'était un subterfuge nécessaire.

— Tant que le peuple américain ne risque pas de soupçonner l'origine réelle du complot terroriste.

L'ennemi de mon ennemi est mon ami.

— Ce serait une condamnation à mort pour nous deux, en convint Sargon.

L'homme poussa un profond soupir.

— La prochaine partie du plan est-elle en place ?

Une pellicule de sueur se forma dans son dos, faisant coller sa chemise. C'était cette partie-là qui le rendait nerveux. Il s'agissait d'un plan osé qui présentait de nombreuses possibilités d'échec. Il priait pour que cela fonctionne.

— Ne vous inquiétez pas, mon ami.

Si jamais son implication dans tout cela éclatait au grand jour, cela ferait de lui l'homme le plus recherché de la planète. Il ne courait ni après la gloire ni après le destin de Ben Laden.

— Nous avons trop à perdre pour que cela échoue. Personne ne fera le lien entre nous et l'attaque. Les preuves les aiguilleront vers ailleurs.

Rien ne pourrait relier cette attaque à lui ou à son puissant allié.

— Je ne vous contacterai plus, déclara l'homme.

Sargon reposa le combiné et se leva lentement. Il était temps d'avancer. Les gens négligents ne vivaient pas longtemps. Or Sargon avait l'intention de vivre très, très vieux.

LA NEIGE OBSCURCISSAIT la vision d'Elan, posté sur le toit d'un bâtiment d'assurance à un demi-kilomètre à l'est du centre commercial de Minneapolis. La zone était entourée de véhicules de secours ; les gens couraient dans les rues, fuyant le chaos et la violence. C'était dans sa patrie que le danger était le plus grand, mais ces gens semblaient l'ignorer.

Les hélicoptères bourdonnaient dans le ciel, risquant de se retrouver pris dans une tempête arctique.

Les ambulances sillonnaient les rues en dessous, toutes lumières allumées et sirènes hurlantes. La vitesse à laquelle elles parcouraient les carrefours témoignait d'un réel sentiment d'urgence.

Pour l'heure, tout se déroulait comme prévu, mais il n'était pas assez fou pour s'en remettre à la chance. Un hélicoptère tourna et se dirigea vers lui, pour retourner à l'aéroport. Il se cacha dans l'ombre.

Son souffle se condensa sur ses jumelles et il essuya les lentilles. Son cœur était lourd. La vie était précieuse. Mais les enjeux étaient trop élevés pour qu'il perde son sang-froid. Il avait reçu des ordres clairs : surveiller, superviser, effacer tout ce qui pourrait permettre de remonter jusqu'à eux. Il était très doué pour nettoyer les dégâts des autres.

CHAPITRE QUATRE

VIVI ETAIT ASSISE à côté de Michael, allongé dans un lit d'hôpital. Le soulagement de le voir sortir sain et sauf du centre commercial s'était rapidement transformé en panique lorsqu'il s'était évanoui sur le parking. L'ambulance s'était frayé un chemin au milieu du trafic, sirènes hurlantes même si le médecin pensait que le malaise était simplement dû à un mélange d'hypoglycémie et de stress. Ses signes vitaux étaient stables, mais sa tension artérielle était tombée dangereusement bas. L'autre patiente dans l'ambulance était une femme de cinquante ans, blessée à la jambe par les fragments de l'explosion. La femme s'était employée à la rassurer sur l'état de Michael.

Elle s'était sentie honteuse devant une telle bravoure.

Vivi n'en revenait pas qu'ils soient tous passés si près de la mort. Le fait qu'ils respirent encore était un miracle – elle toucha du bois.

Les médecins lui avaient assuré que Michael allait bien, mais son visage était d'une pâleur cireuse sur les draps blancs, et l'inquiétude rongeait ses entrailles. Elle la ressentait physiquement.

Elle lui tenait la main, mais il s'était éloigné d'elle, et chaque fois qu'il se renfermait sur lui-même, elle devait lutter contre son instinct de s'accrocher encore plus fort à lui, car l'étouffer ne faisait qu'exacerber son besoin de s'échapper. David – son ex – avait toujours dit qu'elle en faisait trop. Alors qu'il ignorait ou rabaissait constamment leur fils. Il traitait Michael comme une recrue militaire incapable, aboyant des ordres, criant des insultes – et pire. C'était avant qu'il ne les abandonne pour un agent de la NSA sexy faisant du 95 E et possédant un doctorat en astrophysique.

Cette femme leur avait rendu service à tous les deux.

Vivi avait épousé un connard, mais au moins elle avait reçu ce précieux cadeau qu'était un enfant. Ainsi, même si tout ce qu'elle souhaitait à David était un grave trouble de l'érection, elle ne regrettait pas d'être tombée amoureuse de lui. C'était le prix à payer pour la meilleure chose qui lui soit arrivée.

Michael.

Elle serra sa main chaude dans sa main froide en essayant de ne pas la broyer. Il était naturel d'être introspectif après ce qui s'était passé. Elle n'avait même pas commencé à tout assimiler et elle était adulte.

Un léger remords persistant lui disait qu'elle aurait dû appeler le père de Michael, même si l'idée de lui parler la rendait malade. Mais il pourrait lui rendre la vie difficile s'il le voulait. Mieux valait lui donner une dose froide d'informations cliniques et lui proposer de venir le voir s'il était inquiet. Cela devrait suffire à le tenir éloigné, très éloigné.

L'hôpital fourmillait d'activité. Ils avaient mis en place un plan d'intervention d'urgence et tous les lits qu'ils avaient pu libérer avaient été dégagés et attribués aux patients blessés lors de l'attaque du centre commercial. Michael était dans le service d'orthopédie, avec de nombreuses autres personnes souffrant de blessures superficielles. Vivi avait fermé le rideau autour du lit pour essayer de créer une illusion d'intimité, mais l'endroit était bruyant, et la tension était palpable, mettant tout le monde sur les nerfs.

L'attaque était terminée, Dieu merci. Les terroristes étaient présumés morts, et les forces de l'ordre passaient au crible le centre commercial à la recherche de civils terrifiés et d'engins piégés.

Le rideau s'ouvrit, et l'infirmier arriva en traînant une perche à perfusion.

— Comment va notre grand garçon ?

L'infirmier était un homme musclé, au visage rond et souriant, et à la voix puissante. Michael détourna le visage.

— Il est épuisé.

Vivi aurait voulu le serrer contre son cœur.

Ne le materne pas.

— Pas étonnant. Vous m'avez dit qu'il se cachait dans un placard du magasin de jouets à proximité des terroristes, et qu'ils ne se sont doutés de rien ?

Cela faisait mal à Vivi d'y penser, mais les lèvres de Michael se retroussèrent légèrement. Il était visiblement heureux que les gens sachent à quel point il avait été héroïque.

Elle vit une brèche. Un moyen de le pousser à s'ouvrir.

— Il a été incroyablement courageux. Tu es resté là jusqu'à ce que la police te trouve et les méchants n'ont jamais su que tu étais sous leur nez, n'est-ce pas Michael ?

Il acquiesça faiblement. La minuscule étincelle d'intérêt pour la conversation la rasséréna.

— Tu es un enfant courageux. J'aurais fait pipi dans mon pantalon.

L'infirmier posa une intraveineuse pour réhydrater Michael et faire monter sa glycémie. Ses lèvres étaient sèches et craquelées. Il les lécha pathétiquement.

— Je peux lui donner un peu d'eau ? demanda-t-elle à l'infirmier qui remplissait un tableau au bout du lit.

Il fit un signe de tête.

— Bien sûr, mais juste une ou deux gorgées de temps en temps. Il ne devrait pas tarder à se sentir mieux avec l'hydratation. Je ne serais pas surpris qu'on le laisse sortir dans quelques heures.

Parce qu'ils avaient besoin de libérer le plus de lits possible…

Elle lui adressa un sourire triste et il lui tapota l'épaule.

— Ça va aller. C'est fini maintenant.

Elle avait essayé de ne pas penser à toute cette souffrance, mais les images revenaient sans cesse avec des détails horribles. La mère se faisant tirer dessus et tombant sur son jeune fils, lui sauvant probablement la vie en le protégeant de son corps. L'angle improbable formé par les corps des cuisiniers du restaurant. Les gouttes de sang cramoisies sur le carrelage blanc…

La nausée menaçait, mais elle la réprima. Elle devait être forte pour Michael. Comment pourrait-il faire face à quelque chose dont il ne pouvait pas parler ? Elle n'en savait rien. Elle allait devoir reprendre contact avec le Dr Hinkle. S'il acceptait de suivre Michael, elle pourrait accepter des examens à plus long terme, mais plus d'IRM. Michael avait paniqué dans la machine ce matin-là et il était hors de question qu'elle fasse subir à son fils un nouveau traumatisme.

Le diagnostic était compliqué. Les médecins n'arrivaient même pas à s'entendre sur le fait que Michael était autiste ou non. L'absence de réponse définitive rendait les décisions relatives au traitement et à la scolarisation encore plus compliquées, mais ils se débrouillaient. Ils faisaient face. Essayaient, du moins.

Ou, du moins, cela avait été le cas.

Elle ne voulait pas mentir à son fils sur ce qui s'était passé ce jour-là. Il était important qu'il sache exactement ce qu'il avait affronté et surmonté. Le monde pouvait être un endroit dangereux. Mais elle ne voulait pas non plus lui faire peur.

— Y a-t-il eu beaucoup de blessés ? demanda-t-elle.

La lumière dans les yeux de l'infirmier s'assombrit et il fit un signe de tête.

— Des centaines de personnes avec des blessures superficielles. Une trentaine de personnes dans un état critique.

Elle posa une main sur le coude de l'infirmier et se pencha vers lui pour que Michael ne l'entende pas.

— Une femme a été admise ici. On lui avait tiré dessus et elle avait perdu beaucoup de sang. Il y avait deux enfants avec elle, un petit garçon et un bébé. Savez-vous si elle… ?

L'infirmier fronça les sourcils.

— Je pense savoir de qui vous parlez. Aux dernières nouvelles, elle était au bloc. Je vais essayer de savoir comment elle va.

— Merci.

Elle espérait que la femme survivrait. L'idée que des enfants puissent grandir sans leur mère était terrible… mais c'était quand même mieux que de ne pas grandir du tout.

L'infirmier passa à un autre patient. Vivi donna à Michael une autre gorgée d'eau. Il serra ses doigts un moment, puis desserra progressivement sa poigne. Ses yeux se fermèrent, sa poitrine se soulevant et s'abaissant régulièrement. Il dormait.

Elle ferma les yeux et dit une prière silencieuse. Puis elle dégagea précautionneusement ses doigts et se leva. Elle portait des pantoufles en papier bleu qui lui donnaient un air ridicule. La plante de ses pieds était couverte de petites lacérations qui avaient été nettoyées et désinfectées, mais elles commençaient à la lancer et elle ne pouvait absolument pas porter ses talons. Elle étira sa colonne vertébrale et entendit un clic lorsque ses vertèbres se réalignèrent.

Elle avait besoin d'aller aux toilettes et voulait voir si elle pouvait avoir des nouvelles des enfants qu'elle avait sauvés. Elle devait également appeler son ex.

Se penchant sur Michael, elle lui embrassa la joue et caressa la fossette de la mâchoire, la seule chose qu'il ait héritée de son père.

L'agent spécial Jed Brennan avait la même fossette au menton. Pendant un moment, elle se souvint de l'intensité brûlante de son regard juste avant qu'il ne retourne dans le centre commercial pour sauver Michael. Elle relâcha une partie de la tension accumulée. Elle était furieuse contre lui, mais il avait tenu sa promesse et avait fait sortir Michael indemne. Les chances de le revoir étaient minces, mais si cela arrivait, elle lui devrait des excuses.

Elle alla voir l'infirmier et lui demanda de surveiller Michael pendant cinq minutes. C'était tout ce dont elle avait besoin, car son ex ne décrochait jamais quand elle appelait. Elle laisserait un bref message qui leur épargnerait à tous deux quelques angoisses. Lissant ses vêtements qui avaient l'air si élégants ce matin-là et qui étaient à présent ensanglantés et froissés, elle sortit du service en boitant. Elle devait être de retour avant le réveil de Michael.

———————

PILAH ETAIT ALLONGEE dans le lit et écoutait attentivement. Elle avait été admise à l'hôpital après avoir fait semblant de s'évanouir sur le parking et s'être cogné la tête sur le béton, ce qui l'avait fait saigner du nez. À part un léger mal de crâne, elle se sentait bien. Elle pouvait marcher. Elle pourrait s'enfuir si elle le devait.

L'enfant du lit d'à côté s'était caché dans le magasin de jouets ? Les avait-il entendus prononcer son nom ? Ou celui de Sargon ? Cela pourrait faire échouer leur tentative de piéger le gouvernement syrien. Elle essaya de se souvenir de ce dont ils avaient parlé, mais toute l'opération avait été un mélange d'actes terribles et de tirs assourdissants.

On leur avait attribué des noms de code, mais Bazal n'était pas le plus malin de la bande et avait dérapé plus d'une fois dans la journée. Même le fait qu'elle soit une femme était une information qu'*elle* voulait absolument cacher. Avaient-ils mentionné le fait qu'il y aurait une deuxième attaque ?

Sargon Al Sahad lui avait promis que ses enfants seraient en sécurité si elle les aidait à organiser cette attaque au centre commercial, mais si elle était capturée ? Ils n'avaient jamais discuté de ce scénario. Elle serra les draps froids et contracta la mâchoire si fort qu'elle la sentit craquer. Ses filles connaîtraient une mort lente et douloureuse s'il pensait qu'elle l'avait trahi.

Elle devait se débarrasser du garçon. Elle ne risquerait pas la sécurité de ses propres enfants pour protéger l'enfant de quelqu'un d'autre.

Son cœur battait rapidement en pensant à ce qu'elle devait faire. Elle n'avait ni arme ni bombe. Il était beaucoup plus facile de mettre fin à une vie quand vous n'aviez pas à regarder la personne dans les yeux ou à tenir son corps chaud dans vos bras pendant qu'elle luttait pour respirer.

L'image de Sabreena, brisée et tordue, lui traversa l'esprit et renforça sa détermination. Des enfants mouraient tout le temps. Personne ne s'en souciait.

La mère dans le box d'à côté demanda à l'infirmier de surveiller le garçon pendant quelques minutes, puis Pilah l'entendit s'éloigner. C'était peut-être sa seule chance de mettre la main sur lui loin des yeux d'aigle de sa mère. *Il ne faut jamais laisser ses bébés seuls.* Elle l'avait appris à ses dépens.

Si elle tirait le rideau autour de son lit et étouffait l'enfant avec un oreiller, ce serait une mort calme et en apparence naturelle – du moins à court terme. Elle sortirait de là comme si de rien n'était.

Ils finiraient par la suspecter, bien sûr...

Elle se mordit la lèvre. Elle ne voulait pas qu'on la suspecte, mais que pouvait-elle faire d'autre ?

L'infirmier consulta son bipeur et quitta la salle en toute hâte.

La sueur humidifia sa peau lorsqu'elle balança ses jambes sur le côté du lit. Ses pieds touchèrent le sol et un froid intense la transperça. Une légère vague de vertige la contraignit à s'interrompre pour reprendre son équilibre. Ils n'auraient aucune idée que le garçon avait été étouffé avant l'autopsie, qui pourrait prendre un certain temps au vu des événements du jour. Elle referma les rideaux tout autour de son lit. La seule personne qui l'avait vue était une femme qui avait été mise sous sédatif parce qu'elle criait beaucoup. Seul l'infirmier lui avait accordé une réelle attention et il avait dû voir une centaine de patients dans la journée. Au vu de la confusion générale, elle était certaine que personne ne se souviendrait exactement de son apparence ou même ne la soupçonnerait tant qu'elle ne paniquerait pas. Elle devait prendre le risque.

Elle devait être courageuse. La survie de ses enfants dépendait d'elle. Elle avait la main sur le rideau qui la séparait de l'enfant lorsque l'infirmier entra dans son box.

— J'ai cru entendre le garçon crier… dit-elle d'une voix craquelée.

La culpabilité rayonnait d'elle sous forme de vagues qui lui brûlaient les joues.

L'homme ne parut pas le remarquer.

— Cela rendrait bien des personnes heureuses.

Elle fronça les sourcils.

— Je ne comprends pas.

L'infirmier s'approcha et baissa la voix.

— Il est muet. Depuis des années. Le pauvre petit gars ne peut pas parler.

La lourde obscurité qui s'était abattue sur elle se dissipa en une bouffée de soulagement qui la fit vaciller.

— Pauvre petit gars, répéta-t-elle.

L'infirmier pinça les lèvres.

— Vous pouvez signer vos papiers de sortie à la réception. Si les maux de tête ou les problèmes de vision persistent, revenez nous voir ou consultez votre médecin traitant, d'accord ? Vous avez quelqu'un à la maison ?

Elle acquiesça.

— Ma mère.

— Reposez-vous.

Il sourit et s'éloigna.

Elle tâtonna pour trouver ses chaussures à côté du lit. Elle ne vivait pas avec sa mère. Sa mère était morte peu après la venue de Pilah aux États-Unis pour lui rendre visite, lorsqu'elle était tombée malade. Avec Adad, elle était restée aux États-Unis où elle avait la double nationalité, et avait demandé des visas pour mettre ses filles hors de danger. Mais les forces gouvernementales syriennes avaient bombardé sa maison et tué son aînée avant que la demande ne soit acceptée.

Elle enfila son nouveau manteau. C'était pour cette raison qu'elle avait aidé Sargon à faire des choses aussi horribles ce jour-là, mais elle ne faisait pas partie du mouvement rebelle. Elle n'était pas une terroriste. Elle avait honoré sa part du marché. Elle ne pouvait pas perdre ses deux derniers enfants.

En quittant le service, elle n'adressa pas un regard à l'enfant qu'elle aurait été prête à tuer pour qu'il se taise. Elle refusait de s'identifier à la famille de quelqu'un d'autre alors que personne ne se souciait de la sienne. Elle ne pensait pas qu'il sache quoi que ce soit d'important, et elle était reconnaissante de ne pas avoir eu à lui faire de mal.

— Loué soit Allah, chuchota-t-elle sans bruit en s'éloignant, gardant la tête baissée au cas où il y aurait eu des caméras de sécurité.

Sa mission touchait à sa fin.

Une autre pensée lui vint. Peut-être pourrait-elle entrer en Syrie par la Turquie et trouver un moyen de mettre ses enfants en sécurité par voie terrestre. L'idée d'un camp de réfugiés était intimidante, mais ce serait mieux que de rester assise à la maison à attendre une lettre qui n'arriverait jamais.

Elle s'éloigna d'un pas déterminé. La police ne la trouverait pas. Sa mission était terminée.

———

JED S'ACCROUPIT A côté du terroriste que Wright avait abattu, qui était ensuite tombé de l'étage supérieur. Il ne restait pas grand-chose de son visage, mais son ADN était partout. Portant des gants en latex pour ne pas contaminer les preuves, il fouilla les poches de l'homme. Il en sortit un téléphone portable et l'alluma. Il ressemblait à un téléphone jetable, mais Jed était certain que les techniciens parviendraient à en tirer une mine d'informations. Ils avaient besoin d'autant de données exploitables que possible, le plus rapidement possible, au cas où d'autres attentats seraient imminents ou que d'autres terroristes seraient assis chez eux devant leur télévision, se congratulant pour le travail accompli. Le dégoût lui tordit l'estomac.

Il fouilla dans une autre poche.

Hommes, femmes et enfants comptaient parmi les morts. Un massacre à l'aveugle au cœur des États-Unis. La majeure partie de la sécurité du centre commercial avait été mise hors circuit au début de l'attaque, très sophistiquée et ciblée. Ce n'était évidemment pas la première fois que des terroristes frappaient le continent américain et ce ne serait probablement pas la dernière, mais cette fois, c'était vraiment très près de chez lui. Ce n'était pas l'Irak ni l'Afghanistan. C'était le Minnesota, pour l'amour de Dieu.

Il trouva un autre téléphone portable dans la poche de l'homme et fronça les sourcils. Il était identique au premier. Peut-être que l'un d'eux ne fonctionnait pas ? Il appuya sur le bouton de marche et tous deux s'allumèrent.

Pourquoi avoir deux portables ?

Quelqu'un ne s'était-il pas présenté à la fête ? Était-ce un portable en plus ? L'avait-il pris à un collègue décédé ?

— Hé ! cria-t-il à la technicienne de la police scientifique qui le suivait.

Elle s'appelait Cindy. Elle était petite, brune, et avait cette faculté de concentration et ce souci du détail qui, selon lui, la rendaient sacrément douée dans son travail. Il lui tendit les deux portables.

— Il faut les photographier et les emballer le plus vite possible.

Cindy sortit des sacs, y rangea les preuves puis les remit à un autre agent qui se chargeait de livrer les preuves urgentes au laboratoire d'État où le FBI et les experts médico-légaux locaux travaillaient en étroite collaboration. Le déchiffrage des données de communication et biométriques serait le moyen le plus rapide de découvrir qui étaient ces personnes et de s'assurer que tous les assaillants étaient morts ou prisonniers. Il s'approcha d'un AK-47 au sol. Il se retourna vers le mort, puis vers le corps d'un autre terroriste à proximité. Tous deux avaient des fusils d'assaut sur les épaules. Tous deux avaient des armes de poing attachées à leur ceinture. Mais alors, qu'est-ce que ce fusil faisait là ?

Jed n'en savait rien, mais il avait la ferme intention de le découvrir. Ils mirent également les armes dans des sacs.

L'air empestait la fumée, le sang et la poudre brûlée. L'odeur lui piquait la gorge et lui donnait la nausée, mais il avait un travail à terminer et le temps jouait contre lui. Il leva les yeux et vit le magasin de chasse. Il se souvint qu'il n'avait pas payé le couteau qui lui avait sauvé la vie, ainsi que la vie de Vivi Vincent et de ces deux enfants. Il se dirigea vers le magasin, vérifiant chaque recoin pour voir s'il n'y avait pas de blessés ou de personnes en train de se cacher. Des impacts de balles criblaient le mur du fond du magasin. Un sentiment d'irréalité le frappa lorsqu'il évalua les dégâts. Il était passé à deux doigts de la mort. Il avait été pris par surprise et avait baissé la garde. Son patron avait peut-être raison de dire qu'il avait besoin d'une pause, mais les probabilités qu'il en obtienne une à présent étaient de mille contre une.

Il laissa cent dollars sur le comptoir et colla un autocollant jaune sur l'écran de la caisse pour indiquer à quoi correspondait cette somme. Il récupéra le sac plastique qu'il avait laissé sur place quelques heures plus tôt. Le jouet était pour le fils de Bobby. Bobby avait été son meilleur ami et celui de son frère jumeau quand ils étaient petits. Ils avaient tous rejoint l'armée ensemble. Son frère, Liam, était maintenant le chef de la police de leur petite ville natale. Jed avait rejoint le FBI. Bobby avait marché sur un engin explosif improvisé et avait été soufflé comme une bougie.

L'émotion lui serra la gorge. Son ami lui manquait encore chaque jour.

Les tendons de son cou étaient tellement tendus que sa mâchoire lui faisait mal. Il essaya de détendre les épaules, mais abandonna. Il était tendu en permanence ces derniers temps. Au moins, il était en vie. Il devait arrêter de pleurnicher et se mettre au travail.

Il retourna au magasin de jouets. L'idée que des hommes armés ouvrent le feu dans un endroit où se rassemblaient des enfants le rendait furieux. Ces salauds avaient traumatisé des enfants à vie.

Les cheveux roux et les grands yeux bleus de Michael Vincent apparurent soudain dans son esprit. C'était un enfant courageux.

Il fronça les sourcils. Pourquoi diable ne parlait-il pas ? Était-ce un problème physique ? Psychologique ? Avait-il été maltraité ?

C'étaient des choses qui arrivaient.

Il le voyait presque tous les jours.

Mais la mère n'avait pas l'air du genre à lever la main sur son enfant. Lors de leur brève rencontre, son amour et son dévouement envers son fils, associés à un niveau de courage qui n'avait rien à envier à ceux qui servaient leur pays ne collaient pas avec le profil des connards qui abusaient des plus faibles qu'eux. Son tempérament fougueux était parfaitement assorti à ses cheveux. Il sourit pour la première fois depuis ce qui lui sembla être une éternité. Peut-être qu'il la retrouverait après tout cela et l'inviterait à prendre un café. Il se frotta la nuque. Mais bien sûr… Comme si elle allait accepter de prendre un café avec un type qui avait laissé son fils dans un magasin avec des hommes armés.

Ces mots le frappèrent dans le plexus solaire.

Des hommes armés.

Des *hommes* armés.

Quid de LA terroriste qu'il avait vue ?

Il essaya d'appeler le chef du bureau local du FBI, mais ne réussit pas à le joindre. Il appela son patron à la place. Lincoln Frazer répondit à la première sonnerie.

— Alors, vous profitez de vos vacances ?

— Ouais, c'est vraiment l'*éclate* ! Petite question. Y avait-il des femmes parmi les corps des assaillants ?

— Non. Que des hommes. Pourquoi ?

Jed lorgna le toit criblé de balles.

— Je n'en suis pas certain.

Il raccrocha, ce qui énerverait certainement son patron, mais il avait besoin de réfléchir. Avait-il vraiment vu une femme ? La silhouette était plus petite que la plupart des hommes, pas mince, mais pas grosse non plus. Et merde. Il n'était soudain plus sûr à cent pour cent et ne voulait pas déclencher une tempête de merde pour rien. Il parcourut le magasin de vêtements à côté du restaurant. Ils avaient nettoyé les arrière-salles et les zones de stockage, mais rien n'avait encore été évalué en termes de preuves potentielles. Cela faisait partie de son travail. Cindy suivait chacun de ses mouvements, prenant des photos de tout.

— C'est bizarre… fit-elle, l'air perplexe.

— Qu'est-ce qui est bizarre ?

Le flash de son appareil photo l'éblouit pendant un instant. Il cligna des paupières, chassant un regard noir, et s'accroupit à côté d'elle derrière la caisse. Il y avait un tas de vêtements roulés en boule, mais ce n'étaient pas des vêtements neufs ni le genre de vêtements que ce magasin vendait d'ailleurs. Des objets personnels ? Ils étaient maculés d'une substance sombre et collante. Du sang ? Il les souleva avec précaution, conscient qu'ils pouvaient être piégés. Il examina le tas et heureusement, aucun fil n'était visible. Ce n'étaient que des vêtements. Il étala le pull sombre et le pantalon en toile noire sur le comptoir. Il sortit un long foulard noir. Son cœur se mit à battre à tout rompre. Cindy prit d'autres photos. Il appela son patron.

— Quoi ?

— Je pense que l'un des terroristes est une femme, et je pense qu'elle s'est échappée.

— Vous en êtes certain ?

— On vient de trouver des vêtements identiques à ceux que j'ai cru voir sur une assaillante plus tôt. Ils se trouvaient sous la caisse d'un magasin de vêtements pour femmes.

Et merde ! Il était furieux contre lui-même de ne pas l'avoir mentionné plus tôt. Il savait mieux que quiconque qu'il fallait toujours partager chaque détail, aussi insignifiant soit-il.

Il se passa la main dans les cheveux. Ils devaient découvrir qui était cette femme.

— Si seulement le gamin du magasin pouvait nous dire quelque chose.

— Quel gamin ?

— Un petit garçon nommé Michael Vincent. Il était caché dans un magasin de jouets pendant l'attaque. J'ai vu au moins trois terroristes avec lui, mais sa mère insiste sur le fait qu'il ne peut ni parler ni communiquer d'aucune manière.

— Sa mère, c'est la rousse sexy ?

Jed éloigna son téléphone de son oreille et cligna des yeux. Son patron lisait-il soudain dans les pensées ? Il remit le téléphone à son oreille.

— Pardon ? demanda-t-il.

— Trouvez une télévision et mettez les infos locales. En fait, oubliez les infos locales. Ça passe sur les chaînes nationales et internationales.

— De quoi parlez-vous ?

Jed se dirigea à vive allure vers un magasin d'électronique non loin de là. Il évita de regarder tous les corps que le département de médecine légale essayait de sortir de là. Des gens qu'il n'avait pas pu sauver.

— La presse raconte son histoire au monde entier, déclara Frazer.

Il y avait plusieurs téléviseurs au mur. Sur chacun d'eux, une Vivi Vincent sérieuse, polie et resplendissante était interviewée. Mais les images avaient dû être enregistrées plus tôt ce jour-là, avant l'attaque, alors que ses bas n'avaient pas été déchiquetés et que sa jupe et sa blouse n'étaient pas tachées de sang et de saleté. Puis l'image passa à une vue de Michael assis derrière un écran, dessinant un portrait de la journaliste avec une précision étonnante, à grand renfort de détails, même s'il ne la voyait pas.

La mémoire eidétique.

— Ils disent que le gamin est un génie ; il lui suffit de voir quelque chose pendant un bref instant pour le recréer fidèlement sur papier. Il a une mémoire photographique… donc même s'il ne peut pas parler…

— Il pourrait tout de même nous permettre d'identifier les assaillants.

Oh, bon sang. Jed ne savait pas comment la presse s'était emparée de l'histoire du gamin, mais cela n'avait pas d'importance.

— Si l'un des terroristes a survécu, cette info fait du gamin une cible géante. Trouvez-les, Frazer.

Jed raccrocha au nez de l'homme. Il retourna au magasin de vêtements et fouilla la poubelle près de la caisse. Toujours avec ses gants en latex, il sortit les étiquettes et les jeta à côté de la caisse enregistreuse. Cindy l'observait avec intérêt. Elle savait que c'était important.

— On doit trouver à quoi correspondent ces vêtements.

Si son intuition était correcte, ils auraient une description de la taille et de la morphologie de la femme, des vêtements qu'elle portait et, avec de la chance, ils trouveraient peut-être même son ADN ou ses empreintes.

Il appela l'un des agents de terrain du bureau local du FBI qui travaillait quelque part dans le centre commercial, le mit au courant et lui demanda de venir le rejoindre immédiatement.

— Je dois y aller, dit-il à la technicienne outrée, ignorant ses protestations.

Puis Jed retourna vers son SUV en courant. Des terroristes

qui s'en prenaient à des clients innocents quelques semaines avant Noël n'allaient pas se gêner pour éliminer un jeune garçon. Vivi Vincent et son fils étaient en danger. Il devait les retrouver rapidement.

CHAPITRE CINQ

ICHAEL NE VOULAIT pas manger. Peu importe qu'elle
lui propose des bonbons ou du soda, il refusait d'avaler
quoi que ce soit.

Vivi devait trouver un moyen de le faire sortir de cette
cachette mentale où il se terrait, et elle devait le faire sans plus
attendre, avant de perdre des mois ou des années de progrès.

L'hôtel où ils logeaient contenait un immense parc aqua-
tique couvert. Ce parc et la proximité du centre commercial
étaient les principales raisons de son choix.

— Tiens.

Il agita une paupière apathique.

Elle lui lança un short de bain et une serviette.

— On va à la piscine.

Michael se tourna vers elle. *Enfin.* Son visage exprimait un
mélange d'intérêt méfiant et de crainte. Il adorait l'eau. Elle
espérait que l'amour qu'elle lui portait suffirait à relancer le
processus de guérison pour qu'il puisse retrouver sa routine.
Le plus important était de prendre des repas réguliers et de
bien dormir, elle avait donc prévu de l'épuiser, de le nourrir et
de le laisser se reposer.

Elle avait déjà enfilé son maillot de bain sous un pantalon
de yoga et un t-shirt, et portait une paire de crocs rouges que
Michael lui avait achetés pour son anniversaire l'été précédent.

— Allez. Je compte bien me baigner et je ne te laisserai pas seul ici.

Il s'exécuta à contrecœur, sachant qu'elle ne changerait pas d'avis maintenant qu'elle avait pris sa décision – une ténacité qu'ils avaient en commun – et alla se changer dans la salle de bains.

Deux minutes plus tard, ils descendirent. L'hôtel bourdonnait d'activité malgré la récente attaque terroriste. La vie avait repris son cours. La présence policière en ville était très importante. C'était l'heure du dîner. Des groupes de personnes se dirigeaient donc vers le restaurant. Certaines semblaient clairement traumatisées. Plusieurs arboraient des coupures et des bandages. Une femme leur jeta un regard étrange que Vivi mit sur le compte de son allure de morte-vivante.

Elle boitait, mais essayait de le cacher. Les coupures sur ses pieds étaient plus douloureuses que prévu et le moindre pas représentait une lutte de chaque instant. Ils étaient lourdement bandés et elle espérait pouvoir faire monter Michael sur l'un des toboggans avant qu'il ne réalise qu'elle ne pourrait pas entrer dans la piscine avec ses blessures.

La duplicité parentale. Une chose qu'elle désapprouvait habituellement, mais aux grands maux, les grands remèdes.

Ils entrèrent dans l'enceinte de la piscine et furent frappés par un mur de chaleur et la puanteur du chlore. La force de l'eau provenant des nombreux toboggans imbriqués était assourdissante, mais aussi étrangement apaisante – assez de bruit blanc pour bloquer jusqu'aux souvenirs des tirs et des cris. L'endroit était presque désert. L'idée d'être dans un endroit surpeuplé, n'importe quel endroit surpeuplé, lui faisait désormais peur. C'était quelque chose qu'elle devrait régler un jour ou l'autre.

Un petit groupe d'enfants passa devant eux en grelottant. Quelques parents surveillaient leur progéniture depuis les chaises longues.

Michael jeta un coup d'œil aux toboggans, lui tendit sa serviette et se précipita pour aller jouer. Une vague de soulagement la submergea et elle sentit ses genoux faiblir. Elle se laissa tomber sur une chaise longue à proximité. Elle était brisée, terrifiée, et toute son énergie l'avait quittée.

Son fils émergea de l'un des toboggans et sortit de l'eau en souriant.

Une explosion de soulagement lui réchauffa la poitrine. *Ça allait s'arranger.* Tout allait s'arranger. Il se lia d'amitié avec un autre garçon de son âge et ils retournèrent faire du toboggan. C'était un bon nageur et elle s'autorisa à se détendre un peu. Après avoir découvert que les enfants autistes étaient particulièrement attirés par l'eau, elle lui avait fait prendre des leçons trois fois par semaine, et maintenant il avait atteint un niveau de compétition. Autiste ou non, c'était un très bon nageur. Les maîtres-nageurs ne quittaient pas des yeux les toboggans, ce qui lui permit de se détendre.

Respire.

C'était terminé.

Ils avaient vécu l'enfer.

Mais ils avaient survécu.

Un instinct inconnu la poussa à se retourner pour regarder à travers les vitres du hall principal de l'hôtel. Un homme se tenait là et la regardait fixement. Il mesurait environ 1,80 m, avait les cheveux foncés, les yeux noirs, une barbe et la peau basanée. Lorsqu'elle croisa son regard, il détourna les yeux. Elle se retourna vers la piscine, puis jeta un nouveau coup d'œil par la fenêtre, mais il s'était éloigné vers le café.

Formidable. À présent, elle allait appliquer des stéréotypes raciaux à toutes les personnes qu'elle rencontrerait. Elle détestait les préjugés. C'était l'une des choses contre lesquelles elle s'était le plus battue lorsqu'elle avait mis Michael dans une école ordinaire et non dans une école spécialisée.

Elle chercha frénétiquement son fils du regard, paniquée à l'idée de l'avoir quitté des yeux pendant plus de quelques secondes.

Elle savait que cela devenait une obsession et que ce n'était pas sain, mais elle ne pouvait pas s'en empêcher. Elle avait failli le perdre ce jour-là. Et elle ne pouvait s'appuyer sur personne. Elle était seule. Elle n'avait pas de famille. David était trop occupé à être important pour penser à aider Michael et elle aurait préféré manger du foie cru plutôt que de soumettre son fils, sensible et en difficulté, à ses méthodes parentales strictes. Elle n'avait même pas gardé son nom, et il ne s'était pas opposé à ce qu'elle change aussi le nom de famille de Michael en Vincent.

Il avait honte de son fils, et elle avait honte de lui.

Elle se leva et aperçut les cheveux roux de Michael – rendus auburn par l'eau – plaqués sur son crâne. Il courait vers le toboggan suivant avec un grand sourire sur le visage.

— Ne cours pas, murmura-t-elle.

Elle était trop loin de lui pour qu'il l'entende avec le bruit de l'eau qui coulait, même si elle avait crié.

Desserre cette fichue bride, Vivi, tu vas étouffer le gamin.

Va te faire foutre, David.

Parfait, elle se disputait même avec son ex dans sa tête, comme si la réalité n'était pas assez difficile comme ça. Elle roula des yeux et se rassit. Elle essaya de se détendre, inspira profondément, sortit un livre de son sac à main et lut la première ligne. Deux fois. Des images de sang et de mort continuaient à s'imposer à son esprit et elle reposa le livre.

Ils avaient vécu l'enfer, mais c'était terminé. Le lendemain, ils rentreraient à Fargo.

Fargo. Elle n'aurait jamais pensé qu'elle finirait par y vivre. Après son divorce, une vieille amie lui avait proposé de travailler pour son entreprise de traduction. Si Vivi n'avait pas besoin de déménager pour qu'elles puissent travailler ensemble, elle n'avait aucune raison de vivre ailleurs.

De plus, elle aimait l'isolement. C'était une bonne excuse pour ne pas reprendre son ancienne vie à Washington et New York. Les hivers étaient infernaux. Les étés brûlants et tout aussi pénibles. Chaque année, en janvier, elle envisageait de déménager dans un endroit plus tempéré, mais Michael adorait le Dakota du Nord. Son école, ses professeurs, ses amis. Elle était prête à supporter presque tout tant que son fils était heureux. Elle aurait vendu son âme pour lui permettre de récupérer sa voix.

Il n'avait pas toujours été muet.

Il avait *par contre* toujours présenté des comportements à la limite du spectre autistique, peut-être Asperger. Il adorait la routine, aimait que ses affaires soient exactement au bon endroit et excellait dans les tâches répétitives. Mais il n'avait pas de handicap évident, hormis lorsqu'il était stressé et qu'il se glissait souvent dans de petits espaces exigus où il restait pendant des heures.

C'était épuisant. La recherche de réponses. L'inquiétude constante.

Elle se voûta et regarda Michael émerger du plus grand toboggan de la piscine. Intrépide. Courageux. Le sourire qui illuminait son visage compensait largement les efforts qu'elle avait dû déployer pour le traîner là. Elle lui rendit son sourire. L'agent Brennan avait loué la bravoure de Michael plus tôt dans la journée. Cela l'avait profondément touchée qu'il comprenne instinctivement ce dont son fils avait besoin, quelque chose qu'elle avait été trop terrifiée pour lui donner.

Elle repéra l'homme qui la regardait plus tôt par la fenêtre. Il portait à présent un short vert fluo qui lui semblait bien trop grand pour lui. Se forçant à inspirer profondément et se rappelant que le monde était plein de gens bien qui essayaient juste de s'en sortir, elle ferma les yeux et compta jusqu'à dix. Ce n'était pas un film où tout le monde en avait après elle. Ce n'était pas un complot pour la descendre. Il scrutait manifestement la piscine et pas elle. Il posa une serviette sur une chaise longue, à moitié cachée derrière un énorme palmier et se dirigea vers le toboggan le plus proche.

Michael passa en courant et fit un signe à sa mère. Son copain semblait perturbé, probablement parce que Michael ne parlait pas, mais il lui adressa également un sourire timide et un petit signe de la main. Elle lui rendit son salut, puis consulta sa montre. Elle lui laisserait encore une demi-heure, puis ils iraient manger.

Une silhouette lui fit soudain de l'ombre. Elle leva les yeux et sa bouche s'ouvrit sous l'effet de la surprise ; l'agent spécial Jed Brennan se tenait au-dessus d'elle. Son manque de maquillage et ses cheveux ternes attachés en une queue de cheval stricte la mettaient mal à l'aise, ce qui était ridicule. Il ne se souciait guère de son apparence.

— Où est Michael ? demanda-t-il.

Elle lui montra du doigt son fils qui gravissait à la hâte les marches d'un nouveau toboggan.

— Pourquoi ?

Les épaules de Brennan se détendirent et il leva les yeux au ciel, soulagé. Elle se tourna sur le côté de la chaise longue. Que se passait-il ? Que faisait-il là ? Il portait un épais manteau de laine et il faisait si chaud dans la piscine que la transpiration humidifiait déjà son front. Une barbe d'un jour lui assombrissait la mâchoire. Il s'extirpa du manteau et s'assit sur la chaise longue d'en face. Leurs genoux se touchèrent. Vivi sursauta.

— Comment avez-vous su où nous trouver ?

Il lui jeta un regard oblique.

— Je suis du FBI, vous vous souvenez ?

— Mais *ici*, insista-t-elle, à la piscine ?

— La réception a appelé votre chambre. Comme vous n'avez pas répondu, j'ai décidé de fouiller les parties communes. Michael a huit ans, alors je me suis dit que la piscine était un bon point de départ.

L'agent Brennan fit un signe de tête vers la fenêtre d'observation.

— Je vous ai vus par la fenêtre du hall. Difficile de passer à côté de vos cheveux.

Elle les lissa, mais il n'était pas là pour parler de ses cheveux. Il soutint son regard. Ses yeux étaient si foncés qu'elle n'arrivait pas à voir la démarcation entre pupille et iris. Mais il y avait quelque chose dans son regard qui la mettait mal à l'aise, une tension inexprimée. Un frisson de peur l'envahit.

— Que se passe-t-il ?

Il pinça ses lèvres comme s'il cherchait quoi lui dire.

— Ne vous avisez pas de me mentir, avertit-elle.

La lueur vacilla dans ses yeux.

— J'aimerais savoir à cause de quel homme vous pensez toujours qu'on va vous mentir.

Il se pencha en avant.

— Je vais vous dire pourquoi je suis ici : probablement parce que je suis un agent fédéral paranoïaque qui a vu trop de vilaines choses, et c'est probablement une réaction excessive de ma part.

Elle agrippa ses genoux. Elle avait cru que c'était terminé, mais devant les lèvres pincées de Brennan, elle comprit qu'elle avait eu tort.

— Dites-moi.

— Avez-vous vu les informations ?

Elle secoua la tête.

— Ils ont montré Michael dessinant de mémoire une journaliste de la télévision.

Elle ne comprenait pas

— On a filmé la séquence ce matin. Ils ont montré ça ? Même avec tout ce qui s'est passé au centre commercial aujourd'hui ?

Brennan hocha la tête.

— Affirmatif. Ensuite, ils ont fait un lien entre sa mémoire photographique et son talent de dessinateur et le fait qu'il s'est retrouvé piégé dans ce magasin avec les terroristes.

Elle eut l'impression que tout son sang venait de quitter son cerveau. *Oh, mon Dieu.* Elle se retourna vers l'endroit où elle avait vu son fils pour la dernière fois. Elle se leva. Elle commença à inspecter la piscine, à fouiller les toboggans, mais aucune trace de lui. Où diable était passé son fils ? Où était Michael ?

———

JED TOUCHA LE bras de Vivi.

— Du calme, il est probablement en haut d'un toboggan à

attendre son tour.

Mais il ne voyait pas l'enfant et après tout ce qui s'était passé dans la journée, il commençait à s'inquiéter.

— Ne bougez pas.

Il fit le tour de la piscine. Il aurait tout aussi bien pu dire au soleil de ne pas briller, car Vivi ignora son ordre et se mit à courir de l'autre côté de la piscine. C'était un vaste espace, avec de nombreuses petites alcôves et bon nombre de toboggans imbriqués. Il chercha un maître-nageur du regard et en vit trois penchés sur un homme portant un t-shirt rouge. Il courut jusqu'à eux. L'une des filles pleurait, une autre appelait une ambulance.

— Que s'est-il passé ? demanda-t-il.

— Je ne sais pas. J'ai trouvé Ray inconscient.

— Donnez l'alerte, ordonna Jed.

Il avait un mauvais pressentiment à ce sujet. Devant leur hésitation, il exhiba son insigne.

— Videz-moi cette maudite piscine !

L'une des jeunes femmes donna un coup de sifflet une fraction de seconde avant qu'il ne le lui arrache des mains. Ils commencèrent à évacuer les enfants. Mais toujours pas de Michael. Un sentiment horrible s'insinua en lui. Il avait tout gâché. Il était tellement occupé à bavarder avec la jolie mère qu'il avait oublié de protéger l'enfant. Amateur. Pauvre type. Il repéra un éclair vert au fond de la piscine et son cœur s'arrêta. Mais la silhouette était trop grande pour être celle d'un enfant. Puis il sut exactement ce dont il s'agissait. Il ôta sa veste de costume et remit son arme au maître-nageur le plus proche, tout en enlevant ses chaussures et ses chaussettes. Il plongea dans l'eau, le froid lui mordant la peau alors qu'il se dirigeait vers les profondeurs de la piscine.

Il lui fallut une éternité pour atteindre l'homme qui maintenait le petit garçon sous l'eau. Jed le frappa à la tête, puis le saisit par le cou et l'écarta de Michael. Le gamin ne chercha pas à nager pour se mettre à l'abri. Il se contenta de dériver, inerte. L'agresseur fit une galipette et se faufila derrière lui pour l'étrangler. Jed le repoussa violemment contre le mur, cherchant à se libérer coûte que coûte pour atteindre Michael et le ramener à la surface.

Un tsunami de bulles se forma autour du garçon et il y eut un éclair de cheveux longs et roux. Vivi tirait son fils hors de l'eau.

Il reporta son attention vers le sac à merde qui était tombé assez bas pour essayer de noyer un garçon de huit ans. Des petits points dansaient devant les yeux de Jed, mais ce type était sous l'eau depuis bien plus longtemps que lui et avait bien plus besoin d'oxygène que lui. Il s'agrippa sans ménagement à l'enfoiré. Il resserra son emprise quand l'homme commença enfin à paniquer et essaya de remonter à la surface. Jed entendait son propre cœur battre dans ses oreilles et calma délibérément son esprit, ralentit son pouls. Son entraînement de tireur d'élite prit le relais, et son corps se détendit malgré l'adrénaline et la testostérone qui circulaient dans son corps. Le regard de l'homme valait chaque instant de malaise. Il attendit jusqu'à ce que le type ait le réflexe de respirer et commence à s'étouffer. *Vas-y, respire, connard.* Puis Jed le ramena à la surface et laissa le maître-nageur le tirer sur le côté. Il s'extirpa à son tour de la piscine et repêcha ses menottes dans la poche trempée de son pantalon. Il les passa aux poignets de cette ordure de terroriste malgré les protestations du maître-nageur qui essayait de lui faire du bouche-à-bouche.

Jed récupéra son arme. Il n'était pas inquiet pour ce type. On ne peut pas noyer un cafard. Le bâtard se mit justement à tousser et à cracher de l'eau. Jed rejoignit un Michael Vincent pâle comme la mort dans les bras de sa mère. Il était conscient et frissonnait de façon incontrôlable. Ses yeux étaient rouges, peut-être à cause du chlore ou des pleurs.

Quelle putain de journée.

Il s'accroupit et posa sa main sur la sienne, en serrant ses doigts. Il aurait aimé ne pas se sentir personnellement responsable de tout ce merdier.

— Il va bien ?

Elle déglutit et hocha la tête, l'air fragile et épuisé, mais prête au combat en même temps. L'admiration qu'il éprouvait pour cette femme ne cessait de croître. Hormis le fait qu'elle était belle, elle avait une volonté d'acier ; elle avait vécu l'enfer, mais elle n'était pas pour autant en pleurs. C'était une battante.

Il prit une grande serviette épaisse sur la pile de la table voisine et l'enroula autour de ses épaules, la sentant se raidir sous ses doigts.

— Tout va bien, Vivi.

Il lui passa la main dans le dos pour la rassurer. Il voulait qu'elle se sente en sécurité, même s'il savait qu'il ne fallait pas faire de promesses.

— Tout va bien se passer.

Jed regarda le maître-nageur qui avait été assommé. Il semblait revenir à lui. Jed récupéra sa veste et ses chaussures sur le sol humide et sortit son téléphone. Il avait froid, il était trempé, mais il était sacrément heureux d'avoir atteint Michael à temps. Il appela le bureau local.

— L'un d'entre eux a tenté de noyer le petit Vincent dans la piscine de l'hôtel.

Il donna quelques détails au téléphone, juste assez pour qu'ils sachent exactement où il était et ce qu'il fallait faire.

L'hôtel se trouvait à quelques kilomètres seulement du centre commercial de Minneapolis et il fallut moins de trois minutes pour que les fédéraux arrivent. Vivi et son fils étaient assis, accrochés l'un à l'autre, frissonnant de façon incontrôlable. Michael pleurait sans bruit. Ce chagrin muet remua un couteau dans le cœur de Jed.

Il mit le suspect en garde à vue pendant qu'un des autres agents récupérait les affaires de l'homme dans les vestiaires. Le tueur présumé ne fut pas autorisé à se sécher ou à s'habiller. Jed espérait que le type se dégonflerait sur le chemin de l'interrogatoire.

Jed prit son manteau et le sac de Vivi sur la chaise longue. En se retournant, il la vit qui l'observait. Dans son regard bleu et franc, il y avait des questions. Des questions sur la suite des événements. Des questions auxquelles il ne voulait pas répondre.

— Venez.

Il les escorta jusqu'à la porte, puis ils traversèrent le salon et entrèrent dans l'ascenseur. Une fois à l'intérieur, il sortit son arme de son étui.

— Quel étage ?

— Le huitième.

— Quelle chambre ?

Elle plongea le bras dans la poche latérale de son sac à main et lui remit une carte magnétique. Il y jeta un coup d'œil. 801.

Il prit les devants, l'invitant à rester derrière lui pendant qu'il fouillait rapidement la pièce. Elle était vide. Il se dit que ces types devaient avoir des gars qui écumaient tous les hôtels du coin et qu'ils avaient eu de la chance. Il était fort probable que le type arrêté ait prévenu ses petits copains et qu'ils soient en route, mais les fédéraux et les flics surveillaient chaque étage et chaque sortie. Ses collègues étaient déployés au niveau de toutes les routes avoisinantes, observant et attendant qu'une bande de sales types arrive sur les lieux. Il n'avait pourtant pas l'intention que Vivi ou son fils soient sur place si une personne mal intentionnée parvenait à passer à travers les mailles du filet.

— Habillez-vous. Aussi vite que possible.

— Et vous ? demanda-t-elle en regardant ses vêtements mouillés.

Heureusement, son pardessus et ses pieds étaient secs. Il devrait s'en contenter.

— Je tiendrai jusqu'au bureau local. J'ai d'autres vêtements dans la voiture, je pourrai me changer.

Elle commença à sécher les cheveux de son fils, mais il posa sa main sur sa taille et l'écarta doucement.

— Je vais aider Michael. Habillez-vous.

Ses pupilles se dilatèrent instinctivement en réaction à ce contact ; quelque chose d'animal que personne ne pouvait contrôler. Il le sentit aussi et cela l'agaça. Il ne voulait pas mélanger travail et émotions. Pas cette fois. Ils avaient tous beaucoup trop à perdre s'il n'apportait pas toute son expertise sur le terrain.

Puis son expression laissa place à la surprise, ce qui l'énerva encore plus. Comme si personne n'avait jamais proposé de l'aider auparavant. Elle hocha la tête, soudainement aussi muette que son fils, prit quelques vêtements et se dirigea vers la salle de bains. Jed déshabilla le gamin, le sécha et lui passa des vêtements secs. Il s'essuya du mieux qu'il put avec une serviette, ignorant l'inconfort de sa propre peau humide. Il n'était pas prêt à se rendre au travail en robe de chambre. Il se serait couvert de honte.

Ensuite, il rassembla les affaires des Vincent. Il fourra tout ce qu'il trouva dans les tiroirs et l'armoire dans la valise de taille moyenne – s'arrêtant une seconde sur les sous-vêtements en soie du tiroir du haut. Il sentit quelque chose s'agiter en lui. Ces morceaux de satin colorés lui rappelaient qu'elle n'était pas seulement une victime, mais une femme forte et belle dont la vie était sur le point de s'écrouler à nouveau après une journée déjà bien merdique. Il ne pouvait rien y faire et il n'aimait pas ça. Il n'aimait surtout pas que ce soit cette rouquine en particulier qui se soit retrouvée prise dans cette toile de haine et de lâcheté, car il y avait joué un rôle, et son fils et elle étaient en danger. À présent, les choses devenaient personnelles, et il n'aimait pas ça non plus.

C'était ce contre quoi son patron l'avait toujours mis en garde. Les choses devenaient trop personnelles quand vous laissiez les gens vous toucher, et cela finissait par nuire à votre jugeote et à votre objectivité.

Ça n'arrivera pas cette fois-ci.

Michael était roulé en boule sur le sol. Jed jeta tous les vêtements qu'il trouva dans la valise sans les plier. Ils devaient s'en aller au plus vite.

Vivi sortit de la salle de bain, ressemblant davantage à son ancien moi, sûre d'elle. Ses cheveux étaient plaqués sur son crâne, soulignant la lividité de ses traits. Elle les avait tressés. Elle fronça les sourcils devant la valise, puis retourna dans la salle de bain et revint en fermant une trousse de toilette. Elle la jeta dans la valise, puis elle passa une main sous les oreillers pour y récupérer son pyjama et une peluche qu'elle fourra dans les bras de Michael.

— Vous voulez bien lui mettre ses chaussures ? lui demanda-t-elle.

Jed fit un signe de tête.

Du coin de l'œil, il la vit ranger son ordinateur portable et son chargeur, puis enfiler délicatement ses bottes d'hiver. Des taches de sang frais maculaient les épaisses chaussettes qu'elle portait, mais elle ne prit pas le temps d'en changer.

— Où allons-nous ? demanda-t-elle.

— Je ne sais pas encore.

Elle le regarda avec méfiance. Cela semblait être son attitude par défaut. Ils avaient cela en commun, mais il faisait partie des forces de l'ordre. Quelle était son excuse ?

— Y a-t-il un M. Vincent que je devrais contacter ?

Merde, il n'y avait même pas pensé plus tôt. Il n'en avait pas eu besoin. Elle ne portait pas de bague, mais cela ne signifiait pas qu'elle n'était pas mariée.

— Pas de M. Vincent.

Le fait que cette information le réjouisse était un très mauvais signe. *La distance émotionnelle, souviens-toi.*

— Vous allez geler dehors dans cette tempête de neige.

Elle le regarda comme s'il était idiot. Pas du tout le regard de désir qu'on jetterait à un corps viril.

— Je ne peux pas faire grand-chose pour l'instant. Ça fera l'affaire jusqu'à ce qu'on arrive au QG.

Il ferma la valise et mit Michael sur ses pieds. Il se pencha vers lui et regarda le garçon dans les yeux.

— Je sais que tu es rincé, petit. Tu as battu des méchants deux fois aujourd'hui et personne ne mérite plus que toi de faire une pause.

Il scruta le visage du gamin, mais il avait l'air absent. Jed ne pouvait pas le blâmer.

— Tout ce que j'ai besoin que tu fasses, c'est aller à la voiture, puis je me charge du reste. OK, mon pote ?

Michael ne répondit pas, mais fit quelques pas vers la porte. C'était suffisant. Vivi mit son manteau pendant que Jed aidait Michael. Elle prit la main du garçon et saisit la poignée de sa valise, sa sacoche d'ordinateur portable déjà sur l'épaule. Autonome. Efficace. Seule. Même en tenant la main de son fils, Vivi Vincent avait l'air très seule.

Il sentit de nouveau cette chose dans sa poitrine.

Les terroristes. Le danger. Reste concentré.

Jed sortit son arme de poing et plaça sa main sur l'épaule de Michael avant d'ouvrir précautionneusement la porte. Devoir attendre l'ascenseur fut un nouveau moment éprouvant dans une journée pleine de poussées d'adrénaline. Ils descendirent au deuxième étage et marchèrent jusqu'au bout du couloir, puis empruntèrent les escaliers, se dirigeant vers une entrée latérale plus proche de l'endroit où il avait garé sa voiture. Vivi ralentit.

— Je dois prévenir la réception de notre départ.

Jed secoua la tête et posa la main sur le bas de son dos, la poussant vers l'avant.

— Ne vous inquiétez pas pour ça. Nous espérons piéger tous ceux qui pourraient être à votre poursuite.

Les yeux exorbités, la gorge serrée, elle déglutit plusieurs fois d'affilée. *Merde*, il n'avait pas l'intention de l'effrayer plus qu'elle ne l'était déjà.

— Comment m'avez-vous retrouvée ?

— En traçant l'activité de votre carte de crédit.

— Et ces types peuvent faire ça aussi ? demanda-t-elle en plissant les yeux.

— J'en doute, mais c'est possible.

Cela dépendait de leurs ressources infiltrées et Jed aurait parié qu'ils avaient eu quelqu'un au centre commercial de Minneapolis. Il fallait espérer qu'ils n'aient personne au sein de la police.

Elle sortit son portable de sa poche.

— Est-ce qu'ils peuvent le suivre ?

Il montra son badge à l'homme en uniforme qui se tenait devant la porte extérieure, puis posa sa main sur celle de Vivi. Elle était gelée, mais cela n'empêcha pas la connexion peau contre peau de s'établir, faisant vibrer ses nerfs, une secousse chaude et mal venue.

— Éteignez-le, mais gardez-le dans votre poche pour l'instant. Commençons par nous rendre au quartier général où ils pourront élaborer un plan et où je pourrai me changer.

Parce que se promener à Minneapolis avec des vêtements mouillés en plein mois de décembre revenait à s'exposer aux engelures.

— Peut-être que les fédéraux pourront utiliser votre téléphone pour tendre un autre piège aux assaillants et mettre un terme à tout ça.

— Et dans le cas contraire ?

Il ne voulait pas y penser.

Elle pinça les lèvres. L'intensité de ses yeux bleus le transperça.

— Vous n'allez pas rester avec nous, n'est-ce pas ?

Les yeux de Michael se tournèrent vers lui, juste assez pour que Jed sache que le gamin écoutait chaque mot et que sa réponse importait.

— Je ne sais pas encore où je vais aller, mais je ne compte pas vous abandonner.

Il pensait qu'il était trop expérimenté pour faire des promesses qu'il ne pourrait peut-être pas tenir – il s'était visiblement trompé. Il serra l'épaule de Michael, ouvrit la porte et s'avança dans le froid hivernal de la première grande tempête de neige de la saison. *Bienvenue dans le Minnesota.*

— On va être placés en détention protectrice, c'est ça ? cria-t-elle, essayant de se faire entendre par-dessus les rafales de vent.

— Pour l'instant.

Bon sang, il allait mourir de froid avant d'atteindre cette foutue voiture. Il prit la valise des mains de Vivi et essaya de les protéger, elle et Michael, des regards et du vent. Il inspecta le parking, à la recherche des assaillants, sachant qu'ils pouvaient être n'importe où. Bon sang. C'étaient les États-Unis. Rien de tout cela n'était censé se produire ici.

Ben voyons. C'était ce que ces connards essayaient de leur faire comprendre. Bienvenue dans le reste du monde.

————

LE CŒUR DE Pilah battait la chamade. Elle était assise dans sa petite Ford Focus bleue dans l'immense parking de l'hôtel, le moteur en marche pour essayer de se réchauffer alors que la tempête de neige qui s'épaississait venait recouvrir les alentours d'un épais manteau blanc. Le radiateur soufflait de l'air chaud, mais ses mains et ses pieds étaient engourdis par le froid. Elle n'était pas habituée à un temps aussi rude. Sa mère, une belle Américaine blonde, avait vécu en Floride. Ses parents avaient divorcé quand elle avait dix ans et son père l'avait ramenée sur le plateau oriental de la Syrie sans que sa mère ne s'y oppose.

Elle savait ce que c'était que de grandir sans mère et ne voulait pas que ses filles vivent la même expérience.

Après avoir quitté l'hôpital, Pilah était rentrée chez elle et avait trouvé un homme du nom d'Abdullah Mulhadre qui campait dans son salon. Elle l'avait surpris. La lueur glaciale dans ses yeux lui avait fait peur. Au début, elle avait cru qu'il était là pour la tuer et pour faire le ménage, mais avec le temps, elle avait fini par relâcher sa garde. Ils avaient passé l'après-midi à regarder les nouvelles de l'attaque, à surveiller la vague d'indignation croissante. Puis le reportage sur le garçon avait été diffusé et elle s'était précipitée dans la salle de bains pour vomir.

Elle ne pouvait pas croire qu'elle avait fait une telle erreur de calcul et qu'elle avait laissé l'enfant vivre. Elle avait été prise de court par l'ampleur de son erreur. Abdullah l'avait suivie aux toilettes et elle avait dû avouer qu'elle ne se souvenait pas exactement de ce dont ils avaient discuté dans le magasin de jouets et que le garçon avait *peut-être* entendu quelque chose.

Il l'avait frappée.

Sa joue la lançait encore, et elle la toucha doucement. Elle ne lui avait pas dit qu'elle avait vu l'enfant à l'hôpital. L'homme l'aurait tuée sur place pour ne pas avoir éliminé le problème. Abdullah lui donnait la chair de poule. Elle frissonna. La plupart des hommes avec lesquels elle s'était retrouvée impliquée récemment lui donnaient la chair de poule.

— Pourquoi t'es-tu rapproché de ces gens, Adad ? demanda-t-elle avec colère à son défunt mari, essuyant la condensation de son souffle sur le pare-brise.

Bien sûr, il ne répondit pas, trop occupé à traîner avec des vierges vestales pendant qu'elle essayait de trouver un moyen de sauver leurs enfants.

— Tu as toujours été un sacré idiot.

Les larmes lui montèrent aux yeux. Idiot ou pas, elle l'avait aimé.

Ce n'était plus qu'une question de temps avant que le garçon ne fournisse aux autorités un portrait-robot précis de son visage ou suffisamment d'informations pour que les Américains réalisent que le gouvernement syrien n'était pas responsable, que c'étaient les rebelles qui avaient attaqué le centre commercial et qu'ils n'en avaient pas encore fini.

Le président syrien écraserait ceux qui auraient essayé de l'impliquer dans le terrorisme international et les États-Unis ne l'en empêcheraient pas. Ses enfants se retrouveraient au milieu des combats et mourraient probablement.

Elle consulta son téléphone, attendant un message d'Abdullah. Où était-il ? Du coin de l'œil, elle vit un homme grand aux cheveux foncés guider une femme et un enfant à travers la neige, et passer devant sa voiture en direction d'un 4x4 noir. Les cheveux et le pantalon de l'homme étaient humides, la neige s'accrochait à lui alors qu'il évoluait rapidement dans l'air glacé. C'étaient *eux*, réalisa-t-elle soudain, manquant de s'étouffer. Elle remercia l'accumulation de neige sur le pare-brise qui la masquait à leurs regards.

Que s'était-il passé ? Abdullah ne les avait-il pas trouvés à temps ? Où était-il ?

Elle pensa au pistolet dans la boîte à gants, mais l'homme était manifestement un policier et elle sentit un frisson d'inquiétude lui parcourir l'échine devant la dureté de ses traits. Avant qu'elle n'ait pu se résoudre à s'occuper elle-même du problème, le SUV noir s'éloigna. Elle mémorisa la plaque d'immatriculation.

Abdullah avait manifestement échoué.

Avait-il été capturé ? Devait-elle partir ? L'homme arrogant était dans les bons papiers de Sargon, et elle craignait de croiser l'un ou l'autre. S'il sortait dans quelques minutes au beau milieu d'une tempête de neige sans la veste qu'il avait laissée sur son siège arrière, il serait en colère. Elle sentait encore les traces de sa dernière colère sur son visage. Sa tête la lançait, en raison de ses blessures, du froid et de la peur.

Des voitures de police circulaient à toute allure sur les routes avoisinantes. Si elle ne partait pas rapidement, elle serait piégée. De toute évidence, les flics attendaient que les terroristes se présentent pour tuer la femme et l'enfant, mais le garçon avait disparu. Comme par magie.

Elle devait partir.

Le téléphone sonna et consulta le numéro.

Un sentiment de malaise se mêlait à l'espoir d'entendre la voix de ses enfants.

— Allô ? fit-elle.

— La course est-elle terminée ?

Comment avait-il entendu parler du garçon ? Abdullah l'avait-il appelé sans le lui dire ? Probablement.

— Pas encore.

Ils faisaient tous deux attention au choix de leurs mots au cas où quelqu'un les écouterait. Le fait qu'il l'ait appelée sur un autre portable prépayé qu'Abdullah lui avait donné devait suffire à protéger son identité, mais elle aurait préféré qu'il ne l'appelle pas du tout. Le besoin soudain d'entendre la voix de ses enfants la rendit téméraire.

— Puis-je parler à Dahlia ou à Corinne ? demanda-t-elle.

— Non, claqua la voix. Termine la *course*, et après tu pourras leur parler.

Elle se ratatina de l'intérieur.

Retrouver le garçon frôlait désormais l'impossible. Elle mourait d'envie de parler à ses filles rien qu'un bref instant.

— S'il vous plaît ? supplia-t-elle.

Elle entendit des filles rire et crier « Maman ! » avant de s'éloigner.

La voix de Sargon se fit entendre.

— Elles sont trop occupées à jouer pour venir te parler. Que peux-tu me dire ?

— Nous sommes arrivés trop tard.

L'émotion lui serrait la gorge. Sargon détestait l'échec. Elle ne voulait pas qu'il se venge sur ses enfants.

— Mais j'ai la plaque d'immatriculation du véhicule qu'ils ont utilisé pour l'emmener.

C'était probablement inutile, mais elle l'avait tout de même relevée.

— Ils vont le placer sous protection des témoins.

Il y eut un long silence pendant qu'il réfléchissait à ses informations.

— Tout n'est pas perdu. J'ai quelqu'un qui pourrait trouver où ils comptent l'emmener. J'ai une autre mission pour toi. Rentre chez toi et attends les instructions.

Mais qu'est-ce que… ? Non. Non ! Elle en avait fini. C'était terminé. Elle ouvrit la bouche pour le lui dire…

— Les filles, venez parler à votre mère…

Une vague d'espoir jaillit en elle, mais elle fut instantanément anéantie lorsque la communication fut interrompue. Elle laissa échapper un sanglot, puis appuya sa tête contre le volant tandis que des larmes chaudes coulaient de ses yeux. Les transmissions cellulaires vers cette partie du monde étaient connues pour être peu fiables. Ou bien avait-il raccroché pour lui rappeler le pouvoir qu'il avait sur ses bébés ?

Elle jeta le portable sur le siège.

— Adad, si tu n'étais pas mort, je te tuerais moi-même.

Elle essuya ses larmes et démarra. Abdullah avait dû se faire arrêter ou bien il s'était échappé par un autre moyen. Elle quitta le parking, ouvrant l'œil au cas où elle l'apercevrait, puis tourna dans la direction opposée à celle du SUV.

Sa bouche devint sèche. Quelle serait la prochaine mission que lui confierait Sargon ? Il n'avait jamais mentionné ce qui se passerait après l'attaque du centre commercial. Bien sûr, elle n'était probablement pas censée y survivre. Elle tourna à gauche et se perdit dans un enchevêtrement de routes, la circulation s'éloignant du centre commercial.

Abdullah ne s'attendait pas du tout à ce qu'elle rentre chez elle, réalisa-t-elle. L'appartement était loué sous un faux nom qui ne pouvait pas être relié à sa véritable identité. Il avait supposé qu'il pourrait l'utiliser comme refuge parce qu'elle serait morte. Elle se sentit profondément trahie par le peu de cas qu'ils faisaient de sa vie – mais à quoi s'attendait-elle exactement de la part de ces gens ?

Ses pneus dérapèrent sur la route glissante et elle faillit partir en dérapage incontrôlé.

C'était comme un reflet de sa vie : elle se trouvait à la merci de choses qu'elle ne pouvait pas contrôler. Elle réussit à maintenir la voiture dans la bonne direction et poursuivit son chemin. Elle avait besoin de rentrer chez elle. Besoin de trouver un moment de calme dans une journée qui avait viré à l'enfer. Elle fut choquée de réaliser à quel point elle était seule. Pas d'amis. Pas de famille. Personne ne serait là pour elle si son implication éclatait au grand jour. Elle aurait dû mourir ce jour-là. Cela aurait été plus facile que d'affronter l'avenir.

ELAN OBSERVAIT DE loin.

Ce témoin gênant menaçait de compromettre le plan. Il avait pensé que l'ancien soldat serait capable de s'en occuper, mais le garçon et sa mère étaient désormais en détention protectrice, et le Syrien avait été arrêté. Ça sentait mauvais.

La deuxième phase de cette opération était de loin la plus délicate et la plus critique. Il n'y avait aucune marge d'erreur. Le garçon ne savait peut-être rien, mais quoi qu'il en soit, la menace devait être éliminée.

Il s'y était engagé.

Il n'aimait pas tuer les enfants, mais en grandissant, les enfants devenaient des guerriers et parfois ils étaient un sacrifice nécessaire. Devrait-il s'en occuper lui-même ? Il ne voulait pas intervenir à moins d'y être contraint. Sargon devait être conscient du problème, sinon il n'aurait pas envoyé la femme et sa marionnette pour s'en occuper. Le vieux Syrien devait paniquer dans son refuge libanais, craignant de ne pas recevoir le reste de son argent, de ne pas avoir sa chance d'accéder au pouvoir.

Elan plissa les yeux. Il allait se contenter d'attendre en observant. D'offrir à Sargon une chance de tenir ses promesses sans son intervention. La femme dans la voiture bleue constituait un autre maillon faible, même si Sargon la tenait en laisse. Elle pourrait s'avérer utile à présent que le soldat s'était fait arrêter.

Elan aimait sa famille, mais il était heureux de ne jamais avoir eu d'enfants. C'était une vulnérabilité trop facile à exploiter. Ils étaient trop faciles à tuer. Il disparut dans la tempête de neige qui s'épaississait, tel un fantôme.

CHAPITRE SIX

LES ETOILES BRILLAIENT dans un ciel bleu marine, reflétées par la couverture neigeuse blanche comme l'ivoire, alors qu'ils descendaient une longue allée incurvée. Quinze centimètres étaient tombés depuis qu'ils avaient quitté l'hôtel. Une charge supplémentaire pesant sur les ressources d'une ville qui peinait déjà à absorber les effets dévastateurs d'une attaque terroriste.

Vivi était épuisée, mais sa fureur lui donnait l'énergie nécessaire pour faire ce qu'elle devait faire. Comment quelqu'un avait-il osé décréter que son enfant devait mourir ? Comment un inconnu avait-il osé entrer dans une piscine et maintenir son fils sous l'eau jusqu'aux limites de l'inconscience ?

L'attaque terroriste du centre commercial ne lui avait pas semblé personnelle, mais *ça* ? C'était clairement personnel.

Pour la première fois, elle regrettait d'avoir ignoré les recommandations de son ex-mari qui lui conseillait d'apprendre à se servir d'une arme à feu. Elle aurait souhaité avoir été plus attentive lorsqu'il lui avait parlé de ses inquiétudes en matière de sécurité. Elle ne risquait toutefois pas de courir vers lui pour obtenir de l'aide. Ce salaud sans cœur avait essayé d'enfermer Michael dans une institution quelques années plus tôt. Oubliant que Michael était un enfant innocent qui avait besoin de sa famille. Oubliant que Michael était son fils. Il s'était montré *jaloux*. David n'avait pas apprécié le temps qu'elle consacrait à Michael. Il n'avait pas apprécié le fait qu'elle ne se mette plus sur son trente-et-un et qu'elle ne s'accroche plus à son bras en robe de créateur lors de ses dîners professionnels. Il n'avait pas apprécié le fait qu'elle soit trop fatiguée et inquiète pour lui laisser tirer son coup quand il le voulait.

Eh bien, qu'ils aillent se faire voir, lui et les salauds qui essayaient de tuer son bébé. Elle ne comptait pas les laisser s'approcher de lui.

Vivi observa par la vitre de la voiture la maison qui allait devenir sa prison pour une durée indéterminée. Elle était située sur les rives du Mississippi, près d'un ravin escarpé. Elle était pittoresque et plaisante, mais cela n'en demeurait pas moins une prison. Elle ouvrit la portière avant que Brennan ne puisse le faire pour elle. Elle ne s'était pas attendue à ce qu'il les accompagne, mais il l'avait fait. Elle était persuadée qu'il avait des choses plus importantes à faire que de veiller sur elle et Michael.

Elle sortit du véhicule, la neige épaisse craquant sous ses bottes. Ses pieds blessés la lançaient. Elle avait remplacé les pansements pendant qu'ils attendaient dans le bureau régional du FBI, mais ses pieds lui faisaient toujours mal. Des blessures superficielles au regard de ce que d'autres avaient subi, juste assez pour lui rappeler la chance qu'ils avaient eue. Elle se retourna pour faire sortir son fils de la voiture. Des mains se posèrent sur ses hanches l'espace d'un instant et quelqu'un l'écarta doucement. Brennan. Il retira ses mains. Elle eut l'impression de sentir encore ses doigts sur sa peau. Cet homme était décidément très tactile. Elle n'était pas habituée à cela – elle ne savait pas pourquoi elle ne lui demandait pas d'arrêter.

Il s'enfonça à l'intérieur du véhicule et en ressortit avec Michael dans les bras. Il leva un sourcil interrogateur en la voyant, bouche ouverte.

La bouche de Vivi s'assécha. Elle était incapable de parler. Cet homme la laissait bouche bée. Pas par ses mots. Par ses actes. Des actes qui avaient sauvé la vie de son fils à deux reprises ce jour-là, et il se mettait encore en ligne de mire pour un petit garçon qu'il ne connaissait pas. Elle savait qu'il ne faisait que son travail, mais il était difficile de séparer toutes ses émotions de ce simple fait.

Cette attirance semblait insensée et puérile alors même qu'ils risquaient leur vie, mais cela faisait longtemps qu'elle n'avait rien ressenti de tel, et cela la perturbait.

Un autre agent prit sa valise et son ordinateur portable. Les fédéraux étaient intervenus dessus pour qu'elle puisse continuer à l'utiliser, mais qu'ils soient les seuls à connaître sa position. Ils avaient mis en place un leurre qu'ils pouvaient surveiller et, espéraient-ils, utiliser pour attirer les assaillants.

Des pièges.

Ils tendaient des pièges de toutes parts, parce qu'une mystérieuse organisation terroriste voulait tuer son fils.

Elle inhala une grande bouffée d'air froid qui lui fit mal aux côtes. Elle voulait crier sa colère contre le monde, mais le son portait dans ce genre d'endroit. Elle demeura donc silencieuse en suivant les deux fédéraux jusqu'à la porte d'entrée, gardant pour elle chaque particule de peur et de frustration.

— Est-ce que nous sommes en sécurité ici ? demanda-t-elle à la place.

Ils avaient roulé pendant quarante minutes, mais elle savait qu'ils avaient tourné en rond pour semer quiconque essaierait de les suivre. Ils n'étaient probablement qu'à quinze minutes de Minneapolis. Assez près pour qu'une équipe d'intervention puisse les rejoindre rapidement en cas d'urgence, mais assez loin pour garantir leur intimité. Avec un peu de chance.

Brennan s'était changé et avait enfilé des vêtements secs au bureau régional. Il était bien plus présentable et semblait avoir moins froid qu'auparavant, avec sa parka, son jean élimé, sa chemise bleue à carreaux et sa paire de grosses bottes d'hiver. Sa grande taille, sa silhouette élancée et son beau visage lui rappelaient sans cesse combien il était séduisant, alors qu'elle aurait dû faire attention à tous les efforts déployés pour garantir leur sécurité – sauf que cela lui donnait envie de crier de peur et de frustration.

Cette situation était dingue.

— C'est une planque utilisée par le US Marshal Service, vous devriez y être en sécurité pour le moment.

Il lui adressa un regard patient qui fit disparaître sa colère. Son désespoir lui pesa soudain moins.

Un homme chauve avec une moustache en guidon ouvrit la porte, et Brennan, Michael et elle se glissèrent rapidement à l'intérieur. L'autre agent resta près de la voiture.

Le premier marshal indiqua à Brennan de suivre sa collègue, une grande femme blonde avec de sacrées formes, dans les escaliers. Vivi suivit. Les marshals leur avaient préparé une chambre avec un lit double. Brennan ôta les bottes de Michael et les déposa doucement sur le sol. Il retira les couvertures et étendit soigneusement Michael sur le lit, défit sa veste et en extirpa son petit corps.

Vivi le regarda, fascinée.

Voilà ce que David aurait dû faire. *Voilà* ce qui manquait à son fils. C'était vraiment pathétique qu'il ait fallu qu'il manque de mourir à plusieurs reprises pour qu'un homme le borde la nuit. Les larmes qu'elle avait retenues toute la journée voulurent soudain couler, mais elle les chassa en clignant des paupières, puis se retourna et vit la jolie marshal qui la surveillait.

La femme tendit la main et chuchota :

— US Marshal adjointe Keene, mais vous pouvez m'appeler Penny. C'est un beau petit garçon que vous avez là.

— Merci.

Vivi lui serra la main. Elle ne manqua pas de remarquer que la femme regardait Brennan d'une manière qui laissait penser qu'elle le trouvait mignon lui aussi. Ce n'était pas les affaires de Vivi. *Il* n'était pas son affaire.

— Combien de temps devrons-nous rester ici ? demanda-t-elle au moment où Brennan sortait de la pièce et poussait la porte derrière lui, la laissant ouverte d'un centimètre seulement.

— Descendons en discuter, dit-il.

Keene ouvrit la voie. Brennan s'accrochait à l'épaule de Vivi comme une ombre.

Il y avait clairement quelque chose qui se passait entre eux. Ou peut-être était-ce juste elle qui était victime d'un culte du héros exacerbé. Ou peut-être avait-il cet effet sur toutes les femmes qu'il rencontrait. Peut-être n'était-il pas conscient du fait que son beau visage combiné à son attitude protectrice attirait les femmes – en particulier les mères célibataires épuisées et terrifiées au bord de la dépression nerveuse. Et elle devait sûrement être sur le point de perdre la tête si elle pensait à son attirance pour un homme alors que la vie de son enfant était en danger.

Sa tête allait exploser.

Elle se toucha le front et inspira profondément pour se calmer. Il mit sa main dans le bas de son dos et cela l'apaisa instantanément. Elle ne s'y attendait pas. C'était comme s'il savait qu'elle devenait folle à l'intérieur et qu'il essayait de l'aider. Elle devrait peut-être se laisser une chance d'être humaine et de penser à autre chose qu'aux effusions de sang et à la mort.

Ils arrivèrent dans la cuisine où l'homme à la moustache se présenta : marshal adjoint Bob Townsend.

Vivi ne voulait pas paraître ingrate, mais tout ce qu'elle souhaitait vraiment, c'était rentrer chez elle et oublier tout cela.

— Combien de temps devrons-nous rester ici ? demanda-t-elle à nouveau.

Les marshals regardèrent Brennan, probablement parce que le FBI était en charge de cette opération. *Grand Dieu.* Elle avait mal à l'estomac rien que d'y penser.

— Ça dépend, dit-il.

Elle croisa les bras et le dévisagea.

— De quoi ?

— Si nous arrivons à arrêter toutes les personnes impliquées dans l'attaque ou…

— Ou ?

— Ou si Michael arrive à dessiner les visages de tous ceux qu'il a vus dans ce magasin pour neutraliser la menace.

Le silence s'abattit sur la maison.

— Vous ne comprenez pas.

Combien de fois avait-elle dit cela à propos de son fils au

fil des ans ? Parce que personne ne comprenait. Même pas elle.

— Après tout ce qui s'est passé, je ne sais pas quand ni même *s'il* va recommencer à dessiner.

— Vous devez l'inciter à le faire.

Elle secoua la tête.

— Si je le force, il se renfermera encore plus. Je ne peux rien lui *faire* faire.

Elle sursauta lorsque Brennan lui prit une de ses mains serrées. Il lui massa les doigts comme s'il comprenait qu'elle était si tendue qu'elle était sur le point d'imploser.

— Vivi.

Sa voix était profonde et douce, et agissait comme un onguent sur ses nerfs à vif. Mais elle ne se laisserait pas avoir. Elle ne laisserait pas Michael se faire avoir.

— Il n'existe pas de manuel pour gérer cette situation. Je dis simplement que le moyen le plus rapide de neutraliser la menace qui pèse sur Michael est de s'assurer que nous avons accès à toutes les informations qu'il a enfermées dans sa tête. Il cessera alors d'être une menace pour leur organisation. En attendant, nous allons nous démener pour essayer d'attraper ces salauds et neutraliser la menace de cette façon. Sur ce, je dois retourner au bureau et voir où nous en sommes.

Mais il ne lâcha pas sa main. Il la caressa et la massa jusqu'à ce que la tension se dissipe peu à peu. Elle décrispa ses doigts et sa mâchoire, et expira lentement. Il y avait longtemps que personne ne l'avait touchée pour la réconforter. Et la dernière fois qu'elle avait éprouvé du désir pour quelqu'un remontait à encore plus longtemps.

Elle sentit la chaleur lui monter aux joues et elle retira sa main. C'était de sa faute, elle le savait. Elle éloignait volontairement les gens. Tout le monde, sauf son fils.

Les deux marshals suivaient l'échange avec intérêt. Elle ne savait pas ce qu'ils pensaient ni ce qui était normal dans ce genre de situation. Peut-être *était-ce* normal ? Cet attachement instantané à quelqu'un qui avait sauvé la vie de son enfant. Comment pourrait-il en être autrement ?

— Faites une liste des choses dont vous ou Michael avez besoin et j'essaierai de vous les apporter demain matin.

Ses yeux sombres étaient chaleureux. On y lisait une inquiétude empreinte de patience.

Elle s'éloigna. Elle ne voulait pas avoir à lui faire face. Ni à lui ni à personne. Tout ce qu'elle voulait, c'était rentrer chez elle.

Rapidement, elle rédigea une courte liste pendant que leurs protecteurs discutaient du temps nécessaire aux renforts pour arriver et de la capacité de puissance de feu sur place. À chaque mot, elle sentait ses tripes se ratatiner un peu plus. Comme elle avait été bête de penser que sa vie était déjà assez compliquée quand elle s'était levée ce matin-là. Ou même après avoir sorti un petit garçon paniqué d'une machine à IRM. Elle avait eu la belle vie jusque-là. Elle avait juste été trop stupide pour s'en apercevoir.

Elle avait beau apprécier Brennan et être attirée par lui – depuis le moment où il l'avait relevée dans le centre commercial bondé ce matin-là – elle n'était pas prête à se laisser manipuler.

Elle se détourna sans un mot. Elle les laissa se regrouper et élaborer des plans comme les experts en sécurité qu'ils étaient normalement. Le fait est qu'elle ne faisait confiance à personne. Surtout pas concernant son fils. Elle monta à l'étage et se glissa dans le lit à côté de Michael, serrant son corps léger contre le sien. Les battements de son cœur résonnaient violemment contre sa paume. Ce petit organe vital était la partie la plus bruyante de son corps.

––––––––––

DIX-HUIT HEURES APRÈS l'attentat, Jed se trouvait au bureau régional du FBI sur Freeway Boulevard en attendant le début du briefing. Il faisait sombre dehors, mais la neige baignait le sud de la ville d'un halo étrange.

Toutes les agences à sigles du pays, de la Sécurité intérieure (DHS) à l'Immigration (ICE), s'étaient rendues à Minneapolis pour faire face à la menace terroriste toujours considérée comme importante. Tout le pays était en état d'alerte. Les vols commerciaux étaient suspendus jusqu'à nouvel ordre.

Plus de cinquante corps avaient été retrouvés dans le centre commercial, dont treize enfants, le plus jeune n'ayant que trois ans. C'était écœurant, et cela aurait pu être pire. Le visage de Vivi Vincent lui traversa l'esprit. Quand il avait quitté la planque quelques heures plus tôt, elle n'était plus qu'une pâle copie de la femme qu'il avait rencontrée au centre commercial. Vidée et épuisée. Se méfiant de tout et de tout le monde. Il voulait bêtement la faire sourire à nouveau. Ce qui aurait été simple en temps normal. Mais c'était bien plus dur sachant qu'une organisation terroriste obscure aux plans inconnus avait mis un contrat sur leur tête, à son fils et à elle.

Il s'appuya contre un mur de l'open space. L'unité de déploiement rapide et technologique du FBI avait été chargée de créer une unité antiterroriste locale, ce qui agaçait à la fois la Sécurité intérieure, le Département de la Justice et l'unité antiterroriste nationale, qui voulaient tous être aux commandes. Les experts de l'antiterrorisme du DSC prendraient le prochain vol militaire disponible.

Il n'avait pas mentionné que, techniquement, il était censé être en congé.

Jed connaissait le type qui dirigeait les opérations ; ils travaillaient tous deux au Centre national pour l'analyse des crimes violents du DSC à Quantico. L'agent spécial superviseur (SSA) Steve McKenzie était un agent solide, avec une excellente réputation pour son travail bien fait. Jed voulait faire partie du groupe de travail, même si cela devait l'éloigner de la Virginie pendant quelques mois – son patron penserait probablement que c'était une bonne idée. Il voulait faire tomber cette cellule terroriste pour qu'ils ne blessent plus jamais qui que ce soit, surtout pas un petit garçon roux qu'il commençait à aimer.

Le fait qu'il ait été sur place lors de l'attaque pourrait leur conférer un avantage et il comptait bien l'utiliser. Il aurait seulement aimé être correctement armé. D'autres civils auraient pu être sauvés – bien qu'un SIG aurait eu du mal à rivaliser avec un fusil d'assaut et qu'en réalité il serait probablement mort.

C'était l'heure de la réunion. L'open space était bondé, mais la pièce était aussi silencieuse qu'une tombe fraîchement creusée. Choqué et fatigué, tout le monde écoutait attentivement. McKenzie commença par exposer tout ce qu'ils avaient appris jusqu'à présent.

— Sept terroristes sont morts. Un autre est en soins intensifs sous bonne garde.

— Est-ce qu'il va s'en sortir ? demanda un homme en jean et t-shirt passé de l'Université du Minnesota qui était arrivé en retard.

Il avait l'air d'un hippie. Jed ne connaissait ni cet homme ni l'agence pour laquelle il travaillait.

— Les médecins disent qu'il a une chance sur deux de s'en sortir. La balle a traversé son poumon et a fait beaucoup de dégâts.

— Assurez-vous que quelqu'un le surveille en permanence, et fouillez-le pour vérifier qu'il n'a pas de capsules de poison. Personne ne lui parle, sauf moi.

L'agent secret. Jed reconnut le type qu'il avait rencontré à Kandahar.

L'homme poursuivit :

— Ni les médecins, ni les infirmiers, ni le type posté devant sa porte. Juste moi. Enlevez l'horloge, la télévision, toute forme de communication, qu'il s'agisse de la radio ou d'Internet. Je veux qu'il soit complètement isolé, sans aucune idée de l'heure, sans accès aux informations sur le monde extérieur, et je veux savoir quand il se réveille.

À la lueur qui brillait dans ses yeux, Jed comprit que l'homme était habitué à obtenir des informations de ces types. *Bien.* Il voulait qu'ils soient mis à l'épreuve, qu'on leur arrache toutes les informations dont ils disposaient et qu'on les laisse pourrir dans une prison fétide pour le reste de leur vie.

— Le type que Brennan a chopé dans la piscine est à la prison fédérale – il refuse de donner son nom et pour l'instant son profil biométrique ne figure dans aucune base de données. Le petit plaisantin prétend avoir vu le garçon se noyer et avoir tenté de le sauver. Il veut parler à son avocat et poursuivre Brennan pour agression, déclara le SSA McKenzie au groupe.

— Bon courage pour ça depuis Guantánamo, murmura Jed.

L'agent de renseignements lui jeta un regard amusé.

— Nous avons identifié quatre des terroristes morts.

McKenzie débita des noms qui ne signifiaient rien pour Jed. Il n'avait pas travaillé sur des affaires terroristes depuis sa période d'essai au DSC et les choses évoluaient rapidement sur la scène internationale avec tant de recrues enthousiastes et volontaires qui n'avaient de cesse de se faire exploser. L'agent secret nota tous les noms.

— Nous passons toutes les bases de données au crible, mais d'après ce que je peux dire, aucun d'entre eux ne figurait sur une liste de surveillance américaine.

Ce qui était inhabituel et troublant.

— Ils étaient tous musulmans. Deux d'entre eux étaient des citoyens américains.

C'était un coup dur. La communauté musulmane avait entrepris de renouer des liens, et cet événement allait faire reculer ses efforts d'une décennie et probablement radicaliser toute une nouvelle génération avec le retour de flamme.

— Et la femme ?

La responsabilité de sa fuite lui tapait sur les nerfs.

McKenzie semblait irrité par les interruptions constantes, mais Jed était plus inquiet pour Vivi et son fils. Il n'avait pas l'intention de compromettre leur sécurité au milieu d'une opération d'une telle ampleur. De plus, cet homme n'était techniquement pas son patron ; il ne se ferait donc probablement pas virer s'il l'énervait, mais cela risquait de l'écarter du groupe d'intervention. Il ravala sa frustration.

— Grâce à votre présence d'esprit dans le magasin de vêtements, nous savons qu'elle est partie avec un pantalon noir, un haut bordeaux et un manteau de laine gris. Elle doit faire un peu moins de 1,70 m, peser dans les 60 kg et son ADN est en cours d'analyse en ce moment même.

La technicienne de la police scientifique méritait tout le crédit et Jed l'avait bien indiqué dans son rapport.

— Vous avez pu tirer quelque chose des photos de personnes quittant le centre commercial ?

McKenzie secoua la tête.

— Nous sommes en train de solliciter les médias et les réseaux sociaux pour obtenir des images, mais ça peut prendre un certain temps. Nous ne voulons pas d'un merdier comme à Boston ni d'une quelconque absurdité de justicier.

— Toutes les caméras de sécurité du centre commercial étaient éteintes ? demanda quelqu'un du fond de la salle.

McKenzie acquiesça.

— Dès le moment de l'explosion. Qui que soient ces gars, ils ont bénéficié d'une aide sophistiquée pour planifier cette attaque. Les analystes vont passer en revue toutes les images d'aujourd'hui avant l'explosion, puis ils visionneront les bandes des jours et des semaines passés dans un logiciel de reconnaissance d'images pour essayer d'identifier les assaillants en train de faire du repérage.

Il se massa le front.

— Nous demandons actuellement à toutes les personnes qui auraient pris des photos du centre commercial au cours des dernières semaines de nous les envoyer en ligne. Mais cela prend du temps et nous voulons nous assurer de contenir cette menace terroriste le plus rapidement possible.

Le problème du monde actuel n'était pas le manque d'informations. C'était leur abondance. Le temps qu'ils les passent toutes au crible, les criminels auraient décampé depuis longtemps.

Personne ne comptait laisser cela se produire.

McKenzie poursuivit.

— Les armes ont toutes été introduites illégalement et nous sommes en train de retracer les numéros de série. Les munitions ont été achetées légalement. Le lobby anti-armes et la NRA vont tous les deux s'approprier l'histoire pour soutenir leur cause.

Comme s'ils avaient besoin d'une pression politique supplémentaire pendant l'enquête.

Il les regarda sévèrement.

— Pas de commentaires aux médias à ce sujet, c'est compris ?

— Je suis pour le contrôle des armes à feu tant que je peux garder la mienne, plaisanta un agent.

Jed ne dit rien. Moins d'armes à feu dans la rue rendraient probablement sa vie plus sûre, mais les gens étaient tout à fait capables de tuer avec des pieds-de-biche, des véhicules, des tournevis, des couteaux, le feu, l'électricité et toutes sortes d'autres articles ménagers. Les armes à feu étaient des outils, particulièrement efficaces quand la tâche consistait à tuer le plus grand nombre de personnes possible en un minimum de temps.

Il faudrait un cas de force majeure pour changer les lois sur les armes à feu aux États-Unis. Toute sa famille était autorisée à porter des armes dissimulées, y compris sa mère. Ils devaient marcher sur le corps des membres de sa famille pour leur arracher leurs armes, et comme son frère jumeau était le chef de la police locale, il ne pensait pas que cela arriverait de sitôt.

— Et le gamin ? demanda l'agent secret. Que peut-il nous dire ?

Cinquante paires d'yeux se tournèrent vers Jed. Et merde.

— C'est un garçon de huit ans, muet et autiste. Oui, il sait dessiner, mais je ne suis pas convaincu qu'il ait vu quoi que ce soit.

Jed haussa les épaules.

— Il a été traumatisé et ne semblait pas capable de se souvenir de son propre nom la dernière fois que je l'ai vu.

— Il est dans une planque ?

L'espion griffonna quelque chose dans son bloc-notes.

Jed ne comptait pas divulguer l'endroit exact où se trouvaient les Vincent devant cinquante personnes. Il se redressa et soutint le regard de l'homme d'un air de défi.

— Vous n'allez pas interroger le gamin à la CIA.

Le type eut un petit sourire en coin.

— Ça ne m'a jamais traversé l'esprit.

— Bien sûr que non.

Les muscles de Jed étaient crispés par la tension et sa mâchoire le lançait à force d'avoir été contrainte à rester fermée.

— La mère ?

Le mince sourire de l'espion respirait la ruse. Il avait des cheveux blond cendré trop longs, et une attitude de surfeur décontracté qui ne trompait pas Jed.

— Elle n'a rien vu.

— Vous en êtes sûr ?

— Certain.

— OK alors, si vous en êtes *sûr*…

Il pinça les lèvres l'espace d'une seconde.

— C'est une interprète ?

— Elle travaillait pour l'ONU.

Jed avait fait quelques recherches rapides, mais qui n'avaient rien donné de probant. Elle avait eu une habilitation de sécurité assez élevée quelques années auparavant.

— Y a-t-il une chance qu'elle ait été la cible initiale de

l'attaque ?

— Non. Aucune.

Jed secoua la tête, se souvenant que le grand type l'avait renversée sans même lui adresser un regard. Si elle avait été la cible, il aurait commencé à tirer dès qu'il l'avait vue.

— Heureusement que vous étiez là, sinon nous aurions dû mener une véritable enquête. Le ton de l'agent de renseignements était moqueur et quelqu'un rit.

— Mais j'*étais* là.

Jed s'éloigna du mur.

— Si elle avait été la cible initiale, elle serait morte.

Il soutint le regard de l'homme.

— La dernière chose dont nous avons besoin est que cette enquête prenne une mauvaise tangente.

Mais il y avait bien quelque chose.

— Elle a parlé au type en arabe lorsqu'elle s'est retrouvée coincée dans la cuisine du restaurant. Ce qu'elle a dit l'a fait hésiter pendant deux secondes avant qu'il ne commence à tirer. Elle a eu beaucoup de chance de s'en sortir vivante, mais je ne pense pas que le type en avait spécifiquement après elle. Il avait la gâchette facile et tirait sur tous ceux qui respiraient encore.

— Comme je l'ai dit, c'est une bonne chose que vous ayez été là, dit l'espion, le regardant d'un air impassible.

Bon sang. Jed savait quand on le cherchait. Il était tenté de laisser l'homme interroger Vivi Vincent tant qu'il pouvait assister à l'interrogatoire. Elle ne le laisserait jamais s'approcher de son fils. Il n'était pas dupe. Cet homme était un interrogateur et après le 11 septembre, ils savaient tous ce que cela pouvait impliquer. Le type *allait* essayer de parler à Vivi et à son fils. Et merde. Le type *devrait* probablement leur parler, mais Jed n'aimait pas ça du tout. Les Vincent avaient déjà vécu l'enfer.

Ils discutèrent ensuite de la liste des employés du centre commercial. Elle comprenait plusieurs centaines de personnes. La police scientifique avait dû faire appel à des renforts en raison de l'énorme volume d'informations à traiter.

— Les téléphones portables ont été achetés dans plusieurs endroits de Madison. L'acheteur a payé en liquide et quand il apparaît sur les vidéos de surveillance des magasins, il est caché par un chapeau et des lunettes. Mais ce pourrait être le type que Brennan a attrapé dans la piscine. Il a la bonne taille et la bonne morphologie, mais il nous manque quelque chose de solide qui relie à lui, déclara McKenzie.

— Son ADN pourrait se trouver sur ces téléphones portables ou sur les cartes SIM, suggéra Brennan.

McKenzie approuva.

— Nous sommes dessus. Nous ferons des recoupements dès que possible.

Il consulta sa montre.

— Mais il faudra encore quelques heures avant d'obtenir les profils ADN préliminaires pour les comparer.

Brennan dut contenir son impatience. En comparaison avec la lenteur habituelle des choses, elles allaient cette fois à la vitesse de l'éclair. Et il savait que l'homme dans la piscine faisait partie du groupe. Il n'avait pas besoin de preuve.

— Ils ont utilisé les téléphones seulement pour communiquer entre eux. Les dix mêmes numéros étaient enregistrés sur chaque portable, poursuivit McKenzie. Les données indiquent que les téléphones ont été activés et programmés hier matin.

Spécialement pour l'attaque.

— Est-ce qu'on aurait enregistré une activité téléphonique

correspondante sur le portable du gars de la piscine ? demanda Jed.

— Nous n'avons pas trouvé de téléphone portable ou de portefeuille dans ses affaires.

Cela n'avait pas de sens. Très peu de gens se déplaçaient sans portable et le type n'avait certainement pas prévu de se faire prendre – mais c'était clairement un pro. Jed essaya de se rappeler s'il avait vu un téléphone portable quelque part dans la piscine, mais rien ne lui revint.

L'espion haussa le ton pour se faire entendre au-dessus du tumulte.

— Il est impératif d'identifier la femme inconnue. Ce n'est pas un acte de terrorisme isolé. C'est l'acte d'une cellule et les cellules sont toujours liées à quelqu'un, par la formation, l'idéologie et l'argent. Nous devons trouver la femme et nous devons découvrir qui les a envoyés et les faire tomber avant qu'ils ne s'attaquent à un autre centre commercial ou à Disneyland.

— Merci de nous le faire remarquer, nous ne serions jamais arrivés à ces conclusions par nous-mêmes.

McKenzie roula des yeux. Il ferma le rabat de sa tablette.

— Nous y consacrons toutes nos ressources, mais il y a des centaines de témoignages à trier, des piles de preuves à examiner et plus d'images qu'à Hollywood. Je vous suggère, agent de renseignements Killion, de commencer par les terroristes présumés que nous avons déjà en garde à vue. Le directeur du renseignement national m'a dit que c'était votre spécialité lorsqu'il m'a proposé vos services.

Son sourcil arqué mettait en doute les capacités de l'espion, mais l'homme ne s'en formalisa pas. Jed le regarda plus attentivement. Il était rare que le directeur du renseignement national – le DNI – s'implique personnellement, mais en même temps, les centres commerciaux américains n'étaient pas souvent la cible de terroristes – Dieu merci.

— C'est tout pour l'instant, les gars. On se retrouve à midi. Tenez-moi au courant de toute évolution, aussi minime soit-elle.

Le SSA quitta la pièce avec le patron. L'espion le suivit du regard avant de se retourner et de croiser sans ciller le regard de Jed. L'homme sourit, puis ramassa ses affaires et se dirigea vers la porte.

Jed n'avait pas confiance en lui, mais si le DNI l'avait envoyé spécialement dans ce but, cela laissait entendre qu'il n'était pas qu'une grande gueule.

Tout le monde s'éloigna dans des directions différentes. Ils étaient tous sur le point de faire de longues heures. Mais avant de se lancer dans la paperasse, il avait quelque chose à vérifier. Quelque chose qui, selon lui, clochait.

PILAH ETAIT ASSISE dans son appartement et regardait le sol. Abdullah n'était pas revenu et elle s'en réjouissait. Elle était là depuis des heures, attendant inutilement des instructions qui n'arrivaient pas. Attendant un mot. Ce qu'elle voulait vraiment, c'était prendre un avion pour Damas, retrouver ses enfants et ne plus jamais s'en séparer. Mais Sargon le saurait si elle se rendait à l'aéroport et lui avait dit d'attendre. Elle avait trop peur pour désobéir.

Son mari avait-il pensé à tout cela lorsqu'il avait pris les armes ?

Elle comprenait bien entendu la fureur qui accompagnait

le deuil. Elle avait connu la soif de vengeance, mais la vengeance se transformait en un vortex de haine auquel personne n'échappait. Les images des personnes qu'elle avait vues se faire tuer continuaient à la hanter, même lorsqu'elle essayait de dormir ; leurs cris ne la laissaient pas tranquille.

Qu'avait-elle fait ? Qu'avait-elle fait ? Elle pleurait, se berçait et priait, mais rien ne pouvait changer le passé. Rien ne pourrait ramener sa fille ou son mari.

Elle s'en était rendu compte bien trop tard.

Elle se mit à faire les cent pas. Si elle parvenait à faire sortir ses filles de Syrie, elles pourraient recommencer à zéro quelque part. Reconstruire leur vie. Elles pourraient partir loin – en Indonésie ou en Australie, là où personne ne la connaîtrait. Elle pourrait oublier toutes les choses qu'elle avait faites. Devenir quelqu'un d'autre.

Le téléphone sonna. Elle sursauta et le regarda fixement, la peur se propageant dans sa poitrine. Il sonna de nouveau et elle prit le combiné.

— Allô ?

— Il y a un homme à l'hôpital. Il s'appelle William Green.

— Je… Je ne comprends pas.

— Il a été blessé pendant l'attaque.

Voulait-il qu'elle termine le travail ? Cette idée lui fit un choc.

Elle attendit. Elle ne voulait pas dire ce qu'il ne fallait pas et mettre Sargon en colère.

— Il est dans le coma et n'a aucun proche parent connu. J'ai besoin que tu ailles le voir.

— Pourquoi ?

— Ce serait gentil.

Elle sentait son impatience. Voulait-il *vraiment* qu'elle se fasse prendre ? Elle se massa le front en faisant les cent pas.

— Je ne comprends vraiment pas.

— Tu n'as pas besoin de comprendre. Il suffit de rendre visite à un homme malade à l'hôpital, en se présentant comme sa nièce par exemple.

La voix était d'une extrême froideur sous couvert de compassion.

— Écoutez, j'ai dit que je vous aiderais au centre commercial, mais c'est tout. Je n'ai jamais accepté d'en faire plus.

Ses doigts étaient rigides contre le plastique dur du téléphone.

— Je viens chercher mes enfants…

— Assez ! Ne t'amuse plus jamais à me contredire.

La fureur résonnait dans l'air.

— Je ne le ferai pas.

Sa voix se brisa.

— Je ne peux pas le faire.

— Alors, dis au revoir à tes filles et sache que c'est de ta faute si elles ont souffert, siffla-t-il.

Elle vacilla, sonnée.

— Vous aviez promis…

— Ne me remets pas en question !

Sa respiration était rauque, mais sa voix était beaucoup plus calme quand il reprit :

— Je t'ai donné une mission. Ce n'est pas très compliqué de rendre visite à un homme malade, n'est-ce pas ?

Sa voix se fit plus douce, flatteuse, cajoleuse.

— Fais ce que je te demande et rien ne changera. Tes filles continueront à être élevées aux côtés des miennes. Tu les verras dès que nous aurons atteint notre objectif.

Mais Pilah réalisa soudain qu'elle ne savait pas quel était

son objectif, et qu'elle ne le saurait probablement jamais. Sa détermination s'effondra en une poussière amère. Ses doigts lui faisaient mal tant elle serrait le téléphone.

— J'ai besoin que vous me *promettiez* qu'aucun mal ne leur sera fait, jamais.

— C'est à toi de décider. Alors ?

Mais elle n'avait pas le choix et il le savait.

— Quel hôpital ? demanda-t-elle.

CHAPITRE SEPT

I L AVAIT VECU ce qui devait être la nuit la plus longue de sa vie. Il faisait encore sombre dehors, de la poudreuse balayait les routes désolées et les chemins tranquilles après une journée éreintante de tuerie de masse. Jed pénétra dans l'hôtel et se dirigea vers le vestiaire des hommes près de la piscine. L'agent qui avait essayé de noyer Michael Vincent avait *forcément* un téléphone portable. Il inspecta la zone. Il grimpa sur le banc au milieu des rangées de casiers pour voir s'il y avait quelque chose dessus. Nada. Nyet. Trop facile. Trop évident.

Les agents avaient vérifié l'intérieur de chaque casier ; il n'y avait rien dedans.

Où cacherait-il quelque chose qu'il pourrait avoir besoin de récupérer rapidement ? Il y avait un placard avec une porte bleue à gauche de l'entrée des douches. Jed enclencha la poignée, mais elle était verrouillée. Un faux palmier imposant se trouvait dans un coin. Jed s'en approcha et enfila une paire de gants en latex, plongeant les mains dans le paillis. Il creusa et tomba immédiatement sur quelque chose de dur. *Et voilà !* Il sortit un portefeuille en cuir noir, le tenant par le coin.

À l'intérieur se trouvait de l'argent liquide – plusieurs milliers de dollars – des cartes de crédit à trois noms différents, des permis de conduire et d'autres fausses identités. Les contrefaçons étaient bonnes. Excellentes, même. Mais pas de foutu téléphone portable. Il glissa le portefeuille dans un sac pour pièces à conviction et le plaça dans la poche de sa veste.

Il creusa plus profondément dans le pot en céramique bleue, mais rien d'autre n'y était caché. Il se frotta les mains. Il essaya de penser comme s'il était en pleine opération militaire. L'homme avait donc caché son portefeuille au cas où les choses tourneraient mal ; il ne voulait pas qu'on tombe sur ce qu'il contenait.

Il savait qu'il s'agissait d'une opération à haut risque. Elle n'avait pas été planifiée, car Michael Vincent était une complication imprévue. Jed réfléchit un instant. Le fait que l'homme n'ait pas pris part à l'attaque du centre commercial laissait penser qu'il avait de la valeur. L'organisation préférait le garder vivant plutôt que de le savoir mort en martyre pour la cause.

Alors, pourquoi risquer de révéler son identité pour le gamin ?

Jed passait forcément à côté de quelque chose.

Devant une série de corps mutilés, il pouvait établir toutes sortes de détails importants sur le tueur. Mais les terroristes tuaient pour d'autres raisons – ils tuaient par conviction. À présent, avec la tentative d'assassinat de Michael Vincent, la motivation était passée à l'élimination d'un témoin. Michael était une gêne ou un danger pour eux. Mais Jed ne savait pas pourquoi.

C'étaient des assaillants organisés. Très organisés dans le cas présent. Le fait qu'ils aient pris de tels risques pour s'en prendre au garçon... Peut-être que la terroriste qui s'était échappée était personnellement impliquée avec le type de la piscine et qu'il ne voulait pas qu'elle soit exposée parce qu'ils étaient amants. Peut-être préparaient-ils de nouvelles attaques ? Cela semblait plus plausible, étant donné que la femme aurait facilement pu mourir dans l'attaque du centre commercial. Sa fuite avait été des plus audacieuses.

Était-elle à la tête de l'organisation ? Essayaient-ils simplement de protéger l'identité du cerveau ?

Que pouvait-il bien y avoir dans la tête de Michael ?

Il s'approcha de la piscine, sentant la chaleur et l'humidité s'accrocher à sa peau, et la légère piqûre du chlore dans ses yeux. De la sueur dégoulina le long de ses tempes. Il ôta sa parka et inspecta les abords de la piscine. C'était encore tôt, mais elle était déjà bondée. Les enfants riaient et s'éclaboussaient comme si rien ne s'était passé la veille – et pourquoi pas ? C'était mieux que de voir ces crétins sadiques perturber la vie des gens avec leur haine et leur amertume, ce qui était exactement ce qu'ils voulaient. Une paire d'yeux bleu marine et une chevelure rousse lui traversèrent l'esprit. Plus vite il pourrait mettre fin à cette affaire, plus vite Vivi Vincent et son fils pourraient rentrer chez eux.

Bon, alors…

Réfléchis.

Le maître-nageur blessé avait écopé d'un bel œuf de pigeon à la tête, à l'endroit où le type l'avait frappé. Avec quoi l'avait-il frappé ? Jed se dirigea vers l'alcôve isolée où le maître-nageur était posté la veille, non loin de l'endroit où il avait vu Michael sous l'eau.

Un radiateur soufflait de la chaleur sur la fenêtre, la condensation formant une brume dense sur les vitres imposantes. Une trousse de premiers secours était fixée au mur. Jed regarda à l'intérieur, mais rien ne lui sauta aux yeux. Un autre faux palmier se trouvait à proximité. Cela ne pouvait pas être aussi simple, n'est-ce pas ? Il passa la main contre le rebord et toucha quelque chose de lisse et de dur, pas vraiment caché, mais dissimulé aux regards.

Une arme. Bon sang. Il la sortit et reconnut un pistolet Browning GP. Et merde. Le maître-nageur avait eu de la chance de s'en sortir avec une simple bosse. Il aurait pu se faire tuer. Jed supposait que le terroriste n'avait pas voulu faire de grabuge et risquer de perdre Michael Vincent dans le chaos. Au lieu de cela, il avait été patient et avait bondi comme un crocodile.

Jed fouilla de nouveau dans le pot et… jackpot ! Le téléphone portable. *Ding ding ding.* Souriant, il le mit dans un sac et revint sur ses pas. Ce type était important, Jed le *sentait*. Ces preuves allaient leur fournir des informations précieuses et les aider à retrouver les membres de cette cellule terroriste.

Remettant sa parka en sortant des vestiaires, il s'arrêta net en voyant l'espion du briefing à quatre pattes déterrer une fougère en pot dans le couloir de l'hôtel. Des traces de terre entouraient chaque pot de fleurs du hall. Jed s'appuya contre le mur et regarda le type pendant dix bonnes secondes avant de lancer :

— Vous avez de bons instincts à la CIA.

L'homme s'accroupit.

— Vous pouvez le crier plus fort ? Je ne pense pas qu'ils vous aient entendu au Canada.

Jed sourit. Il n'y avait personne assez près pour les entendre parler et l'homme le savait. L'espion leva les yeux vers lui.

— Vous l'avez trouvé ?

Jed retint un sourire en coin. Personne n'aimait les vantards.

— Ouaip.

L'espion plissa les yeux.

— Vous comptez partager ?

— Je pense que la question est de savoir si *vous* allez partager.

— C'est le FBI qui est responsable.

L'espion se releva et essuya ses mains sur ses cuisses.

— Et si je jetais un coup d'œil pendant que vous me conduisez ?

— Vous conduire ? Où ça ?

Le type était trop arrogant et trop sûr de lui. Il ne lui inspirait pas confiance.

— Nous allons rendre visite à Mme Vincent et à son fils.

Jed ouvrit la bouche pour protester, mais l'agent de renseignements lui coupa la parole.

— Écoutez, je vous aime bien Brennan. J'aime votre façon de penser. J'aime les résultats que vous avez obtenus jusqu'à présent. Elle vous fait confiance. Travaillez avec moi et je vous promets de ne pas sortir le film plastique et les seaux d'eau.

— Très drôle, connard.

— Humour de la CIA. Allez, Brennan, travaillez avec moi.

L'espion le suivit, laissant la terre sur le sol pour que quelqu'un d'autre nettoie – un bon rappel de la façon dont les agents de la CIA fonctionnaient habituellement, laissant toujours quelqu'un d'autre nettoyer après eux.

L'espion ne se tut pas.

— Ce sera plus simple si vous êtes là aussi. Il faut que je lui parle. Que je les étudie, elle et l'enfant. Hé, peut-être qu'elle m'aimera bien.

Il arbora un sourire résultant d'années de pratique, et Jed eut envie de faire voler en éclats ses dents d'un blanc étincelant.

La tension dans sa mâchoire augmenta d'un cran et il se frotta la nuque. Plus vite ils résoudraient le problème, plus vite Vivi et Michael seraient libres de reprendre leur vie normale. Ce type *était* censé être de leur côté.

— Très bien, mais je veux pouvoir accéder à vos informations.

Il poursuivit son chemin, estimant qu'un agent de la CIA devrait pouvoir le suivre jusqu'à la voiture sans se perdre. Il monta dans son SUV et démarra. Il souffla sur ses mains tandis que l'espion courait dans la neige pour le rattraper.

— Où est votre voiture ? lui demanda-t-il.

— J'ai pris un taxi.

Parce qu'il n'avait voulu dire à personne où il allait ni ce qu'il prévoyait.

— Où habitez-vous ? demanda Jed.

— Là où ils m'envoient.

— Ce n'est pas une vie.

L'espion haussa les épaules.

— J'ai l'habitude.

— Comment je dois vous appeler ? demanda Jed. Hormis par votre titre.

Il lui adressa un sourire lugubre. Il ne voulait pas que ce type pense qu'il ne comprenait pas son plan – et que ce plan était à des milliers de kilomètres de la source du problème. Jed comprenait, il admirait même cela, mais il ne voulait être le larbin de personne. Vivi et Michael n'étaient pas des pions dans son jeu.

— Patrick Killion. Tout le monde m'appelle Killion.

— Très bien, Killion, on a quelques arrêts à faire d'abord.

Il sortit des gants en latex de la boîte qu'il gardait sur son tableau de bord et les tendit au type, puis sortit le portefeuille et le téléphone qu'il avait trouvés, gardant le pistolet pour la fin.

— Faites-vous plaisir.

Killion alluma le portable juste au moment où ils quittaient le parking.

— Et nous avons un nom : Abdullah Mulhadre.

Il sortit son propre portable et appela quelqu'un, probablement à Langley.

— Alors ? demanda Jed avec impatience après une minute de silence tandis que Killion était occupé à faire défiler l'écran.

L'expression de Killion devenait de plus en plus interdite. Il finit par raccrocher.

— On a bien un Abdullah Mulhadre affecté à l'ambassade de Syrie. Ils vérifient son statut d'immunité bien que personne ne soit à l'abri des accusations de terrorisme.

Les yeux de Killion brillaient.

— Si c'est le même gars, il est membre de la garde républicaine syrienne.

Une vague de terreur s'abattit sur le corps de Jed.

— Vous êtes en train de me dire que cette attaque viendrait de la Syrie ?

Il avait vu de près le coût de la guerre. Il avait perdu son meilleur ami à cause d'elle et ne voulait plus en entendre parler.

Killion étira les lèvres.

— Pas un mot à ce sujet, Brennan. Pas un putain de mot tant que je n'ai pas de nouvelles de Langley.

Il poussa un soupir de frustration. Bon sang. Était-il censé mentir à ses collègues ? Mais partager ces informations avec tous les membres du bureau régional pourrait entraîner une fuite, et une fuite pourrait précipiter une série d'événements pouvant déclencher une guerre à grande échelle. Il ne voulait en aucun cas risquer des milliers de vies. Et qu'en était-il des Vincent ? Si c'était contre le gouvernement syrien qu'ils luttaient, alors ils ne seraient plus jamais en sécurité. Si c'était le grand secret que les terroristes essayaient de protéger, alors révéler publiquement que le gouvernement syrien avait attaqué des citoyens américains sur le sol américain signifiait que la sécurité du garçon ne serait plus un problème.

La guerre serait déclarée.

L'enjeu était trop gros pour se planter.

— On en parle à McKenzie, mais à personne d'autre. Comme ça on peut contrôler le flux d'informations et il peut faire remonter.

Jed ne voulait pas être à blâmer si l'enquête passait à côté d'une piste solide ou partait dans la mauvaise direction, mais il ne voulait pas non plus être responsable du déclenchement d'une guerre. Il ne faisait pas confiance aux espions. Et les espions ne faisaient pas confiance au FBI. *Et merde*. Ils se retrouvaient embarqués dans un sacré bordel.

———

VIVI SE REVEILLA en sursaut. Une porte claqua en bas et son cœur se mit à battre la chamade. Puis elle entendit le murmure de conversations et des rires étouffés. Les US Marshals poursuivaient leur journée normale.

Ouf. Ce n'étaient pas les agresseurs. Ils étaient en sécurité.

Elle se hissa sur son coude et regarda Michael. Ses paupières étaient volontairement closes. Il faisait semblant de dormir.

— Allez, dormeur. C'est l'heure de se lever et de prendre son petit-déjeuner.

Il serra encore plus fort ses paupières. *Et merde.* Bien que ce soit mieux que l'état de transe dans lequel il était arrivé, ce n'était pas vraiment son état habituel.

— Et si je t'apportais le petit-déjeuner au lit ? Qu'est-ce que tu dirais d'un traitement de faveur ?

Il ne répondit pas et elle sentit la panique marteler ses côtes. L'attaque dans la piscine la nuit précédente avait sapé les progrès qu'ils avaient faits après la fusillade du centre commercial. Elle lui avait promis que personne ne lui ferait de mal, mais un étranger l'avait maintenu sous l'eau jusqu'à ce qu'il manque de se noyer.

Quel genre de mère cela faisait-il d'elle ?

Imparfaite.

Insuffisante.

En galère.

Une mère normale.

Du temps. Il avait juste besoin d'un peu de temps et de distance par rapport à ce qui s'était passé. Tout irait bien.

Elle se leva, grimaçant lorsque ses pieds blessés touchèrent le sol. Elle se doucha, ignorant son léger malaise, et passa de la pommade sur ses pieds, puis refit ses bandages. Elle sortit de sa valise un jean, un chemisier vert et des chaussettes épaisses. Un regard dans le miroir la poussa à sortir sa trousse de maquillage : elle avait vu des zombies avec meilleure mine. Une touche de fard à paupières subtil, du mascara et une légère couche de gloss lui donnèrent un air presque humain. Jetant un dernier coup d'œil à la forme endormie de Michael, qui avait replongé, elle descendit voir si elle pouvait lui trouver quelque chose de bon à manger.

Deux étrangers se tenaient dans la cuisine, tous deux portant des costumes sombres et des holsters d'épaule. La réalité de sa situation venait de la frapper de plein fouet. Ils levèrent les yeux lorsqu'elle entra dans la pièce.

— Je me demandais quand nous pourrions vous rencontrer.

Un type blond, pas très grand, mais costaud, à l'air sympathique, s'approcha d'elle de façon bourrue, la main tendue. Il serra vigoureusement la sienne.

— Nous sommes l'équipe de jour. Je suis l'inspecteur Patton et voici le marshal adjoint Rogers.

Elle adressa un signe de tête à Rogers qui semblait un peu plus âgé – la cinquantaine – avec des cheveux grisonnants et un visage avec quelque chose de sévère qui le faisait paraître à la fois compétent et dangereux.

— Comment va votre fils ? demanda Patton.

Il portait une alliance et avait l'air fort sympathique. Le titre d'» Inspecteur » suggérait que Patton était le patron.

Elle s'éclaircit la gorge.

— Il ne va pas fort. J'espérais lui monter du lait chaud et un bol de céréales pour essayer de recharger ses batteries.

— Asseyez-vous et prenez un café. Je vais lui préparer son petit-déjeuner.

Patton était déjà dans le frigo en train de chercher du lait. Ce devait être un père de famille, ou il avait élevé de nombreux frères et sœurs quand il était plus jeune.

— Est-ce qu'il aime les Cheerios ?

— Oui. Merci.

Tous les hommes n'étaient pas aussi doués avec les enfants ou aussi bons envers leur prochain.

L'agent Brennan du FBI avait été bon avec Michael lui

aussi, pensa-t-elle avec un pincement au cœur. Peut-être était-ce la norme et ses attentes envers les mâles de son espèce avaient été injustement faussées à cause du père de Michael. C'était triste qu'elle ait trouvé plus d'attention en présence d'étrangers qu'elle n'en avait jamais eu avec son ex.

L'autre marshal, Rogers, lui tendit un café et plaisanta.

— Dieu merci, vous êtes réveillée. Ce type ne tient pas en place. Il était prêt à redécorer le salon dans des tons doux et pastel, plus chaleureux, puis à coudre de nouveaux rideaux.

Il lui adressa un clin d'œil.

— Il approche à grands pas de la retraite et, personnellement, j'ai hâte qu'il y arrive.

— Ouais, eh bien attendez que le Dr Phil passe à la télévision cet après-midi on verra qui est la petite ménagère, lui répondit Patton d'un ton moqueur.

Rogers lui fit un clin d'œil. Il s'agissait très clairement de personnes qui avaient travaillé ensemble pendant de nombreuses années, qui se respectaient et essayaient, tour à tour, de la mettre à l'aise. Elle sourit également. Elle avait oublié à quel point elle appréciait la compagnie des hommes. Sa vie actuelle tournait autour de Michael, de ses amis et de quelques autres mères de l'école. Elle travaillait sur Internet. Elle n'avait pas d'amis masculins proches. Certainement pas de rendez-vous et absolument pas d'amants.

Son moral était en chute libre.

La culpabilité de la maternité l'incitait à ne rien apprécier de cette terrible situation. Des gens étaient *morts* la veille. Michael avait failli mourir deux fois. Mais tout ce qui s'était passé lui avait également fait réaliser à quel point elle était seule. Elle n'avait personne qui s'inquiéterait si elle ne rentrait pas chez elle. Cela donnait à réfléchir.

Elle se hissa sur un tabouret de bar. Patton posa sur l'îlot de cuisine une assiette de toasts et de marmelade qu'il fit glisser vers elle. C'était délicieux et elle était affamée.

Le téléphone portable de Roger sonna et il regarda par la fenêtre qui donnait sur la longue allée sinueuse.

— Assurez-vous d'avoir tous les deux votre carte d'identité et les mains hors des poches pendant que je vérifie l'identité du type.

Rogers raccrocha et appela quelqu'un d'autre.

— On a de la visite, lui dit-il, ainsi qu'à Patton, qui quitta la cuisine et alla vérifier la porte de derrière.

— Qui est-ce ? demanda-t-elle nerveusement.

— Jed Brennan et un agent de renseignements.

Son estomac se retourna. Avaient-ils découvert qui était le père de Michael ? Que ferait-elle s'ils essayaient de lui enlever Michael, ou de l'enfermer ? Elle crierait à pleins poumons, voilà ce qu'elle ferait. Non. David n'avait même pas répondu à son appel de la veille. Il s'était désintéressé d'eux des années auparavant, mais il aimait exercer son pouvoir juste pour prouver qu'il pouvait le faire. Elle resta raide et indécise, et se dit qu'elle était stupide. Toutes les agences antiterroristes du monde voudraient voir ce qu'elles pourraient tirer de Michael. Elles le voyaient comme un atout, un outil.

Même si Michael avait été un enfant normal, cette période aurait été traumatisante, mais avec son cerveau en équilibre précaire entre ce monde et un endroit inconnu, c'était encore plus difficile. Elle ne les laisserait pas le pousser dans ses retranchements.

Rogers lui fit un signe de la main pour qu'elle se cache derrière le comptoir de la cuisine. Elle s'accroupit, sachant que ces types avaient un travail à faire et qu'elle pouvait rendre ce travail plus difficile ou plus facile. La sécurité et le bien-être de Michael étaient tout ce qui comptait vraiment. Pas David. Pas la CIA. Pas Jed Brennan. Juste Michael.

Elle entendit des voix de l'autre côté de la porte. Des bruits de pas. Quand elle leva les yeux, elle se retrouva à fixer un très grand agent spécial Brennan. Il y avait une certaine distance dans son expression qui l'aidait à le voir à nouveau comme un agent fédéral, plutôt que comme un homme attirant. Cela l'apaisa. Lui donna l'impression qu'ils pourraient peut-être y arriver. Elle se mit debout, se sentant un peu bête. Un autre homme parlait aux marshals dans le couloir. Elle ne pouvait pas le voir.

— Tout va bien ?

Il avait l'air épuisé. Ses yeux étaient rougis par la fatigue, et l'ombre d'une barbe assombrissait sa mâchoire. Il portait toujours le jean et la chemise à carreaux de la veille, mais cette tenue « de plein air » lui allait encore mieux que le costume sur mesure. Pour une femme qui avait toujours préféré les costumes sur mesure, c'était troublant.

— Michael dort.

Elle grimaça en réalisant qu'elle se cachait à nouveau derrière son fils.

— Et vous ? Vous avez bien dormi ?

Brennan la regardait avec une sorte de pitié. Le fait qu'il voit clair en elle lui donnait envie de voûter les épaules et de se détourner.

Au lieu de cela, elle se redressa et répondit en toute honnêteté.

— Je m'accroche. Et vous ?

— Un peu trop occupé pour dormir.

Ses cheveux bruns étaient ébouriffés comme s'il avait passé

ses mains dedans d'innombrables fois. Ses oreilles étaient rosies par le froid.

— Avez-vous déjà procédé à des arrestations ?

Brennan secoua la tête.

— Nous y travaillons. J'ai appelé l'hôpital comme vous l'avez demandé. La femme dont vous avez sauvé les enfants s'est réveillée aux soins intensifs. On dirait qu'elle va s'en sortir.

— Dieu merci.

Il sourit, et la vague d'attirance la frappa à nouveau, plus fort cette fois.

C'était un homme aussi grand, sombre et beau qui avait causé sa perte dix ans plus tôt. Il avait les mêmes épaules larges, la même corpulence, la même assurance. Mais toute ressemblance avec son ex s'arrêtait là. Les yeux de Brennan étaient chaleureux, il souriait facilement. Sa voix était calme et non menaçante, même si on sentait le pouvoir qui émanait de sa posture et de la façon dont il suscitait l'attention. Même lorsqu'elle l'avait vu prendre les choses en main la veille, il n'avait pas crié et ne s'était pas mis en colère. Il n'avait pas perdu son sang-froid et ne s'était pas déchaîné.

Mais tout cela pouvait être de la comédie – elle s'était déjà fait duper auparavant. Elle ne pouvait pas se permettre d'oublier que le FBI avait un plan bien précis concernant son fils et elle.

Un rappel brutal de cette réalité apparut derrière l'épaule de Brennan.

Tout en elle devint silencieux et immobile, comme une souris se fige quand une buse plane au-dessus d'elle. Les yeux du nouveau venu étaient bleu clair ; son regard la disséquait comme le scalpel d'un chirurgien. Ses longs cheveux décolorés par le soleil adoucissaient son aspect général, mais elle savait exactement quel genre d'homme il était. Froid. Dur. Impitoyable. Il n'y avait aucune chance qu'il s'approche de son fils.

Jed fit les présentations.

— Vivi, voici l'agent de renseignements Patrick Killion. Il aimerait vous parler, à vous et à Michael, de ce que vous avez vécu hier.

Il y avait quelque chose dans sa voix qu'elle n'aurait su interpréter. Presque de l'humour.

Les deux marshals se tenaient à proximité et observaient l'échange.

— Ravi de vous rencontrer, madame. J'espérais juste pouvoir poser quelques questions à Michael.

Killion lui tendit la main et elle la serra.

Malgré la poignée de main ferme, elle eut la chair de poule. Un frisson lui remonta le long de la colonne vertébrale, mais elle ne laissa rien paraître.

— Personne ne vous a dit que mon fils est muet, M. Killion ?

Le regard de l'agent de renseignements se fit plus aiguisé encore.

— On me l'a indiqué, Mme Vincent. J'espérais pouvoir le rencontrer et voir s'il était disposé à nous aider.

Ce simple mot multiplia par mille son niveau d'énervement.

— *Disposé* à vous aider ? Suggérez-vous qu'il pourrait délibérément *ne pas* essayer ?

Elle faisait face à l'homme. Elle avait déjà rencontré des types de ce genre. Elle en avait même avait épousé un.

— Il a huit ans et même dans ses meilleurs jours, il ne parle pas. Êtes-vous en train de me dire que vous pensez qu'il le fait exprès ? Ou pensez-vous pouvoir le *guérir* par magie alors que même les experts n'y arrivent pas ?

Killion leva les mains en signe de reddition.

— Allons, madame. Détendez-vous. D'après ce que j'ai entendu, ses cordes vocales ne présentent aucun problème physique.

Comment diable savait-il cela ?

— Il n'est pas exclu que le traumatisme d'hier soit l'impulsion qui fasse reparler votre fils.

Elle plaça son visage juste à côté de celui de Killion.

— Comment osez-vous agiter cette carotte sous mon nez pour que je vous laisse *interroger* mon fils ? Il n'a pas mangé depuis hier. Il a à peine ouvert les yeux, mais vous venez ici comme si vous aviez le droit de douter de lui.

Elle était prise d'un véritable accès de rage. Elle le fit reculer d'un pas. Elle sentit un bras s'enrouler autour de sa taille et Brennan l'attira vers lui.

— Mais *j'ai* ce droit, madame. Une menace pour la sécurité nationale me donne ce droit.

Killion commençait à s'énerver lui aussi. Elle le voyait à sa mâchoire serrée et à ses yeux plissés. Bien. Elle allait faire un autre pas vers lui, mais Brennan l'empêcha d'avancer, son bras toujours autour de sa taille. La soudaine prise de conscience de sa main sur son ventre lui fit perdre le fil de ses pensées.

Une partie du brasier qui faisait rage en elle s'éteignit, mais pas la volonté de protéger son enfant.

— Pas aujourd'hui, certainement pas. Et pas quelqu'un comme vous.

Killion regarda le sol, sa poitrine se gonflant lentement comme s'il déployait des trésors de patience.

— Si ce n'est pas moi, alors qui, Mme Vincent ? Et quand ?

Quand tous les terroristes seront retournés se cacher ? Ou quand Michael et vous serez tous les deux morts ?

Le regard de Killion passa de l'énervement au cynisme. Mais il avait perdu son côté cool et Vivi n'avait pas l'intention de le laisser le récupérer.

C'était un caméléon et elle ne faisait pas confiance aux personnes qui travaillaient dans l'ombre. Elle avait besoin de vérité et d'honnêteté. Son mari lui avait aussi appris cela. En tant qu'interprète, elle avait travaillé sur des affaires classées et connaissait le fonctionnement de ces types. Bien sûr, c'était un patriote, mais il jouait aussi un jeu qui dépassait largement la sécurité de Michael. Les pions étaient facilement sacrifiés au nom de « l'intérêt général » et elle n'était pas prête à laisser cela arriver à son fils. Mais elle savait aussi qu'en matière de terrorisme, le gouvernement américain ne faisait pas les choses à moitié.

Il le lui prouva d'ailleurs dans la foulée.

— Je devrais peut-être contacter le père de Michael ?

L'agent de renseignements regarda le bras de Brennan enroulé autour de sa taille et lui adressa un sourire moqueur. Maintenant, elle avait vraiment envie de le pousser. *Est-il au courant ou cherche-t-il à obtenir des informations ?*

Même si la peur accélérait son rythme cardiaque, elle gardait un visage implacable.

— Il n'a pas vu ni parlé à Michael depuis quatre ans. Vous pensez qu'un juge *le* laissera déterminer ce qui est le mieux pour mon fils ? J'ai la garde exclusive. C'est moi que vous devez convaincre.

Menacer d'emprunter la voie légale aurait pour effet d'enterrer le type sous une telle paperasse qu'il s'étoufferait. Et la rapidité était cruciale dans une affaire comme celle-ci.

N'importe quel idiot pourrait le comprendre. Le silence s'abattit sur eux.

— Écoutez, j'ai autant envie que vous que ces gens soient arrêtés. *Peut-être même plus.* Mais Michael n'est pas comme les autres enfants. Il n'a pas émis un seul son depuis son accident. Pas même quand il souffre, qu'il est énervé ou qu'il pleure.

Cela lui brisait le cœur d'y penser.

Elle se rendit compte que l'agent spécial Brennan avait toujours sa main chaude et puissante dans son dos. Il dut se rendre compte qu'il la tenait toujours au même moment. Il la lâcha et s'écarta précipitamment. Son contact lui manqua immédiatement.

Formidable image que celle de la divorcée en manque de sexe.

Elle poursuivit.

— Il y a un neuroscientifique spécialisé en psychiatrie très respecté à Minneapolis, le Dr Hinkle. C'est pour lui que nous sommes venus dans cet État.

Michael avait bien aimé le médecin, mais elle ne voulait pas que son fils soit forcé de faire quoi que ce soit qui lui fasse peur.

Suite à l'attaque terroriste, elle avait désespérément besoin de conseils d'experts pour avancer, et non d'un homme de la CIA cherchant à profiter de la situation.

— Faites-le venir ici pour parler à Michael. En fonction de ce qu'il dira, j'envisagerai de vous laisser parler à mon fils, ici, fit-elle en faisant un signe de tête vers le salon.

— *Si* le Dr Hinkle approuve.

Elle jeta un regard à Brennan.

— Et je veux que l'agent spécial Brennan soit là aussi.

Les pupilles de Jed s'agrandirent de surprise, mais à part cela, rien ne laissa entendre le fond de sa pensée. Malgré tout ce qui s'était passé, elle lui faisait confiance. Comment était-ce possible ?

L'agent de la CIA la surprit.

— C'est d'accord. Qu'avez-vous dit à l'homme qui a essayé de vous tirer dessus hier dans la cuisine du restaurant ?

Elle fronça les sourcils, confuse.

— Je vous demande pardon ?

— Vous lui avez dit quelque chose dans une langue étrangère juste avant que je… n'arrive, déclara Brennan.

— Oh. *Ça.*

La vision de gouttes de sang sur une arme blanche lui traversa l'esprit. Elle ravala la terreur résiduelle que sa mémoire avait ressuscitée.

— Je lui ai demandé en arabe pourquoi il faisait ça – pourquoi il tirait sur ces gens.

— Est-ce qu'il a compris ? demanda Killion.

Elle acquiesça.

— Il n'a rien dit, mais j'ai vu à la façon dont ses yeux se sont élargis qu'il comprenait ce que je lui disais et qu'il était surpris que je parle sa langue.

Killion plongea ses yeux bleu clair dans les siens.

— Vous a-t-il répondu quelque chose ?

— Tout ce qu'il a fait, c'est appuyer sur la gâchette de son très gros fusil, et essayer de nous effacer, moi et deux petits enfants, de la surface de la Terre.

— Est-ce que Michael comprend l'arabe ? tenta Killion.

Toutes les cellules de son corps se figèrent. Quand il était bébé, elle écoutait souvent des CD de langues. Cela l'aidait dans sa maîtrise de la langue et, oui, elle espérait que cela déteindrait sur Michael, mais elle ne savait pas si quelque chose lui était resté.

— Non.

Killion la regarda fixement pendant un long moment, puis lui adressa un signe de tête brusque.

— Vous avez de la chance d'avoir survécu à la journée d'hier. Je vais faire le tour de la propriété si vous êtes d'accord ?

Le changement radical de sujet l'étonna. Technique de déstabilisation classique. Elle souffla un grand coup en se demandant s'il l'avait crue ou non.

— Je vais vérifier la sécurité et la configuration du terrain pendant que vous parlez à l'agent Brennan. Voyez s'il peut vous persuader que je ne vais pas manger le gamin tout cru.

— Je vais vous faire visiter, déclara Rogers. Il y a au moins trente centimètres de neige ; vous devriez emprunter des bottes.

L'agent de renseignements leur tourna le dos à Brennan et elle. Elle ne comprenait pas cet homme. N'avait-il vraiment pas compris que Michael était un petit garçon perturbé ? Ou pensait-il que tout cela n'était qu'une ruse ? Une chose qu'elle savait à propos de ces types, c'était qu'ils ne faisaient confiance à personne. Jamais. Ils avaient donc peut-être plus en commun qu'elle ne le pensait.

CHAPITRE HUIT

J ED RECUPERA LE sac en plastique qu'il avait posé sur l'îlot et le tendit vers elle.

— C'est ce que vous m'avez demandé pour Michael.

Il y avait quelque chose de si honnête et sérieux chez cet homme qu'il faisait tomber toutes les barrières qu'elle avait érigées. Son cerveau criait au danger parce que, aussi cynique et blasée qu'elle soit, elle faisait confiance à ce type alors qu'elle aurait dû être vaccinée. Elle s'éclaircit la gorge.

— C'est gentil. Merci.

— Je peux aller dire bonjour à Michael ? demanda-t-il.

— Seulement si vous ne mentionnez pas Killion.

Elle n'avait toujours pas apporté le petit-déjeuner à son fils et elle récupéra le lait, les céréales et les toasts que le marshal avait commencé à préparer, puis fouilla dans les placards à la recherche d'un plateau.

— Il dormait quand je suis descendue. On peut aller jeter un coup d'œil et voir s'il est réveillé.

Il l'interrompit en posant une main sur son coude.

— Depuis combien de temps est-il comme ça ?

Son cerveau buta sur cette simple question. Il fut un temps où on la considérait comme posée et sophistiquée. Elle ne savait pas si c'était la maternité, le divorce ou le diagnostic incertain de Michael qui l'avait dépouillée de ces attributs.

— Je ne comprends pas la question… ?

— Michael. Comment se fait-il qu'il ait arrêté de parler ?

Ah. Elle posa le plateau et mit ses mains sur le comptoir. Elle ferma les yeux. Le moment était venu de lui expliquer exactement ce qu'était sa vie plutôt que d'alimenter un fantasme stupide qui n'existait que dans son esprit. Les mères hystériques, divorcées et célibataires n'étaient pas attirantes pour les agents spéciaux sexy du FBI du genre *Je-peux-avoir-toutes-les-femmes-que-je-veux*. Elle avait besoin d'étaler sa folie sur la table et de s'éloigner du gentil monsieur.

— C'est lié à la rupture entre le père de Michael et moi il y a quatre ans.

Il la regardait attentivement, et elle continua.

— Ce qui était apparemment entièrement de ma faute.

— Naturellement.

— David a dit que j'étais froide et distante. Que je voulais tout contrôler.

Les yeux de Brennan laissaient penser qu'il n'était pas d'accord, mais il ne la connaissait pas très bien.

— Il avait raison.

Elle n'avait pas besoin de platitudes. Elle n'avait pas besoin de mensonges.

— Michael était un bébé normal. Il était mignon et il pouvait émettre des sons.

Comme son père avait détesté ses pleurs de coliques. Elle chassa l'homme de ses pensées. Il l'avait rendue cynique et amère, et elle en était malade.

— C'était un bébé normal. Il était à la limite du spectre autistique quand il était tout petit. Il aimait que ses affaires soient bien rangées, et il était fasciné par les motifs et la symétrie. Il apprécie toujours la routine – je veux dire qu'il tient *vraiment* à ses habitudes. Il se couche tous les soirs à la même heure et il n'a même pas besoin d'une horloge pour ça. C'est aussi pour ça que la journée d'hier a été difficile pour lui. Bébé, il n'avait pas de handicap évident et il était considéré comme « normal » jusqu'au jour où on l'a poussé d'une structure de jeu à la garderie et qu'il s'est cogné la tête. Il a subi une grave commotion cérébrale. Inutile de dire que j'ai paniqué.

Elle regarda Brennan. Qu'il voie qu'au fond, elle était une folle furieuse quand il s'agissait de son fils – même s'il l'avait déjà vue sous son pire jour, menottée par les flics et lui criant dessus depuis le sol en béton. Elle lui devait probablement encore des excuses pour ça.

— Je n'ai pas pu joindre le père de Michael après l'accident. Il avait pris l'habitude d'ignorer mes appels – certaines choses ne changent pas. Quand Michael et moi sommes rentrés de l'hôpital, je n'avais toujours pas eu de nouvelles de lui. À 21 heures, il est rentré en se plaignant que j'appelais trop souvent au bureau et que je les dérangeais constamment, lui et son personnel. Je lui ai parlé de l'accident de Michael, et il m'a dit que les enfants se blessaient tout le temps dans la cour de récréation. Que c'était *bon* pour eux. Puis je lui ai dit que Michael avait une commotion cérébrale et qu'il n'avait pas parlé depuis l'accident. Plutôt que d'agir comme un parent inquiet, David a fait preuve d'une fermeté militaire à son égard. Il a crié et hurlé, mais Michael ne parlait toujours pas et franchement, il semblait assez content – c'était comme s'il avait soudainement trouvé quelque chose que son père ne pouvait pas contrôler.

— Vous pensez qu'il a délibérément arrêté de parler ?

Elle leva les mains, avouant son ignorance.

— Je ne sais pas.

Le choc s'était-il transformé en colère, puis en mécanisme de défense contre un homme qui le maltraitait ? Brennan se raidit, mais ne dit rien.

— Ou bien le choc à la tête a-t-il endommagé d'une manière ou d'une autre la partie de son cerveau qui contrôle la parole ? Je ne sais pas.

Ses pensées se bousculaient.

— Tout ce que je sais, c'est qu'en voyant que Michael ne parlait pas, David l'a frappé, deux fois.

Elle contracta la mâchoire. Elle ne lui pardonnerait jamais d'avoir fait ça. Et elle ne se pardonnerait jamais de l'avoir laissé faire.

— Je lui ai dit de partir et de ne jamais revenir. Il s'est avéré que ce n'était pas un problème, car il avait déjà trouvé une belle femme appelée « Julie » qui n'était ni froide, ni distante, ni dominatrice.

Ses yeux se firent durs comme du diamant.

— Alors peut-être que *tout* n'était pas de ma faute, après tout. Juste la majeure partie.

Il lui prit la main, serrant ses doigts, comme s'il n'avait pas l'intention de la laisser partir, mais c'était une pensée stupide. Cela lui fit réaliser qu'en dépit de toute la douleur et du chagrin, elle était toujours une romantique dans l'âme. C'était tout de même un peu pathétique.

— Vous auriez dû lui botter le cul.

— Honnêtement, si j'avais eu une arme, j'aurais tué ce salaud.

À l'époque, elle aurait voulu faire du mal à David, ne serait-ce qu'une fraction de ce qu'il leur avait fait à elle et à Michael, mais elle avait préféré qu'il sorte de leurs vies. Elle expira une partie de la colère qui restait en elle.

— Nous sommes mieux sans lui, croyez-moi.

Elle se massa le front de sa main libre. Raviver le passé la rendait toujours un peu malade. Voir toutes les erreurs qu'elle avait commises avec le recul, en Technicolor, était une sacrée leçon d'humilité.

— Ce que je veux dire, c'est que personne ne sait lequel de ces événements a emporté la voix de Michael, ou si c'est lié à l'autisme dont les experts ne sont même pas sûrs que Michael souffre.

L'incertitude était l'une des choses qui la rongeaient constamment. Difficile de régler un problème quand on n'en connaissait pas la cause.

— Et je suppose que votre ex est aussi le type à cause de qui vous pensez que tous les hommes mentent ?

Brennan la regardait fixement. Elle le regarda droit dans les yeux.

— Entre autres.

Brennan hocha la tête comme s'il admettait les mensonges qu'il lui avait racontés. Mais c'était différent. Et pour contrebalancer les mensonges, il avait tenu toutes ses promesses. Elle savait faire la différence.

Elle entendit des pas et vit l'inspecteur Patton se diriger vers la porte d'entrée en sifflant. Elle aurait parié mille dollars qu'il avait écouté chaque mot. Non pas que cela ait vraiment de l'importance.

Elle récupéra le plateau et Brennan la suivit dans les escaliers. Pour un homme grand, il se déplaçait comme un fantôme. Elle ressentit des picotements du fait de sa présence, mais elle les ignora. Il y avait bien longtemps qu'elle n'avait pas passé du temps en compagnie d'un homme qu'elle trouvait un tant soit peu séduisant ; cela murmurait à l'écho de la femme qu'elle avait été.

Brennan la devança pour lui ouvrir la porte de la chambre. Il lui fit signe de passer, puis leva fièrement le sac avec tous ses achats.

— Salut, mon grand ! Debout là-dedans !

N'avaient-ils pas dit qu'ils regarderaient simplement si Michael était réveillé ?

Elle roula des yeux tandis que Brennan entrait dans la pièce et elle essaya de ne pas grimacer en voyant sa valise ouverte sur sa lingerie, bien visible. Elle posa le plateau sur la table de chevet. Elle écarta les cheveux de son fils de son front et ferma sa valise du pied. Michael détourna les yeux. Cette simple action rendit insignifiantes ses considérations sur ses vêtements et sur l'agent spécial Brennan. L'idée de voir son fils s'éloigner la terrifiait.

L'agent s'assit sur le lit. Le matelas plia sous son poids.

— Qu'est-ce que tu fais, du sport ? Tu as attrapé des méchants aujourd'hui ?

Michael eut un léger sourire, puis une secousse infinitésimale de la tête. Elle cligna des yeux. Pour une raison quelconque, son fils s'était lié avec cet homme. Elle avait raison de l'inclure dans la rencontre avec l'agent froid et calculateur de la CIA.

— Je t'ai amené des trucs sympas, mais tu dois d'abord prendre ton petit-déjeuner. Allez.

Brennan empila les oreillers, puis redressa Michael dans son lit. Il lui tendit d'abord le lait et Vivi retint son souffle en observant son fils en boire une gorgée. *Enfin.*

— Et maintenant, mange-moi ça.

Brennan mordit dans une tranche de pain grillé.

— Et je te montrerai ce que je t'ai apporté.

Brennan commença à sortir des choses du sac pendant que Michael prenait une bouchée de pain grillé. Les manières simples et l'absence de chichis de l'homme fonctionnaient vraiment. Vivi ne se souciait même pas des miettes dans le lit tant que son fils mangeait.

Il montra à Michael l'un de ses types de livres préférés. Une encyclopédie. Et un almanach. Michael adorait les ouvrages non fictionnels, mais Brennan avait également pris des cartes et des autocollants Pokémon. Il lui tendit un livre de Sudoku avancé. Elle secoua rapidement la tête et fit un signe à Michael. Il avait toute l'attention de Jed.

— Tu es doué pour ça, Mikey ? Moi, ça me rend fou.

Vivi écarquilla les yeux en entendant ce surnom. Ses copains l'appelaient comme ça à l'école. Michael prit le livre et passa la main sur la couverture. Une véritable flamme brillait dans ses yeux à présent. Il adorait les énigmes mathématiques. Il lui sourit pour la première fois en vingt-quatre heures et elle lui rendit son sourire. Les émotions qu'elle ressentait étaient si fortes que son cœur menaçait de se déchirer. Le regard sombre de Brennan croisa le sien et il sourit lui aussi. Son visage passa de beau à tout bonnement sublime.

C'était impressionnant. Les papillons dans son estomac commencèrent à plonger vers des parties de son corps qui hibernaient depuis des années. Elle ressentait déjà une profonde gratitude envers lui, mais à présent cela se transformait en quelque chose de plus fort, de plus profond qui se manifestait par une intense attirance à laquelle elle n'était pas préparée.

Il la chercha du regard, comme s'il le sentait également.

Elle détourna les yeux.

Elle ne pouvait pas se permettre de tomber amoureuse de ce type. Michael ne pouvait pas se permettre de s'attacher à lui. Parce que s'il le faisait et que Jed partait… elle n'imaginait même pas ce que son fils ressentirait. Elle ne voulait pas non plus penser à ce qu'elle ressentirait. Elle était déjà passée par là et elle ne voulait pas renouveler l'expérience.

Des bruits venant d'en bas les avertirent que le maréchal et l'agent de renseignements étaient revenus.

— Brennan ? cria Killion dans les escaliers.

Brennan se leva.

— J'arrive. Au revoir, Mikey. À plus tard, d'accord ?

Il ébouriffa ses cheveux couleur carotte et obtint un autre petit sourire en guise de réponse. Plus qu'elle au cours des huit dernières heures. Elle aurait pu l'embrasser rien que pour ça.

En passant la porte de la chambre, il se retourna et elle faillit lui rentrer dedans.

— Je promets que je ne laisserai pas Killion harceler Michael ou le pousser au-delà de la plus douce des cajoleries – et à condition que le doc donne son accord.

Il ôta une plume de sa parka qui avait atterri sur sa chemise.

— Mais ce sera probablement plus facile qu'il pose les questions difficiles à votre place.

La pertinence de ses propos la submergea et elle croisa les bras sur sa poitrine. Il avait raison sur ce point.

— Mais il ne parle pas, Jed.

Son prénom glissa facilement sur sa langue. Trop facilement. Elle voulait le tenir à distance et le considérer comme un agent fédéral – juste un agent fédéral.

— Comment peut-il répondre aux questions de cet homme s'il ne parle pas ?

— Est-ce qu'il sait écrire ou taper à l'ordinateur ?

Brennan était patient avec elle, ne la *manipulait* pas – ce qui l'avait toujours rendue folle –, mais essayait de l'aider.

Elle sentit l'agitation la gagner. Elle secoua la tête.

— La dernière fois qu'il a utilisé une tablette à l'école, il l'a fait tomber et elle s'est cassée. Après ça, il n'a plus voulu en toucher.

Il avait peur de s'attirer des ennuis parce qu'il avait passé les quatre premières années de sa vie à se faire crier dessus chaque fois qu'il faisait une erreur.

Pourquoi était-elle restée si longtemps avec David ? *Parce qu'elle croyait au caractère sacré du mariage et qu'il était absent la plupart du temps.* Elle ferma les yeux. Ressasser de vieux souvenirs ne risquait pas de l'aider.

— J'espère qu'il va bientôt se remettre à dessiner, mais il ne dessine pas toujours ce que je lui demande. Parfois, il dessine tout ce qui lui passe par la tête sans logique particulière.

Brennan haussa les épaules comme si ce n'était rien, mais la vie de Michael pourrait en dépendre.

— On verra bien.

Elle se mit à trembler. Il la saisit doucement par le haut des bras et communiqua une partie de sa force à ses muscles fatigués.

— Vous savez, si nous sommes incapables de protéger deux personnes d'une menace connue, inutile de nous présenter au travail tous les matins. Nous allons les attraper, avec ou sans l'aide de Michael. Vous êtes tous les deux en sécurité ici. Je jure sur ma vie que vous êtes en sécurité.

— O-k-kay, bégaya-t-elle. Je ne suis pas très douée pour me reposer sur les autres ou…

Ses lèvres se retroussèrent d'un côté.

— Ou pour faire confiance aux hommes.

— Voilà, admit-elle à mi-voix, tendue.

Il regarda ses lèvres. Elle se figea. L'attirance entre eux était bien réelle, et il n'avait pas l'air plus heureux qu'elle de cette situation.

— Il y en a qui ont du travail ! cria Killion dans les escaliers.

Impatient et directif. Il les ramenait tous les deux au moment présent et à la raison de leur présence à cet endroit.

— Je n'avais pas réalisé que j'étais votre foutu chauffeur.

Brennan serra son bras une dernière fois, puis tourna les talons et dévala les escaliers.

Une vague de solitude s'empara d'elle. C'était stupide que cet homme lui manque avant même qu'il ne soit parti. C'était stupide de lui faire confiance alors qu'elle le connaissait depuis si peu de temps. Il faisait seulement son travail et aurait fait exactement la même chose pour n'importe qui dans leur situation. Mais elle avait confiance en lui. Elle se sentait en sécurité.

Sans Michael, elle se serait enfuie et aurait disparu jusqu'à la fin de la menace, mais elle ne pouvait pas prendre ce risque. Pas avec son fils. Elle était piégée et elle avait de gros problèmes.

———

KILLION POSA LES pieds sur le tableau de bord en noyer de Jed.

— Alors elle s'accroche à vous comme à son chevalier servant ? Elle est sexy. J'aimerais bien la protéger moi-même.

Jed avait deux frères. Il était assez expérimenté pour savoir quand quelqu'un essayait de le pousser à bout. Ce n'était pas pour autant qu'ils s'en tiraient sans la lèvre gonflée lorsqu'ils allaient trop loin.

— Peut-être que c'est lié au fait d'avoir sauvé la vie de son enfant.

Il manœuvra le SUV avec précaution dans l'allée glissante.

— Ou au fait que je ressemble à quelqu'un en qui elle peut avoir confiance.

Killion ricana.

— Ça prouve qu'elle connaît bien les fédéraux.

Jed grimaça. Peut-être utilisait-il *bien* Vivi en se servant de l'attirance irrémédiable entre eux. Il avait eu envie de l'embrasser sur le palier – *imbécile* –, mais il n'avait pas l'intention de franchir cette ligne. Cette affaire était déjà assez compliquée sans qu'il n'entretienne une relation avec un témoin. Sa vie était déjà assez compliquée. Mais ils avaient besoin de savoir ce que Michael avait vu et entendu. Jed ne voulait pas que quelqu'un fasse du mal au gamin pour obtenir cette information, mais ils avaient *vraiment* besoin de savoir. Et les Vincent aussi.

— Vous ne devriez pas être en train d'enfoncer des clous dans les paumes des terroristes ou quelque chose comme ça ? demanda-t-il à l'espion.

Killion consulta sa montre.

— En ce moment même.

— Vous les laissez mijoter ?

— C'est une tactique qui a fait ses preuves.

La voix de Killion était tendue. Vivi avait réussi à ébranler son calme à la planque. Le type n'était pas aussi imperméable qu'il le laissait entendre.

— Je n'ai pas le choix avec le type aux soins intensifs ; il ne s'est toujours pas réveillé. Abdullah Mulhadre est une tout autre affaire. Il ne sait pas que nous savons qui il est. La CIA essaie de me trouver autant d'informations que possible avant que je l'interroge.

L'expression de Killion se durcit.

— On essaie de découvrir qui est derrière tout ça ou si d'autres attaques sont prévues. Mulhadre aurait pu jouer la carte de l'immunité diplomatique, mais il ne l'a pas fait, ce qui renforce l'impression qu'il travaille pour son propre gouvernement. Mais on ne peut pas accuser les Syriens d'avoir organisé l'attaque sans risquer de déclencher une guerre totale dans la péninsule arabique, qui aspirerait Israël, l'Iran, la Russie et la Chine, et qui, en gros, foutrait en l'air toute la planète. Donc, oui, j'attends plus d'informations pendant qu'Abdullah « mijote ».

Les yeux de Killion étaient vitreux de fatigue. Aucun d'entre eux n'avait dormi. Jed le regarda masser ses tempes entre le pouce et l'index.

— Ça craint, tout ça. C'est une chose quand ça se passe à des milliers de kilomètres à Kaboul…

— Et une autre quand ça se passe à la maison.

Jed comprenait.

— Mais je doute que ce soit différent pour les victimes.

— Nous sommes tous des êtres humains.

— Même la CIA ? grogna Killion.

— Sauf la CIA.

— Et le département de la Défense ?

— Ce sont des humains. Malheureusement, c'est aussi une bande de crétins.

L'illustration même de la rivalité interagences.

— Au moins, nous avons le FBI pour rassembler tout le

monde sous le drapeau blanc de la trêve.

La bouche de Killion se tordit. La politique avait fait tuer plus d'une personne sur le terrain et ils le savaient bien.

— Je ne suis pas un monstre, vous savez. Je ne vais pas faire de mal à l'enfant. Je dois juste savoir s'il sait quelque chose. Même le plus petit indice peut aider. La mère ne me dit pas tout.

Killion grogna.

— Pas de surprise de ce côté-là.

— Vous allez vraiment entrer en contact avec le père ? demanda Jed.

Cela ne lui ferait pas gagner de points auprès de Vivi, mais il avait un travail à faire, même si Jed n'aimait pas ça.

— Seulement en dernier recours.

Le sourire de Killion revint.

— Elle est fougueuse. Je comprends pourquoi elle vous plaît.

Jed refusa d'entrer dans son jeu.

— Qu'est-ce que vous avez prévu pour le reste de la journée ?

L'agent de la CIA semblait bien trop intéressé par ce qu'il comptait faire. Mais les informations étaient cruciales pour les types comme lui.

— Vous ne devriez pas établir une sorte de profil ?

Jed secoua la tête.

— Ce n'est pas à moi de le faire. Le DSC a envoyé des gens de l'unité antiterroriste pour ça - je ne suis qu'un troufion qui cherche des preuves. Vous allez donner ce portable à McKenzie dès qu'on arrivera au QG, n'est-ce pas ?

— Bien sûr.

Killion bascula son siège et ferma les yeux.

— Que faites-vous là ? Vous ne travaillez pas à Quantico ?

— Je suis en vacances.

Killion souleva une paupière.

— Sérieusement ?

— Ouaip. Sacré hasard, hein ?

Jed tourna sur l'autoroute principale en direction de la ville.

— Je vais appeler le Dr Hinkle et voir si je peux l'emmener à la planque aujourd'hui. Ensuite, j'ai l'intention de passer en revue les déclarations des témoins, de rechercher toute personne qui aurait pu voir notre mystérieuse Veuve noire. Voir si je peux obtenir une description suffisamment précise pour faire circuler un portrait-robot dans les médias.

— Ce qui pourrait éviter d'aller fouiller dans l'esprit du garçon, fit calmement remarquer Killion.

— En éliminant la menace, j'espère, oui. Il n'a peut-être même pas vu leurs visages. La porte du placard était presque entièrement fermée. Il pourrait ne pas avoir de renseignements exploitables.

— Oui, mais il *pourrait* en avoir, et vous savez quoi ? Cela pourrait suffire à sauver des vies, et c'est tout ce qui m'importe.

Une colère froide s'insinua lentement en Jed, dissipant le sentiment de camaraderie qui prévalait auparavant. Il comprenait, il comprenait vraiment, mais Michael n'avait rien du témoin habituel.

— C'est un garçon de huit ans qui ne parle pas. Il est dans un sale état.

Jed serra le volant en pensant à ce que le père avait fait à Vivi et à son fils. Il avait vraiment laissé des traces.

— Et en tant que mineur et citoyen américain, bonne

chance pour pouvoir l'interroger si vous énervez sa mère ou si vous piétinez ses droits constitutionnels.

Cela résumait bien la situation. C'était pour cette raison que le type suivait Jed. L'autorité de la CIA s'appliquait delà des frontières des États-Unis. Il avait besoin de la juridiction du FBI, et de l'influence de Jed sur Vivi pour avoir accès au garçon.

— Nous voulons tous les deux la même chose, lui assura l'espion en lisant dans ses pensées.

Mais bien sûr.

— Sauf que j'ai des valeurs morales qui régissent mes actions.

— Ça ne vous a pas empêché de casser le nez de ce tueur à Washington.

Jed sourit de toutes ses dents.

— Ne l'oubliez pas.

L'agent de renseignements savait depuis le début ce que Jed faisait là. Que savait-il d'autre qu'il ne partageait pas ?

Le regard de Killion se fit plus froid qu'un hiver du Minnesota. Mais Jed avait grandi dans le Wisconsin ; l'hiver ne le dérangeait pas. L'homme finit par se taire quand ils arrivèrent au quartier général. C'était déjà ça.

———————

PILAH ENTRA A l'hôpital avec un gros bouquet d'œillets roses. Elle avait appelé plus tôt pour dire qu'elle essayait de retrouver son « oncle » et de savoir s'il était l'une des victimes de l'attaque terroriste du centre commercial. L'administration avait confirmé qu'il était bien hospitalisé sur place. Elle suivit les panneaux indiquant les soins intensifs.

Il y avait des flics dans le couloir, qui parlaient aux gens, prenaient des dépositions. Elle sentit la chaleur l'envahir et gagner ses épaules, puis remonter le long de sa nuque. Sa peur était palpable et elle se demandait s'ils pouvaient la voir se déverser comme de la vapeur.

— Je suis là pour voir William Green, dit-elle à l'infirmière.

Les yeux de l'infirmière s'élargirent.

— Êtes-vous la femme à qui j'ai parlé et qui a appelé il y a quelques heures ?

Pilah fronça les sourcils.

— J'ai appelé, mais je ne pense pas avoir parlé à une infirmière. Je suis sa nièce.

Et merde. Quelqu'un d'autre était-il sur le point d'arriver et de griller sa couverture ? Sargon n'aurait aucun scrupule à vendre ses filles à un vieil homme dégoûtant si elle le décevait. En supposant qu'il ne leur mette pas une balle ou qu'il ne les laisse pas mourir de faim. Elle avait des crampes d'estomac.

— Est-ce qu'elle a laissé un nom ?

L'infirmière consulta un post-it qu'elle avait affiché sur le comptoir.

— Marie Thomas.

Pilah fit un signe de tête comme si elle la connaissait

— Ah, Marie. Je vais l'appeler pour lui dire que je suis là. Je n'étais pas en ville et je suis venue dès que j'ai réalisé qu'oncle Will s'était retrouvé au milieu de cette attaque.

L'infirmière frissonna.

— Ces gens devraient avoir honte d'eux-mêmes, bien que je doute qu'ils aient une conscience. Je ne sais pas ce qu'ils espéraient accomplir. Ils n'ont fait qu'assassiner et mutiler un tas d'innocents. J'ai une petite idée de ce que je leur ferais subir si j'en avais l'occasion.

L'infirmière était suffisante et grosse. Il était facile de porter des jugements lorsque l'on vivait dans une démocratie où ses droits comptaient. Là d'où venait Pilah, des villes entières avaient été massacrées – hommes, femmes et enfants, torturés et tués sur ordre de leur propre président. Pilah cacha ses sentiments, son cynisme, son mépris. Les Américains ne connaissaient rien à la souffrance. Elle n'en savait pas beaucoup plus avant que la guerre civile n'engloutisse sa nation dans un combat acharné pour la liberté.

Elle s'attendait à ce que des rumeurs et des spéculations sur l'implication de la Syrie circulent déjà dans les médias, mais rien. Pas encore en tout cas.

Sargon avait-il menti sur son plan ou les autorités taisaient-elles cet aspect ? Les deux, probablement.

— Est-il toujours dans le coma ? demanda Pilah.

— Il est dans un coma artificiel jusqu'à ce que son œdème cérébral se résorbe. Ce n'est pas aussi grave que ça en a l'air, la rassura-t-elle.

L'infirmière l'invita à la suivre et elles entrèrent dans une salle qui contenait trois lits. Oh non… Pilah observa frénétiquement les patients. Il y avait deux hommes inconscients, mais elle ne savait pas lequel était censé être son oncle.

Pilah se figea.

— J'ai oublié que je n'avais pas le droit d'apporter des fleurs ici.

Elle agita le bouquet devant elle, essayant de gagner du temps.

— Laissez-moi les ramener dehors et appeler Marie. Ensuite je viendrai m'asseoir avec lui si je peux ?

Sa tactique fonctionna, car l'infirmière continua à avancer

jusqu'au lit du fond, puis leva les yeux.

— Pas de problème. J'étais désolée qu'il n'ait pas de visiteurs. Ça lui fera du bien d'avoir de la compagnie.

Elle le reconnut. Il était tout près quand ils avaient fait exploser la charge qui avait détruit le PC sécurité. Amir lui avait tiré dessus quand il s'était approché d'eux. Elle espérait vraiment qu'il ne la reconnaîtrait pas s'il se réveillait. Bien sûr, elle avait changé d'apparence. Pas de foulard, des vêtements occidentaux moulants. Ses cheveux étaient naturellement blond foncé. Elle les tenait de sa mère. Sargon comptait bien mettre à profit cette caractéristique. Elle s'était fait une frange qui lui descendait jusqu'aux yeux, et elle portait un maquillage aux couleurs vives et du rouge à lèvres rose.

— Il a l'air en piteux état.

Pilah observa le visage de l'homme. Le teint gris, la bouche lâche, il avait un imposant bandage blanc enroulé autour de la tête. Il avait l'air de souffrir et c'était peut-être pire que de voir quelqu'un mourir. Elle y était pour quelque chose. Elle avait causé cette souffrance. Pour la première fois, elle éprouva de réels remords pour ses actes.

— Donnez-moi juste deux minutes et je reviens.

Elle sortit de la pièce et reprit le couloir en direction de l'entrée principale. Elle composa un numéro que Sargon lui avait donné, ses doigts tremblant tellement qu'elle se trompa deux fois.

Quand quelqu'un décrocha, elle dit :

— Ça ne va pas marcher. Il a une nièce qui a appelé plus tôt.

— Son nom ?

Elle fronça les sourcils.

— Marie Thomas.

Son contact tapait déjà sur l'ordinateur. Il trouva une adresse.

— Je l'ai. Pas mariée. Elle semble vivre seule, pour autant que je sache.

— Est-ce que je dois m'en aller ?

— Non. Fais exactement ce qu'on t'a dit. Tu t'occuperas de ça plus tard. J'ai d'autres affaires qui requièrent mon attention.

— Moi ?

Elle entendit renifler à l'autre bout du téléphone.

— Oui, toi. Tu as fait preuve d'une étonnante ingéniosité jusqu'à présent. Tu sais ce qu'il faut faire.

Mais je ne veux pas le faire ! criait une voix en elle. Mais elle garda son calme. Comment pourrait-elle se sortir de ce pétrin dans lequel elle s'était mise ?

— Vous avez trouvé l'enfant ?

— Ne parle pas de ça, la sermonna l'homme.

Le type raccrocha.

L'image de la femme rousse et le visage de son fils avaient commencé à hanter Pilah ainsi que tous ses autres fantômes. Étaient-ils toujours en vie ? Le garçon avait-il pu l'identifier ? Avait-il entendu quelque chose d'important ?

Elle posa les fleurs sur le bureau des infirmières le plus proche. Elle éteignit ensuite son téléphone portable et entra dans l'unité de soins intensifs. Elle consulta subrepticement les notes au pied du lit – ce que tous les proches faisaient. William Green. Cinquante-cinq ans. Elle s'assit à côté de lui et lui prit la main. Sa peau était fraîche et sèche. Elle lui serra les doigts et fut troublée de sentir une légère pression en retour.

CHAPITRE NEUF

V IVI FAISAIT LES cent pas. Elle avait réveillé et habillé Michael, mais il avait passé toute la journée allongé sur le canapé sans vouloir ou sans pouvoir répondre. Sa mâchoire se crispa. Il s'éloignait d'elle. Elle le sentait à chaque absence de réaction, chaque fois qu'il évitait le contact visuel.

— Quand est-ce qu'il arrive ? demanda-t-elle à l'inspecteur Patton pour la cinquième fois en une heure.

Le Dr Hinkle avait accepté de venir dès qu'il aurait terminé ses visites de l'après-midi à l'hôpital. Les marshals avaient normalement informé l'agent de la CIA et du FBI, mais elle ne comptait pas attendre leur arrivée. La simple attente la rendait folle. Elle se sentait impuissante.

— Il est en route.

Tout ce dispositif commençait à ressembler à une énorme perte de temps et de ressources. Ils ne semblaient pas être réellement en danger. Plus elle y réfléchissait, plus elle se disait que les autorités réagissaient de manière excessive. Les médias laissaient entendre que tous les terroristes connus étaient morts et que la frénésie générale se calmait. Certaines parties du centre commercial avaient déjà commencé à être nettoyées.

— Je n'arrive pas à croire que quelqu'un se donne autant de mal pour nous trouver. Nous ne *savons* rien.

— Vous savez ce que je n'arrive pas à croire ? répondit

Patton sur le même ton. C'est que tant de mes compatriotes américains aient été abattus dans mon centre commercial local hier. Un peu de prudence ne peut pas faire de mal, surtout vu l'incident de la piscine de l'hôtel.

Elle sentit la bile lui remonter dans la gorge. *Mon Dieu, oui.* Mais tout cela semblait tellement surréaliste.

Patton posa une main sur son épaule.

— C'est normal de craquer, vous savez. Personne ne vous juge sur votre capacité à faire face.

Elle éclata de rire et secoua la tête.

— Tant mieux. Mais je ne peux pas me permettre de m'effondrer. J'ai un petit garçon à protéger.

Patton posa sa main sur son arme de poing. Il semblait être un bon gars. Rogers aussi, bien qu'il soit plus sévère.

— C'est aussi mon travail, ne l'oubliez pas. Accordez-vous une pause.

Difficile à dire alors qu'elle était enfermée sans rien à faire et que Michael s'éloignait de plus en plus d'elle.

— J'apprécie votre aide. Je veux juste que tout revienne à la normale. Vous avez des enfants ?

— Ouaip. Deux garçons. Un à l'université. L'autre termine le lycée.

— J'espère qu'ils sont conscients de la chance qu'ils ont de vous avoir.

Il ouvrit la bouche pour dire quelque chose, mais le bruit d'une voiture qui se garait dehors l'en empêcha. Il se dirigea vers la porte, l'arme à la main. Le téléphone portable à l'oreille.

— C'est Hinkle, dit-il.

Rogers conduisit le médecin à l'intérieur. Les lunettes de l'homme s'embuèrent à cause du changement de température. Il avait l'air relativement perplexe. La veille, elle avait refusé de le laisser faire d'autres tests sur Michael après la tournure qu'avait prise l'IRM. Et à présent, elle le suppliait de venir voir son fils.

— Dr Hinkle. Merci beaucoup d'être venu.

— Mme Vincent. Je dirais bien que c'est un plaisir de vous revoir si vite, mais malheureusement, au vu des circonstances…

Vivi hocha la tête. La situation était loin d'être plaisante.

Le médecin entra dans la cuisine et regarda l'endroit où son fils était couché, déprimé, sur le canapé.

— Il est comme ça depuis l'attaque ?

Elle acquiesça.

— Il a eu des hauts et des bas, mais en gros, oui. Il ne mange pas à moins que je ne l'y oblige. Il ne s'intéresse pas à grand-chose d'autre que dormir. Je suis inquiète…

Sa voix se brisa. *Inquiète qu'il disparaisse et meure et que personne ne s'en soucie sauf moi…*

Le médecin lui tapota le bras.

— Bien sûr que vous êtes inquiète. Je vais aller lui parler, mais…

— Quoi ?

— Il est possible que ce soit une réaction parfaitement normale à un incident très traumatisant.

Normale ?

— Comme un syndrome de stress post-traumatique ?

— Je doute qu'on puisse déjà parler de ça, mais c'est une réaction normale à un traumatisme, certainement. Nous prenons tous le temps d'assimiler la peur, le chagrin et même la culpabilité d'avoir survécu alors que d'autres non. Le deuil est un processus. Cela prend du temps. Des jours. Des semaines. Parfois des années.

Ses yeux bleus affables croisèrent les siens.

— Pour vous aussi.

Vivi ne se souciait pas d'elle-même. Elle était assez forte pour s'en sortir tant que quelqu'un l'aidait avec Michael.

— En raison de l'âge de Michael et du fait qu'il ne parle pas, nous devrons concevoir une sorte de programme de thérapie spécialisée pour lui afin qu'il puisse assimiler les événements d'hier et les émotions qui les accompagnent.

— Très bien.

Elle croisa les bras sur sa poitrine. Agir. Elle était douée pour ça. C'était le fait de laisser couler qui la dérangeait.

— Je ne dis pas qu'il ne faut pas s'*inquiéter*. Mais je dis que ce comportement était prévisible après la fusillade. En fait, sa réaction naturelle aux événements est plutôt encourageante.

Encourageante ? *Vraiment* ?

— Parce qu'il traite ce qui s'est passé exactement comme je m'attendais à ce qu'un enfant « neurotypique » le fasse.

Son sourire patient commençait à l'agacer. Presque autant que lorsqu'il avait expliqué avec des mots simples que tous les gens aux talents prodigieux – à savoir la capacité de dessin de Michael – n'étaient pas des génies pour autant. Les personnes atteintes d'un véritable syndrome du savant avaient toujours un handicap physique ou de développement sous-jacent, et le bon docteur n'était pas sûr que le mutisme de Michael corresponde à ce critère. Le paradoxe du génie entremêlé avec le handicap, avait-il dit. Elle avait fait valoir que la capacité artistique de Michael, combinée à son incroyable mémoire des détails – il lui suffisait de voir une chose une fois pour la recréer parfaitement – était une preuve concluante. Apparemment, non.

Certaines personnes étaient simplement *douées*, avait

expliqué le médecin. Et certaines personnes étaient *muettes*. Pour autant qu'il sache, Michael était le seul enfant qui soit les deux à la fois. Il ne voulait pas mettre Michael dans une case sans avoir fait d'autres tests.

Ce n'est pas comme si elle voulait que Michael soit autiste ou souffre du syndrome d'Asperger. Ce qu'elle voulait, c'étaient des réponses aux questions qui la perturbaient depuis quatre longues années, et un moyen d'aider son fils à se réaliser pleinement.

Elle inspira profondément. Hinkle était l'expert et le cerveau humain était encore un mystère, mais si quelqu'un pouvait réussir à atteindre Michael, c'était bien un spécialiste de ce genre de maladie.

— Non pas qu'il ait une *maladie* reconnue, murmura-t-elle pour elle-même.

Les yeux de l'homme brillèrent.

— Je vous demande pardon ?

— Rien. Désolée.

Elle ravala la boule de frustration qui s'était formée dans sa gorge. Elle lui avait demandé de venir. Elle devait à présent écouter ce qu'il avait à lui dire.

Il enleva son pardessus et le lui tendit.

— Je vais aller lui parler maintenant. Un café serait le bienvenu, avec du lait et deux sucres.

Le médecin s'éloigna, la laissant bouche bée. Rogers agita son doigt vers elle comme s'il pouvait lire dans ses pensées. Elle laissa échapper un petit rire. Les marshals étaient formidables. Ils alliaient le sens du devoir à un sens de l'humour qui l'empêchait de succomber à la terreur de la situation.

Elle prépara le café.

Hinkle s'assit sur la chaise à côté de Michael et commença à lui parler doucement. Son fils se détourna, mais le médecin continua à parler. Elle se tenait à l'écart, les observant depuis la cuisine. Le ciel était couvert dehors. La neige avait finalement cessé de tomber, mais l'hiver ne faisait que commencer. Elle martela des doigts le comptoir en granit en s'efforçant d'entendre ce qui se disait. Peut-être un jour cesserait-elle d'être une maniaque du contrôle concernant son fils, mais ce jour n'était pas encore arrivé. Elle se rapprocha, mais le médecin poussa un profond soupir, ferma son dossier et se leva. Il s'approcha d'elle tandis qu'elle lui servait son café.

Il prit la tasse, en y ajoutant son propre sucre. Trois cuillerées.

— Je pense que Michael a besoin d'un peu plus de temps pour se faire à l'idée de ce qui s'est passé. Je ne veux pas le pousser. Son cerveau est tout simplement débordé et trop stimulé, il se replie sur lui-même pour se protéger.

— Que puis-je faire pour lui ? demanda-t-elle.

— Lui offrir de la tranquillité. Du calme. De l'espace et un peu de temps.

C'était tout ? C'était ça son avis d'expert ?

— D'accooord.

— Voulez-*vous* parler de ce qui s'est passé ?

Il la regardait avec bienveillance.

Elle vacilla. L'image du sang étalé sur le sol du centre commercial lui traversa l'esprit. Le bruit des tirs et des cris de panique. Elle croisa les bras.

— Non. Je ne veux pas en parler. Pas encore.

Il sourit, patiemment.

Il avait peut-être raison. Peut-être que son fils avait juste besoin de temps, et qu'elle était trop impatiente pour le lui donner. Le médecin était venu pour rien.

— Je suis désolée de vous avoir fait perdre votre temps, Docteur.

— Ce n'est pas le cas, Mme Vincent. Pas du tout. Je pense même que réintroduire un visage familier d'avant la fusillade est la preuve pour Michael que la Terre ne s'est pas arrêtée de tourner hier. En temps normal, je conseillerais de le ramener chez lui et de le laisser se remettre dans son environnement habituel, mais avec cette menace qui pèse sur ses jours, il faut s'adapter. Essayez de recréer toutes les choses qui comptent pour lui. Ce qu'il mange en temps normal. Vos habitudes au quotidien.

Vivi réfléchit à la routine de Michael. Il fallait faire une croix sur l'école, les amis et la maison. Mais elle pouvait repeindre sa chambre et mettre au mur certains de ses posters préférés. Elle savait où les acheter en ligne.

— Merci pour votre aide, Docteur.

— Je suis heureux d'avoir pu faire quelque chose ; notre ville a vraiment besoin d'aide.

Vivi regarda vers Michael, mais il n'était plus là. Elle cligna des paupières, surprise.

— Il est probablement juste aux toilettes, lui assura le médecin en lui pressant le bras. Laissez-lui un peu d'espace.

Chaque centimètre de son front plissé criait « mère sur-protectrice ».

Détends-toi. Calme-toi. Il va bien. Tous les mantras de son mariage. Son divorce témoignait de son incapacité à s'y résoudre lorsqu'il s'agissait de son fils.

Elle adressa un sourire pincé au médecin.

— Bien sûr.

Rogers questionna le médecin sur la densité du trafic sur le trajet et Vivi s'éloigna en direction du salon. Elle chercha derrière les rideaux et derrière le fauteuil. Elle vérifia même un petit placard sous une étagère, mais il n'y avait rien d'autre qu'un jeu d'échecs. C'était bon à savoir. Michael aimait les échecs.

Elle prit l'autre porte du salon qui donnait sur le couloir menant à la porte de derrière. Rien. Elle entra dans la buanderie, ouvrit les placards et se pencha pour regarder sous l'évier.

— Michael ? appela-t-elle.

Il y eut un bruit dans le garage attenant où les marshals garaient leurs voitures. Elle ouvrit la porte et fut frappée par un souffle d'air froid. Elle referma la porte derrière elle pour que la maison ne devienne pas plus glaciale qu'elle ne l'était déjà. Vivi claqua des dents.

— Michael, viens, il fait trop froid pour que tu restes ici.

Elle avait découvert que le chauffage était volontairement bas afin que personne ne puisse remarquer une augmentation de la consommation d'électricité et signaler la propriété comme occupée. Bien qu'elle apprécie la rigueur de la chose, elle aurait bien aimé avoir un peu plus chaud. Le froid traversait ses épaisses chaussettes de laine. Ses coupures étaient encore sensibles, mais guérissaient rapidement. Elle fouilla intégralement le double garage, mais il n'y avait pas de cachette possible. Où était-il ? Elle regarda à l'intérieur des deux véhicules. Puis elle remarqua que le coffre de la berline argentée de Roger était ouvert d'un centimètre seulement. Le voilà. Elle expira longuement.

Les petits endroits sombres.

Elle ouvrit le coffre et le trouva enveloppé dans une épaisse couverture en laine, à côté d'une pelle à neige.

— Oh, Michael.

Son regard triste la suppliait de le laisser tranquille, mais elle ne pouvait pas s'y résoudre.

Au lieu de cela, elle grimpa dans le coffre avec lui. Le tapis était propre et il avait cette odeur de voiture neuve. Elle soupira, se rappelant que sa propre voiture était toujours à l'hôtel. Elle devrait demander à Brennan de s'en occuper pour elle. Elle ferma le coffre juste assez pour les plonger dans l'obscurité, puis elle vint se blottir contre son fils tremblant, se lovant contre lui sous la couverture. Elle l'embrassa sur les cheveux.

— Je t'aime, Michael.

Il lui serra le bras. Ce n'était pas grand-chose, mais c'était déjà mieux que rien. Ils restèrent allongés là, tranquillement, à écouter le bruit du vent qui sifflait dehors. Il n'avait que la peau sur les os. Il tremblait de froid contre elle, mais il préférait visiblement être là plutôt que d'avoir plus chaud ailleurs. Pour l'instant, elle devait lui donner ce dont il avait besoin. Au bout de quelques minutes, la chaleur de leur corps les réchauffa suffisamment pour qu'ils cessent tous deux de frissonner. Ses pensées s'apaisèrent. Qui aurait cru que le coffre d'une voiture serait aussi relaxant ? Ils commencèrent tous deux à s'endormir.

Un bruit de verre brisé la tira de sa rêverie. Tous ses muscles se tendirent. Qu'est-ce que c'était ? Quelqu'un avait-il fait tomber un verre ?

— Ne bouge pas.

Elle sortit du coffre, ouvrit précautionneusement la porte et jeta un coup d'œil dans la maison. Elle se faufila dans la buanderie et traversa le couloir pour se rendre dans le salon. Que s'était-il passé ? Le Dr Hinkle était accroupi derrière le comptoir de la cuisine. Puis le bruit caractéristique de coups de feu lui donna envie de fuir, mais elle était clouée sur place. La porte d'entrée s'ouvrit. Le marshal Rogers en position de tir, faisait feu sur quelque chose à l'extérieur. Une balle traversa le placo au-dessus de sa tête et elle se baissa. Un homme cria de douleur. *Oh, non !* C'était Rogers. Avait-il été touché ?

Elle longea un mur et faillit laisser échapper un sanglot de terreur. Elle avait besoin d'un pistolet. D'une arme. Tout ce qui pourrait les aider à se protéger. Elle entendit le bruit de pas qui couraient dans les escaliers, vers l'endroit où elle et Michael dormaient.

Les terroristes les *avaient* trouvés. Ils les avaient traqués et ils comptaient vraiment les éliminer. Elle se précipita dans la cuisine à genoux pour essayer de convaincre le Dr Hinkle de venir se cacher avec eux. Mais avant qu'elle ne puisse l'atteindre, son corps tressauta et s'affala sur le sol.

Un étranger masqué se tenait devant elle. Son teint n'était ni foncé ni basané. La peau autour de ses yeux bleus était clairs. Elle s'apprêtait à crier, mais le bruit d'un coup de feu et la tache rouge qui fleurit sur la poitrine de l'homme l'en dissuadèrent. L'agresseur s'écrasa au sol et Rogers croisa son regard.

— Courez, murmura-t-il.

La lueur dans ses yeux s'éteignit et il s'affala sur le côté. Elle vit l'homme qui avait juré de les protéger mourir sous ses yeux.

Des coups de feu retentirent à l'étage. Les marshals avaient appelé des renforts, mais combien de temps avant qu'ils n'arrivent ? Combattre ou fuir ? Aucune de ces deux options n'allait les sauver. Elle n'avait pas non plus les clés des voitures ni les compétences nécessaires pour faire démarrer un véhicule sans. Elle devait protéger Michael, et la furtivité et la ruse étaient leur meilleure chance. Elle prit le pistolet de la main du tireur, puis courut en silence vers le garage, fermant la porte derrière elle, écoutant les autres coups de feu échangés à l'étage. Patton devait être en haut. *Mon Dieu, faites que les renforts arrivent avant qu'il ne soit blessé.* Elle entra dans le coffre, soulagée que Michael soit encore là, indemne. Le bruit de sirènes se fit entendre. *Merci mon Dieu.*

— Les renforts arrivent.

Michael tremblait d'une peur renouvelée.

— Je ne les laisserai pas te faire du mal.

Elle protégea son fils de son corps, et étala la couverture sur eux pour qu'elle recouvre l'intégralité de leur corps, de la tête aux pieds. D'un geste furtif, elle tendit le bras et ferma le coffre. Le cliquetis métallique lui parut semblable au bruit d'une porte de prison qui se refermait. Si les agresseurs les retrouvaient là-dedans, ils ne pourraient pas s'enfuir.

C'était le mieux qu'elle puisse faire. Elle pointa l'arme vers l'endroit où toute personne qui ouvrirait le coffre se tiendrait logiquement, prête à appuyer sur la gâchette. La paroi métallique assourdissait les sons à l'extérieur, étouffait les bruits de pas, les cris des hommes et les coups de feu. Tout ce qu'elle pouvait faire, c'était défendre son fils et espérer que les agresseurs ne les trouveraient pas avant la police.

Ils étaient pris dans un cauchemar qui semblait sans fin. Les petits doigts de Michael s'agrippèrent à son chemisier, lui pinçant la peau. Vivi se délecta de cette sensation au plus profond de son être. Elle mourrait pour protéger Michael. Elle priait juste pour ne pas avoir à en arriver là.

JED COMMENÇAIT A piquer du nez en lisant le millième témoignage de l'endroit où se trouvait quelqu'un au début de la fusillade. Beaucoup s'étaient barricadés dans des réserves ou s'étaient cachés au milieu de portants de vêtements. On avait retrouvé un type dans un congélateur, à la limite de la suffocation. C'était un miracle qu'il n'y ait pas eu plus de morts. C'était horrible. Mais il n'avait pas dormi depuis des lustres, son cerveau tournait au ralenti et il avait besoin de repos.

Jusqu'à présent, personne n'avait mentionné la femme qu'il avait vue. Son ADN était revenu, pas d'empreintes utilisables. Aucune correspondance dans leurs bases de données. Les photos de la presse n'avaient rien donné non plus. Elle avait délibérément évité les caméras.

Son portable sonna et il vit que c'était son patron, l'ASAC Lincoln Frazer. Pendant un moment, il fut tenté de ne pas répondre, mais, merde…

— Brennan.

— Je viens de recevoir un appel du chef de l'US Marshal Service du Minnesota. La planque a été attaquée, débita Frazer sans préambule.

En se levant, Jed vit d'autres agents aller prendre des gilets pare-balles et sortir à la hâte du QG.

— Des victimes ?

— Ça se présente mal, Jed.

La vision de Jed se brouilla. Il ne pouvait même pas demander comment allaient Vivi et Michael, surtout pas à un homme qui lui disait sans cesse de ne pas s'impliquer. Si quelque chose leur était arrivé…

Ils ne devraient pas être si importants pour lui. Il n'aurait pas dû les laisser devenir si importants. Il se précipita vers sa voiture et entendit crier. Patrick Killion courut jusqu'à lui.

— Je viens d'apprendre la nouvelle. Les deux marshals y sont passés. Le psy aussi. Aucune information sur Vivi ou Michael.

— Hinkle était là ?

Personne ne lui avait dit que la rencontre avait déjà été organisée. Jed monta dans la voiture, alluma le moteur et s'éloigna du trottoir avant que Killion n'ait pu fermer complètement la porte.

— Ouaip. J'ai reçu un appel plus tôt, mais j'étais en train de discuter avec notre ami Abdullah. Il est impliqué jusqu'au cou, mais il pense qu'il me fait marcher comme un bleu.

Killion vérifia les balles dans son SIG. Les agents de renseignements ne portaient généralement pas d'armes, mais Jed ne fut pas surpris de voir que celui-ci échappait à la règle.

— Le médecin a dû conduire les agresseurs directement à la planque. Putain, c'était malin de garder un œil sur ce type.

— Ou ils ont une taupe.

Jed n'eut pas besoin de regarder l'espion pour deviner ce qu'il pensait.

— Ce n'est pas très malin d'accuser le gars sur le siège passager d'être de mèche avec les terroristes, répondit froidement Killion. Surtout quand il vient de vérifier son arme.

Jed se tendit.

— Heureusement pour vous, je ne suis pas rancunier et je ne travaille pas avec des connards de cinglés qui organisent des fusillades dans des centres commerciaux bondés. Je suis peut-être un connard, mais je suis un connard patriote.

— C'est bon à savoir.

Non pas qu'il crut nécessairement le type, mais pour l'heure, il s'en fichait. Quelqu'un, quelque part, avait divulgué des informations, ou bien ces types avaient des yeux et des oreilles dans bien plus d'endroits qu'ils n'auraient dû. Cela suggérait de puissants alliés et des tonnes d'argent, ce qui ne semblait jamais manquer à ces organisations.

— On ne les a pas tous attrapés, dit Jed.

— Sans blague.

— Ils ont prévu d'autres attaques, poursuivit Jed.

— Parce que sinon, ils se seraient dispersés comme des cafards et ne se seraient pas préoccupés du garçon.

Exactement. Ils avaient peur que Michael ait entendu leurs plans.

Les routes étaient glacées. Il avait fort heureusement mis des pneus neige avant de se rendre dans le Wisconsin. Mais ils dérapaient tout de même comme un joueur de hockey se lançant dans un plaquage. Jed fut obligé de ralentir. Le matin même, il avait juré sur sa vie que Vivi serait en sécurité. Quel poids avaient ses promesses si des terroristes pouvaient infiltrer les forces de l'ordre et découvrir l'emplacement d'une planque de l'US Marshal Service ? Comment pouvaient-ils même prétendre lutter contre ça ?

Il était sur l'autoroute, derrière une ambulance, toutes sirènes hurlantes, se frayant un chemin au milieu du trafic de la 77. Il ne s'autorisa pas à penser à Vivi ou à Michael. Cela ne les ramènerait pas s'ils étaient morts. Il ne les retrouverait pas s'ils avaient disparu. Il enfouit la culpabilité plus profondément, en même temps que la rage, et bascula vers la version froide et plus dure de lui-même, la plus efficace. Il attraperait ces types. Il les ferait tomber.

Killion et lui n'échangèrent pas un mot durant les cinq

minutes suivantes. Jed se concentrait sur sa conduite à grande vitesse dans des conditions difficiles. Un policier en uniforme tenta de l'arrêter à la fin du trajet, mais Jed lui montra son badge et continua à rouler. Deux autres ambulances étaient garées devant la maison, mais les médecins ne soignaient personne. *Et merde.* Les voitures de police, les adjoints du shérif, les flics de la ville étaient partout. Les forces de l'ordre couraient en tous sens pour tenter de déterminer qui était responsable et qui avait autorité. Avec la mort de deux marshals et la compromission d'une planque, les marshals, le département de la Justice, le FBI et le groupe d'intervention seraient impliqués. Jed s'arrêta sur le côté de la maison, devant le garage, à l'écart des véhicules d'urgence. Killion sauta hors du véhicule, mais l'attendit. Jed était probablement l'agent du FBI le plus haut gradé sur place, raison pour laquelle Killion ne le lâchait pas d'une semelle. Ce n'était pas pour sa personnalité engageante ou son eau de Cologne.

La porte d'entrée était grande ouverte. Bois éclaté, verre brisé. Un marshal gisait dans l'entrée, couvert de sang. Un homme non identifié, serrant un AK-47, était allongé sur le dos au bas des marches. Il avait trois balles dans la poitrine.

Ils pénétrèrent à l'intérieur, évitant les éclaboussures de sang. Hinkle était recroquevillé sur le sol de la cuisine, la cervelle explosée. Un autre terroriste gisait à côté de lui avec une balle dans le dos. Jed aurait parié que le marshal l'avait abattu, alors même qu'il était mourant.

Bien fait pour eux. Ils l'avaient mérité. Il chassa la tristesse de la mort de ses collègues policiers et se concentra sur son travail.

Retrouver Vivi et Michael.

— Combien de terroristes ? demanda Jed, montant les

marches quatre à quatre.

— Un marshal a signalé quatre hommes armés.

— Ils ont mis en place des équipes de recherche ?

— McKenzie a mis en place des barrages routiers et a remis la ville en état d'alerte.

Jed se glissa dans la chambre de Vivi, se préparant à ce qu'il allait trouver. Un des marshals était allongé sur le sol dans une mare de sang. Un médecin s'éloigna et secoua la tête. Un autre terroriste gisait à côté, avec une balle en pleine tête. *Hum.* Toute la salive disparut de la bouche de Jed. Le marshal avait défendu la mère et l'enfant jusqu'à la mort. Les portes des armoires étaient toutes entrouvertes comme si quelqu'un y avait cherché quelque chose. Jed vérifia la salle de bains pendant que Killion fouillait les autres chambres.

Ils se retrouvèrent dans le couloir.

— Aucune trace ? demanda Jed.

— Rien, confirma Killion.

Jed redescendit les escaliers.

— Vous avez trouvé d'autres corps à ce niveau ? demanda-t-il à un shérif.

— Non. Et il n'y a pas de sous-sol. J'ai vérifié.

Le désespoir le frappa et il se tourna vers l'espion.

— Appelez McKenzie et dites-lui que nous pensons que l'un des agresseurs a emmené Vivi et Michael avec lui. Hé ! fit-il en invitant un groupe de policiers à le rejoindre. Je veux que vous fouilliez les bois en direction de la rivière. Marchez parallèlement à toutes les traces que vous pourriez trouver, marquez-les et photographiez-les pour essayer de préserver les preuves. Soyez prudents, il y a au moins un suspect en liberté et deux témoins manquants. Un enfant et sa mère. Ils sont tous les deux roux.

Les policiers hochèrent la tête et organisèrent l'équipe de recherche, heureux de pouvoir se rendre utiles.

Dans la cuisine, Killion s'accroupit et vérifia le pouls du psychiatre.

— Il est encore chaud. Ils ne peuvent pas être loin. On va les retrouver.

Bien sûr qu'ils les trouveraient. Criblés de balles et jetés sur le bord de la route.

Jed ne voulait pas gaspiller sa salive.

— Appelez vos gars. Trouvez qui orchestre cette merde.

Il fronça les sourcils devant toutes les douilles qui jonchaient le sol.

— Le groupe d'intervention a besoin d'informations détaillées pour pouvoir les arrêter – même s'il s'avère que ce n'est pas de votre ressort.

La Syrie. Il ne le dit pas à haute voix. Il n'allait pas être la fuite responsable d'une guerre. Mais il insisterait pour obtenir des réponses, même si elles étaient difficiles à admettre.

Il avait peu d'espoir concernant Vivi ou Michael. Le mieux qu'il puisse demander, c'est qu'ils soient morts rapidement. Le chagrin lui fit l'effet d'un coup de pied dans les tripes et faillit le mettre à genoux. Malgré ce qu'en pensait son patron, Jed avait appris à compartimenter ses sentiments, à mettre les victimes dans une boîte où elles n'envahissaient pas ses rêves. Il devait faire face à des scénarios cauchemardesques presque tous les jours. Il lui fallait pouvoir se détacher pour faire correctement son travail. Il avait essayé de mettre Vivi et Michael dans une de ces boîtes. Il avait échoué.

C'était devenu personnel.

Il se souciait des Vincent.

Peut-être son patron avait-il raison. Peut-être Jed n'était-il pas fait pour ce travail après tout. Peut-être qu'un connard glacial serait un meilleur agent que lui.

Il sentit quelque chose de suspect, des larmes vraisemblablement, lui brûler les yeux. Hors de question qu'il craque devant les autres. Il s'éloigna, passant par la porte de derrière. Là, les mains dans les poches, il inhala de grandes bouffées d'air glacé. Des empreintes de pas faisaient le tour de la maison, puis se dirigeaient vers les bois. Jed inspira profondément. L'air était si froid qu'il avait du mal à respirer, mais il s'en fichait. Il était comme paralysé.

Il avait été attiré par Vivi, sa beauté, ses cheveux éclatants, ses manières franches. Il avait vu l'extrême vulnérabilité qu'elle essayait de cacher. Et il aimait vraiment son enfant. C'était un petit garçon courageux et gentil.

Il pinça les lèvres, luttant contre les émotions. *Ressaisis-toi, Brennan. Fais ton putain de travail.* Il avait déjà perdu des gens par le passé – Bobby, Mia. Elle était morte sur la base et l'armée avait voulu étouffer son meurtre jusqu'à ce qu'il contacte Quantico et les persuade que c'était l'œuvre d'un tueur en série. Il n'avait pas lâché l'affaire avant que Lincoln Frazer n'arrête le type. Sa ténacité en faisait un bon agent, mais son besoin de résultats l'empêchait de laisser couler *quoi que ce soit*, d'où sa charge de travail sans fin et sa vie personnelle stérile.

Il retourna à l'intérieur, jeta un coup d'œil dans le garage et en fit un rapide tour. Il y avait deux voitures garées. Un SUV et une berline. Il fit le tour des deux véhicules. Il n'y avait pas de traces d'impact dans le coin. Les assaillants ne semblaient pas avoir réussi à pénétrer dans cette zone. En sortant un gant en latex, il enclencha l'ouverture du garage et la porte s'ouvrit avec un cliquetis. Il observa la neige dans l'allée. Bien qu'elle ait été déblayée plus tôt, une mince pellicule neigeuse suffisait à lui indiquer que personne n'était entré ou sorti par là. Il retourna à l'intérieur et ferma l'énorme porte du garage double. Il éteignit la lumière.

Un coup sourd le fit s'arrêter.

Cela venait-il d'en haut ?

Il secoua la tête, se disant que c'était probablement le fruit de son imagination. Puis il l'entendit à nouveau et se figea. Le bruit venait du coffre de la berline argentée. Il sortit son arme et ôta ses chaussures pour pouvoir se déplacer en silence sur le sol gelé.

Il se mit sur le côté et ouvrit le coffre en gardant son arme pointée en son centre, le doigt sur la gâchette.

Il tomba sur un visage pâle dominé par de grands yeux bleus. Un gros Beretta, serré dans une main tremblante, pointé sur lui. *Vivi*. Et derrière elle, une couverture s'agitait. *Michael*. Ils étaient sains et saufs. Ils étaient vivants.

Elle baissa l'arme.

— Je pense qu'ils nous ont trouvés, Jed.

CHAPITRE DIX

Remettant son arme dans son étui, il se pencha à l'intérieur, prit sa tête entre ses mains et l'embrassa sur la bouche. Ses lèvres étaient glacées et avaient un goût de café sucré et de larmes. Elle s'accrocha à lui, visiblement terrifiée par l'épreuve qu'elle venait de vivre. Le baiser ne dura que quelques secondes, juste assez longtemps pour qu'il se souvienne qu'elle était une témoin et que c'était contraire à la déontologie, mais elle avait tellement bon goût... Il lui semblait vraiment dommage de ne plus jamais pouvoir le faire. Il recula. Puis il la serra très fort dans ses bras.

— Mon Dieu, j'ai eu si peur.

Elle tremblait si violemment que ses os menaçaient de se rompre sous son étreinte.

Il lui fallut trente secondes pour lâcher prise.

— Est-ce que les marshals sont… ?

Sa voix tremblait. Sa question resta en suspens. Elle regarda Michael.

Morts ?

Il fit un signe de tête.

— Comment nous ont-ils trouvés ?

Jed était incapable de répondre à cette question. *Comment* les avaient-ils trouvés ? Avaient-ils suivi le médecin ? Peut-être. Ou y avait-il eu une fuite au sein de l'un des nombreux services de police impliqués dans cette enquête antiterroriste ?

— Je ne sais pas.

Ils chuchotaient tous les deux. Il entendit des gens parler à l'intérieur de la maison et prit une décision rapide. Une décision qui le ferait probablement renvoyer d'un emploi qu'il aimait. Il risquait d'être arrêté, mais il ne voyait pas d'autre solution pour assurer la sécurité de Vivi et Michael.

— Je vais ouvrir la porte du garage. Ma voiture est garée juste là. Je vais laisser la porte arrière ouverte pour vous protéger des regards indiscrets. Jetez-vous sur les tapis de sol à l'arrière de la voiture et couvrez-vous avec cette couverture. Ne laissez personne vous voir.

Les yeux de Vivi étaient soulignés de taches sombres. Des rides creusaient son front.

— Vous pouvez vous en charger ?

Jed désigna Michael.

— Bien sûr.

Comme si elle avait déjà dit le contraire.

Il ferma la porte de la maison, la verrouilla et remit ses chaussures. Puis il courut la retrouver et l'aida à sortir du coffre. Ce n'était pas aussi facile qu'il y paraissait et il la souleva avec précaution, la plaçant doucement sur le sol pendant qu'elle reprenait ses appuis. Elle ne lui arrivait qu'au menton et elle semblait aussi fragile que du verre filé sous ses mains.

— Je vous donnerais bien mes chaussures si cela ne risquait pas d'éveiller les soupçons.

Ses lèvres formèrent un sourire déchirant. Elle et son fils avaient connu l'enfer ces derniers jours ; avoir froid aux pieds était le dernier de ses problèmes.

— Vous en avez déjà fait beaucoup.

Pas suffisamment. Jusqu'à présent, il n'avait pas tenu sa promesse et avait failli la faire tuer.

Il sortit Michael du coffre et l'enveloppa dans la couverture, puis le remit à sa mère.

— Restez dans le coin là-bas pendant que je vérifie que la voie est libre à l'extérieur. S'il y a quelqu'un dehors, j'essaierai de faire diversion. En résumé, je ne veux pas que l'on sache que vous êtes en vie. Pas encore.

Elle ne demanda pas pourquoi. Peut-être avait-elle déjà compris. Il souleva de nouveau la porte, puis fit semblant de sortir quelque chose du siège arrière de son SUV, avant de retourner dans le garage et de laisser la porte de la voiture grande ouverte. Vivi sauta rapidement dans le SUV et disparut à l'intérieur. Il revint et claqua la porte, effaçant ses traces de pas en partant. Il retourna à l'intérieur, ferma la porte du garage et déverrouilla la porte de la maison pour dissiper tout soupçon. Puis il mit son portable à l'oreille et fit croire qu'on lui ordonnait de rentrer au quartier général. Heureusement, Killion prenait des photos à l'étage.

Jed sortit par la porte d'entrée. Une équipe de marshals sortait d'une fourgonnette. Keene et Townsend – les marshals de la nuit précédente – en descendirent, l'air secoué et énervé. Si l'attaque s'était produite plus tôt, cela aurait pu être leur corps en train de refroidir sur le sol de la planque. Le fait de savoir ça, combiné à la perte d'amis et de collègues, ne pouvait que les hanter, sans compter que le US Marshal Service détestait perdre des témoins. S'ils découvraient qu'il avait emmené Michael et Vivi sans le leur dire, ils le lyncheraient.

Mais son espérance de vie n'était pas le problème.

Il s'installa sur le siège conducteur de son SUV et leur adressa un signe de tête.

— Restez baissés, marmonna-t-il en remontant l'allée au milieu des nombreux véhicules des forces de l'ordre et d'urgence.

Les vitres arrière étaient teintées. Pourtant, son cœur battait la chamade à l'idée que quelqu'un puisse les repérer. Il s'attendait à se faire démasquer chaque fois que quelqu'un le regardait, mais lorsqu'il atteignit la route principale, plus personne ne lui accordait la moindre attention.

Il appela le quartier général et demanda des informations sur les barrages routiers, pour savoir exactement où ils se trouvaient. Il pouvait désormais les éviter.

Il regarda dans le rétroviseur, mais ne vit ni Vivi ni Michael.

— J'aimerais pouvoir vous dire de vous asseoir, mais je pense que jusqu'à ce que nous arrivions à destination, vous devez rester hors de vue. Mais vous pourriez probablement vous allonger sur la banquette arrière.

Il entendit le bruissement des couvertures et Vivi qui essayait de détacher Michael du sol, mais il ne voulait pas bouger. Elle était de plus en plus agitée.

— Vivi, laissez-le. Il est bien là où il est. Allongez-vous et essayez de vous mettre à l'aise. Tirez ma parka du coffre.

Son portable sonna. *Killion.*

— Je ferais mieux de répondre. Pas un mot, d'accord ?

Ses yeux croisèrent les siens dans le rétroviseur pendant un bref instant. Elle avait l'air fragile et secouée. Son visage était livide de peur. Il lui avait promis qu'elle serait en sécurité et voilà ce qui s'était passé. Deux marshals morts et aucune idée de qui était derrière tout ça.

Sachant qu'il avait besoin de se concentrer pour duper Killion, il reporta son regard sur la route et imagina Vivi et

Michael morts dans une flaque de sang. Soudain, l'idée de mentir au type n'était plus si difficile.

———————————

MARIE THOMAS VIVAIT dans le quartier de Camden à Minneapolis, dans un bungalow délabré des années 1950. Le revêtement blanc en bois était depuis longtemps grisé et commençait à s'écailler ; les garnitures vert menthe étaient décolorées et striées de crasse. Les trois marches et le trottoir avaient été soigneusement déblayés, bien que le béton abîmé commence à s'effriter.

Il n'y avait personne dans la rue. Tout le monde se terrait chez soi, ce qui était facilitait les plans de Pilah. Elle tenait un porte-bloc à la main et avait enfilé un manteau de laine noir sur un pantalon noir, tous deux dénichés dans une friperie locale. Elle gardait la tête baissée parce qu'on ne savait jamais où se trouvaient les caméras de surveillance, même si ce n'était pas le genre de quartier où les gens en installaient sur leur propriété.

Elle appuya sur la sonnette, puis l'essuya avec sa manche.

Des chiens aboyèrent à l'intérieur. *Et merde.* Elle n'avait pas prévu qu'il y ait des chiens. Des pas lourds. Une femme apparut dans l'embrasure de la porte. Elle avait le visage usé de quelqu'un qui travaillait dur depuis longtemps, et savait qu'elle n'aurait pas de répit de sitôt. Des rides se formèrent autour de ses yeux lorsqu'elle sourit.

— Oui ? Que puis-je faire pour vous ?

À l'intérieur, de la musique s'échappait de la radio.

— Mme Thomas ? demanda Pilah.

— Mademoiselle, la corrigea fermement la femme.

Parfait.

— Je m'appelle Pat Jones. Je viens de l'hôpital du comté où votre oncle a été admis.

La femme s'affaissa contre le cadre de la porte. Elle consulta sa montre.

— Pauvre oncle Billy. J'espérais y aller après le travail, mais je suis trop fatiguée.

Elle ôta ses cheveux de ses yeux.

— Venez vous abriter du froid.

Pilah accepta avec gratitude.

— Rhett, Ginger ! Couchés !

Les deux chiens cessèrent de sauter et restèrent à remuer la queue.

N'ayez pas peur. Ils ne sont pas méchants.

L'estomac de Pilah se serra. Elle ne voulait pas faire ça. Pourquoi diable faisait-elle ça ?

— Que faites-vous dans la vie, Mlle Thomas ?

— Oh, mon Dieu, je ne vais pas devoir payer tous ses frais médicaux au moins ?

Elle passa une main dans ses cheveux blonds et décolorés.

— Je ne gagne pas assez d'argent.

— Non, madame. Votre oncle avait une assurance.

Dans le cas contraire, Sargon paierait probablement la facture lui-même. L'ironie poussée au plus haut degré. Elle ne savait pas ce qu'il prévoyait de faire à l'homme, mais cela ne pouvait pas être bon.

— Dieu merci. Venez dans la cuisine. J'ai laissé la cuisinière allumée.

Pilah toucha la tête des chiens, puis suivit leur maîtresse dans la cuisine. C'étaient de gentils chiens. Que deviendraient-ils si quelque chose arrivait à Marie ? Elle ne pouvait pas se permettre de s'en soucier. Ses mains se mirent à trembler et elle les fourra dans ses poches, sa main droite serrant l'arme qu'Abdullah avait laissée dans sa boîte à gants.

— Je vais descendre à l'hôpital demain. J'ai quelques jours de congé.

Ce qui signifiait que sa couverture serait grillée dès que Marie parlerait à l'infirmière.

— Que faites-vous comme métier ? demanda Pilah.

— Je travaille au Y, je dirige des programmes pour les jeunes.

Les paumes de Pilah devinrent moites et elle les essuya sur ses cuisses.

— Vous semblez avoir beaucoup de travail.

La femme haussa ses épaules maigrelettes sous son pull bon marché.

— J'aime ce que je fais.

— M. Green a-t-il d'autres parents ou amis proches que nous devrions contacter ?

— Il ne reste que lui de ce côté de la famille. Sa femme est morte et ils n'ont jamais eu d'enfants. Je ne connais pas ses amis. Pourquoi posez-vous cette question ?

Ses yeux étaient désormais interrogateurs.

Pilah entendit les informations à la radio. Elle se raidit en entendant les gros titres. Le garçon roux et sa mère avaient disparu après l'attaque de la planque. La police les recherchait. Le danger s'intensifiait. Le risque d'échec augmentait à chaque nouvel imprévu.

Elle revint brusquement à cette femme épuisée et à sa modeste petite cuisine.

— Il va avoir besoin qu'on s'occupe de lui à sa sortie de l'hôpital. Nous lançons un programme test où nous essayons d'obtenir l'avis des proches avant la sortie des patients pour nous assurer que tout est en place.

Pilah remit la main dans sa poche. Si elle se mettait à réfléchir, elle n'irait jamais jusqu'au bout et ses enfants seraient sacrifiés. La voix apaisante d'Adad essaya de la calmer. Elle la chassa de sa tête. Quel homme stupide !

Marie Thomas retourna un œuf dans la poêle.

— Il n'a que moi et franchement, nous ne sommes pas proches. Mais il s'est fait tirer dessus, alors je veux être là pour lui…

Pilah prit le pistolet dans sa main droite et appuya sur la détente. Elle tira à travers la poche de son manteau et toucha la femme au ventre. Les chiens se mirent à aboyer.

— Je suis désolée, dit-elle doucement.

Marie tomba à genoux sur le sol de la cuisine. Le sang coulait entre ses doigts alors qu'elle pressait ses mains sur la blessure.

— Je suis vraiment désolée.

La femme s'écrasa face contre terre et ne bougea plus. Pilah ferma les yeux et inspira profondément. Les chiens continuèrent à aboyer, de confusion et de peur. *Pardonnez-moi.*

— Chut maintenant, chut.

Elle s'accroupit et les deux animaux s'approchèrent d'elle, incertains. Ils ne comprenaient pas ce qui s'était passé. Elle sentit son estomac se retourner. Elle ne le comprenait pas elle-même. Lorsqu'ils se mirent à remuer la queue, elle les caressa pendant un moment, puis se leva. Elle ne pouvait pas s'attarder trop longtemps ; quelqu'un risquait de signaler le bruit.

Elle vit le sac à main de Marie sur la table et prit son portefeuille, le glissant dans sa poche.

Pilah utilisa sa manche pour éteindre le brûleur à gaz, puis remarqua que les gamelles des chiens étaient vides. Elle ouvrit la porte du garde-manger et trouva une grosse boîte de croquettes. Elle en versa quatre grandes cuillères à chaque chien, assez pour tenir quelques jours. Puis elle tira les rideaux et les stores, et essuya ses empreintes sur tout ce qu'elle pensait avoir touché. La radio était assez forte pour être audible de l'extérieur, mais pas assez forte pour provoquer des plaintes. Elle laissa la lumière du couloir allumée.

Avec un peu de chance, il faudrait quelques jours avant que quelqu'un ne remarque le corps et personne ne ferait le lien entre cette femme et les événements du centre commercial.

Pilah se glissa dehors, le visage enfoncé dans son col, et s'éloigna. Elle n'aurait jamais pensé devenir une tueuse, mais les choses devenaient plus faciles avec un peu de pratique. Ou peut-être qu'elle mourait à l'intérieur, lentement et sûrement chaque fois qu'elle prenait une vie, jusqu'à ce qu'il ne reste plus rien de valable en elle.

Il n'y avait déjà plus grand-chose de valable. Juste le minuscule espoir qu'elle puisse d'une manière ou d'une autre parvenir à garder ses filles en vie.

VIVI SORTIT LE pistolet qu'elle avait caché dans l'élastique de son pantalon et le plaça sur le siège à côté d'elle. Elle n'aimait pas les armes, surtout pas en présence de Michael. Il n'avait que huit ans. Il ne faisait pas toujours les choix les plus judicieux. Ou peut-être semblaient-ils sensés quand on avait huit ans, ce qui ne correspondait pas forcément à l'avis du reste de la population.

Elle écouta les mensonges que débitait Brennan à l'agent de renseignements. Il aurait dû être acteur.

— Où est-ce que *je vais* ? Vous vous êtes pris pour qui, ma mère ?

Ses paroles étaient percutantes et irrespectueuses. Exactement comme on s'attendait à ce qu'il réagisse si un témoin à qui il avait accordé une protection rapprochée disparaissait, et était présumé mort. Elle grimaça devant le langage grossier qu'il employait en présence de Michael, mais en même temps, elle savait qu'il devait agir naturellement. De plus, éviter les jurons n'était plus vraiment sa priorité après deux jours à éviter les effusions de sang et les balles.

— Pas question, M. CIA. J'en ai fini. Je fais ce que mon patron m'a dit de faire il y a quatre jours. Je prends des congés pour pouvoir continuer à faire ce travail sans que ma tête n'explose. Cela vous convient-il ou souhaitez-vous un certificat médical ?

Il fit une autre pause. Le type n'abandonnait pas.

— Pas ma faute ? Je sais que ce n'était pas ma faute, mais je leur ai promis qu'ils seraient en sécurité et maintenant ils sont…

Il s'interrompit comme s'il ne pouvait pas supporter d'en dire plus.

C'était une performance magistrale et elle fut frappée d'une panique momentanée. Jed pourrait-il être de mèche avec les terroristes ? Puis elle se souvint de la façon dont il l'avait sauvée lorsqu'elle était coincée dans la cuisine de ce restaurant pendant l'attaque du centre commercial.

Des forces inconnues étaient à leur recherche et, malgré

ses réticences, si elle n'avait pas fait confiance à cet homme, il y avait de fortes chances pour qu'elle et Michael soient déjà morts. S'il y avait une personne susceptible, selon elle, de tenir parole au milieu de cet horrible cauchemar, c'était bien Jed Brennan. Et Vivi ferait tout ce qu'il faudrait pour assurer la sécurité de son fils.

— Écoutez, Killion, c'était sympa, mais c'est fini pour moi. Trouvez quelqu'un d'autre à qui vous pouvez vous raccrocher et qui vous servira de chauffeur.

Il respirait péniblement, comme s'il les croyait vraiment morts.

— Si vous les trouvez… vous pouvez me joindre à ce numéro pour me le faire savoir ou m'envoyer un e-mail, mais… pas de photos, d'accord ?

Killion dit quelque chose qu'elle ne put entendre. Brennan raccrocha et surprit son regard dans le rétroviseur. Il se passait beaucoup de choses dans ces yeux noirs, et rien de bon. Deux marshals étaient morts. Ainsi que l'un des neuroscientifiques les plus respectés du pays. Elle s'effondra contre le siège.

— Tout est de ma faute.

— Parce que vous avez demandé à Hinkle de venir ?

— Oui.

Elle le regarda alors, prête pour ses récriminations. C'était elle qui avait insisté pour qu'il vienne.

Jed haussa les épaules.

— Il a été mentionné dans l'article de presse, il est donc possible qu'ils l'aient suivi au cas où vous voudriez le revoir.

Ce n'était pas une mauvaise idée compte tenu des problèmes de Michael.

Elle aurait dû le réaliser avant de demander à le voir. Elle avait l'impression que quelqu'un était à l'intérieur de sa gorge, essayant de sortir avec un grappin. Mon Dieu, combien de personnes étaient impliquées dans ce groupe ? Comment pourraient-ils être à nouveau en sécurité ?

Le ton sévère de Brennan la sortit de son état de sa panique.

— Vivi, il est également possible qu'il y ait une taupe quelque part au sein des forces de l'ordre, qui donne des informations aux terroristes. Dans ce cas, c'est de ma faute.

Il se concentra sur la route pendant un moment, la laissant réfléchir à ses paroles.

— Honnêtement ? Je ne sais pas à qui faire confiance.

Elle fut surprise de ne pas être plus choquée que ça. La façon dont il les avait fait sortir de la planque et dont il avait menti à Killion lui avait mis la puce à l'oreille.

— On doit décider ce qu'il faut faire. Pour l'instant, les autorités vont supposer que vous êtes morts et les terroristes ne pourront pas savoir ce qu'il en est. On a un court laps de temps pour vous faire disparaître.

Il avait déjà été compliqué de se cacher des méchants, mais à présent elle devait aussi se cacher des gentils ?

— Si vous voulez que je vous emmène dans un endroit où vous vous sentez en sécurité, je le ferai et je trouverai un moyen de vous y protéger. Mais j'ai une autre suggestion. Qui implique de me faire entièrement confiance.

Elle entendait son propre cœur battre la chamade, couvrant le bruit de la route. Il battait trop fort, trop vite pour que ce soit rassurant. Des émotions jaillirent du plus profond de ses beaux yeux noisette, des émotions qu'elle ne parvenait pas à déchiffrer.

— Je *peux* vous cacher. Je peux vous emmener dans un endroit où vous serez en sécurité jusqu'à ce que tout soit terminé. Mais je ne sais pas combien de temps ça prendra, et nous serons seuls – vous, Michael et moi – sans marshals, sans véritables renforts. Et je ne peux pas garantir à Michael une aide spécialisée pendant que nous serons là-bas.

Le souvenir de la tête du Dr Hinkle pulvérisée lui donna envie de vomir. Elle mit sa main sur sa bouche et déglutit à plusieurs reprises. Elle ne voulait pas entraîner d'autres personnes dans ce pétrin. Elle ne voulait pas que quelqu'un d'autre meure. Le fait qu'il tienne compte de ses inquiétudes concernant son enfant alors qu'ils essayaient de sauver leur peau était quelque peu étonnant.

Elle inspira profondément à plusieurs reprises et essaya de se ressaisir.

— A-avant l'attaque, le médecin a suggéré que peut-être que tout ce dont Michael avait besoin c'était de paix et de calme, et de temps pour faire son deuil.

Elle chercha un mouchoir et souffla dedans.

— Il a dit que Michael gérait tout ça de manière parfaitement normale.

Parfaitement normale.

Le médecin avait été assassiné alors qu'ils étaient cachés dans le coffre d'une voiture. Son fils était maintenant recroquevillé sur le plancher du SUV. Comment la moindre réaction à cette horreur pourrait-elle être *normale* ?

Elle regarda par la vitre le paysage morne et enneigé.

Une part d'elle voulait tout simplement disparaître, échapper au monde entier, y compris à cet homme qui lui rappelait constamment la menace à laquelle ils étaient confrontés. Disparaître des écrans radars afin que personne ne les retrouve jamais. Personne ne leur ferait de mal. Mais avec un enfant comme Michael, elle ne pouvait pas le faire sans aide. Elle ne pouvait même pas le laisser seul dans la voiture sans s'inquiéter qu'il s'éloigne et ne sache pas comment demander de l'aide. Et on les reconnaîtrait presque immédiatement s'ils entraient ensemble dans un magasin.

Elle supposait que quelqu'un surveillait sa petite maison dans le Dakota du Nord. Il lui était donc impossible de rentrer chez elle. Et bien qu'elle ait brandi un pistolet un peu plus tôt, elle ne savait pas vraiment comment l'utiliser.

David pourrait probablement la protéger… mais il lui arracherait le cœur et piétinerait sa fierté au passage, ce dont elle pouvait s'accommoder, sauf qu'il ferait pire à Michael. Et s'il y avait une taupe qui donnait des informations aux terroristes, ils ne seraient peut-être pas plus en sécurité avec David qu'avec n'importe qui d'autre du système. Elle devait bien admettre que là où elle se sentait le plus en sécurité, c'était en compagnie de l'agent spécial Jed Brennan. Elle se pencha et frotta l'épaule de Michael. Il semblait s'être endormi.

— Pourquoi prendre le risque de nous aider ?

Elle savait que tout cela risquait d'avoir un coût. Les marshals en avaient payé le prix. L'un des grands psychiatres spécialistes de l'autisme en avait payé le prix. Ils avaient tous une famille. Des gens qui se souciaient d'eux. Et ils étaient morts.

Le coût était incommensurable, mais ses yeux étaient trop secs pour pleurer. Elle était trop épuisée pour faire quoi que ce soit d'autre que frissonner malgré l'air chaud qui soufflait dans la voiture.

— Je vous ai déjà laissés tomber une fois, Vivi. Je vous ai promis que vous seriez en sécurité et ils vous ont retrouvés.

Elle inspira longuement.

— Ce n'était pas votre faute.

Il faisait tout ce qu'il pouvait pour les aider et elle savait que cela pouvait lui coûter sa carrière. Les organisations fédérales adoraient la bureaucratie, et cela n'avait certainement pas été approuvé par les pouvoirs en place.

Il fouilla dans la boîte à gants.

— Tenez, faites une liste de tout ce dont vous aurez besoin pour rester cachés pendant au moins une semaine. *Tout* le nécessaire, y compris les tailles de vêtements. Je vais aller faire les magasins et faire chauffer ma carte de crédit.

— Je vous rembourserai.

Jed rit d'un rire sans joie.

— L'argent n'est pas un problème. Je veux juste m'assurer que Michael et vous êtes en sécurité.

— Je vous rembourserai dès que je pourrai accéder à mes comptes en toute sécurité.

— Quand ce sera fini.

— Dès que possible, insista-t-elle.

— Ce qui sera le cas quand tout sera terminé.

— Je ne veux pas vous être redevable, agent Brennan.

Il lui adressa un sourire pincé.

— Têtue.

Elle laissa échapper un grognement.

— Chère. Du moins, c'est ce que David disait toujours.

— David, c'est le fameux ex ?

Elle acquiesça.

— Eh bien, excusez-moi de dire ça, mais à part être le père d'un enfant génial, votre ex est un connard.

— Je ne dirai pas le contraire, agent spécial Brennan.

— Tu ferais mieux de m'appeler Jed… et on pourrait se tutoyer.

Il se retourna à moitié vers elle, en gardant un œil sur la

route.

Elle ne voulait pas l'appeler Jed. Cela lui donnait l'impression qu'il y avait quelque chose entre *eux*, sans lien avec une menace terroriste internationale. Cela lui rappela qu'il l'avait embrassée. Elle avait presque oublié, encore sous le choc de tout ce qui s'était passé. Elle porta la main à ses lèvres.

— Si on veut éviter les soupçons, tu vas devoir te faire passer pour ma petite amie, sinon je ne t'aurais pas emmenée.

Il observa sa tignasse rousse.

— Et tu vas devoir te teindre les cheveux. Blonde ou brune ?

Elle passa une mèche de cheveux derrière son oreille.

— Vous sortez avec quoi normalement ?

— Des blondes, fit-il en riant.

— Alors je ferais mieux de me faire brune.

Leurs regards se croisèrent, et l'air grésilla entre eux.

— Ce n'est qu'une couverture, Vivi. Rien de plus.

Pourtant, le souvenir de ce baiser et du désir sombre et profond qu'il avait suscité refusait de s'effacer.

— Je vais dire la vérité à ma famille.

Elle se figea.

— On ne peut pas mettre votre famille en danger.

— On ne va pas loger chez eux, ils ont un chalet qu'ils mettent en location et que je vais emprunter pour quelques semaines.

— Mais…

Son regard s'adoucit.

— Ne t'en fais pas. Ils vivent dans un endroit isolé et éloigné. Ma famille est très à cheval sur la sécurité. Ils ne peuvent être pris au dépourvu, et ne sont jamais sans protection. Bon sang, mon père a plus d'armes que Quantico. En plus, mon frère jumeau est le chef de la police de la ville la plus proche, donc on peut lui faire confiance pour garder un secret. En fait, on va avoir besoin de lui.

— Un frère jumeau ?

— Pas identique, lui, il est moche, dit Brennan, pince-sans-rire.

L'idée d'avoir une famille, des gens sur qui se reposer. Cela faisait longtemps qu'elle n'avait pas ressenti une telle sensation, et c'était extraordinaire. La plupart des gens le prenaient pour acquis et ne savaient pas à quel point ils étaient chanceux. Elle s'éclaircit la gorge.

— Je ne sais pas comment vous remercier, agent spécial Brennan.

— Jed, la corrigea-t-il sévèrement.

Très bien, si elle devait le faire, elle devait le faire correctement. La vie de son fils en dépendait. La vie de la famille de Jed pourrait en dépendre. Elle revit le Dr Hinkle se faire tirer dessus. Faire semblant d'être sa petite amie ? Aucun problème. Elle espérait simplement que Michael serait capable de faire la différence entre les apparences et la réalité. Ce n'était pas comme si elle avait le choix.

— Très bien. Je ne sais pas comment *te* remercier, *Jed*.

— C'est un bon début.

Son sourire lui donnait envie d'oublier la situation, mais c'était impossible. Elle ne pouvait ignorer que quelqu'un voulait leur mort.

CHAPITRE ONZE

PILAH RENTRA DANS son appartement et resta debout pendant un moment, le dos contre la porte. Elle était rentrée à pied et cela lui avait pris plus de deux heures. L'odeur de la poudre imprégnait la vieille laine de son manteau et la puanteur de la mort était collée à ses narines. Elle ne pouvait pas échapper à la dure réalité : elle avait assassiné une femme de sang-froid. Une femme qui n'avait rien fait d'autre que de montrer de la compassion pour un parent dont elle n'était même pas proche.

Il faisait sombre dehors. Pilah ne se donna pas la peine d'allumer les lumières. Elle aurait voulu disparaître dans la pénombre. Ses pieds étaient gelés, tout son corps était engourdi. Pourtant, l'horreur de son geste se répandait dans tout son être et s'enroulait autour de sa gorge comme un garrot.

Ils ne connaissaient pas encore son identité, mais ce n'était qu'une question de temps. Les Américains la traqueraient et l'enfermeraient à jamais. Elle pourrirait dans une cellule pendant des décennies tandis que ses filles…

Oh, ciel miséricordieux, qu'arriverait-il à ses filles ? Elles ne la connaîtraient même pas, elles se souvenaient déjà à peine d'elle. Elle éclata en sanglots. Pauvre petite Dahlia innocente, et Corinne, si pétillante et drôle. Sa vie était un véritable gâchis. Les seules choses au monde qui comptaient pour elle étaient en danger et elle ne pouvait rien faire pour les protéger.

Elle voulait aller les retrouver, mais elle n'osait pas quitter les États-Unis, l'endroit même où elle courait le plus grand danger.

Des larmes chaudes jaillirent de ses paupières fermées et coulèrent le long de ses joues.

Le hurlement d'une sirène de police l'éloigna de la porte et elle se dirigea en titubant vers la fenêtre de l'appartement. Une voiture de police passa à toute vitesse en bas, en direction du centre-ville. Son rythme cardiaque se calma.

Aux informations, on avait dit que la police était toujours à la recherche du petit garçon et de sa mère. Qu'ils avaient échappé à l'attaque de la planque et avaient disparu. Il serait peut-être capable de l'identifier… de la nommer. Mais l'idée de le voir mourir comme Marie Thomas lui rongeait le cerveau.

C'était injuste.

Ce n'était qu'un *enfant* ! Qui ne pouvait même pas parler. Pourquoi devait-il mourir ?

Pourquoi tout le monde devait-il mourir pendant que Sargon profitait tranquillement d'un cadre idyllique loin du sol américain ? C'était *lui* qui avait tout orchestré. C'était à cause de *lui* qu'Adad était mort. Sargon s'était rendu dans leur ville après le bombardement et avait recruté des hommes en deuil et en colère, encore sous le coup de leur perte. Et il les avait envoyés mener une guerre impossible à gagner.

Adad et bon nombre de ses amis étaient morts, mais Sargon avait évité comme par magie les bombes et les balles du conflit. Il avait dicté la stratégie loin des champs de bataille.

Son reflet dans la fenêtre était indistinct, comme un fantôme de son moi passé. Un pion à utiliser et à jeter comme un déchet humain. Mais peut-être s'y prenait-elle mal. *Peut-être* devrait-elle offrir aux Américains des informations en échange de la sécurité de ses enfants ?

Ils avaient des SEALS, et des espions qui pouvaient trouver Sargon et ses hommes, et ils seraient très intéressés de savoir qu'il essayait de provoquer une guerre entre les États-Unis et la Syrie. Qu'il avait organisé cette attaque dans le but d'impliquer le régime syrien. Elle voulait que le régime soit renversé, mais elle voulait davantage assurer la sécurité de ses filles.

Elle ne savait pas pourquoi elle n'y avait pas pensé avant… Sauf qu'ils l'enfermeraient et jetteraient la clé.

Pas si elle passait un marché avec eux.

Terrifiée, mais excitée, elle se retourna pour prendre le téléphone, mais vacilla soudain, alarmée.

Un homme était assis dans l'ombre.

— Qui êtes-vous ? Que voulez-vous ? demanda-t-elle d'une voix haut perchée.

Le battement de son cœur contre ses côtes était d'une force déconcertante. Elle détestait ça et elle le détestait, lui.

— Vous êtes ici pour me tuer ?

Il se leva de la chaise où il était assis.

— Pourquoi voudrais-je te tuer, Pilah ?

Sa voix était douce, mais comportait une certaine tension qui lui donnait envie de prendre ses jambes à son cou. Il connaissait son nom.

Elle joua la carte de l'indignation.

— C'est une question normale lorsque vous trouvez un étranger chez vous. Sortez avant que j'appelle les flics.

Il s'approcha, et elle recula. Il était grand, et se déplaçait de façon furtive, dans la pénombre. Son visage restait caché dans l'obscurité.

— Je ne pense pas que tu appellerais les flics, quoi que je te fasse.

Il lui caressa la joue et elle lutta contre l'envie de grimacer. Il avait raison. Elle était complètement impuissante. Son accent était presque américain et pourtant il s'exprimait dans sa langue maternelle aussi bien qu'elle.

— Tu as servi Sargon bien mieux que tous les autres, même s'il t'a sous-estimée dès le départ.

Elle sursauta et demanda d'une voix fluette et saccadée :

— Qui êtes-vous ? Que voulez-vous ?

Il s'éloigna et récupéra un paquet sur le canapé. C'était un carton qu'Abdullah avait laissé derrière lui dans un sac avec ses affaires. Elle n'avait pas regardé à l'intérieur. Il s'approcha de la fenêtre, et les lampadaires éclairèrent suffisamment la pièce pour qu'elle distingue la forme d'un pistolet.

— Sargon veut que tu fasses passer ça en douce à l'hôpital.

— Pourquoi ?

Elle ne toucha pas l'arme. Elle ne pouvait pas cacher le malaise dans sa voix.

— Pourquoi ferais-je quoi que ce soit d'autre avant que mes enfants soient en sécurité ?

Il éclata d'un rire profond, se moquant d'elle.

— Où seront-ils en sécurité, Pilah ? Ici, avec toi ? Ou avec un homme qui tente de déclencher une guerre entre la Syrie et les États-Unis ? Lequel d'entre vous assurera leur *sécurité* ?

Elle recula.

Ses filles ne seraient jamais en sécurité tant qu'elle était aux États-Unis. Si les Américains découvraient que c'était Sargon qui les avait attaqués en essayant de faire porter le chapeau au gouvernement syrien, ils le feraient sauter, ainsi que tous ses proches. Elle vacilla. Si elle essayait de conclure un accord avec les infidèles, elle signerait un arrêt de mort pour ses propres enfants.

C'était tellement stupide. Comme elle avait été naïve !

Elle passa sa langue sur ses lèvres sèches et gercées.

— S'il est impossible de garantir leur sécurité, alors pourquoi devrais-je continuer à vous aider ? Quel est l'intérêt ? J'en ai assez de tuer et je suis morte de toute façon.

Il remit doucement une mèche de cheveux derrière l'oreille de Pilah.

— C'est presque fini. Je veillerai à ce que tes filles soient en sécurité.

— Comment savoir si je peux vous faire confiance ?

— Pilah, tu ne sais pas si tu peux me faire confiance.

Son rire doux et chaleureux la glaça pourtant jusqu'aux os.

— Mais tu n'as *pas* d'autres options et je n'ai pas besoin de mentir. Tu vas faire ça pour moi, sinon la deuxième phase du plan échouera et tout ce que tu auras fait n'aura servi à rien. Tu n'as pas le choix.

Ses genoux vacillèrent et elle dut se rattraper pour ne pas tomber par terre. Il avait raison. Elle n'avait pas le choix. Elle ne saurait jamais avec certitude si Dahlia et Corinne allaient survivre. Peut-être vaudrait-il mieux les condamner à une mort rapide avec une bombe américaine... *Non*, c'était impossible. Mieux valait une once d'espoir que pas du tout, même futile.

Elle tendit la main et prit le pistolet. Il était léger. Presque comme un jouet. L'homme plaça ses mains sur les siennes. Ses doigts étaient chauds et lisses.

— Tu devras le remonter à l'intérieur de l'hôpital juste avant de l'utiliser.

Les mains de Pilah tremblaient lorsqu'il l'entraîna à assembler l'arme.

Enfin, lorsqu'elle maîtrisa le geste, il mit de nouveau ses mains sur les siennes.

— Mets-le dans les affaires de l'homme auquel tu rends visite.

— Pourquoi ?

— Tu sais pourquoi.

Pilah se figea. Une autre attaque. Plus de morts et de destruction. Elle rangea l'arme dans son étui et le rendit à l'homme.

— Je ne supporterai pas un nouveau bain de sang.

— Il n'y a personne d'autre, Pilah. Toi seule peux le faire.

Sa voix se fit plus dure.

— Abdullah s'est fait arrêter. Tous les hommes de Sargon sont morts, sauf un qui s'est échappé de la planque. Je l'ai retrouvé alors qu'il s'apprêtait à échanger ce qu'il savait contre l'immunité. Il aurait dû se rendre compte que les poursuites judiciaires étaient le dernier de ses soucis.

La menace était claire.

— Juste une dernière cible, Pilah. C'est tout ce qu'on te demande. Après, tu seras libre.

Il lui tendit la boîte contenant l'arme.

Et soudain, elle comprit qui était la cible. Elle comprit pourquoi les détails du plan n'avaient jamais été communiqués.

— Ça ne marchera jamais. Ils détectent les armes et les explosifs.

— Cette arme est spéciale.

Elle regarda ses lèvres bouger. Elle aurait aimé voir le visage de l'homme qui l'envoyait à la mort.

— Ils ne pourront pas la détecter.

— Ils vont vérifier mes antécédents et découvrir que je ne suis pas celle que je prétends, rétorqua Pilah.

— Ta couverture tiendra, ne t'inquiète pas. Il suffit de cacher l'arme dans la table de chevet ou sous le matelas. N'importe où, là où on ne le remarquera pas avant quelques jours. Ton « oncle » a été transféré dans une chambre individuelle il y a une heure, tu auras donc toute l'intimité dont tu as besoin. Passe le plus de temps possible avec lui, juste au cas où quelque chose d'inattendu se produirait.

La peur lui serra la gorge.

— Et s'il se réveille ?

L'homme sortit un flacon de comprimés dans sa poche et l'enfonça dans la paume de sa main.

— S'il fait mine de se réveiller, glisses-en un sur sa langue. Juste un. Ça le gardera sous l'eau aussi longtemps que nécessaire. Mais les médecins n'ont pas l'intention de le sortir du coma avant quelques jours. Le sommeil est le meilleur moyen pour son cerveau de guérir.

Il était sans doute préférable qu'il ne se réveille jamais.

Pilah baissa la tête, cachant ses sentiments.

— Me contacterez-vous quand mes filles seront en sécurité ?

— Bientôt. Je dois trouver le garçon.

Non.

— L'enfant ne sait probablement rien.

— Mais il pourrait savoir quelque chose.

Pour la première fois, l'étranger parut fatigué. Las.

— Le plan ne fonctionnera pas, dit-elle, désespérée.

Un rayon de lumière vint éclairer la bouche de l'homme qui souriait.

— Ne t'inquiète pas. Le plan va fonctionner. Le seul maillon faible possible est l'enfant et je ferai en sorte qu'il ne soit pas un problème.

L'objectif n'avait jamais été l'attaque du centre commercial, mais ce qui allait se passer après. Il était impossible que les États-Unis ignorent *ce* genre d'événement, quel qu'en soit l'instigateur. Cela déclencherait une guerre. Si elle échouait, Sargon s'en prendrait à ses filles. Et si elle y parvenait, elle mourrait. Si les États-Unis découvraient l'implication de Sargon… ses enfants mourraient quand même.

Elle s'agrippa à la chemise de l'homme, prête à le supplier.

— Promettez-moi que vous emmènerez mes filles loin de Sargon et qu'elles seront en sécurité. Maintenant, avant qu'il ne soit trop tard !

— Je promets que j'essaierai, répondit-il solennellement.

Ses crampes d'estomac s'intensifièrent.

— Il va me falloir une preuve qu'elles sont en sécurité avant de faire ça. Je refuse qu'on m'utilise davantage.

Il l'observa pendant un long moment, mais elle n'avait plus peur de lui. Il avait besoin d'elle autant qu'elle avait besoin de lui.

— Je ferai ce que je peux, *ghazi*.

Puis il s'en alla.

JED S'ARRETA A Spooner pour faire des courses. Il ne doutait pas que sa mère avait rempli le réfrigérateur en prévision de son arrivée, mais ils allaient être trois en définitive, et plus longtemps ils resteraient cachés, mieux ce serait. Il avait acheté des vêtements et des munitions supplémentaires dans une autre ville. Bottes d'hiver, vestes, gants, mitaines, brosses à dents, brosses à cheveux, pyjamas, tampons et teinture pour les cheveux. Du papier et de quoi dessiner pour Michael. Il avait acheté une tablette pour Vivi et une mini tablette pour Michael. Nul ne savait combien de temps ils devraient rester là. Il régla également en liquide deux téléphones portables prépayés. À première vue, la plupart de ses achats pouvaient sembler normaux pour une personne comptant passer quelques semaines dans un chalet ou comme cadeaux de Noël, mais pas les portables.

Une partie de lui aurait voulu se débarrasser de tout son matériel électronique, mais le bureau – en particulier Frazer – savait où il se trouvait et s'il disparaissait complètement, l'alerte rouge serait lancée, ce qui entraînerait une enquête du FBI. Ce qu'il voulait éviter à tout prix. Il devait faire exactement comme s'il avait dit la vérité à Killion et Frazer pour ne pas éveiller de soupçons.

Par une étrange coïncidence, Frazer était également né et avait grandi dans le grand État du Wisconsin. Deux fermiers au DSC ? Le monde était petit.

Il chargea les provisions dans le coffre qui débordait d'achats. Il n'avait pas dormi depuis quarante-huit heures et la fatigue commençait à le ralentir. Ce n'était pas idéal pour prendre des décisions critiques. Il s'arrêta un moment, se demandant s'il faisait ce qu'il fallait. En ne partageant pas le fait que Vivi et Michael étaient vivants, il risquait son travail. Personne n'aimait les agents renégats. Le fait qu'il ait failli être tué par Miles Brandon – le fameux « tueur arc-en-ciel » – était dû au fait qu'il avait étudié l'affaire sans relâche. Il avait commencé à surveiller le type sur son temps libre, sans renforts. Frazer était occupé à aider leur nouvelle recrue à coincer un tueur en série en Virginie-Occidentale et n'avait pas pu suivre les agissements de Jed. Dire que Frazer s'était énervé quand il l'avait découvert était un euphémisme.

Tout cela allait dans le sens des craintes de Frazer : il s'impliquait trop émotionnellement et ne respectait pas les règles. Et au FBI, les règles régnaient en maître.

Voulait-il vraiment perdre son emploi ?

Non. Et il ne pouvait pas non plus prendre le risque de demander l'aide de son meilleur ami, Matt Lazlo, car cela pourrait lui coûter son emploi, et l'ancien Navy SEAL était un sacré bon agent du FBI.

Jed monta dans la voiture. Vivi était assise sur le siège passager, un bonnet en tricot gris cachant sa chevelure rousse flamboyante. Une chevelure rousse flamboyante qui deviendrait brune dès le lendemain. Elle se tourna pour le regarder, mais ne dit rien. Michael dormait sur le siège arrière et elle-même devait être vidée.

L'idée d'appeler Frazer et de lui dire la vérité, d'exposer à nouveau Vivi et Michael alors qu'ils ne savaient pas d'où venait la menace… ? Il ne pouvait pas s'y résoudre. Son estomac se serra. Il avait rejoint le FBI pour aider à protéger les gens, mais à l'heure actuelle, la seule façon de protéger Vivi et Michael était de mentir.

Il mit le contact et démarra. Ils firent le tour du grand lac où il avait passé d'innombrables étés à faire du ski nautique avec ses frères et son meilleur ami Bobby. Il commençait à faire nuit. Il ne voulait pas qu'on le voie dans sa ville natale. Pas encore.

La neige venait doucement recouvrir la canopée des arbres et formait un épais manteau blanc immaculé. C'était magnifique. Cela pouvait aussi être mortel si vous vous aventuriez dans le coin sans l'équipement approprié. Il comptait faire jouer cela en leur faveur.

Il devait toujours rendre visite à la veuve de Bobby et à son filleul, qui vivaient à Sawyerville, à quelques kilomètres de là. Il soupira et souffla sur le pare-brise. Il ne s'y était pas attendu, mais il sentait une vague de nostalgie l'envahir, au souvenir d'une époque plus simple. Si seulement il n'avait eu qu'à gérer les histoires d'amour et de désir d'adolescents... Bien que le désir puisse toujours être un problème, concéda-t-il silencieusement, en pensant à l'effet que Vivi avait sur lui. Mais il n'était pas contrôlé par ce désir.

Il mit le cap vers le sud, sur la rive ouest du lac, vers les propriétés de sa famille. Les pneus neige accrochaient à la route malgré une douzaine de centimètres de neige fraîche.

— C'est très beau par ici, dit Vivi à voix basse dans l'obscurité.

Il pensait qu'elle s'était assoupie, mais elle était déterminée à ne pas lâcher prise.

— C'est le plus bel endroit des États-Unis, mais ne le dites à personne. C'est un secret d'État.

Il était difficile de ne pas admirer une femme qui s'efforçait de tout faire par elle-même. Mais il ne pouvait pas tout à fait chasser l'idée que c'était plus par nécessité que par choix, bien que faire confiance aux gens ne soit clairement pas évident pour elle. Son ex l'avait-il aussi maltraitée ? Il crispa les mains sur le volant à cette idée, mais il ne pouvait rien y faire à l'heure actuelle.

— Je ne reviens pas aussi souvent que je le voudrais.

— Où travailles-tu en temps normal ? demanda-t-elle.

— À Quantico.

— À l'Académie du FBI ?

— Non.

Il lui fallut un moment pour réaliser qu'elle ne savait presque rien de lui et pourtant elle lui avait fait confiance. Il s'éclaircit la gorge. Il lui était redevable.

— Au Département des sciences du comportement du FBI, qui fait partie du Centre national pour l'analyse des crimes violents.

— Où tu attrapes les tueurs en série... fit Vivi d'une voix plus sombre.

Son travail l'emmenait dans des endroits sombres, des endroits que les mères célibataires avaient tendance à éviter.

— On aide dans toutes sortes d'enquêtes criminelles. Mais les tueurs en série attirent l'attention de toute la presse.

Elle ne le quittait pas des yeux. Vivi Vincent n'était pas stupide.

— On en a beaucoup parlé aux informations ces derniers temps. Tu as travaillé sur certaines de ces enquêtes ?

Son unité avait aidé à arrêter trois tueurs en série au cours du mois précédent. Deux étaient morts, et un en prison, grâce à Jed. Il espérait le voir pourrir en cellule jusqu'à la fin de ses jours. Cela contribuait à atténuer la douleur de la perte de Mia, mais ce n'était jamais suffisant. Peut-être ne serait-ce jamais suffisant.

— C'est mon boulot, répondit-il avec modestie.

Elle se tourna pour regarder par la fenêtre.

— Tu es un homme courageux.

Il secoua la tête. Il l'avait déjà laissée tomber, deux fois s'il comptait le mensonge pour la faire sortir du centre commercial, et cela lui donnait l'impression d'être un abruti fini. Mais il se rattraperait. Il était impossible que les terroristes les retrouvent dans les Northwoods.

À la fin des années 80, avant que les prix de l'immobilier n'explosent, ses parents avaient acheté un vaste terrain avec plusieurs lacs privés. Ensuite, son père avait construit dix chalets de location en effectuant lui-même la majeure partie des travaux. Chaque chalet était isolé. Le chalet où Jed avait l'habitude de séjourner se trouvait sur une petite île accessible par un petit pont caché. C'était l'un des rares chalets à disposer d'une connexion Internet, ce qui était à la fois une bénédiction et une malédiction. Le fait d'avoir Internet signifiait qu'il n'échappait jamais vraiment au travail, mais comme il emportait toujours des dossiers papier, il n'y échappait jamais vraiment de toute façon. Prendre des vacances était un état d'esprit qu'il n'avait jamais vraiment maîtrisé, pas depuis qu'il était diplômé de l'académie de formation du FBI.

La maison de ses parents était cachée au fond d'un ravin et ses parents vivaient assez reclus. Jed s'était demandé à une époque si ses parents n'étaient pas en fuite, tant ils veillaient à conserver leur anonymat et à assurer leur sécurité personnelle. Il les avait déjà cherchés dans le système et n'avait rien trouvé. En s'approchant de la propriété de sa famille, il constata qu'il n'y avait pas de traces de pneus récentes. Bien. La neige était un excellent moyen de suivre les déplacements des gens.

— Tu as grandi dans le coin ? demanda Vivi.

— Tu sembles surprise.

Il ne quitta pas la route des yeux. Il n'avait aucune envie de sortir de la route parce qu'il était occupé à regarder une femme attirante. Et il s'efforçait d'ignorer le fait qu'elle était attirante. Il était devenu son garde du corps. Son protecteur. Il ne trahirait pas cette position de confiance. Il ne voulait pas non plus s'engager avec une femme qui méritait plus qu'une aventure de courte durée, surtout pas une femme qui avait des problèmes de confiance de la taille de la faille de San Andreas, et un enfant qui avait besoin de tout ce que le monde pouvait lui apporter.

Elle le scruta attentivement. Elle attendait toujours de plus amples informations.

— Je suis juste curieuse. Et tu n'as pas répondu à la question.

Cela arracha un petit rire à Jed. Épuisé et fatigué comme il l'était, il était bon de rire.

— Tu es sûre de ne pas être avocate ? Tu ne ressembles pas à la plupart des femmes que je connais.

Elle tressaillit et croisa les bras, regardant fixement par la vitre.

— Hé, ce n'était pas une insulte. La plupart des femmes considèrent ce que je dis comme paroles d'évangile, à cause de mon badge du FBI. Mais pas toi. Pourquoi ?

Elle haussa les sourcils.

— Paroles d'évangile ?

— Ouaip.

Il surveillait la route, mais du coin de l'œil, il la vit décroiser les bras avant de crisper les doigts sur ses genoux.

— Et cette fois, *tu* n'as pas répondu à la question.

Il eut un soupir. Un soupir de lassitude profonde.

— Je suppose que mes parents m'ont appris à tout remettre en question en grandissant. Vraiment tout. C'est une habitude difficile à perdre.

— Ils sont encore en vie ?

Elle secoua la tête.

— Accident d'avion.

— Ils voyageaient beaucoup ?

— Oui, répondit-elle en croisant à nouveau les bras.

C'étaient des universitaires. Enfant, j'ai passé beaucoup de temps en Afrique et en Amérique du Sud.

Il voulait en savoir plus sur sa famille, sur *elle*. Il avait besoin de savoir qui elle était vraiment et comment elle allait tenir le coup pendant cette épreuve.

— C'est là que tu as découvert ton talent pour les langues ?

— Ah, donc tu as bien fait des recherches sur moi.

Elle croisa les jambes et il ne put s'empêcher de la regarder d'une manière totalement différente. C'était lui qui avait acheté ces bottes noires. Mais elles n'avaient pas l'air aussi sexy que ça dans le magasin. Bon sang.

Il reporta son attention sur la route, s'efforçant de surveiller les virages plutôt que d'écraser le SUV contre un arbre.

— Juste l'essentiel pour vérifier que tu es bien celle que tu prétends. Tu as quelque chose à cacher ?

Il n'avait pas eu le temps de regarder en détail les antécédents que Frazer lui avait envoyés par e-mail plus tôt dans la journée. Il avait simplement vu que quelques années auparavant, elle avait eu une habilitation de sécurité de haut niveau. Il avait été trop occupé à rechercher la terroriste et à foncer vers la planque comme un fou furieux.

— Tout le monde n'a-t-il pas quelque chose à cacher ?

Il sentit ses cheveux se dresser sur sa nuque.

Elle bottait en touche. Mais il y avait aussi des choses de son passé qu'il ne voulait pas que tout le monde sache, notamment le fait que la femme de son meilleur ami avait essayé de le séduire pendant que son pote était occupé à risquer sa vie en Afghanistan. Il ne voulait surtout pas que l'on soit au courant de *ça*.

C'était aussi pour cela qu'il ne rentrait pas beaucoup chez lui.

Mais il ne s'agissait pas de lui. Ils avaient besoin de se faire confiance, ce qui ne collait pas avec son besoin de garder une certaine distance entre eux. Et il ne pouvait pas tout gâcher. Les problèmes de confiance de Vivi étaient clairs dès le début, et pourtant elle l'avait suivi lorsqu'il le lui avait demandé, et qui plus est, elle lui avait également confié son bien le plus précieux, Michael. Ce n'était pas rien.

— Tu parles combien de langues ?

Il voulait qu'elle se détende et s'ouvre à lui. Établir un terrain d'entente.

— Je parle couramment français, espagnol, arabe, farsi et pachtou. Je comprends l'italien et l'allemand. J'ai essayé d'apprendre le mandarin, mais il s'avère que mon cerveau refuse de coopérer.

— Waouh. À côté, j'ai l'impression d'être un plouc sans éducation.

Elle rit.

— Besoin que je vous caresse dans le sens du poil, agent spécial Brennan ?

Une vague de chaleur se forma au niveau de ses épaules, descendit le long de sa colonne vertébrale et jusqu'à son sexe. *Et merde.* Il savait qu'elle n'avait pas l'intention de faire de sous-entendus, mais quand elle baissait la voix, le QI de Jed diminuait d'autant.

Les joues de Vivi s'embrasèrent. La pénombre du véhicule ne suffisait pas à cacher leur rougeur.

— Ce n'est pas ce que je voulais dire.

— Je sais ce que tu voulais dire.

Cette femme s'était retrouvée au milieu de deux fusillades et quelqu'un avait tenté de noyer son fils. Elle n'était pas vraiment dans des dispositions propices au flirt. Elle essayait juste de passer la semaine sans devenir folle et sans mourir. Lui faisait son travail. Il devait se souvenir de sa formation. Ce n'était pas de sa faute si elle l'attirait. Ses cheveux éclatants, son corps élancé, ses yeux vifs, même son dévouement envers son enfant semblaient court-circuiter la partie du cerveau de Jed qui contrôlait le désir. Mais il n'allait pas profiter de la situation alors qu'elle était si vulnérable et qu'elle comptait sur lui pour les protéger. Ils devaient arrêter cette organisation terroriste afin de pouvoir tous reprendre leur vie en main.

Fin de l'histoire.

Le problème était que plus il passait de temps avec elle, plus il la trouvait attirante. Il ne se souvenait pas de la dernière fois qu'il était sorti avec une femme, et encore moins de la dernière fois où il s'était vraiment intéressé à quelqu'un. Au cours des neuf derniers mois, il s'était démené pour traquer le tueur arc-en-ciel, sans relâche. Il avait même commencé à fréquenter des bars gays dans l'espoir d'entendre quelque chose qui le mènerait au suspect. Et il avait eu une bonne intuition. Il se frotta la nuque. Pas étonnant qu'il n'ait pas eu de rencard depuis un moment.

Il était juste un peu excité, voilà tout. Il pourrait gérer. Il avait passé trois ans à l'armée, et il savait s'abstenir – n'était-ce pas à cela que servaient les douches froides ?

Il s'éclaircit la gorge.

— Tu as travaillé à l'ONU. C'est là que tu as appris que le fait d'avoir un badge ne garantissait pas la probité d'un homme ?

— D'une femme, en fait.

— Oh.

— La nouvelle femme de mon ex... – elle se retourna pour regarder Michael sur la banquette arrière, mais le gamin ronflait comme un chiot – travaille pour la NSA. Disons que je n'ai pas eu besoin de la CIA pour comprendre qu'ils avaient eu des relations intimes alors qu'il était encore marié avec moi. Je sais que même les boulots importants sont faits par des humains – des humains imparfaits, difficiles et capricieux. Il faut gagner ma confiance, je ne la donne pas facilement.

Sa colonne vertébrale se hérissa. Elle était à nouveau sur la défensive.

Il réfléchit à ses paroles et balaya l'avertissement. Elle lui avait déjà accordé sa confiance lorsqu'elle s'était échappée de la planque avec lui. S'il le lui faisait remarquer, elle réviserait probablement son jugement, aussi il décida de changer de sujet.

— N'est-ce pas là la définition d'un être humain ? Imparfait, difficile, capricieux ?

— La plupart d'entre eux.

Elle sourit, oubliant son embarras.

— Alors, *as-tu* grandi ici ?

Retour à sa question initiale. Elle aurait fait une bonne avocate.

Il portait le costume de laine sombre qu'il avait enfilé au bureau avant le briefing du midi. Cela ne correspondait pas au style des Northwoods, mais cela ne signifiait pas que cette terre n'avait pas forgé les os de l'homme qu'il était devenu.

— Oui, j'ai grandi ici. Je n'avais jamais envisagé de partir… Et puis le 11 septembre est arrivé et j'ai fini par rejoindre l'armée après avoir obtenu mon diplôme universitaire. Je suppose que ce jour a changé la vie de nombreux Américains.

Pour le meilleur ou pour le pire ? Parfois, il se le demandait. C'était une bonne chose de vouloir protéger son pays, mais il pensait à son frère aîné Max qu'il n'avait pas vu depuis presque un an, faisant Dieu sait quoi, Dieu sait où. Et il pensa à Bobby… et sa gorge se serra.

Un lièvre d'Amérique sautilla à côté d'eux et trois cerfs de Virginie les observaient avec prudence entre les branches de la forêt. Il était parti en guerre pour protéger cette vision de l'Amérique, mais les terroristes étaient toujours là, se multipliant comme de foutus lapins et tuant des gens bien trop près de chez eux. Ils étaient loin d'avoir gagné la guerre contre le terrorisme. Il ne savait pas réellement où ils en étaient.

— Je pense que j'aimerais vivre dans un endroit comme celui-ci.

Il cligna des yeux, surpris. À la façon sophistiquée dont elle s'habillait et se comportait, il n'aurait jamais imaginé qu'elle apprécierait la vie à la campagne, même si, à dire vrai, elle vivait Fargo où la principale attraction touristique était un broyeur à bois.

Il se fit violence pour reporter son regard sur la route, car non seulement elle était belle, mais elle semblait tirer du réconfort de ce monde dans lequel il l'emmenait. Un monde qu'il aimait. Beaucoup auraient trouvé l'idée même de ce genre d'isolement oppressante, mais après ce qu'ils avaient vécu, peut-être que l'isolement était exactement ce dont elle et Michael avaient besoin.

Ils prirent une montée et commencèrent à déraper de l'autre côté. Elle s'agrippa à la portière.

— Tout va bien. Les routes aussi sont difficiles et imparfaites. J'espère que ça éloignera les personnes mal intentionnées.

Il tourna le volant et remit les roues droites.

— On y est presque.

Droit devant, la route bifurquait. Le chemin de gauche

conduisait vers la maison de ses parents. Il tourna à droite, ralentissant. Un renard au pelage d'hiver s'immobilisa dans la lueur des phares pendant une fraction de seconde avant de s'élancer dans la forêt.

La nature lui manquait. Il avait grandi entouré de choses qui vivaient en parallèle des humains. Cela lui avait fait voir le monde comme un écosystème, alors que son appartement en Virginie lui faisait voir le monde comme une bulle d'humanité – une bulle d'humanité cruelle et vicieuse.

Il avait vraiment besoin de temps pour se vider la tête. Tant que personne ne les trouvait là, c'était une situation gagnant-gagnant.

La neige crissait sous leurs pneus tandis que le véhicule empruntait les douces pentes et les virages du chemin avant de passer sur un pont étroit. Jed repéra des traces de pas dans la neige et défit son étui. Puis ils prirent un dernier virage et les phares éclairèrent un grand chalet en bois.

Sur le porche d'entrée se tenait un homme, les pieds fermement ancrés, fusil de chasse à la main.

— C'est un ami à toi ? demanda Vivi avec une remarquable retenue au vu des circonstances.

— Pas exactement.

Jed laissa le moteur tourner, sortit du véhicule et se dirigea vers le vieil homme, l'enserrant dans une étreinte d'ours et le faisant décoller du sol. L'homme lui rendit son étreinte. Même s'ils étaient de la même taille, l'homme semblait plus petit. Toujours en forme et solide, mais sensiblement plus mince. Ce n'était plus le géant que Jed avait encore en tête.

Cela faisait bien trop longtemps qu'il n'était pas rentré chez lui.

— C'est bon de te voir, papa.

Son père se tenait en retrait, une étincelle dans les yeux.

— J'avais le pressentiment que tu viendrais ce soir.

— Un pressentiment ou un coup de fil ?

Le vieil homme se tordit les lèvres.

— Ton patron m'a dit que tu risquais d'être contrarié par la perte de deux témoins.

La parka de son père bruissait dans la forêt presque silencieuse.

— On dirait bien que tu as ramassé des animaux errants.

Il lorgna Vivi à travers le pare-brise.

— Et je pense que tu as quelques explications à me donner, fiston…

Si ça avait été quelqu'un d'autre, il lui aurait dit de se taire, mais il s'agissait de son père.

— Je n'avais pas vraiment le choix, papa.

— Est-ce que ça vaut la peine de perdre son emploi ?

Son père savait à quel point sa carrière était importante pour lui – combien il était important d'attraper les tueurs et de les mettre derrière les barreaux. Cela ne ramenait pas les personnes que vous aimiez, mais permettait d'atténuer la souffrance. Jed cacha son malaise avec un sourire.

— Ils ne me vireraient jamais. Le FBI serait perdu sans moi.

Son père souffla.

— Je suis presque sûr qu'ils s'en sortiraient.

Mieux valait perdre son emploi que de voir Vivi ou Michael perdre la vie.

— Tu penses pouvoir me trouver de quoi m'occuper s'ils me virent ?

Son père éclata de rire.

— Je demanderai à Liam de t'engager comme adjoint.

Avoir son frère comme patron ? *Plutôt mourir.*

— Espérons qu'on n'en arrivera pas là, Maman ne voudrait pas assister à son enterrement.

Son père sourit.

— Vous deux, vous vous battez depuis que vous êtes dans le ventre de votre mère. Un de ces jours, vous finirez par découvrir qu'il y a d'autres façons d'exprimer l'amour fraternel.

— Où est le plaisir dans tout ça ?

Vivi sortit de son côté du véhicule et resta là à les regarder, son souffle se transformant en un nuage de vapeur. Le père de Jed haussa un sourcil broussailleux.

— Jolie chose, mais elle semble fragile. J'espère que tu sais ce que tu fais, fiston.

— Moi aussi, papa. Moi aussi.

———

IL FAISAIT BON à l'intérieur du chalet en bois. Le père de Jed avait allumé le chauffage central et allumé un feu dans le poêle à bois, de sorte qu'un soupçon de fumée flottait dans l'air. Vivi suivit Jed dans une chambre au rez-de-chaussée et le regarda allonger Michael sur un drap que son père venait d'étendre sur le matelas. Elle allait mettre le drap du dessus, mais les deux hommes la devancèrent dans ce qui semblait être une routine bien établie. Elle se consola en passant une taie d'oreiller toute propre sur un oreiller bombé.

Jed tendit la main et elle lui passa l'oreiller qu'il plaça doucement sous la tête de Michael.

Puis les deux hommes partirent sans un mot.

Michael dormait profondément ; elle ne prit pas la peine

de le déshabiller. On lui avait retiré ses bottes et son manteau à la porte ; le pantalon de survêtement et le t-shirt étaient suffisamment amples pour qu'il puisse dormir confortablement. Les cernes sous ses yeux se détachaient particulièrement sur sa peau claire et son front était plissé comme s'il souffrait. Elle déposa un baiser sur son front.

— Dors bien, mon bébé.

Elle suivit Jed et son père dans la pièce principale, sachant qu'ils devaient parler de ce qui se passait et des implications pour leur sécurité.

Le chalet était magnifique, réalisa-t-elle, en regardant autour d'elle pour la première fois. Ce n'était pas une cabane rustique, mais un petit cocon confortable et luxueux. C'était un espace ouvert doté d'un étage avec au rez-de-chaussée la cuisine, la salle à manger et le salon. Les différents espaces étaient séparés par un long et large îlot de granit. Une énorme cheminée de pierre couvrait un mur entier. De nombreuses fenêtres donnaient sur le lac, ce qui était idéal pour observer la neige tomber, conférant un sentiment d'isolement et de sécurité. Un frisson s'empara d'elle. Le sentiment de paix était illusoire, mais elle l'appréciait quand même. Jed ferma tous les stores, même s'il n'y avait probablement pas âme qui vive à des kilomètres à la ronde. L'idée que les terroristes puissent les retrouver si vite semblait ridicule. Il y avait des escaliers contre le mur derrière elle, donnant probablement sur d'autres chambres. Quelques lampes baignaient le chalet d'une chaude lueur ambrée qui lui donnait envie de s'étaler sur la surface plane la plus proche, tombant d'épuisement, mais le moment n'était pas encore venu.

Le père de Jed se tourna vers elle. Son expression était bienveillante, mais ses yeux l'avertissaient clairement de *ne pas* lui raconter d'histoires.

— Pouvez-vous m'expliquer ce qui se passe ?

— M. Brennan, mon nom est Vivi Vincent et vous venez de rencontrer la version endormie de mon fils, Michael.

— J'ai vu une photo de vous aux informations. L'US Marshal Service et le FBI ont lancé une importante chasse à l'homme pour vous retrouver.

Il reporta son regard sur son fils. Tous deux se ressemblaient énormément, sauf que le père avait des cheveux d'un blanc argenté, ce qui faisait ressortir le marron foncé de ses yeux et sa peau bronzée.

— Ton patron pense que tu es venu ici pour noyer ton chagrin à l'idée qu'ils aient été tués, mais en réalité, tu es venu les cacher, n'est-ce pas ?

— Les terroristes ont trouvé la planque, papa.

La voix de Jed reflétait toute la gravité de la situation. Elle avait oublié pendant un moment la raison exacte de leur présence en ces lieux.

— Et je ne sais pas s'ils ont suivi le psy venu soigner Michael, ou s'il y a une taupe qui a fait fuiter des informations.

Des yeux noisette vifs se plantèrent dans les siens et la clouèrent sur place.

— Comment avez-vous échappé aux hommes armés qui ont attaqué la planque ?

Un flash-back soudain du Dr Hinkle en train de se faire abattre lui retourna l'estomac. Elle s'avachit sur le canapé, souhaitant pouvoir revenir en arrière. Elle aurait aimé avoir choisi un autre jour pour visiter Minneapolis, ne pas être allée au centre commercial ou ne pas avoir enregistré cette stupide interview télévisée.

Mais ce qui était fait était fait, et faire l'autruche ne les mènerait nulle part. Elle s'éclaircit la gorge.

— Après que le Dr Hinkle a examiné mon fils, Michael s'est enfui et s'est caché. Je l'ai trouvé dans le coffre de la voiture de R-Roger, expliqua-t-elle, butant sur le nom de l'homme qui lui avait sauvé la vie alors qu'il se vidait de son sang suite à une blessure par balle.

Elle n'avait rien fait pour l'aider et la culpabilité la rongeait. Si elle avait essayé de le sauver, elle serait morte elle aussi et Michael serait seul, mais cela n'avait pas d'importance. Elle n'avait pas essayé de le sauver. *Grand Dieu.* Elle inspira fortement par la bouche. Elle aurait voulu être courageuse et calme, et pouvoir faire face à cette folie sans se sentir si inutile.

— Mon fils aime les petits espaces sombres. C'est là qu'il va quand il est stressé et qu'il essaie de fuir le monde. Je ne pouvais pas supporter de le déplacer, mais je ne voulais pas non plus le laisser seul. Alors je suis entrée dans le coffre et je l'ai serré fort, en priant pour qu'ils ne nous trouvent pas.

Ça avait l'air dingue. Elle était folle. Ce n'était pas vraiment un scoop.

Jed alluma une lampe, puis mit de l'eau à bouillir sur le poêle. Elle observa la façon dont il se déplaçait, si calme et confiant, même s'il venait d'enfreindre un million de règles qui pourraient lui coûter son emploi. Pourquoi prendrait-il ce risque pour eux ?

Une fois ses préparatifs terminés, Jed s'appuya contre l'îlot de cuisine et poursuivit le récit.

— Quand je suis arrivé sur les lieux, j'ai supposé que les flics avaient tout fouillé. Puis j'ai entendu quelque chose dans le garage, et je les ai trouvés cachés dans le coffre.

— J'avais trop peur pour bouger, avoua Vivi. Je ne savais pas si les agresseurs étaient encore dans la maison ou non. Je suis restée là où j'étais, en état de choc. Comment avaient-ils pu survivre à tant d'horreurs ?

Jed fit un signe de tête.

— J'ai réussi à les faire monter en douce dans ma voiture sans que personne ne le voie.

Il se tenait au milieu de la pièce, remplissant le vaste espace de sa présence. Tout en lui criait sécurité et promesse.

— Les marshals et les fédéraux vont me détruire quand ils vont le découvrir, mais si c'était à refaire… Ses yeux laissaient entendre qu'il le referait sans hésiter.

— Aux informations, ils ont dit que l'enfant est autiste ? lui demanda le père de Jed.

Elle sentit tout le poids de l'incertitude peser sur ses épaules.

— Honnêtement ? Personne n'en est sûr.

Elle expliqua l'état de Michael. C'était compliqué et elle était fatiguée. Elle ne savait pas si elle parvenait à se faire comprendre.

Jed intervint. Venant à nouveau à sa rescousse alors qu'elle avait toujours été fière de sa force et de sa capacité à se sauver elle-même.

— Je pense que les terroristes ont lancé l'assaut et se sont frayé un chemin à l'intérieur. Mais Vivi et Michael n'étaient pas là où ils devaient être, et le dernier assaillant a dû s'enfuir en entendant les sirènes.

Le canapé grinça sous le poids d'une personne qui s'asseyait à côté d'elle. Elle ouvrit les yeux en s'attendant à voir Jed, mais c'était son père.

Il scrutait son visage.

— Pardonne-moi de te le demander, fiston, mais comment sais-tu que Vivi n'a pas tué tous ces gens pour ensuite se cacher dans le coffre de cette voiture ?

CHAPITRE DOUZE

VIVI SURSAUTA ET s'éloigna de l'homme. Elle avait l'impression qu'il venait de lui donner un coup de poing dans l'estomac. Comment pouvait-il envisager une telle chose ?

— Eh bien, il y avait trois terroristes morts sur le terrain quand on est arrivés, et un des marshals a dit avoir été attaqué par quatre hommes armés avant d'être abattu.

Jed s'assit sur l'accoudoir du canapé à côté d'elle et posa sa main sur son épaule pour la rassurer.

— J'ai oublié de mentionner que ma famille est très branchée théories du complot et ne se fie pas aux apparences. Ça a rendu ma formation au FBI… intéressante.

Les yeux du père de Jed s'adoucirent.

— Je dois juste m'assurer que vous êtes ce que vous prétendez avant de vous laisser seule avec mon fils.

Jed toucha l'insigne en or à sa ceinture.

— Je pense pouvoir gérer, papa. Je suis un agent fédéral, tu te souviens ?

Vivi laissa échapper un petit rire qui ressemblait à un sanglot.

— J'admire votre instinct paternel, M. Brennan, vraiment.

Elle leva les yeux et croisa le regard de Jed.

— Sans votre fils, je ne sais pas où nous serions – probablement morts. Je ne suis pas un danger pour lui, mais les gens qui en ont après mon fils pourraient l'être et je ne veux mettre aucun d'entre vous en danger.

Elle se mit à trembler à cette idée.

— Je devrais probablement partir. Aller à l'hôtel.

L'expression du vieil homme s'adoucit.

— Traîner ce pauvre petit garçon d'un endroit à l'autre ? Il est en sécurité ici. Je suis désolé de vous avoir mise mal à l'aise, mais Jed a raison, je ne me fie pas aux apparences. Mais je fais confiance à mon fils, et malgré ce que je peux penser du FBI en général, il est sacrément bon dans son travail.

Il lui tendit la main.

— Jeremiah Brennan, à votre service, madame.

Stupéfaite, elle lui serra la main. Soit elle était glacée, soit il avait de la lave dans les veines. Il frotta ses mains entre les siennes.

— Vous êtes gelée. Apporte une boisson chaude à la dame, fiston.

— Tout de suite. Tu veux quelque chose, toi ?

Jed remplit une tasse d'eau bouillante et y ajouta du sucre. Elle ne prit pas la peine de lui dire qu'elle prenait son thé sans sucre. Elle avait bien besoin de reprendre des forces, même si c'était Jed qui n'avait pas dormi depuis plusieurs jours.

— Alors, quel est le plan ? demanda le père de Jed, soudain totalement partant.

Vivi fut de nouveau stupéfaite par ce changement d'attitude, comme si elle ne s'était pas sentie suffisamment dépassée ces derniers jours.

Jed lui tendit une tasse de thé fumant et alla se placer devant la cheminée. Il avait l'air aussi solide et inébranlable que la pierre derrière lui.

— On va se terrer ici pendant quelques jours – en espérant donner aux fédéraux assez de temps pour traquer et enfermer les derniers terroristes. Vivi va se teindre les cheveux en brun et éviter au maximum les contacts. Si quelqu'un te pose la question, tu peux répondre que je suis venu avec ma petite amie et que je ne veux pas être dérangé.

Les joues de Vivi s'empourprèrent. Les joies d'avoir le teint pâle. Elle se cacha derrière sa tasse et inhala la vapeur.

— Comme si le fait que tu ramènes une femme à la maison n'allait pas faire jaser…

Le vieil homme souffla.

— Tu vas le dire à Liam ou je le fais ?

— Je vais lui dire.

— Et Angela ?

Elle se demanda qui était *Angela*. Elle prit une gorgée de thé et fut frappée par une vague de douceur. Elle ramena la tasse à ses lèvres. Le thé avait bon goût.

— Je passerai la voir aussi à un moment.

— Quelles sont les chances pour que ces personnes découvrent que cette jeune femme et son enfant sont ici avec toi ?

Jed pinça les lèvres en réfléchissant.

— Elles sont minces, mais rien n'est impossible.

— Tu as désactivé le GPS du SUV ?

Jed fit un signe de tête.

— À Spooner. Frazer sait où je suis, mais je lui fais confiance. J'ai aussi désactivé le GPS de mon téléphone et de mon ordinateur portable. S'il y a une taupe au sein des forces de l'ordre qui soupçonne Vivi et Michael d'être avec moi, ils nous retrouveront, mais cela leur prendra du temps. Je n'ai pas l'intention de leur faciliter la tâche.

Jeremiah la pointa du doigt.

— Ne consultez pas vos e-mails et ne commandez rien en ligne à votre propre nom ou avec votre carte de crédit. Si vous avez besoin de quoi que ce soit, dites-le à Jed. Ou bien Mary peut le commander pour vous. C'est la mère de Jed.

Jed vit son expression stupéfaite et lui fit un clin d'œil.

— Il regarde beaucoup la télévision

L'homme regarda son fils.

— Il va falloir mettre ta mère dans la confidence, j'espère que tu le sais ?

Jed hocha la tête. Il en était bien conscient.

— Je me suis dit que le moyen le plus simple était d'opter pour le plan initial, venir voir ma famille avant Noël. Moins il y aura de gens qui sauront pour Vivi et Michael, mieux ce sera, mais il y en aura qui poseront des questions. On leur sortira l'histoire de la petite amie timide.

— C'est un plan qui peut fonctionner tant qu'on s'en tient aux règles. Ta mère, moi et Liam, nous n'allons pas vous dénoncer.

Son regard s'attarda sur Vivi comme si elle était le maillon faible. Elle se pencha en avant, incapable de maîtriser la férocité de sa voix.

— Ces gens essaient de tuer mon petit garçon. Je ferai tout pour assurer sa sécurité. Cela inclut le fait de mentir, de nous cacher et d'éviter les *achats* en ligne. Michael est tout ce qui compte.

— Toi aussi, tu comptes, l'interrompit Jed à voix basse.

Elle secoua la tête et posa sa tasse vide sur un sous-verre sur la table basse en chêne.

— Protège Michael, ne t'inquiète pas pour moi. Si quelque chose lui arrivait…

Le père de Jed afficha un visage empathique et lui tapota la main.

— Rien ne vous arrivera, ni à l'un ni à l'autre. Vous êtes au bon endroit. Nous sommes peut-être vieillots et un peu rustiques ici dans les Northwoods, mais nous savons protéger les nôtres.

Elle était passée de suspecte de meurtre à membre de la famille en cinq petites minutes.

— Je ne sais pas comment vous remercier, M. Brennan. La plupart des gens s'enfuiraient en criant.

Il se leva.

— Mes enfants ne sont pas la plupart des gens, Mlle Vincent, je les ai élevés mieux que ça. Et remerciez-moi en vous occupant de votre fils. Je parie qu'il est survolté quand il est éveillé.

— C'est certain.

Hormis le fait qu'il ne parlait pas. Mais cette conversation serait pour un autre jour. Peut-être que le lendemain, Michael accepterait de dessiner et qu'il donnerait aux fédéraux les informations dont ils avaient besoin pour attraper les agresseurs, et qu'ils pourraient alors rentrer chez eux en toute sécurité.

— Je ferais mieux de retourner voir ta mère. Le disjoncteur n'arrête pas de sauter, il faut que je change les fusibles, dit Jeremiah à Jed qui hocha la tête.

Puis le père de Jed se leva, et remit ses bottes et sa veste.

— Garde le fusil de chasse. Il est chargé. J'apporterai plus de choses demain.

— Il n'en aura pas besoin ? demanda Vivi, mais l'homme avait déjà disparu dans l'obscurité. Jed ferma la porte sur la neige qui tombait encore.

— Crois-moi, il en a d'autres.

Jed s'éloigna pour aller ranger l'arme dans le grand placard à côté de la porte. Puis il le verrouilla et rangea la clé sur le haut du montant de la porte.

Elle s'approcha de la fenêtre et écarta le store. La neige tombait, de gros et lourds flocons qui les entouraient, les coupant du monde. Elle aurait juste voulu disparaître. Rester là pour toujours et ne plus jamais avoir à s'inquiéter que quelqu'un essaie de faire du mal à son bébé.

— Tu as appris à tirer avant d'apprendre à marcher, n'est-ce pas ?

Il se tourna vers elle.

— Plus ou moins. J'aimerais vous apprendre à tirer, à Michael et toi, dès demain.

Un frisson lui parcourut l'échine. L'idée que son petit garçon tire avec une arme…

— Je déteste les armes.

— Je comprends, mais il y a de fortes chances que Michael soit exposé à des armes, d'une manière ou d'une autre, dans peu de temps. Et si on commençait par quelques leçons de sécurité et peut-être un peu de prise en main ? Si un enfant le mérite, c'est bien Michael.

Elle repensa à toutes les fois où David avait essayé de la mettre sur le champ de tir. C'était différent. C'était une question de survie, ce qui, à bien des égards, rendait les choses encore pires. L'idée de prendre une vie humaine était révoltante, mais l'idée que quelqu'un exécute son bébé parce qu'elle était trop bête ou idéaliste pour prendre une arme à feu était pire encore. Elle inspira profondément et accepta une chose qui aurait été inimaginable il y a quelques jours à peine.

— Ce serait bien. Merci.

Il la fixa de ses yeux marron foncé, s'attardant sur ses

lèvres. Elle fut prise d'un frisson en réalisant que, malgré tout ce qui se passait, elle était encore très consciente de lui en tant qu'homme. Un homme très attirant. Et la flamme qu'elle apercevait dans son regard chaque fois qu'il ne parvenait pas à la cacher était le signe d'une attirance mutuelle. Mauvais timing.

— Tu as l'air d'une morte vivante.

Il grimaça quant au choix de ses mots, mais poursuivit :

— Tu prendras la chambre principale à l'étage. Je vais prendre l'autre chambre en bas.

Elle resta bouche bée.

— Mais je… je pensais que je dormirais avec Michael.

Ce bégaiement l'agaçait. Elle pensait l'avoir perdu au lycée.

Ses yeux sombres la regardaient solennellement.

— Tu dors avec lui à la maison ?

Elle secoua la tête.

— Non, mais…

— Et si on essayait de recréer sa routine ? Tu as dit que c'est ce dont il avait besoin. Pourquoi ne pas commencer dès maintenant ?

— Mais il est dans un endroit inconnu, et après ce qui s'est passé…

— Michael a vécu l'enfer, mais il est intelligent, solide et résistant. Donne-lui une chance de le prouver.

Il la prit par les épaules, et elle se souvint de la façon dont il l'avait embrassée quand il l'avait trouvée vivante dans le coffre de cette voiture. Un éclair de conscience s'empara d'elle.

Elle pensa à toutes les façons dont David aurait essayé de la convaincre de faire la même chose. Qu'elle étouffait Michael, le ruinait, le transformait en fils à maman que tous les autres enfants taquinaient. Tout ce que ce type faisait, c'était utiliser une once de sa propre logique et un peu de compassion naturelle.

Elle devait cesser de penser à son ex et commencer à vivre dans l'instant présent.

Les yeux de Jed s'adoucirent, comme s'il savait qu'il avait gagné.

— Je l'entendrai s'il se réveille et je veux être au rez-de-chaussée en cas de problème. Il n'y a que deux chambres en bas, donc tu as le droit à la suite de luxe à l'étage – tu as l'air d'en avoir bien besoin.

Elle ne se sentit pas offensée. Elle était si fatiguée qu'elle se balançait littéralement sur ses pieds, comme prise de vertiges.

— Je m'assurerai qu'il va bien et je viendrai te chercher s'il a besoin de quelque chose.

Après tout ce qui s'était passé, il était étrange que la gentillesse et la compréhension de Jed soient la goutte d'eau qui faisait déborder le vase et lui mette les larmes aux yeux. Elle était trop épuisée pour discuter.

— Très bien. Je vais d'abord aller le voir et laisser les deux portes entrouvertes au cas où il se réveille.

Il fit un signe de tête.

Sans réfléchir, elle lui passa une main sur la mâchoire. Il se figea et elle fit de même. Son regard sombre était voilé et indéchiffrable. Elle se mit sur la pointe des pieds et lui déposa un rapide baiser sur la joue. Elle apprécia la sensation du frottement subtil de sa barbe sous ses lèvres.

— Merci pour tout.

Il l'immobilisa, le regard rivé sur ses lèvres. La tension sexuelle était palpable entre eux, si bien qu'elle dut reprendre son souffle alors que l'excitation embrasait son bas ventre. L'air autour d'eux crépitait de tension et elle frissonna en regardant son visage, hypnotisée.

Jed plaqua sa bouche sur la sienne comme s'il devait la goûter à tout prix – comme quand il les avait retrouvés à la planque. C'était un assaut total, à pleine bouche, et elle se jeta sur lui au même moment. Sa langue vint jouer avec la sienne en un glissement soyeux. Il avait un goût très masculin qui la faisait fondre. Quelque chose en elle s'enflamma, réveillant un besoin oublié depuis longtemps. Elle essaya de s'approcher, mais il s'arracha à ses lèvres, les yeux brillants.

Ils respiraient tous les deux très fort, haletants. Du bois crépita dans la cheminée, rompant le charme.

Il la lâcha et s'éloigna.

— C'était une erreur. Je n'aurais pas dû. Je suis désolé. Repose-toi. Je te promets de t'appeler si Michael a besoin de toi.

Elle hocha la tête, choquée par ce qui venait de se passer. Le fait qu'elle ait embrassé un homme alors que la vie de son fils était en danger la dégoûtait. Elle recula. Elle aurait aimé que les choses soient différentes. Elle aurait aimé ne jamais avoir rencontré Jed, ou qu'il ne lui ait jamais rappelé qu'il y avait eu un jour autre chose dans sa vie, quelque chose qui impliquait de la peau nue et un plaisir féroce.

Ce plaisir lui avait autrefois donné un enfant précieux, mais il lui avait aussi déchiré le cœur.

— Je suis désolée, moi aussi.

Elle était tellement idiote. Elle devait se rappeler que Jed était là à cause de son travail, et non parce qu'il y avait quelque chose entre eux, ou parce qu'il était attiré par elle.

Jed avait besoin d'informations que Michael pourrait détenir, et la meilleure façon de les découvrir était de les protéger et de devenir partie intégrante de la vie de Michael.

Elle avait besoin de se ressaisir concernant Jed Brennan. De le tenir à distance, non seulement physiquement, mais aussi mentalement. Même s'il était très séduisant, ce n'était pas une escapade romantique ou une excuse pour satisfaire quelques besoins humains fondamentaux. C'était une course pour la survie et Michael en était le prix.

JUSQU'A CE QUE Vivi l'embrasse, Jed avait réussi à oublier le fait qu'il avait plaqué ses lèvres sur les siennes quand il l'avait trouvée dans le coffre de cette voiture. Lorsque les lèvres de Vivi avaient touché sa joue, ce souvenir avait explosé dans son esprit et il avait ressenti le besoin impérieux de l'embrasser à nouveau – un besoin sans doute exacerbé par les poussées d'adrénaline liées au danger extrême de ces derniers jours. C'était forcément pour cela que ce baiser avait été aussi incroyable.

Désormais, il ne pouvait chasser son goût de son esprit. Il aurait voulu la suivre dans les escaliers, l'étaler sur le matelas et l'embrasser toute la nuit. Partout.

Il fit les cent pas devant le feu.

Il ne traitait généralement pas les témoins de cette manière.

Surtout pas les mères célibataires avec des problèmes et des responsabilités, sans parler de celles qui fuyaient des terroristes. Mais à quoi pensait-il en profitant ainsi de la situation ?

Depuis qu'il avait perdu Mia en Afghanistan, il avait évité de s'engager dans de nouvelles relations. Il ne faisait que dans le superficiel, réservant sa concentration et son engagement à résoudre les meurtres qui s'empilaient sur son bureau, témoignage d'un flot ininterrompu de violence. Chaque fois qu'il arrêtait un tueur, c'était comme s'il offrait une victoire à la jeune militaire qu'il avait aimée et qu'il avait perdue dans les griffes d'un autre monstre. Mais Vivi réveillait cette partie de lui qu'il niait depuis près d'une décennie. Le timing était déplorable. La situation était dramatique. Et il ne pouvait pas se permettre de tout foutre en l'air juste pour quelques heures de plaisir physique qui se transformeraient en tourments psychologiques et en apitoiement sur soi dès qu'ils reprendraient leur souffle.

Il poussa un profond soupir. L'image de Vivi nue, s'abandonnant au plaisir, fit circuler son sang avec un peu trop d'enthousiasme dans ses veines. Elle méritait plus qu'un coup rapide, mais c'était tout ce qu'il pouvait offrir, et il ne pouvait pas se permettre de s'impliquer à nouveau.

Alors, arrête de penser à elle, connard.

Il se servit une boisson forte et mit une autre bûche dans le poêle à bois. Il ouvrit son ordinateur portable et consulta ses e-mails. Cinquante-sept nouveaux messages. *Et merde.* On aurait dit qu'il était parti depuis deux jours et non quelques heures. Il répondit à son patron qui lui indiquait ne pas avoir de nouvelles de Vivi ou de Michael, et donc d'éteindre son ordinateur et de faire une pause.

Mais bien sûr.

Une once de culpabilité s'insinua en lui. Devait-il le dire à Frazer ?

Malgré le fait que son patron l'ait mis sur la touche, il le considérait toujours comme un ami. Il était dévoué et intelligent, et prenait son travail très au sérieux.

Il pouvait lui faire confiance.

Alors pourquoi ne s'était-il pas confié à lui ?

Il savait pourquoi.

La meilleure façon pour Vivi et Michael de rester en vie était de ne le dire à personne, pas même à son patron. Personne ne devait le savoir, en dehors de ses parents et de son frère jumeau qui l'aidaient sur le terrain.

L'un des principes de base du comportement humain était que nos réactions et nos actions changeaient en fonction de ce que nous savions. Jed utilisait cette connaissance au quotidien, tout comme Frazer. C'était ainsi qu'ils attrapaient bon nombre de criminels. Il espérait que c'était ainsi qu'ils attraperaient ces connards de terroristes. Il envoya un e-mail à son patron pour lui demander s'ils avaient découvert comment les assaillants avaient trouvé la planque. Frazer lui répondit immédiatement qu'ils y travaillaient encore, bien qu'ils aient vérifié les images de surveillance du parking où Hinkle garait sa voiture et les diverses caméras de circulation. Il n'avait pas l'air d'avoir été suivi.

Jed se demanda comment il s'y serait pris s'il ne voulait pas être vu. Les agresseurs auraient pu placer un mouchard sur la voiture de Hinkle…

Un deuxième e-mail apparut : *On n'a trouvé aucun mouchard sur la voiture de Hinkle, bien qu'ils aient pu l'enlever avant d'ouvrir le feu.*

Jed sourit. Ils étaient généralement sur la même longueur d'onde. Jed lui envoya un nouvel e-mail pour savoir s'il y avait des preuves d'une fuite.

J'ai demandé à Alex Parker de nous aider sur ce coup, répondit Frazer.

Alex Parker était le cogérant d'une société privée de cybersécurité qui jouissait d'une excellente réputation à

Washington. C'était également le petit ami de la toute nouvelle recrue du DSC-4, l'agent spécial Mallory Rooney. Jed se dit qu'il allait bientôt savoir si Parker était aussi bon que sa réputation le laissait entendre. Il aurait bien besoin de toute l'aide possible.

Un autre e-mail arriva dans sa boîte de réception. Killion. *Aucun signe de Vivi ou de Michael pour l'instant.*

Il répondit à son e-mail. *Qu'avez-vous tiré des interrogatoires d'aujourd'hui ?*

Le portable de Jed sonna. Il soupira. Killion. Il ne voulait pas répondre, mais il ne voulait pas non plus éveiller les soupçons du type. Connaissant Killion, il pourrait probablement le retrouver facilement. De plus, Jed voulait des informations.

— Brennan.

— Je vous manque déjà ? demanda Killion.

— Je suis désolé de vous décevoir, mais vous n'êtes pas mon type.

— Votre type, c'est plutôt de longs cheveux roux et une langue acérée, hein ?

Jed attendit un instant, choqué, avant de répondre en manquant de s'étouffer :

— C'est un peu indélicat, même venant de vous.

— Oui, eh bien, je ne pense pas qu'elle ou le garçon soient morts. Je pense qu'ils se sont enfuis et se cachent quelque part.

Et merde.

— J'espère que vous avez raison, mais c'est un peu improbable, vous ne pensez pas ?

Son ton laissait entendre à Killion qu'il devait le convaincre.

— Ces types n'auraient pas fait l'effort d'emporter les

corps avec eux. Ils auraient abattu les cibles et seraient partis.

Ils avaient été si près d'y parvenir qu'il sentit la nausée monter. Il utilisa l'image à son avantage – sa propre forme de dissociation.

— Mon Dieu. J'espère qu'ils sont en vie.

— L'un des agresseurs n'a pas son arme. On a trouvé des douilles de 9 mm, mais la balistique n'a pas trouvé d'arme correspondante sur place.

Jed avait mis dans un sac l'arme que Vivi avait prise en guise de preuve et l'avait placée sur une étagère en haut du placard pour que Michael n'y ait pas accès.

— S'il y avait un quatrième agresseur, il aurait pu prendre l'arme.

— Peut-être… Mais pourquoi êtes-vous si convaincu qu'ils sont morts ? demanda Killion. Comprenez-moi. Pour autant que l'on puisse dire, ces personnes sont un groupe terroriste musulman et c'est une belle femme. Même s'ils ne l'ont pas tuée, ils auraient pu l'emmener pour…

La vendre. La violer. La décapiter sur YouTube, et diffuser la vidéo dans le monde entier. Et merde. Son front se couvrit de sueur. Tout cela aurait pu arriver. Cela pouvait *encore* arriver s'il ne jouait pas correctement.

— Et si elle est vivante, pourquoi diable ne s'est-elle pas manifestée ?

Il haussait le ton et devenait désagréable.

— Après la façon dont la planque a été attaquée ? J'essaierai certainement de me débrouiller tout seul sans la soi-disant aide du gouvernement.

Jed grogna. Ce type était un maître de la manipulation, sans aucun doute. Il ne le croyait pas.

— Qu'avez-vous tiré des interrogatoires ?

— Hormis le fait qu'Abdullah soit un tueur de sang-froid ?

— J'aurais pu vous le dire quand je lui ai arraché les doigts du cou d'un enfant de huit ans.

— Oui, j'ai montré à ce type des photos des corps de ses camarades et il n'a pas montré un iota d'émotion.

— La faute aux vierges vestales.

— Qui voudrait passer l'éternité avec une vierge de toute façon ? Je veux dire sérieusement, mieux vaut l'expérience de…

— Killion, le reprit Jed.

Il s'éloignait vraiment du sujet.

— Oui, alors… Deux choses intéressantes sont apparues en dehors du fait que ce type est un foutu sociopathe. Tout d'abord, Abdullah est toujours officiellement membre de la garde républicaine syrienne.

Ce n'était pas bon pour la paix dans le monde.

— Mais il pourrait travailler pour les rebelles et semer le trouble au sein des forces gouvernementales. De nombreuses factions rivales d'Al-Qaïda s'y affrontent, l'Armée syrienne libre et même le Hezbollah pour le régime. Il est difficile d'obtenir des informations fiables sur qui est lié à qui. La politique et la religion sont mélangées et l'Iran y est pour beaucoup. Il est également possible que la connexion avec la Syrie soit un leurre. De nombreux groupes au Moyen-Orient veulent voir l'Amérique tomber. Le printemps arabe se transforme en un putain de cauchemar pour nos intérêts à l'étranger. Soyons réalistes, la démocratie n'est belle que tant qu'ils font ce que veulent les États-Unis.

Lutter pour la démocratie et la liberté était l'une des choses les plus importantes qu'il ait faites dans l'armée, mais dans certaines sociétés, elles n'étaient ni stables ni durables, et dans d'autres, elles se retournaient contre vous et vous bottaient le cul. Néanmoins, tous les hommes devraient avoir le droit à des élections libres et équitables.

— Et la deuxième chose ?

— Ah, oui. C'est plutôt positif, cette fois. Le MI6 nous a contactés. Ils ont trouvé l'un des assaillants de la planque dans leur base de données. J'attends donc que l'un des sujets de Sa Majesté passe outre-Atlantique avec un tas de fichiers qu'ils ont refusé d'envoyer par e-mail. Je ne sais pas trop quoi en penser. Peut-être que nous avons trouvé quelque chose ou qu'ils ont un contact quelque part. En tout cas, le type arrive demain matin.

La cellule avait donc un lien avec le Royaume-Uni. Ce n'était pas inhabituel. Les terroristes avaient tendance à se disperser comme des cafards et avaient des antennes partout dans le monde. Mais ils avaient forcément été formés quelque part et recevaient un financement d'une source précise. Jed voulait remonter la piste de l'argent.

— Des discussions sur Internet laissant supposer qu'une nouvelle attaque se prépare ?

Killion poussa un profond soupir.

— Rien. Selon nos analystes, ils ne communiquent pas par tchat, e-mail ou téléphone portable.

— Soit ils évoluent et deviennent plus sophistiqués, soit c'était prévu dès le départ.

Killion resta silencieux pendant un bon moment.

— Vous prenez vraiment des vacances au milieu d'une enquête aussi énorme ?

— Eh oui. Écoutez, j'ai deux options. Faire un burn-out et détruire ce qui a été jusqu'à présent une carrière prometteuse. Ou alors, faire une pause et me ressourcer. Je choisis la seconde.

Killion grogna. Le type n'avait probablement pas fait de pause depuis son arrivée à la CIA.

Jed se força à mentionner Vivi et Michael.

— Si les Vincent refont surface…

— Ne vous inquiétez pas, j'appellerai si j'ai des nouvelles. Peut-être que je vous rejoindrai pour prendre des vacances quand tout ça sera fini.

Une pensée soudaine jaillit dans l'esprit de Jed. *Et merde.* Avait-il complètement mal interprété la situation ? Il s'éclaircit la gorge.

— Vous savez que je suis hétéro, hein ? Je veux dire… Ce n'est pas grave si vous ne l'êtes pas, mais je…

Killion éclata de rire.

— Qu'est-ce que… Vous êtes sérieux ? Ne vous flattez pas, Brennan. Ça ne me dérange pas de jouer avec ma propre bite, mais hors de question que je touche à la vôtre.

— Dieu merci.

Jed était heureux de ne pas avoir totalement perdu sa capacité à déchiffrer les gens.

— Je les aime jeunes, jolies et féminines. Moins elles en ont dans le chou, mieux c'est.

Killion avait l'air fatigué. Pas seulement parce qu'il n'avait pas dormi depuis longtemps. Il y avait quelque chose d'autre. Les agents des services de renseignement atteignaient le burn-out encore plus vite que les agents du FBI.

Jed garda un ton léger. Il ne se laissa pas entraîner.

— Moins elles ont de neurones, plus vous avez de chances de vous envoyer en l'air, c'est ça ? C'est du joli.

Killion rit de nouveau.

— Détendez-vous, je n'en ai pas après votre corps, mais je

serai ravi de niquer votre esprit.

Le soupçon d'autodénigrement dans son ton prit Jed de court de nouveau. Il ouvrit la bouche pour lui demander s'il allait bien, même s'il savait qu'il se jouait probablement de lui. Killion ne lui en laissa pas le temps.

— Bon, j'ai tué le temps, je me suis changé les idées. Maintenant, je retourne m'occuper de l'autre manipulateur d'Abdumachin. On essaie de perturber son horloge biologique et d'accélérer ses aveux. Le gars est perdu sans sa Rolex.

— Ça me fend le cœur.

— Ouaip, mais je ne pense pas qu'il se laissera prendre au jeu. Bon. À plus tard.

Jed grogna et raccrocha, essayant de se souvenir de ce qu'il savait sur les terroristes. Le terrorisme d'État différait du terrorisme religieux. Attribuer un motif à cette attaque était probablement le meilleur moyen de savoir à quoi ressemblerait la prochaine.

Le grand public avait du mal à comprendre comment des personnes apparemment normales pouvaient tuer des civils innocents au nom de leur cause. Les recherches psychiatriques suggéraient l'existence d'un phénomène appelé dédoublement, observé pour la première fois chez les nazis. Cela commençait souvent par le désir de réparer quelque chose qu'ils considéraient comme cassé, mais après un certain endoctrinement, ils devenaient deux personnes distinctes : leur ancien moi en apparence inoffensif, et un tueur sans aucune morale, capable d'actes horribles comme le meurtre.

Le terrorisme d'État était une bête différente, avec des cornes, des griffes et des tentacules.

Ironiquement, le dédoublement était encouragé dans certaines professions, notamment dans les forces de l'ordre.

Sinon, comment affronter le mal et la mort presque quotidiennement et rentrer ensuite chez soi, dans sa famille ?

Mais quel lien pouvait-il y avoir entre un conflit interne en Syrie et l'attaque terroriste d'un centre commercial de Minneapolis ? Il pressa ses doigts sur ses tempes pour essayer de relâcher la pression. Il ne savait rien de la Syrie, mais il se dit qu'il était temps de s'instruire. Il se mit à surfer sur le web et consulta le blog de Brown Moses.

Une heure plus tard, il était sur le point de s'endormir lorsque des phares balayèrent l'épais voile neigeux. Il sortit son arme et se dirigea vers la porte. Une voiture de police, reconnaissable à son gyrophare, ralentit, puis s'arrêta devant le chalet. Jed enfila ses bottes et sortit dans la nuit rencontrer l'une des rares personnes en qui il avait confiance pour assurer ses arrières, sans poser de questions.

CHAPITRE TREIZE

VIVI SE REVEILLA, désorientée et groggy, le cœur battant la chamade. Elle avait fait un cauchemar. Les chiffres du réveil lui indiquèrent qu'il n'était que deux heures du matin. *Et merde.* Sa gorge était sèche. Elle s'extirpa du lit et descendit se servir à boire.

Elle mit un verre de lait à chauffer au micro-ondes et remarqua que le feu mourait. Elle y mit donc une autre bûche.

Quand elle se retourna, elle réalisa que la pièce n'était pas vide. Jed Brennan était allongé sur le canapé. Sa chemise était froissée, déboutonnée au niveau du cou, ses manches retroussées jusqu'aux coudes. Il avait jeté sa cravate sur le sol à côté de sa veste de costume.

Son bras était étendu au-dessus de sa tête. Ses longues jambes étaient repliées à l'autre bout. Il était trop grand pour tenir sur le canapé. Sa bouche était légèrement entrouverte et il avait l'air totalement coupé du monde. C'était probablement la première fois qu'il dormait depuis l'attaque. Elle aurait aimé rester fixer son beau visage, mais elle devait vraiment lui laisser un peu d'espace.

Elle n'arrivait pas à croire qu'elle l'ait embrassé plus tôt. Elle se sentait stupide, et cela n'avait rien d'agréable.

Elle frissonna. Il faisait froid. Le micro-ondes l'avertit que son lait était chaud, mais Jed ne broncha pas. Déterminée à ne pas le réveiller, elle ôta une couverture du fauteuil. Elle la secoua et la plaça sur le corps de Jed. Cela lui rappela ce qu'elle faisait pour son fils. Il ne bougea pas. Il avait un stylo dans une main. Elle s'agenouilla, en se penchant pour essayer de le récupérer avant qu'il n'y ait de l'encre sur sa chemise ou sur le canapé. Elle parvint à le prendre, mais se retrouva face à ses yeux sombres et se figea.

Waouh. Elle cligna des paupières. Ce n'était pas du tout comme border Michael.

Il avait une odeur masculine et chaude. Les battements de son cœur accélérèrent de plus en plus. Elle sentit un picotement jaillir à la pointe de ses seins et se propager jusqu'en haut de ses cuisses, lui rappelant les sensations provoquées par l'excitation.

Tout doux.

Il scruta son visage, essayant manifestement de se réveiller et de prendre ses repères. Son regard s'attarda sur ses lèvres et il eut l'air de fondre pendant un bref instant.

Elle déglutit nerveusement. Elle ne pouvait pas se permettre de faire une bêtise comme l'embrasser à nouveau. Elle ne pouvait supporter qu'un certain nombre de refus.

— Salut.

La voix de Vivi le fit sortir de sa torpeur.

Il gémit.

— Désolé, pendant un moment, je me suis cru dans une tente de l'armée à Bagram.

Sa voix ensommeillée était rauque.

— Mauvais rêve ? demanda-t-elle.

— Bon sang non, je rêvais qu'un de mes plus grands fantasmes était sur le point de se réaliser.

— Ce n'est pas ce que je voulais dire, dit-elle doucement.

— Peut-être pas, mais c'est tout ce que tu sauras pour l'instant.

Il lui adressa un sourire pour faire passer la pilule.

Elle s'éloigna, hésitant à retourner au lit alors qu'elle était bien réveillée, mais ne voulant pas le déranger.

— Je suis désolée de t'avoir réveillé. Tu dois être épuisé.

Il hocha la tête, toujours allongé, mais clignant des yeux comme si cela pouvait l'aider à émerger.

— Je l'étais. Je le suis.

Il secoua la tête, puis s'assit dans un mouvement fluide.

— Des nouvelles de l'affaire ?

Il secoua la tête.

Elle surmonta sa déception.

— Je vais juste aller voir Michael avant de retourner au lit.

— Tu es une maman géniale, tu sais.

Elle ricana.

— Je suis obsessionnelle.

Ils murmuraient tous les deux.

— Ne sois pas si dure envers toi-même. Ce n'est pas facile d'être une mère célibataire.

Ses yeux reflétaient une gentillesse et une patience qui apaisaient ses craintes de se retrouver dépassée par la situation.

Elle faisait du mieux qu'elle pouvait dans ces circonstances pénibles, mais déléguer lui était difficile. Il était extrêmement délicat pour elle de faire confiance à quelqu'un d'autre concernant le bien-être de son fils.

— Tu me rappelles ma propre mère.

— Névrosée ?

Sa tentative d'humour tomba à l'eau. Il avait percé à jour ses faiblesses et son insécurité.

— Féroce comme une lionne.

À la lueur des flammes, son visage n'était que creux et ombres.

— Qu'est-ce que ça fait d'avoir une mère féroce ?

Elle s'inquiétait que Michael lui en veuille un jour de s'occuper autant de lui.

— Je n'ai jamais rien pu lui cacher, je ne peux toujours pas, mais… Il s'interrompit, songeur. Je n'ai jamais douté de son amour pour moi. Michael ne doutera jamais non plus de ton amour pour lui.

Son cœur fit une cabriole. Sa gorge se serra. Il n'avait aucune idée de ce que cela représentait pour elle. Ou peut-être le savait-il. Peut-être savait-il à quel point elle avait désespérément besoin de quelque chose de positif auquel s'accrocher.

— Merci.

Elle alla voir Michael, qui dormait profondément. Puis elle prit son lait et monta les escaliers. Elle aurait pourtant préféré rester avec Jed.

— Bonne nuit, fit-elle à voix basse.

Le problème avec Jed n'était pas qu'elle ne l'aimait pas. Il avait sauvé Michael deux fois et elle n'avait jamais vraiment eu l'occasion de le remercier pour cela. Mais elle aimait tout chez lui. Et après l'agonie émotionnelle qu'elle avait vécue avec son ex, cela la mettait mal à l'aise. Dès que cette affaire serait terminée, il s'en irait, et elle avait trop à perdre à baisser sa garde. Elle n'avait pas seulement été blessée par son ex. Elle avait été détruite.

Le jeu n'en valait pas la chandelle.

───────────

LE LENDEMAIN MATIN, Vivi sortit sur la terrasse, bien reposée et alerte. Elle observa le lac légèrement vaporeux à la lueur étonnante de l'aube. Tout était si éblouissant que cela faisait mal aux yeux. Elle était bien emmitouflée. Elle portait un jean neuf un peu rigide et large à la taille, un gros pull tricoté couleur crème, de bonnes chaussettes en laine, des bottes d'hiver et une parka. Jed avait pensé à tout, même à lui acheter de la lingerie et une chemise de nuit pour dormir. C'était une sensation étrange de mettre des vêtements que quelqu'un d'autre avait choisis pour elle. C'était un peu comme se glisser dans la peau du personnage d'une pièce de théâtre. Mais sans son aide, elle ne savait pas ce qu'elle serait devenue. Elle aurait dû batailler, c'était certain. Elle aurait eu peur, forcément. Et il y avait même de fortes chances pour qu'elle soit morte à cette heure.

Le fait qu'elle l'ait embrassé – par deux fois à présent – et qu'elle ait rêvé de faire plus que cela après être retournée se coucher la veille au soir et s'être réveillée frustrée et vide, la rendait particulièrement consciente de toutes les facettes de son être.

Ce baiser avait certainement été une erreur, mais probablement pas au sens où l'entendait Jed.

Cela avait réveillé en elle le besoin de ressentir à nouveau. De redevenir une femme. Elle avait réussi en tant que mère, mais ce faisant, elle avait perdu la part d'elle-même qui faisait d'elle une femme. Le désir sexuel, le besoin de se sentir désirée, avaient disparu bien avant le départ de son mari. David avait commencé à agir différemment peu de temps après la naissance de Michael. Il était devenu rancunier, dur, multipliant jugements et censure. En réaction, elle avait érigé des barrières émotionnelles et une grande partie de leurs contacts physiques avait disparu en même temps. La disparition des rapports sexuels était souvent le premier signe de la détérioration d'une relation.

La porte s'ouvrit derrière elle et Jed sortit sur la terrasse. Elle se crispa et se tourna vers lui, se forçant à afficher un sourire amical – mais pas trop.

Il était habillé presque comme elle, mais sa chemise bleu foncé faisait ressortir ses cheveux d'un noir de jais. Il ne s'était pas rasé. Cela lui donnait un petit côté sauvage qui allait parfaitement bien avec ce nouvel environnement.

Il était tout simplement parfait.

Et merde.

Elle croisa son regard et ressentit cette inexplicable attraction que l'on ressent seulement pour certaines personnes. Cet étrange désir mutuel qui se manifestait de moins en moins en vieillissant devenait de plus en plus rare et spécial. Elle pensait qu'elle ne pourrait plus jamais ressentir rien de tel. De toute évidence, elle s'était trompée. Mais ils avaient des choses plus importantes à régler.

Un côté de sa bouche se retroussa.

— Cette nouvelle couleur te va bien.

Il tendit la main pour toucher une mèche de cheveux noirs fraîchement teints qui s'échappait du bonnet qu'il lui avait acheté la veille. Ses cheveux étaient presque aussi foncés que les siens et elle trouvait que cela lui donnait l'air d'une sorcière. Elle les rangea sous le bonnet, gênée et contrariée de voir qu'elle s'en souciait.

— Je ne pense pas que Michael va accepter de se faire teindre les cheveux aussi facilement.

Jed rit.

— On devrait peut-être lui faire la boule à zéro et lui peindre la tête en brun.

Vivi éclata de rire.

— Il serait probablement partant pour ça.

Jed lui faisait oublier la réalité, et elle ne savait pas si c'était une bonne chose ou non.

— J'aurais dû te demander de m'acheter du maquillage pour assortir mes cils et mes sourcils.

— J'espère que personne ne s'approchera assez pour voir tes cils, mais je peux aller en acheter si ça peut te faire plaisir.

Un homme qui proposait de lui acheter du maquillage. C'était un miracle.

— Tu penses que Michael et moi, on devrait rester cachés ici ?

Elle sentait monter en elle une certaine culpabilité à l'idée d'avoir caché à Jed qui était le père de Michael. Mais si elle lui en parlait, il pourrait changer d'avis sur leur présence au chalet, et elle voulait vraiment rester. Elle voulait se cacher dans les bois aussi longtemps que possible.

David avait-il réalisé que c'étaient eux qui avaient été attaqués dans la planque ? S'en soucierait-il ? Il avait rompu tous liens avec elle et Michael des années auparavant. Était-il possible que personne n'ait encore établi de lien entre eux ?

— Compte tenu des effectifs affectés à cette enquête, ça ne devrait pas prendre longtemps de retrouver ces types et de les placer en détention. Je pense que la chose la plus sûre est de faire profil bas, même si c'est dur.

Il avait mal interprété sa question.

— Oh non, ça ne me dérange pas de rester ici, j'adore cet endroit. C'est magnifique.

Elle se blottit dans son épais pull et regarda la brume au-dessus du lac.

— C'est bon d'avoir la chance de pouvoir enfin respirer à

nouveau. Je n'arrive pas à croire que je considérais ça comme acquis.

Il s'approcha d'elle et pencha la tête.

— Qu'est-ce que tu veux dire ?

— La vie me semblait si dure avant avec les problèmes de Michael. Et pourtant, j'avais une vie assez facile.

Elle lui sourit par-dessus son épaule.

— Ces derniers jours, j'ai eu l'impression de plonger en enfer. Mais ici, j'ai l'impression d'être bien loin de tout ça… J'apprécie pleinement tout ce que j'ai.

Elle désigna les bois enneigés d'une beauté étincelante.

Il se tenait derrière elle, assez près pour qu'elle puisse sentir sa chaleur.

— Tu peux te détendre pendant un petit moment.

Il lui frictionna les épaules, comme s'il ne pouvait s'empêcher de la toucher. C'était si naturel, si apaisant qu'elle ferma les yeux et relâcha une partie de la tension accumulée.

Elle aurait voulu qu'il l'attire contre lui et la serre dans ses bras.

Il n'en fit rien.

— Ça ne durera pas éternellement, Vivi.

Son souffle chaud lui caressa l'oreille. Elle se dit qu'il ne parlait pas de leur fuite. Il parlait d'eux.

De toute évidence, il pensait qu'elle était du genre fleur bleue, et non terre-à-terre, ce que la vie avait fait d'elle. Elle posa sa main sur la sienne, regardant fixement la glace étincelante qui scintillait comme un millier de diamants au lever du soleil. Selon son expérience, le bonheur était éphémère, même quand on n'essayait pas de vous tuer.

— Je n'ai pas besoin d'éternité. Peut-être que je veux juste vivre au jour le jour.

Si cela ne suffisait pas à lui faire comprendre qu'elle voulait être avec lui sans attaches à long terme, elle ne savait pas ce qu'il lui fallait.

Ils se tendirent en entendant le bruit d'un moteur de voiture.

— Dedans, tout de suite.

Repassant instantanément en mode garde du corps, il plongea sa main sous sa parka, et la poussa vers la porte. Elle rentra en chancelant et se cacha rapidement derrière le rideau de la fenêtre près de la porte d'entrée pour voir qui était là. Michael dormait encore. Les terroristes les avaient-ils retrouvés ? Jed avait semblé si sûr qu'ils n'y parviendraient pas.

Elle était sur le point d'attraper le fusil de chasse lorsqu'une vieille épave s'arrêta devant le chalet, crachant un nuage de fumée noire. Une femme mince avec une longue queue de cheval blonde sauta hors de l'habitacle et se jeta dans les bras de Jed.

Vivi cligna des paupières. Oh mon Dieu, elle venait de s'offrir à un homme qui avait une liaison avec quelqu'un d'autre.

Jed lui rendit son accolade et s'écarta rapidement. La déception se lut sur le visage de la reine de beauté lorsqu'il fit un pas en arrière. Elle était grande et mince, du genre pom-pom girl. L'intello qui sommeillait en Vivi eut un mouvement de recul. Elle reprit ses esprits et souffla – comme si agiter des pompons au bord d'un terrain de foot était une compétence vitale ? Mais tous les adolescents qui avaient survécu au lycée savaient que c'était bien plus que cela.

Pfff. Qui diable était-elle pour juger cette femme à la façon d'une petite amie jalouse rencontrant l'ex ? Elle n'était rien pour Jed Brennan. Personne. *Une mission.* Une mission agaçante qui n'arrêtait pas de se jeter à son cou.

Elle sentit la gêne remonter le long de sa nuque et jusqu'à ses joues. *Hum.* Après tout, personne ne prétendait qu'il était facile d'être une femme, et au moins elle ne se faisait pas tirer dessus.

La blonde dit quelque chose, puis tendit le pouce par-dessus son épaule gauche, un sourire interrogateur sur ses lèvres recouvertes de gloss cerise. Jed jeta un coup d'œil au chalet, mais ne sembla pas voir Vivi. Sa bouche était dure. Une grimace lui tordait les lèvres. Il n'avait pas l'air content. Il se retourna vers la femme, en secouant la tête. Il ne voulait pas qu'elle entre, alors qu'elle comptait clairement là-dessus.

Qui était-elle exactement ? Une petite amie ? La mystérieuse *Angela* ?

Il y avait un enfant en bas âge sur un rehausseur à l'arrière du véhicule. Vivi recula d'un pas. L'enfant était-il le sien ? Cela expliquerait pourquoi il était si génial avec les enfants. S'agissait-il d'une ex-femme ou d'une personne chère à son cœur dont il n'avait pas parlé ?

Elle se sentit soudain stupide, comme lorsqu'elle avait réalisé que son mari se tapait autre chose que de la paperasse quand il restait tard au travail. Mais elle n'avait aucune raison de réagir ainsi. Jed Brennan ne lui devait rien. Il n'existait aucune relation entre eux, en dehors de la menace qui pesait sur la vie de son fils. Comment pouvait-elle ressentir de la souffrance, même infime, en les voyant tous les deux après tout ce qu'elle avait vécu ?

Il n'avait fallu qu'une étincelle et quelques mots gentils pour qu'il passe outre sa garde. Elle se détourna et vit Michael debout dans le couloir entre la chambre et la cuisine. Elle se raidit et se dirigea vers son fils.

— Bonjour, mon cœur. Allez. C'est l'heure du petit-déjeuner.

Elle entendit le véhicule redémarrer et s'éloigner en grondant. Jed rentra quelques secondes plus tard, mais elle évita de le regarder et il alla directement dans sa chambre, en fermant la porte derrière lui.

———————

JED SE SENTAIT honteux. Il se passa une main sur le visage. Il aurait voulu s'enfoncer dans le sol. Il avait la nausée, son estomac gargouillait.

Il avait bien compris, chaque fois qu'il revenait depuis la mort de Bobby – et avant même sa mort – qu'Angela voulait raviver leur ancienne relation. Ils étaient sortis ensemble au lycée, mais comme la plupart des sportifs de cet âge, il s'était montré relativement peu impliqué et n'avait jamais eu l'intention de faire dans le long terme. Il avait mis un terme à leur relation lorsqu'il était parti dans l'État du Michigan, supposant qu'elle passerait à autre chose.

Mais apparemment, cela l'avait bouleversée plus que prévu – et Bobby avait été là pour ramasser les morceaux. Ce qu'il n'avait pas réalisé, c'était que Bobby était déjà amoureux d'elle quand il sortait avec elle.

Il avait été vraiment trop con. S'il avait su que son ami avait des sentiments pour Angela, il se serait mis à l'écart. Bobby était comme un frère pour lui, et il savait déjà à l'époque que, même s'il appréciait et admirait Angela, il ne l'aimait pas.

Compte tenu de son travail, on aurait pu penser qu'il ne culpabiliserait pas autant pour quelque chose d'aussi insignifiant, mais la mort de Bobby l'avait durement touché, et avait durement frappé sa famille et toute la communauté. Angela avait semblé presque soulagée. Ils avaient connu des problèmes de couple. Il n'était jamais évident pour une famille lorsqu'un soldat se retrouvait affecté quelque part. Au fond de lui, Jed ne pouvait s'empêcher de se demander si elle avait parlé à Bobby du fait qu'elle l'avait embrassé, et lui avait peut-être caché sa réaction. Était-ce pour cela que Bobby ne lui avait pas écrit pendant le mois précédant sa mort ?

Jed était-il responsable de la mort de son meilleur ami ?

Bon sang. Il n'avait pas besoin de cette angoisse. Il était un agent fédéral. Il traquait des tueurs. Il se cachait de terroristes. Il protégeait Vivi et Michael contre les personnes qui voulaient les abattre. C'était réel, vital et important. Il n'était plus au lycée, même si la présence d'Angela l'y ramenait.

Il se ressaisit. Il n'était pas là pour résoudre des problèmes de femmes, bien qu'ils se multiplient tout d'un coup. Vivi lui avait en quelque sorte donné le feu vert pour une aventure, ne semblant pas comprendre qu'elle n'était peut-être pas dans la bonne disposition d'esprit pour prendre ce genre de décision.

L'envie de l'enlacer sur la terrasse un peu plus tôt avait presque pris le dessus. Oui, l'*enlacer*, c'était ce qu'il voulait faire à cette rousse sexy, avec son esprit vif et ses yeux vulnérables – pas quelque chose qui impliquait un mur et une paire de jambes enroulées autour de sa taille. Et séduire une femme qu'il était censé protéger était *vraiment* une excellente idée. Même si elle pensait que cela lui convenait, cela ne lui conviendrait pas. Merde, il connaissait les femmes.

Il n'était que trop conscient de ses défauts humains. Il se regarda dans le miroir, essayant de ne pas se haïr parce qu'au fond de lui-même, il aurait voulu se lancer. Passer des nuits torrides nu avec elle, blotti au plus profond de son être. Mais ce serait une énorme erreur à long terme, et il ne voulait pas qu'elle ou Michael soient blessés.

Il quitta la pièce et afficha un sourire sur son visage. Il avait du travail à faire.

Sa priorité était de protéger ces deux personnes et de voir s'il était possible d'accéder aux souvenirs de Michael. Il avait une idée qui pourrait fonctionner, mais elle impliquait d'oublier toute pression et de s'armer d'une bonne dose de patience, ce qui était difficile quand le temps jouait contre vous.

— Hé, Mikey. Il est bon ce petit-déjeuner ?

Le gamin lui adressa un sourire timide. Ses lèvres redevinrent tombantes et tristes par la suite, mais il lui avait bien *souri*. Vivi tendit un café à Jed, puis posa du lait et du sucre sur la table.

— Merci.

Sa voix était bourrue, il n'avait pas encore ravalé toutes ses émotions.

— Une vieille amie ?

La question apparemment anodine l'interpella et il la regarda attentivement.

Était-elle jalouse ? Ou était-ce une simple curiosité naturelle ?

Il ne jouait pas. Pas avec les émotions des gens. Il avait perdu la seule femme qu'il avait vraiment aimée à cause d'un tueur sadique. Les jeux de séduction lui avaient toujours semblé ridicules après cela. C'était sans doute pour cela que les singeries d'Angela l'énervaient autant. *Mia aurait apprécié Vivi* – cette pensée déboula de nulle part.

Il soutint donc ses yeux bleus perçants et lui dit toute la

vérité.

— Angela et moi, on est sortis ensemble au lycée. Elle a épousé mon meilleur ami du lycée, mais il est mort il y a deux ans en Afghanistan. Elle a du mal à faire face et je pense qu'elle aimerait remettre ça, en souvenir du bon vieux temps.

Elle cligna des yeux. Il vit tout de suite qu'elle ne s'était pas attendue à ce qu'il soit aussi franc avec elle. Ses problèmes de confiance refaisaient surface. Elle l'étonna alors en lui dévoilant un autre pan de sa vie à elle.

— Je crois que j'ai eu *un* petit ami au lycée – c'était horrible, un désastre total. Personne ne voulait sortir avec l'intello de la classe sauf son équivalent masculin, et j'ai fait une peur bleue au pauvre gars quand je lui ai demandé de m'embrasser.

Son expression était amusée. Elle aurait probablement pu choisir n'importe quel homme désormais, mais elle préférait se voir comme un rebut, plutôt que comme une femme belle et intelligente. Son ex avait lui clairement laissé des séquelles.

— Le lycée, c'est la jungle. Certains se démarquent, d'autres non.

Il lui adressa un clin d'œil et elle renifla, ce qui eut pour effet de la rendre plus accessible, moins « déesse intello ».

— Attends que Michael soit au lycée, les filles vont affluer.

Michael s'étouffa avec ses céréales et renversa du lait sur le bar. Jed lui tapa dans le dos, lui jeta une serviette en papier et le laissa se nettoyer pendant qu'il sortait un bol de céréales pour lui. Vivi observait attentivement la scène.

— Et ce n'est pas parce que tu ne dis pas grand-chose, petit, que ça va les arrêter.

Jed frissonna exagérément et se pencha plus près de l'oreille de Michael.

— Les filles aiment les types forts et silencieux.

Michael fit la grimace et ouvrit sa bouche pleine de céréales. Vivi fit un gros effort pour ne pas le réprimander pour ses manières, et s'efforça de se détourner pour faire la vaisselle. Jed était difficile à dégoûter. Deux frères et trop de tueurs en série pour les mentionner.

— Elles aiment aussi les armes.

Les yeux de Michael brillèrent en se posant sur l'arme de Jed dans son holster d'épaule.

— Quelque chose me dit que tu aimerais savoir comment utiliser un de ces trucs, pas vrai ?

Michael ouvrit des yeux ronds, l'implorant aussi clairement que des mots.

Le regard de Vivi passa de l'un à l'autre, et elle poussa un profond soupir. Elle jeta le torchon à vaisselle sur le bar.

— Très bien, mais seulement si je peux apprendre, moi aussi.

Jed échangea un regard avec le gamin. Michael cligna des paupières, surpris.

— Qu'en penses-tu, Mikey ? On devrait l'y autoriser ?

Le sourire qui s'afficha sur le visage du petit bonhomme frappa Jed au sternum. Son sourire illumina toute la pièce. Malgré tout ce qu'il avait vécu, malgré la peur qui avait dû le glacer jusqu'à la moelle, il pouvait encore sourire.

Il ne laisserait personne faire du mal à ce gamin, ni à sa mère. Jed lui fit un check et ils terminèrent leur petit-déjeuner dans un silence complice. Quand il croisa le regard de Vivi, il y lut un mélange d'espoir et d'abattement ; l'espoir qu'ils puissent réellement l'emporter sur les personnes qui les pourchassaient, l'abattement à l'idée que son monde avait irrévocablement changé et qu'il n'y avait pas de retour en arrière possible. Il y avait autre chose dans son regard qui ressemblait étrangement à de l'admiration. Il déglutit et se concentra sur ses céréales. Elle avait vraiment mauvais goût en matière d'hommes.

———

PILAH ENTRA A l'hôpital. L'arme était cachée dans son sac du déjeuner, au fond du fourre-tout en toile. Il y avait un grand nombre de policiers qui arpentaient les couloirs. Tout le monde était encore sur le qui-vive. Un officier la dévisagea, puis son regard s'attarda à nouveau sur elle, mais il n'était pas suspicieux. L'homme reluquait son jean moulant et sa taille fine, remontant sur le reste de son anatomie d'une manière appuyée. Cela aurait fait fulminer son mari. Elle bomba légèrement la poitrine et releva le menton. *Bien fait, Adad, tu n'avais qu'à pas mourir.*

Elle se rendit vers le lit occupé par William Green la veille, et fronça les sourcils en constatant qu'il n'était plus là. Elle se rendit au bureau des infirmières.

— Oh, il a été déplacé dans une chambre individuelle. Je pensais que vous le saviez.

Pilah secoua la tête.

L'infirmière la conduisit dans le couloir. Des policiers et des agents de sécurité sortirent de la pièce à côté de laquelle l'infirmière s'était arrêtée.

Pilah leva les yeux vers les montagnes de muscles et de testostérone qui arpentaient le couloir. Elle sentit la peur la glacer jusqu'aux os. Le groupe entra dans la pièce de l'autre côté du couloir.

— Qui sont-ils ? murmura-t-elle.

Elle le savait pertinemment. Elle savait exactement qui ils

étaient et ce qu'ils faisaient. Elle serra son sac plus fort.

L'infirmière pinça les lèvres et haussa les épaules, lui faisant signe d'entrer à l'intérieur de la chambre individuelle.

William Green était branché à une machine qui mesurait ses battements de cœur et à divers autres moniteurs. Le bandage autour de sa tête semblait particulièrement clair comparé à la rougeur de son visage.

— Est-ce qu'ils vont revenir ici ?

Pilah craignait de réagir de façon excessive, mais ces hommes étaient vraiment intimidants. Sargon pensait-il vraiment qu'elle pourrait un jour avoir l'avantage sur de telles armoires à glace ? Sûrement pas. Mais elle avait plus à perdre qu'eux. Beaucoup plus.

— Un gros bonnet va nous rendre visite. Ils font des contrôles de sécurité partout. Même quand je me suis garée, l'un d'eux a vérifié ma petite voiture à la recherche d'explosifs.

— Pourquoi chercheraient-ils ici ? demanda Pilah.

L'infirmière évita son regard.

— Je n'en sais rien.

Cela allait vraiment se passer. Pilah ne savait qu'en penser, mais peut-être, juste peut-être, que l'homme de l'ombre tiendrait sa promesse et sauverait ses filles. Si c'était le cas, elle tiendrait la sienne.

— Je peux m'asseoir près de lui ? demanda Pilah à l'infirmière.

— Bien sûr, pensez à lui parler ou à lui faire la lecture. C'est bon pour lui d'entendre une voix familière.

Pilah prit la main de l'homme. Elle était chaude et sèche. Elle serra ses doigts, mais n'obtint pas de réponse. Elle était désolée qu'il ait été blessé. Cela lui avait semblé tellement plus facile, lors de la phase de planification, de « liquider » un ennemi imaginaire. Pilah regrettait tout ce qu'elle avait fait, mais cela n'avait plus d'importance. Elle n'avait pas le choix.

———

LES PLAQUES DU SUV qui avait conduit Vivi et Michael à la planque depuis l'hôtel appartenaient à un agent spécial du FBI, Jed Brennan. Ce qui était intéressant, c'était que le signal GPS avait été désactivé depuis. L'agent du DSC s'était montré très proche des Vincent avant leur disparition, mais il était maintenant supposé être en congé et était parti immédiatement après la fusillade de la planque.

Elan *aurait pu* croire son histoire, mais il savait que les hommes armés n'avaient pas enlevé la femme et le garçon. Il avait demandé à quelqu'un de vérifier les achats par carte de Brennan, et soit le type avait fait ses courses pour Noël, soit il avait acheté de quoi équiper de pied en cap deux personnes parties sans rien.

Son instinct lui soufflait que Brennan était parti avec la femme et le garçon.

L'agent se dirigeait vers Sawyerville lorsqu'il avait disparu de la circulation. Le frère jumeau de Brennan y était le chef de la police. Ses parents dirigeaient une entreprise de location de chalets sur un lac à environ dix kilomètres au sud-ouest – c'était là qu'il commencerait à chercher. L'autre frère était heureusement à l'étranger, il n'avait donc pas besoin de s'occuper de lui.

Il aurait parié que Brennan était rentré chez lui.

Il n'était pas non plus certain que le garçon était avec lui, mais il n'avait pas d'autres pistes ou idées, et le temps pressait. Ils n'auraient le droit qu'à un seul essai. Si le garçon se mettait à divulguer une partie de leurs plans, ils gâcheraient leur unique chance et des gens seraient morts pour rien.

Pilah Rasheed était la meilleure chance que cette deuxième attaque fonctionne. Elan avait l'intention d'être là en coulisses, pour s'assurer qu'elle y arriverait ou qu'elle mourrait en essayant. On ne pouvait pas la laisser parler. L'enjeu était trop important. Il y avait trop à perdre si tout ne se déroulait pas exactement comme prévu.

Il se gara dans la rue principale et entra dans le bar du coin, où il fut accueilli par la puanteur de la bière éventée et des têtes d'animaux morts. Des poissons empaillés dans des vitrines en verre, dignes d'un musée, ainsi que des créatures des bois à poils se contorsionnaient en de bizarres parodies humaines.

La chasse, le tir, la pêche. C'était tout ce qui se faisait dans la région.

La traque.

C'était tout ce qui l'intéressait. Et ne pas se faire prendre.

Le bois qui recouvrait le bar, les murs et le plafond avait un aspect de miel. Le sol à carreaux blancs et collants aurait bien eu besoin d'un bon coup de balai et de serpillière chaude et humide. Il s'approcha d'un tabouret en vinyle bordeaux et s'assit, attendant patiemment d'être servi.

— Qu'est-ce que je vous sers ?

Les yeux rougis du barman étaient sans cesse attirés vers l'écran de télévision sur le mur du fond.

Bien. Il ne se souviendrait pas de lui.

— De la bière. N'importe quelle pression.

La télévision diffusait encore les images de l'attaque du centre commercial et de brefs extraits de l'interview que Vivi Vincent avait donnée aux médias sur l'incroyable capacité artistique de son fils. Il était certain qu'elle aurait préféré ne jamais s'être approchée de Minneapolis. Il aurait vraiment souhaité qu'elle reste chez elle.

Le barman lui fit glisser un grand verre de liquide mousseux sur le bar. Elan lui tendit un billet de dix dollars et lui dit de garder la monnaie.

— Je cherche un endroit où loger pour quelques jours. Et un endroit décent pour manger.

— Vous êtes ici pour chasser ?

Il fit un signe de tête.

— Le cerf.

Il s'était glissé dans la peau du personnage. Il avait enfilé des bottes épaisses et chaudes. Un pantalon de camouflage doublé. Une chemise beige. Une veste de chasse. Une casquette orange. Le fusil dans sa camionnette était un Springfield M1A avec une lunette Nightforce, de bonne qualité, mais rien qui puisse attirer l'attention. Il désigna l'écran.

— J'avais envie d'échapper à la folie de la ville, alors je me suis dit que je viendrais plus tôt.

Une courte fenêtre de chasse aux cerfs sans bois s'ouvrait le lendemain. Il avait de la chance. Il pouvait se cacher à la vue de tous.

— Vous avez tout ce qu'il vous faut ici. Le service des ressources naturelles peut vous fournir des cartes et vous vendre un permis. Je peux vous donner le nom de quelques habitants qui se feront un plaisir de préparer votre gibier.

Malgré ses yeux rougis, le barman le détaillait.

Elan nota mentalement que ces gens étaient particulièrement en phase avec leur environnement, et que la plupart d'entre eux possédaient des fusils de chasse. Il devrait être prudent. Il était crucial qu'il retrouve le garçon et qu'il élimine toute menace potentielle. Une nation entière comptait sur lui. Éprouver compassion ou pitié était un luxe qu'il ne pouvait se permettre. Si le plan tournait mal, une guerre se profilerait entre ennemis et alliés.

Ses hommes traquaient Sargon, qui s'était enfui de sa villa immédiatement après la fusillade du centre commercial. Sargon s'était rendu dans un petit village des collines où l'une de ses filles s'était installée après son mariage avec un chef de tribu. Elle avait quatorze ans.

Plus tard ce même jour, les filles de Pilah lui avaient également été amenées. Un moyen de pression. Pour s'assurer que Pilah fasse ce qu'on lui dirait le moment venu. Si Abdullah n'avait pas été capturé, elle serait probablement déjà morte, mais Sargon avait perdu trop d'hommes et il devait mobiliser toutes les recrues restantes.

Elan avait promis à Pilah qu'il essaierait de mettre ses enfants en sécurité, et il tenait la plupart de ses promesses. Les forces proches du village libanais allaient secourir les enfants avant que la maison où Sargon séjournait ne soit rasée. Le fait que les enfants finissent dans un camp de réfugiés ou un orphelinat était regrettable. Il ne prenait aucun plaisir à voir des enfants mourir, mais sa loyauté envers son pays était inébranlable. D'où sa détermination à éliminer toute menace potentielle représentée par Michael Vincent.

Elan consulta sa montre et termina sa bière. Le barman lui parla d'un motel le long de l'autoroute. Il le remercia et quitta le bar, passant devant le poste de police pour se rendre au service des ressources naturelles. Il était l'heure de se procurer un billet pour aller à la chasse. Il était temps de régler le problème une bonne fois pour toutes.

CHAPITRE QUATORZE

IL S'AVERA QU'ILS n'allaient pas se contenter de se rendre dans les bois pour tirer sur quelques canettes de bière. Le père de Jed avait créé un stand de tir permanent sur son terrain, abattant des arbres au milieu de la forêt dense sur environ deux cents mètres de long, et quelques mètres de large. Le vieil homme avait sorti tout un arsenal d'armes qui n'aurait pas semblé déplacé dans l'antre d'un cartel de la drogue mexicain.

Vivi prit une bouffée d'air glacial en regardant Jeremiah entraîner Michael, lui expliquer comment tenir le pistolet, où le pointer lorsqu'il ne tirait pas sur quelque chose, et où placer son doigt par rapport à la gâchette jusqu'à ce qu'il soit prêt à tirer.

Malgré l'aversion de Vivi pour les armes, il ne faisait aucun doute que son fils appréciait la leçon. Michael était bien plus alerte depuis son arrivée au chalet. Il avait bien dormi, mangé. La peur et le traumatisme de la veille et de l'avant-veille étaient encore présents dans ses yeux, mais il s'agissait davantage d'une ombre que du linceul de la veille. Le regretté Dr Hinkle avait peut-être raison, tout ce dont Michael avait besoin, c'était la paix et le calme, et un sentiment de normalité. Ainsi qu'un cours de tir par un homme qui semblait vivre et respirer pour les armes…

— Il va bien.

Vivi leva les yeux vers Jed qui se tenait à côté d'elle.

— Facile à dire pour toi.

Les yeux de Jed étincelèrent.

— Fais-moi confiance. Je ne sais peut-être pas grand-chose sur Michael, mais je me souviens très bien de ce que c'est d'être un garçon de huit ans. Tirer sur des cibles, ça plaît à tous les coups.

Jed Brennan semblait savoir comment s'y prendre avec son fils. Michael n'avait jamais paru aussi « normal ». Il observait Jeremiah avec attention, faisant exactement ce qu'on lui disait. Le fait que cela implique des armes la rendait nerveuse, mais quelque chose en elles attirait son fils. Elles attiraient évidemment beaucoup d'enfants, et au moins de cette façon, il avait la chance d'apprendre à les connaître dans un environnement sûr.

Ses yeux se tournèrent vers l'homme à côté d'elle et elle balaya du regard la barbe sur la mâchoire de Jed qu'elle avait embrassé la veille au soir. Elle détourna le regard avant qu'il ne la surprenne à le fixer et lui donne un nouvel avertissement pour qu'ils ne commettent pas d'erreur. Elle avait compris. Le message était clair. Mais elle aimait le regarder. Elle aimait qu'il essaie de les faire sourire, elle et Michael. Malgré les choses horribles qu'il devait régulièrement affronter, Jed avait conservé un sens de l'humour aiguisé et, surtout, son humanité. C'était un homme bon.

Ils étaient plus rares qu'ils n'auraient dû l'être.

Elle aurait voulu l'interroger sur son travail, mais elle avait l'horrible sentiment que si elle le faisait, leur situation deviendrait un peu trop réelle, un peu trop effrayante, et elle avait eu sa dose de réel et d'effrayant pour toute une vie. Elle préféra donc partir sur quelque chose de plus léger.

— Ça a dû être utile lors de la formation des nouveaux agents.

— C'est certain. Mon père nous emmenait ici, mes frères et moi, après chaque repas du dimanche, et on passait des heures sur le champ de tir. C'était le paradis pour de jeunes garçons.

Le regard de Vivi s'arrêta sur son étui.

— On dirait que certains petits garçons ne grandissent jamais.

Il se frotta les mains, essayant de les réchauffer.

— Petit, hein ?

Elle lut l'amusement dans ses yeux. Il la dominait de son mètre quatre-vingt. Il se pencha plus près de son oreille.

— Et si tu n'aimes pas me voir manier des armes au FBI, tu n'imagines même pas ce que je faisais dans l'armée.

— Oh non, je t'en prie, pas de bombes. Je ne pense pas que mon gène maternel y survivrait.

— Tu ferais mieux de te couvrir les oreilles, lui dit Jed alors que Jeremiah et Michael se dirigeaient vers la cible.

Il lui glissa un protège-oreilles sur la tête, et un frisson parcourut tout son corps au seul contact de ses doigts dans ses cheveux. Bon sang, il n'aurait pas dû l'affecter de la sorte – elle n'avait plus quinze ans. Elle ajusta le protège-oreilles et grimaça lorsque Michael vida un chargeur complet sur une cible circulaire rouge.

Bon sang de bonsoir.

Michael se retourna et lui sourit avec une telle fierté et une telle excitation que son cœur fit un saut périlleux. Il répéta le processus avec plusieurs pistolets différents, puis un pistolet à air comprimé. Finalement, Jeremiah leva les yeux avec un sourire fier.

Elle enleva les protections auditives et le père de Jed leur fit signe.

— Prête à essayer, Vivi ? demanda-t-il.

— Je ne sais pas, Michael a l'air d'avoir froid.

Jeremiah reposa le dernier pistolet qu'ils avaient utilisé sur une table prévue à cet effet.

— Ne vous en faites pas pour Michael. Je vais le ramener à la maison. Mary nous préparera un bon chocolat pour nous réchauffer tous les deux. Vous deux, prenez quelques minutes pour passer en revue les bases.

Il la scruta en plissant les yeux.

— Vous êtes pour l'égalité, n'est-ce pas ?

Vivi resta bouche bée. Il la cherchait sur un autre terrain. Il lui rappelait qu'il lui incombait désormais de protéger son fils, et le sien, en ayant recours à la force létale si nécessaire.

En était-elle capable ?

Une semaine plus tôt, elle aurait répondu que non. Mais Vivi n'avait plus l'impression d'avoir le choix. Tout ce qu'elle avait à faire, c'était de se souvenir de la fusillade au centre commercial ou du Dr Hinkle qui s'était fait tirer dessus, ou du marshal qui se vidait de son sang sur le sol de la soi-disant *planque*. L'idée qu'il ait pu s'agir de Michael ou de Jed lui nouait l'estomac.

Elle ferait sa part. Elle apprendrait à charger un pistolet, à tirer.

— Allons-y, dit-elle.

Jeremiah désigna l'un des pistolets sur la table.

— Essayez le Glock et le M1911, puis le fusil de chasse en dernier. Le recul pourrait vous faire tomber si vous n'y êtes pas habituée, mais c'est le plus efficace pour effrayer les gens.

Elle acquiesça. L'idée qu'elle puisse tenir un pistolet avait de quoi effrayer tout le monde.

Jed aida son père à remballer la plupart des armes et à les mettre à l'arrière du 4x4.

— On se retrouve à la maison. Prenez votre temps.

Jeremiah lui adressa un signe de tête et aida Michael à monter dans le 4x4 pour le court trajet sur la route déneigée qui ramenait au chalet situé au-dessus de la rive du lac. Elle pensait que Michael s'accrocherait à elle dans cet environnement inconnu, mais il semblait être à l'aise avec les Brennan. Il ne lui adressa même pas un signe d'adieu. Il leur faisait confiance. Ce qui était étrange, c'était qu'elle aussi.

Le bruit du 4x4 disparut au loin et le silence total d'une forêt enneigée les engloba.

Il n'y avait plus qu'elle et Jed, et quelques centaines de cartouches.

— OK, CHANGE de position.

Jed avait déjà donné des cours de tir. L'essentiel était de s'assurer que la personne qui tenait l'arme se souvenait que cet objet métallique devait être manipulé avec une prudence et un respect absolus, sans quoi quelqu'un risquait de mourir. Ce n'était pas vraiment un problème pour Vivi. Le stade supérieur de la prudence aurait consisté à lever les mains en l'air et à marcher à reculons vers la route.

Elle tenait l'arme à deux mains, pointée sur le sol devant elle. Elle déplaça son pied légèrement sur le côté.

— Essaie de relâcher tes épaules.

Elle s'affaissa comme une marionnette à qui on aurait

coupé les ficelles.

Il cacha un sourire.

— Nerveuse ?

— Comme un chat dans une pièce pleine de rocking-chairs.

Il ajusta sa prise pour que sa peau ne soit pas déchiquetée par la glissière et ne gêne pas l'éjection de la douille usagée.

— C'est ça. Maintenant, place ton doigt sur la gâchette et vise la cible. Appuie lentement.

Elle commença à presser son doigt sur la gâchette, ses bras tremblant tellement qu'il eut peur qu'elle ne lâche son arme. À éviter.

— Il ne se passe rien, dit-elle.

— Détends-toi, répéta-t-il.

Il se mit derrière elle et soutint son bras gauche avec le sien pour assurer sa stabilité. La peau de Vivi sentait le savon à la lavande que la mère de Jed avait sorti spécialement pour eux. Il aurait souhaité qu'elle s'en tienne au savon Ivory, car cette fragrance lui donnait envie de humer Vivi. De se pencher plus près d'elle. De la goûter.

Ce n'était ni le moment ni l'endroit pour penser à autre chose qu'aux armes et aux balles et à la réalité de leur situation. Ils étaient ensemble par nécessité, et non par choix.

Mais cela signifiait-il qu'ils ne pouvaient pas profiter des moments de répit ?

Il soutint son bras pour qu'elle cesse de trembler. Il parlait fort pour qu'elle puisse l'entendre par-dessus les protège-oreilles.

— Le poids de la détente est de 2,5 kg sur un Glock 21.

Il avait décidé d'adopter un ton et une expression sévères pour qu'elle prenne la situation pour ce qu'elle était : une leçon pratique de survie. Le coup de feu retentit, et il stabilisa sa position à nouveau.

— Tu n'as plus qu'à t'y habituer.

Elle appuya de nouveau sur la détente, et cette fois le coup de feu partit bien plus facilement. Elle toucha le centre de la cible lors des deux derniers tirs. Puis elle tira le reste des treize coups et ne manqua pas la cible une seule fois. C'était naturel chez elle. Allez comprendre. Les femmes étaient souvent les meilleures tireuses. Quand elle eut fini, elle lui fit un sourire. Elle ressemblait beaucoup à son fils.

Elle lui tendit l'arme avec un soupir de soulagement. Leurs visages n'étaient séparés que de quelques centimètres.

Le fait qu'elle soit brune ne diminuait pas l'attirance qu'il ressentait pour elle. L'absence totale de maquillage lui donnait simplement l'air plus jeune et plus frais. Elle avait des taches de rousseur sur le nez, et des lèvres roses et pleines. De jolies lèvres. Elle ressemblait plus à une écolière qu'à une femme adulte. Mais il y avait quelque chose dans ses yeux. Pas seulement de la tristesse. Pas seulement de la peur. Pas seulement la flamme du désir contre lequel ils luttaient tous deux. De la sagesse ? Du courage ? Cette force intérieure et cette intelligence qui brillaient dans son regard ? Quoi qu'il en soit, elle le touchait comme jamais une femme n'avait su le faire depuis Mia.

Bon sang.

Heureusement que Liam n'était pas là pour voir ça. Lorsque son frère était venu le retrouver, la veille au soir, Liam lui avait dit de faire attention et de rester objectif.

Évidemment. Aucun problème.

Il s'éclaircit la gorge.

— Comment as-tu trouvé celui-là ?

Elle grimaça. Il vérifia que l'arme était vide, et ils répétèrent la leçon avec le SW1911. Il lui apprit comment le charger.

— Je crois que je préfère celui-là.

Elle le prit à deux mains, ajustant ses doigts pour trouver la meilleure position. Elle avait touché la cible à plusieurs reprises, en plein centre.

— Le Glock a un peu de punch. Au moins, maintenant tu sais à quoi t'attendre si tu dois en utiliser un !

Son exaltation sembla s'évaporer comme si elle s'était rappelé pourquoi ils prenaient des leçons de tir. Il lui toucha l'épaule.

— Hé, ce n'est qu'en dernier recours. Ils ne devraient pas nous retrouver ici, mais s'ils y arrivent, on doit être prêts.

— Je comprends. Vraiment. Mais je ne me sens pas mieux pour autant.

Parce que tirer sur une cible était une chose. Tirer une balle sur un autre être humain en était une autre. Il prit le fusil de chasse et l'ouvrit. Il lui montra comment le charger, où était la sécurité. Puis il la positionna devant une autre cible, plus éloignée. Il se plaça derrière elle et coinça la crosse du fusil de chasse au niveau de son épaule.

— Aligne-toi bien comme avant. Les projectiles vont se disperser, donc c'est censé être plus facile de toucher quelque chose – quoi que ce soit – même de loin.

Elle prit prudemment en mains le fusil de chasse et il resta derrière elle, prêt à la rattraper si elle tombait. Elle pointa l'arme vers la cible et s'imprégna du calme des bois. Le ciel était d'un violet doux et meurtri qui promettait plus de neige. Elle appuya doucement sur la gâchette, et même les arbres parurent trembler lors de la détonation. Elle fit un pas en arrière, mais ne tomba pas. Il mit ses mains dans son dos. Il aimait poser ses mains sur elle. Il ne pensait même pas au sexe – OK, *maintenant* il pensait au sexe, mais il aimait la toucher, simplement. Au bout de quelques secondes, elle prit une profonde inspiration, puis ramena l'arme à son épaule. Elle tira une deuxième fois, et cette fois, ne flancha pas.

Elle abaissa le calibre douze et il le récupéra, vérifiant que les canons étaient vides. Ils retirèrent tous deux leurs protections auditives et restèrent à se regarder, leur souffle formant de petits nuages de vapeur sous l'effet des températures négatives.

— Tu t'en es très bien sortie.

— Merci.

Elle ouvrit la bouche pour dire quelque chose, mais hésita.

— Qu'est-ce qu'il se passe ?

— Je voulais te poser une question.

Il répondit prudemment :

— Vas-y.

Une ombre passa sur le visage de Vivi.

— Est-il facile de tuer quelqu'un ?

Il ne s'attendait pas à cela. Le souvenir du moment où il avait tranché la gorge de l'homme dans le centre commercial l'assaillit. Ce n'était pas joli, mais il n'avait pas de regrets.

— Facile ? Non. Mais ce n'est pas non plus difficile quand la personne essaie de tuer des civils innocents.

Il commença à ranger les pistolets et les munitions dans un petit sac à dos que son père avait laissé.

Une main lui toucha le bras.

— Je ne te juge pas. Je serais morte sans toi. Mais je ne sais pas si j'y arriverai si je dois le faire.

Il se retourna, prit ses doigts froids dans les siens et les réchauffa. Elle était gelée, mais ne s'était pas plainte une seule fois. Il prit ses mains dans les siennes et souffla de l'air chaud dessus.

— Il est plus facile de tirer sur quelqu'un à distance que de le tuer au corps à corps, mais je ne recommande ni l'un ni l'autre, sauf dans des circonstances exceptionnelles.

Il la libéra et se concentra sur le rangement des munitions.

— Tu es profileur, c'est ça ? Tu passes la plupart de ton temps dans ton bureau et pourtant tu as maîtrisé cet homme avec un simple couteau ? Il était costaud.

L'assaillant avait été lent et stupide, et assoiffé de sang, ce qui lui avait offert une sacrée brèche.

— Je suis un agent fédéral qui travaille au Département des sciences du comportement – il n'y a pas de poste de profileur. J'ai été dans l'armée pendant quelques années, et je suis formé au combat. Je fais beaucoup d'arts martiaux pour rester en forme, *pour rester sain d'esprit*, et j'avais une sacrée motivation pour éliminer ce type au centre commercial.

Un côté de sa bouche se retroussa.

— Mon patron aimerait que je passe tout mon temps au bureau, car j'ai tendance à trop m'impliquer dans les affaires.

De toute évidence, son patron avait raison.

Les yeux de Vivi brillèrent avec surprise, et elle croisa les bras sur sa poitrine, sur la défensive.

— Pas avec les femmes, Vivi. Juste pour attraper les sales types.

Il durcit le ton. C'était le bon moment pour s'assurer qu'elle ne pensait pas qu'il allait lui faire des avances sérieuses, même s'il l'avait embrassée et s'il était évident qu'il la trouvait attirante. Il voulait qu'elle se détende et lui fasse confiance à tous les niveaux, mais c'était difficile avec cette énergie troublante qui déferlait entre eux.

— Je ne m'implique pas personnellement avec les femmes que je rencontre sur des affaires. Je ne veux pas que tu te fasses des idées parce que j'ai fait une erreur et que je t'ai embrassé.

Tant de choses passèrent sur les traits de Vivi qu'il ne parvint pas à les interpréter. C'était probablement une bonne chose.

— Donc, pour répondre à ta question, certaines personnes trouvent qu'il est facile de tuer. D'autres apprécient. Dans le cas contraire, je poursuivrais des braqueurs de banque dans les rues de la ville. Même si j'ai dû prendre une vie à plus d'une occasion, je n'aime pas ça.

L'expérience se lisait dans ses yeux.

— Je ne peux pas te garantir que tu seras en mesure de tuer quelqu'un en fin de compte, même en cas de légitime défense. Il arrive souvent que, même confrontés à un danger de mort au combat, certains refusent de tirer.

Il lui serra doucement les coudes.

— Ça ne fait pas d'eux des faibles ou des lâches, ça fait simplement d'eux des humains. Mais je *pense* que tu feras tout ce qu'il faut pour protéger Michael, même si cela signifie tirer sur quelqu'un jusqu'à ce que mort s'ensuive.

Elle tressaillit, mais se redressa. Cette passion maternelle féroce qu'il avait vue en elle dès le début se réveilla.

— Je ferais tout pour protéger mon enfant.

À sa grande surprise, elle l'attrapa par sa veste et l'attira vers elle.

— Mais ce que je n'avais pas réalisé avant, c'est que je le ferais aussi pour te protéger. Et je veux que tu le saches.

Elle plissa les yeux.

— Tu dois pouvoir me faire confiance pour assurer tes arrières de la même manière que j'ai besoin de te faire confiance.

Bon sang. Il venait de lui dire qu'il ne s'impliquait pas avec les femmes qu'il rencontrait lors de ses affaires, et elle lui disait qu'elle tuerait pour lui.

L'un d'eux mentait et ce n'était probablement pas Vivi.

La culpabilité le rongeait, ainsi que l'attrait implacable de la tentation.

Quelque chose bougea dans les buissons. Elle sursauta et se tourna en direction du bruit.

— Ce n'est qu'un écureuil, la rassura-t-il.

Quand elle se retourna en riant de sa frayeur, elle se retrouva juste à côté de lui et malgré tout ce qu'il venait de lui dire, il eut envie de l'embrasser. Les lèvres de Vivi s'entrouvrirent et elle le regarda avec une expression qui reflétait sûrement la sienne. Elle avait envie de lui, mais savait que c'était une mauvaise idée.

L'instant d'après, il plaquait ses lèvres contre les siennes. Elle se serra contre lui, saisissant le col de son manteau pour l'attirer vers elle. Elle lui donna un petit coup de langue, et il sentit un brasier jaillir en lui. Il la fit reculer de quelques pas jusqu'à l'abri qu'ils avaient construit des années auparavant. Il se sentait affamé. Sans quitter ses lèvres, il ôta son chemisier de son jean, englobant son sein de l'autre main. Il sentit son mamelon dur sous sa paume.

Comment arrivait-elle à le mettre dans cet état ? Elle le réduisait à un état de désir total.

Les mains de Vivi s'enfouirent sous ses couches de vêtements et touchèrent sa peau nue. Elles étaient froides, mais étonnamment agréables sur sa chair brûlante. Jed glissa les doigts sous la ceinture extensible de son jean, et elle écarta les jambes, lui permettant d'accéder à son intimité.

Les jambes de Jed tremblèrent. C'était une mauvaise idée, mais ses doigts s'enfoncèrent en elle. Elle haleta, mais sans détacher ses lèvres des siennes. Elle posa ses mains sur sa braguette et le caressa à travers son jean jusqu'à ce qu'il soit sur le point d'exploser.

Il faisait des va-et-vient en elle, gardant le même rythme. Elle se tordait contre lui, incapable de faire autre chose que de réagir – et il aimait vraiment ça. Il aimait lui donner du plaisir. Son pouce trouva son clitoris et il appuya fort sur son petit bouton qui palpitait. Il s'enfonça plus profondément en elle. Il aurait aimé qu'il fasse plus chaud, pour qu'il puisse la déshabiller dans les bois.

Elle se raidit contre lui et frémit, ses muscles intérieurs se crispant et se contractant sur sa main. Il se retira pour voir son expression, mais ses yeux étaient fermés, les lèvres rosies par ses baisers. Elle s'agrippa à son manteau, s'accrochant à lui comme si elle risquait de tomber si elle lâchait prise.

Bon sang. Qu'est-ce qui clochait chez lui ?

Il retira sa main et rentra le chemisier de Vivi. Elle ouvrit les yeux. Ils étaient si étourdis de passion qu'il en versa presque une larme.

— Bon sang, tu me fais vraiment faire n'importe quoi.

— Oh, mon Dieu. Je suis vraiment désolée…

Vivi le détailla rapidement. L'incertitude qu'il lut sur son visage lui rappela que son ex avait clairement laissé des traces, et qu'il n'était pas en train d'arranger les choses.

— Ce n'est pas de ta faute, c'est naturel chez moi.

Il coupa court à la nécessité de s'excuser. Son corps était douloureux et son sang était brûlant. Il voulait finir ce qu'il avait commencé. Parce qu'il était un mec, et un connard en prime. Mais ce qu'il voulait vraiment, c'était être un bon agent du FBI.

Et il était en train d'échouer.

Il devait accéder aux secrets enfermés dans l'esprit de Michael avant que les terroristes ne les retrouvent, car ils ne pourraient pas rester là éternellement. Et plus ils resteraient là longtemps, plus il y avait de risques qu'il fasse une connerie et rende les choses encore plus personnelles – comme si la faire jouir avec ses doigts n'était pas assez personnel. *Et merde.* Son corps le suppliait d'oublier les règles, mais il ne pensait pas pouvoir se regarder dans la glace s'il compromettait cette situation.

N'est-elle pas déjà compromise ?

C'était un vrai bordel, sans aucun doute. Il se détourna, ne voulant pas qu'elle voie les émotions contradictoires sur son visage, masquant son envie de lui arracher sa culotte et de le faire contre l'arbre le plus proche. *Oui, bon travail, agent spécial Brennan, allez polir votre badge et préparez un rapport à ce sujet.*

— On ferait mieux de rentrer, déclara-t-il à la place.

APRÈS LEUR ENTRAINEMENT au tir ce matin-là, ils avaient partagé un chocolat chaud avec ses parents. Jed avait essayé de faire comme s'il n'avait pas dépassé les limites et n'était pas furieux contre lui-même d'avoir perdu le contrôle.

Tous trois étaient rentrés en raquettes au chalet en passant par les bois, et son père avait déposé le SUV plus tard. La promenade dans le calme de la forêt avec Vivi et Michael avait finalement refroidi son cerveau, le forçant à se détendre. C'était presque comme de vraies vacances. Il était évident que ses parents appréciaient Vivi et Michael, ce qui ajoutait un côté surréaliste à cette fausse relation. Celle-ci se déroulait bien mieux que toutes ses précédentes relations réelles.

Ils étaient rentrés au chalet. Le feu ronflait dans la cheminée. On entendait faiblement la radio en arrière-plan.

Vivi avait préparé de la soupe pour le déjeuner, et il avait dû chasser tous ses regrets. Il devait se concentrer pour assurer leur sécurité et faire en sorte que Michael se remette à dessiner.

Elle était assise avec les pieds sur le canapé, faisant semblant de lire un roman. Elle avait l'air très détendue, mais l'air entre eux crépitait d'une tension sexuelle croissante et des tueurs étaient là quelque part, à les traquer.

Il se frotta la nuque. Rien de tout cela n'apaisait sa tension.

Ils avaient besoin d'un rebondissement dans l'affaire. Il était certain qu'une fois que Michael se sentirait enfin en sécurité, il se tournerait vers son habituelle méthode de gestion mentale des événements. Vivi avait dit qu'il s'agissait du dessin.

Il ne savait pas où en était l'enquête, et cela l'irritait. Killion et Frazer l'appelleraient probablement plus tard, bien qu'il ne puisse pas se permettre de faire semblant d'être trop intéressé, même s'il l'était au plus haut point.

Jed alla récupérer un miroir dans la chambre à coucher et le posa sur la table à manger. Il prit l'un des carnets de croquis qu'il avait achetés pour Michael, saisit un crayon et commença à dessiner son reflet dans le miroir. Il avait suivi des cours d'art pendant tout le lycée parce que l'emploi du temps de l'orchestre n'était pas compatible avec le calendrier de football. Ironiquement, il s'était avéré être assez bon dans ce domaine. Il se gratta le menton. Il aurait eu bien besoin de se raser, mais il ne s'en souciait généralement pas quand il rentrait chez lui. Pourtant, il ressemblait à un homme de Néandertal. Son regard se posa sur Vivi.

Il inclina le miroir et commença à tracer des lignes représentant ses yeux, son nez, ses lèvres, son front trop large. D'où venaient ces rides entre ses sourcils ? Il regarda durement l'homme qu'il voyait dans le miroir. Il avait des ombres sous les yeux, la preuve de trop nombreuses nuits d'insomnie liées à la culpabilité, ce qui donnait à son visage un âge qu'il n'avait pas remarqué auparavant.

Le temps avait passé.

Il faisait ses trente-quatre ans. Il n'était pas encore vieux, mais plus jeune non plus.

Michael était à table. Il buvait du lait et mangeait un biscuit. De temps en temps, il tendait le doigt et touchait l'écran de la tablette que Jed lui avait donnée. Il semblait comprendre son utilité, mais ne cherchait pas à la prendre ni à la rapprocher de lui. Le gamin avait vraiment peur de ce qui arriverait s'il la cassait, même si Jed lui avait dit vingt fois que cela n'avait pas d'importance. Les accidents arrivaient à tout le monde.

— H, dit une petite voix électronique de synthèse vocale.

Vivi sursauta.

— Hé, mon pote, c'est génial.

Jed sourit au garçon, qui lui rendit la pareille.

La lettre suivante était un « C », ce qui découragea légèrement Jed. Il espérait un mot entier, peut-être un compte rendu détaillé de ce qui s'était passé dans le magasin de jouets. Il secoua la tête et retourna à son autoportrait. La patience était la clé.

Jed ne doutait pas que Michael était un enfant intelligent.

Il comprenait pourquoi les médecins refusaient de qualifier Michael d'autiste, parce qu'il était vraiment bien adapté. Mais il n'y avait pas non plus de doute que le gamin ne faisait pas de bruit, même lorsqu'il était terrifié, et ce n'était pas normal.

C'était déchirant, mais c'était aussi frustrant étant donné qu'ils essayaient de capturer des terroristes qui, selon toute vraisemblance, préparaient un autre attentat. Jed savait aussi que s'il laissait transparaître sa frustration, il perdrait le rapport qu'il avait établi avec Michael. Il ne pouvait pas se permettre que cela se produise, et devait donc prendre du recul. L'ignorer. Et espérer.

Il dessina son nez, ses lèvres, la forme de ses yeux.

À la radio, c'était l'heure des informations. Le présentateur commença à parler de l'enquête du FBI sur l'attaque du centre commercial. Jed posa le bloc-notes et se leva. Il semblait incroyable que deux jours seulement se soient écoulés depuis la fusillade. Deux jours depuis les terribles événements qui avaient changé leur vie à jamais. Il se dirigea vers la radio pour baisser le son, parce qu'il ne voulait pas que Michael se souvienne de ces événements traumatisants, mais il voulait entendre ce que les médias avaient à dire. Il n'y avait ni satellite ni câble dans le chalet. Juste une télévision branchée à un lecteur de DVD, et Internet.

Vivi s'approcha de lui, les bras croisés sur sa poitrine, se mordant la lèvre inférieure tandis qu'elle écoutait elle aussi.

— ... une source officieuse a aujourd'hui divulgué le fait que les armes utilisées lors de l'attaque du centre commercial ont été remises par le gouvernement syrien à ses forces armées...

Son front se couvrit de sueur.

— Qu'est-ce que ça veut dire ? lui chuchota Vivi avec

insistance. Le gouvernement syrien a attaqué le centre commercial de Minneapolis ?

— Pas nécessairement.

Mais ce serait le consensus général.

— De nombreuses troupes gouvernementales sont passées à l'opposition au début du conflit, et elles auraient accepté toutes les armes qu'elles pouvaient.

Mais Abdullah était de la garde républicaine syrienne. Si les médias le découvraient, il y aurait une véritable frénésie exigeant une intervention.

Elle se rapprocha de lui, et ils se retrouvèrent tous deux pressés contre le bar de la cuisine où se trouvait la radio. Il essaya d'ignorer sa silhouette à ses côtés, les points de contact entre leurs deux corps. Il n'était plus un adolescent avec les hormones en ébullition. Théoriquement, il avait un certain self-control.

Hum. Ou pas.

— ... les funérailles devraient commencer demain, et un service commémoratif sera organisé pour toutes les victimes... Personnes encore hospitalisées... Une femme et un enfant portés disparus... La chasse à la mystérieuse terroriste se poursuit...

Jed posa un doigt sur les lèvres de Vivi avant qu'elle ne répète cette information à haute voix. Les iris de Vivi se dilatèrent et Jed fut pris d'un coup de chaud. Il ne lui avait jamais dit qu'une des terroristes était une femme. Il ne voulait pas influencer Michael. Il enleva sa main de ses lèvres lorsqu'il fut clair qu'elle avait reçu le message, essayant de ne pas penser au fait que ce contact avait été particulièrement agréable.

— ... Des rumeurs suggèrent que le président Hague pourrait assister au service commémoratif... Le porte-parole de la Maison-Blanche indique que rien n'a été décidé…

— J'ai travaillé à la Maison-Blanche il y a plusieurs années, dit Vivi d'un air contemplatif. C'est là que j'ai rencontré le père de Michael.

Il sentit un frisson de malaise descendre le long de sa colonne vertébrale.

— Ton ex travaille à la Maison-Blanche ?

Elle fit la moue.

— Non. Au Pentagone.

Elle mit sa main sur sa tête comme si elle avait mal au crâne.

— Il coordonne les nominations d'attachés militaires dans le monde entier.

La légère appréhension se transforma en un seau de glace qui se déversa sur Jed.

— Ton ex travaille pour la DIA, et tu ne m'as rien dit ?

Son visage affichait un mélange de tristesse et de culpabilité.

— Je sais que j'aurais dû, mais je me suis dit que ce n'était pas important une fois qu'on était à la planque. Et après l'attaque…

Elle pinça les lèvres brièvement.

— J'ai oublié pendant un certain temps.

La DIA ? *Putain de merde.* Elle venait probablement de couler sa carrière sans même le savoir.

— … les recherches se poursuivent pour retrouver Veronica Vincent et son fils, Michael, enlevés hier alors qu'ils étaient sous protection fédérale et dont on craint la mort…

Et merde. Et merde. Et merde !

Il passa une main dans ses cheveux courts.

— Est-ce qu'on devrait l'appeler ? Lui dire que vous êtes en sécurité ?

Tout chez elle devint glacé : son expression, sa posture, sa voix.

— Je l'ai appelé quand on était à l'hôpital après l'attaque.

Même si elle parvenait à se contrôler, Jed remarqua les larmes qui brillaient dans ses yeux.

— Il n'a jamais rappelé. Pourquoi est-ce qu'il se soucierait de nous tout à coup ?

Jed contint sa colère pendant une demi-seconde, puis l'attira contre lui, ne comprenant pas à quel point ce qu'elle pensait de lui importait, jusqu'à ce qu'elle se détende dans ses bras. *Et merde.* Son ex était un connard. Il la serra si fort qu'il devait lui faire mal, mais il ne voulait pas la lâcher. Il sentait ses cheveux soyeux contre ses lèvres. L'odeur de son shampoing était parfumée et douce. Puis il leva les yeux et se figea.

Il déplaça légèrement Vivi et se pencha pour lui chuchoter à l'oreille :

— *Regarde.* Regarde ce que fait Michael…

CHAPITRE QUINZE

Michael DESSINAIT AVEC une concentration et une détermination absolues. Cela faisait des heures qu'il s'était lancé.

Vivi se leva, faisant mine d'aller le voir, mais Jed lui attrapa le bras.

— Il a besoin de manger.

Elle essaya de s'éloigner, mais il la retint aussi doucement que possible.

— Mets-lui un sandwich et une boisson à côté. Attends, je vais le faire.

Il se leva et se dirigea vers le réfrigérateur. Vivi le suivit.

Elle plissa les yeux.

— Il a aussi besoin de se reposer.

— Il a plus besoin de ça.

Son instinct protecteur se déclencha.

— *Tu* en as plus besoin, tu veux dire.

Il soupira. *Fais preuve de patience.*

— On en a tous besoin, tu te souviens ?

Elle tressaillit et s'éloigna. Il la laissa partir, espérant pouvoir retrouver un peu de ce lien et de cette confiance antérieurs, mais son enfant était sous pression et elle s'inquiétait pour lui. Jed comprenait. Mais leurs opinions sur ce qui était le mieux pour Michael divergeaient. Il pensait que

Michael avait besoin de se débarrasser de tout ça et, bon sang, oui, Jed devait trouver un moyen de sauver une carrière qui était probablement déjà terminée. Si ça faisait de lui un connard, eh bien c'était un connard. Rien de nouveau.

La DIA. Et merde. Pourquoi ce type ne pouvait-il pas être un vendeur de voitures d'occasion ?

Cela n'avait pas d'importance. Même s'il l'avait su, il aurait fait la même chose. Mais il aurait peut-être dit à Frazer ce qui se passait.

Au bout de trente minutes, Jed n'en pouvait plus de rester assis. Il quitta le chalet et alla vérifier tout autour s'il n'y avait pas d'empreintes de pas afin d'essayer de dépenser une partie de son énergie. Il ne savait pas ce qu'il avait, mais sa peau le démangeait et il n'arrivait pas à se calmer. Peut-être était-ce le fait qu'il était sur le point de faire une percée majeure dans cette affaire ? Il appela son frère Liam, le chef de la police, qui avait accepté de garder un œil sur les étrangers qui arrivaient en ville et de faire des contrôles réguliers de toutes les routes locales, contrôlant les véhicules en cas de suspicion. Rien de probant pour l'heure.

Quand il revint au chalet, Michael dessinait encore, Vivi faisait toujours les cent pas et il était toujours sur les nerfs.

Il attendit.

Et attendit.

Toutes les quarante minutes environ, Michael mettait de côté un dessin terminé. Jed se retrouva avec un tas d'images, dont certaines le touchèrent de manière inattendue. La première le représentait en train de serrer Vivi dans ses bras plus tôt dans la cuisine. Quelque chose avait poussé le garçon à prendre le crayon et à immortaliser cet instant. Jed ne savait pas ce que c'était, mais il en était content. Le dessin était si bon que Jed pouvait voir toutes les émotions qu'il essayait de cacher en plaçant Vivi contre sa poitrine. L'anxiété, la colère, le désir.

Elle garda le silence pendant qu'il glissait le dessin à l'arrière de son propre bloc-notes.

Il dessina ensuite son père. La ressemblance était si incroyable, le dessin si détaillé que Jed n'aurait pas cru au phénomène s'il ne l'avait pas vu de ses propres yeux. Son père avait une cicatrice sur le sourcil gauche et un petit grain de beauté sur le nez. Le gamin les avait dessinés à la perfection. Voir ces dessins sortir du crayon d'un enfant de huit ans était un peu troublant. C'était comme s'il était possédé par Picasso ou Michel-Ange avec une mémoire photographique. Pas étonnant que Vivi soit convaincue qu'il avait un don.

— Qui est-ce ? demanda Jed à Vivi, en brandissant l'image d'un homme noir au visage large.

— L'infirmier de l'hôpital.

Elle évita de regarder les portraits du Dr Hinkle et des deux marshals.

— Michael est vraiment incroyablement talentueux.

— Je sais.

Ses yeux bleu marine étaient désormais graves. Ils possédaient une réserve. Il savait que c'était de sa faute.

— Je suis désolé de m'être énervé contre ton ex, tout à l'heure. Je n'avais pas le droit.

Il aurait dû s'en rendre compte par lui-même dès le premier jour, mais il avait été trop occupé à tourner en rond.

Elle fronça brièvement les sourcils.

— J'aurais dû te le dire.

Il se calma et la regarda droit dans les yeux.

— Quand on a quitté la planque, je t'ai donné la possibilité de l'appeler pour lui demander de l'aide. Pourquoi ne pas l'avoir fait ?

Il fit un pas vers elle. Une forme de colère subtile faisait rage en lui, une colère qu'il connaissait bien. Un sentiment qu'il ressentait à l'idée que des gens puissent en blesser d'autres juste parce qu'ils le pouvaient.

— Est-ce qu'il t'a fait du mal à toi aussi ?

DIA ou pas, il lui aurait mis son poing dans la figure s'il l'avait touchée.

Elle secoua la tête.

— Il n'a jamais levé le petit doigt sur moi.

L'étincelle dans ses yeux suggérait qu'il n'aurait pas osé.

— Mais il se moquait de moi et me rabaissait, souvent devant les autres. Ça semble insignifiant avec le recul, mais ça a rongé tout ce que je pensais que nous avions.

Elle s'interrompit, pesant clairement ses mots.

— As-tu déjà eu une relation qui a si mal tourné que tous tes souvenirs sont entachés par ce qui s'est passé à la fin ?

Angela.

Ouaip.

— C'est comme si le fait que nous nous soyons jamais aimés était enterré sous une montagne de douleur. Je ne peux pas lui pardonner ce qu'il nous a fait à Michael et à *moi*.

Sa voix se brisa. Elle crispa ses doigts sur ses bras si fort que ses articulations blanchirent.

— Je ne veux plus jamais rien avoir à faire avec lui.

— Même pas pour échapper à des terroristes ?

Elle lui jeta un coup d'œil et son sourire devint triste.

— J'ai plus confiance en toi qu'en David pour nous protéger.

Toute la colère ou le ressentiment qu'il avait pu nourrir

s'évapora. La confiance était une chose importante pour Vivi, et c'était le plus grand témoignage de foi qu'elle pouvait lui accorder. Il devait faire de son mieux pour ne pas tout foutre en l'air.

Elle traversa la pièce et mit une bûche dans la cheminée.

Killion appela et Jed se rendit dans la chambre pour répondre.

— Comment se passent les vacances ?

— Je sirote des mai tai sur la plage. J'ai vu ma famille. J'ai fait des promenades en raquettes. Jed regarda par la vitre, scrutant la morosité ambiante pour détecter une éventuelle activité.

— Comment se déroule l'enquête ?

— C'est un vrai cauchemar. Avec la visite présidentielle, tous les chefs essaient de couvrir leurs arrières et d'expliquer pourquoi on n'a pas encore attrapé la femme.

On aurait dit qu'il n'avait pas dormi depuis des jours.

— Et pourquoi vous ne l'avez pas attrapée ? La torture des vis ne fonctionne pas ?

— Hé ! Croyez-moi, ça ne me dérangerait pas d'écraser quelques doigts à notre ami en détention, mais on doit suivre les règles, putain de fédéraux.

— Foutue Convention de Genève.

— Dommage que ces connards de terroristes ne l'aient pas signée. L'autre type aux soins intensifs est mort.

— Le bâtard.

Killion eut un rire crispé.

— Je ne vous le fais pas dire.

— Qu'est-ce que votre gars du MI6 vous a dit ?

— C'était une femme.

— Douce et voluptueuse ?

— Comme un serpent à sonnette.

Jed attendit.

— Le MI6 avait un dossier sur l'un des gars de la planque. Ce type était un mercenaire.

— Quoi ?

Il ne l'avait pas vu venir.

— Un Allemand appelé Klaus Schmidt.

Pourquoi un mercenaire attaquerait-il une planque des US Marshal ?

— Et les autres ?

— À l'exception de Klaus, les autres sont tous originaires de pays arabes, bien que les pièces d'identité ne soient pas concluantes pour tous.

Klaus s'était-il converti ou prenait-il simplement plaisir à tuer des gens ? Il avait peut-être rendu service à un copain djihadiste, mais ce n'était pas comme cela qu'ils fonctionnaient d'habitude.

— Une chance de retrouver celui qui s'est échappé ?

— Il a disparu sans laisser de trace. On dirait un groupe de professionnels hautement qualifiés. Si vous n'aviez pas trouvé Michael Vincent à l'hôtel, Abdullah aurait tué le garçon et se serait enfui sans le moindre scrupule. Quelque chose me dit que vous avez foutu en l'air leurs plans quand vous l'avez attrapé.

— Je n'ai fait que mon devoir.

Killion grogna.

— Ça ne nous aide pas à savoir qui était derrière cette attaque. Le vice-président fait pression sur le président pour qu'il lance une offensive contre la Syrie.

Le vice-président était juif et tout à fait à l'opposé de la politique pacifiste du président Hague. *Et merde.* La situation s'aggravait déjà et ils ne savaient même pas encore avec certitude qui était responsable.

Jed voulait poser une autre question à Killion.

— Avez-vous contacté l'ex de Vivi ?

Au bout de la ligne, il y eut un silence crépitant de tension.

— Je lui ai parlé.

— A-t-il eu des nouvelles d'eux ?

— Pas la moindre.

— L'avez-vous cru ?

Killion ne lui répondit pas directement.

— Je dois y aller. McKenzie crie sur l'un des marshals à propos des responsables de la fusillade de la planque… oh, et le marshal vient d'essayer de lui botter le cul.

— J'aurais aimé voir ça.

— Je pense que vous avez des choses bien plus jolies à regarder.

Il raccrocha.

Et merde. Qu'avait-il voulu dire ? Savait-il que Vivi était là ? Le type était à la pêche aux informations. Peut-être. *Et merde.*

Jed retourna dans le salon. Michael était encore en train de dessiner. Il semblait travailler en remontant le temps, ignorant Jed et sa mère, entièrement absorbé par les images qui jaillissaient de son crayon.

Vivi glissa une banane dans la main de son fils, et il se mit à manger sans même lever les yeux.

— Il a besoin de se reposer, dit-elle doucement, mais avec fermeté une heure plus tard.

— Il n'est que 22 heures.

Jed savait qu'il devait laisser l'enfant dormir, même s'il ne voulait en aucun cas endiguer le flux d'informations qui s'écoulait de son cerveau.

— Laisse-le finir le suivant, et on verra comment il va.

Il supplierait s'il le fallait.

— Nous avons besoin de ces informations, Vivi. Il pourrait détenir la clé pour éviter une guerre à grande échelle.

Le sang de Vivi quitta son visage en entendant ces mots.

— Très bien, mais s'il ne se repose pas, il ne pourra pas se lever demain matin, et encore moins dessiner.

Jed s'arma de patience. Elle connaissait Michael mieux que quiconque et essayait de faire de son mieux. Il la poussait déjà au-delà de sa zone de confort.

Ironiquement, elle lui faisait le même effet, mais d'une manière totalement différente. Il parvint alors à identifier la démangeaison qui l'irritait. Une frustration sexuelle sans cesse renouvelée. Il avait toujours envie d'elle. Une vague de colère monta en lui. De la colère contre lui-même. Ce n'était pas le type d'agent fédéral qu'il voulait être. Il voulait être honorable et concentré. Cette faiblesse lui rappelait Angela et ce que cette erreur avait pu lui coûter.

Prends sur toi.

Il était coincé là jusqu'à ce qu'ils aient fini, point final. Mais c'était de la torture d'être près d'elle. Il ne pouvait s'empêcher de penser à la douceur de ses lèvres, ou d'imaginer ses jambes longues de plusieurs kilomètres enroulées autour de ses hanches…

Il laissa échapper un soupir et se força à fixer son écran d'ordinateur. Il fallait qu'il arrête de penser au sexe. Qu'il oublie ses baisers et son orgasme explosif. Autant demander à la neige d'arrêter de tomber.

— Dès qu'il commencera à dessiner quelqu'un que tu ne peux pas identifier, je devrai dire à mon patron que vous êtes vivants et lui faire part des images.

Son visage s'assombrit, mais elle hocha la tête. Leur localisation pourrait être compromise. Il devrait renforcer la sécurité, au moins sur le périmètre.

— Avec un peu de chance, ce sera bientôt fini et vous pourrez rentrer chez vous, lui rappela-t-il.

Elle releva la tête et croisa son regard. Puis elle détourna les yeux, cachant toutes les pensées qui lui passaient par la tête.

Il n'arrivait plus à lire en elle. Il pensait qu'il le pouvait, mais plus il passait de temps avec elle, plus elle faisait machine arrière – comme si elle lui faisait de moins en moins confiance, et non l'inverse.

Cela blessait son ego, ce qui était assez stupide.

Il se frotta le menton, décidant qu'il devrait se raser avant d'avoir une vraie barbe. Il alla donc prendre une douche rapide, heureux d'avoir une excuse pour éviter la femme à laquelle il s'attachait de plus en plus.

Malgré ce qu'elle avait dit, elle n'était pas du genre à avoir une aventure rapide, et il n'avait pas le genre de travail adapté à une vie de famille – bien que d'autres y arrivent ; il connaissait de nombreux agents avec une vie familiale bien remplie.

Bon sang, il *aimait* la vie de célibataire.

Sauf que, pour la première fois depuis des années, il n'arrivait pas à se souvenir pourquoi.

———————

UNE HEURE PLUS tard, douché, rasé et toujours en train de faire les cent pas, Jed dut admettre que le petit gars était rincé. Le menton de Michael reposait sur la table, et ses paupières se fermaient tandis que son crayon faisait des marques de plus en plus petites sur le papier. Mais il avait fait plusieurs croquis de personnes que Vivi ne pouvait pas identifier, et Jed se disait qu'ils arrivaient enfin à quelque chose. Jed vit les paupières de Michael se fermer et le crayon tomber. Vivi, toujours vigilante, se leva immédiatement, mais Jed atteignit l'enfant avant elle. Il extirpa le gamin de la chaise à dossier rigide et le prit dans ses bras. Quelques heures de sommeil et avec un peu de chance, le gamin reprendrait là où il s'était arrêté.

— Je peux le faire, proposa Vivi.

L'indépendance qu'il lisait dans ses yeux lui fit un nœud à l'estomac.

— Personne ne t'a *jamais* aidée avec Michael avant ?

Sa mâchoire tomba, puis son visage se décomposa. *Et merde.*

— Je ne voulais pas…

Elle leva la main.

— Non. C'est bon, je suis juste fatiguée. Je suis reconnaissante pour l'aide apportée.

Elle s'essuya rapidement les joues, preuve qu'elle avait baissé la garde, et il put lire dans son âme.

— Mais la réponse est non. Personne ne m'a jamais aidée. Personne. Jamais. Alors te voir avec Michael me fait réaliser combien il a manqué d'un père pour… pour faire toutes ces choses.

Pour l'aimer, allait-elle dire.

La gorge de Jed se noua devant le flot d'émotions qu'il dut réprimer. Le fait qu'un homme ait pu quitter cette femme et cet enfant lui donnait envie de blesser quelqu'un, de préférence cette parodie d'être humain qu'était son ex de la DIA. Il lui fallut un moment pour retrouver sa voix, et quand il y parvint, son ton était grave et sombre.

— C'est lui qui y a perdu, Vivi. Pas toi, ne l'oublie pas. Tous les hommes ne sont pas des connards.

Puis il s'éloigna, sentant que lui aussi y avait perdu, parce que cette femme et cet enfant n'étaient pas les siens, et qu'ils ne pourraient jamais l'être. Il devait juste s'assurer qu'ils survivraient assez longtemps pour retourner à leur propre vie, qui était à des milliers de kilomètres de la sienne.

———

ELAN AVAIT LOUE des raquettes à l'homme qui dirigeait le motel où il logeait. Ses hommes avaient découvert l'emplacement des propriétés des Brennan, mais pas grand-chose d'autre sur la famille. Rien sur les réseaux sociaux, aucune publicité sauf concernant leur activité professionnelle. Un site web présentait les chalets et les installations, sans mentionner leur emplacement spécifique. Ils étaient plus prudents que la plupart des Américains modernes. Il avait vérifié plusieurs des chalets et avait constaté que si certaines étaient vides, d'autres étaient occupées par des chasseurs et des familles. Il avait dû les surveiller pendant plusieurs heures pour s'assurer que la rousse n'était pas là.

Il faisait si froid que ses doigts étaient raides et peu coopé-ratifs. L'inconfort n'était pas un problème en soi, mais il ne voulait pas que ses capacités soient compromises. Il était retourné au motel pour prendre une douche et manger quelque chose de chaud avant de s'aventurer à nouveau à l'extérieur. Il lui restait trois chalets à vérifier avant d'aller espionner le chalet des parents et celui du frère. Il avait décidé de garder cette propriété précise pour la nuit tombée, même s'il allait devoir parcourir à pied un terrain très accidenté pour y parvenir. Elle était isolée et éloignée. Il était difficile de s'en approcher sans avoir l'air de s'introduire sur une propriété privée. Elle était située sur une petite île. Il n'y avait qu'une route pour y accéder, une route pour en partir, et un lac à moitié gelé qui protégeait le chalet de toute autre tentative d'approche.

Il gara la camionnette près des bois qui bordaient la propriété, à l'ouest. Les 3 km à parcourir en raquettes lui donnèrent l'impression d'en faire plutôt 15, à cause de la couche de poudreuse. Ses muscles le brûlaient. Même le fusil qu'il portait sur le dos pesait lourd. Au vu de son entraînement, c'était relativement peu glorieux, mais ils n'avaient pas un froid aussi mordant là d'où il venait. De la neige à l'occasion, mais pas ce froid vorace qui vous déchirait quand il touchait votre chair. Il se faisait vieux.

Heureusement, la neige rendait tout suffisamment lumineux pour qu'il puisse voir où il allait sans risquer de se briser le cou. Il entama la dernière montée et fut récompensé par une vue dégagée sur le grand chalet en bois entouré d'arbres et s'approcha prudemment. Les lumières étaient allumées et de la fumée sortait de la cheminée. Il regarda à travers la lunette de son fusil, mais les stores et les rideaux étaient tous tirés. Les poils à l'arrière de sa nuque se dressèrent.

Qui prendrait soin de fermer les stores dans un endroit aussi reculé ?

Mais Brennan était un agent fédéral. Il n'avait probablement pas envie de s'exposer tel un gros cul nu dans les phares de la police.

Il était tout à fait possible que Brennan se soit terré là seul, prenant une pause pendant que le reste du monde vivait l'enfer. Mais cela semblait peu probable.

Elan ne pouvait pas voir le véhicule sous cet angle – ce n'était peut-être pas du tout Brennan. Il pouvait être chez ses parents tout aussi bien qu'au Canada à l'heure qu'il était. Elan allait devoir se rapprocher. Et pas qu'un peu. Il se glissa derrière la crête et vérifia son pistolet avant de revenir dans la neige. La sueur commençait à refroidir dans son dos, faisant frissonner son corps. Deux mois plus tôt, le plan, bien ficelé, lui avait semblé pertinent. À présent, il traquait des enfants pour le bien de son pays.

Il avançait prudemment dans la neige, incapable d'être aussi discret qu'il l'aurait voulu, car il devait faire vite. Le silence des bois lui parlait. Cet univers lui rappelait les enjeux – la survie, pure et simple. Il n'y avait pas plus élémentaire que cela. Le vieux poème de Robert Frost résonnait dans son esprit. Lui aussi avait un long chemin à parcourir avant de pouvoir se reposer.

Il lui fallut encore vingt minutes pour se frayer un chemin à travers les broussailles et les ronces qui bordaient le lac. Ce dernier était recouvert d'une fine couche de glace, pas assez solide pour supporter son poids. Cela faisait du chalet la position défensive idéale contre une attaque terrestre. Une seule entrée. Une seule sortie.

Il se reposa un moment et reprit son souffle. Ses poumons et ses muscles le brûlaient. Cette légère sensation de douleur lui fit du bien. Il se sentait vivant. Et d'une certaine façon, plus digne de sa proie.

Un grondement sourd le cloua sur place. Ses yeux fouillèrent l'obscurité et il discerna le faible contour d'un véhicule de couleur sombre à moitié caché dans l'ombre des arbres. Une voiture de police. Elan sourit.

Il était au bon endroit.

DEPUIS QU'ELLE AVAIT rencontré Jed Brennan, son corps s'était lentement réveillé d'un long sommeil. Cela la rendait irritable. Elle était furieuse contre elle-même de ne pas pouvoir demander ce qu'elle voulait – une chance de faire l'amour avec un homme en qui elle avait confiance. De retrouver un peu de sa féminité. De lui rendre ce qu'il lui avait donné ce matin-là. Ne serait-ce qu'une seule fois.

Elle était dans la douche, sous une cascade d'eau chaude. Elle lava ses pauvres pieds maltraités, heureuse qu'ils commencent à guérir. Elle imagina que c'étaient ses mains qui glissaient sur son corps savonneux. Ses mains grandes et fortes qui lui englobaient les seins, lui pinçaient les tétons, glissaient plus bas, sur son nombril, entre ses jambes, vers des endroits chauds, sombres et secrets qui le désiraient tant. Elle serra ses cuisses l'une contre l'autre, et ses jambes tremblèrent en se souvenant de ce qu'il lui avait fait ressentir ce matin-là. Cela faisait si longtemps qu'elle avait presque oublié qu'elle avait des besoins et des désirs que seul un homme pouvait satisfaire.

Il fut un temps où elle était sûre d'elle au lit. Mais c'était avant. Avant que Michael ne lui demande toute son énergie et sa concentration. Avant que son mari ne lui tourne le dos et ne lui donne l'impression d'avoir échoué en tant que femme.

Elle s'était transformée en une boule de douleur si pathétique qu'elle avait presque honte d'y penser. Le contrôle qu'elle avait laissé à son ex sur son estime de soi était stupéfiant. Elle se caressa alors, rejetant la tête en arrière, ses cheveux noirs plaqués contre les carreaux de la douche. Elle fit glisser son doigt sur elle et en elle. C'était merveilleux, mais ce n'était pas suffisant. Elle voulait un homme. Elle voulait Jed.

Elle serra les dents de frustration. Son fils était en danger, et elle voulait que quelqu'un la baise ? Quel genre de mère cela faisait-il d'elle ?

Imparfaite. Faible. En manque d'affection. Comme le reste de l'espèce humaine.

Les événements de la semaine avaient anéanti son joli petit monde sécurisé. Cela lui avait rappelé qu'il existait un monde en dehors du planning scolaire et des rendez-vous avec les spécialistes, autre chose que travailler comme une folle pour joindre les deux bouts. La survie était devenue primordiale, balayant toutes les raisons et les craintes qu'elle avait habituellement de s'ouvrir à un homme, de lui faire confiance. Bon sang, il y avait maintenant une arme de poing dans son tiroir de chevet « au cas où » – sa vie était déjà devenue suffisamment surréaliste. Elle ne devait donc pas se sentir coupable de penser au sexe. C'était parfaitement normal.

C'était peut-être la seule chose normale dans sa vie en ce moment.

Tout le reste allait à l'encontre de la nature humaine. Le sang. La mort. Le meurtre. Mais vouloir sentir le poids de Jed Brennan sur elle, la pressant contre le matelas, s'immisçant entre ses jambes, était normal et sain et tout à fait acceptable. C'était normal.

L'eau commença à refroidir, et elle referma le robinet. Elle ressentait cette même douleur, cette même frustration, cette même faim pour un homme qui était déterminé à ne pas s'engager avec une femme qu'il « protégeait ». Elle sortit de la douche, se sécha et essora ses cheveux avec une serviette. Puis elle enroula une autre serviette autour de son torse et sortit de la salle de bain, un nuage de vapeur dans son sillage.

Jed se tenait dans l'ombre et posait un verre de vin sur la

table de nuit.

— Tu as oublié ton… J'ai pensé que tu aimerais…

Il se tut en levant les yeux et en semblant se rendre compte qu'elle ne portait qu'une serviette.

La lumière de la salle de bains suffit pour qu'elle voie ses yeux s'assombrir de désir. Il avait envie d'elle. Même s'il l'avait tenue à distance depuis ce matin-là, il avait envie d'elle. Même s'il avait dit qu'il ne s'engagerait pas dans une relation avec elle. Il avait envie d'elle. Et elle avait envie de lui.

Était-ce égoïste ? Probablement. Mais leur temps ensemble touchait à sa fin.

Il s'apprêtait à sortir de la pièce quand Vivi prit une décision et laissa tomber la serviette.

La mâchoire de Jed se crispa. Le désir brillait clairement dans ses yeux, presque avec violence, mais il était déterminé à lui résister, et ne bougea pas. Il essayait toujours d'être noble. De ne pas profiter d'elle. Eh bien, elle avait l'intention de profiter de lui. Elle voulait redevenir une femme. Faire l'amour. Avoir des relations sexuelles.

Elle n'avait pas besoin d'un engagement à vie, juste d'un respect mutuel et d'autres choses de ce genre.

Elle se dirigea vers lui, et ses yeux brillèrent d'un éclat sombre alors qu'il inclinait la tête sur le côté, visiblement déçu par son comportement. Parce qu'elle l'avait tenté, et qu'elle avait l'intention d'aller plus loin que la tentation, beaucoup plus loin, et il le savait.

Ses paumes rencontrèrent ses muscles chauds à travers le coton de son haut, et elle fit glisser ses mains sur ses abdominaux, sur ses pectoraux et sur les larges épaules qui lui faisaient des choses bizarres à l'intérieur quand elle les regardait.

Elle se hissa sur la pointe des pieds et déposa un baiser à

côté de sa bouche.

— Je n'ai pas besoin d'éternité.

— Tu mérites mieux qu'une aventure.

Il avait la voix rauque. Il ne l'avait pas encore touchée, mais elle pouvait sentir la tension dans son corps alors qu'il luttait pour se contenir.

Elle se hissa sur la pointe des pieds et lui mordilla le lobe de l'oreille. Prenant un risque.

— C'est peut-être la seule occasion que nous aurons.

Il frissonna, puis posa les deux mains fermement sur ses hanches. Elle pensait qu'il allait la repousser, mais au lieu de cela, il resserra sa prise et l'attira contre lui. Elle sentit son désir dressé contre son bas ventre. Oh oui. Il avait clairement envie d'elle. Elle se rapprocha. Mon Dieu, cela lui avait tellement manqué. Cela faisait des années qu'elle n'avait pas fait l'amour et elle était presque gênée par son envie de sauter sur cet homme. La bouche de Jed lui effleura le cou, et elle frotta ses seins douloureux contre son torse.

Il grogna et inversa les positions, la serrant dans ses bras, le dos contre la porte. Il enfonça la tête et la lécha jusqu'à atteindre un mamelon, glissant la perle sensible dans sa bouche et faisant monter le plaisir le long de ses terminaisons nerveuses. Son autre main glissa plus bas. Il remonta sa cuisse au niveau de sa hanche à lui et s'appuya contre son intimité chaude et humide, lui procurant des sensations électrisantes.

— Ça fait si longtemps. Je veux te sentir en moi.

Elle passa les mains sur sa musculature. Elle trouva le bouton du haut de sa chemise et le défit habilement, révélant une touffe de poils noirs. Elle défit le suivant, et le suivant. Son corps était magnifique, ses muscles bien dessinés et parfaits. Il avait une cicatrice récente et plusieurs anciennes, mais elles ne la dérangeaient pas – elles lui rappelaient ce qu'il faisait au quotidien. Il se battait pour protéger les gens.

La bravoure était vraiment un atout. Le côté chevaleresque aussi.

Il était possible qu'il soit encore plus beau nu qu'habillé, ce qui n'était pas rien. Et elle voulait le voir. Elle voulait qu'il soit à sa merci, ne serait-ce que pour vingt minutes de plaisir volé, ce qui était probablement tout ce qu'ils réussiraient à grappiller avant que la culpabilité n'entre en jeu.

Il sortit sa chemise de sa ceinture, essaya de l'enlever et fut gêné par son holster d'épaule. Il grogna avec frustration, et elle l'aida à ôter le harnais de ses épaules. Il posa l'arme sur la table de nuit, et elle sut ce que cela voulait dire. Elle savait aussi que si elle le laissait y réfléchir trop longtemps, il changerait d'avis. Il ferma les yeux et inspira profondément. Il ne la regardait plus, ne l'embrassait plus.

Il avait des doutes.

Il était sans doute sur le point de lui dire qu'il ne devait pas franchir la ligne entre la protéger et profiter d'elle. Comme si ce n'était pas elle qui était toute nue.

Elle le toucha donc à travers son jean. Ses hanches bougeaient contre ses doigts comme s'il ne pouvait pas contrôler son corps, et c'était ce qu'elle voulait. Ne pas penser. Ne pas se livrer à une réflexion intensive. Un érotisme chaud et torride. Ils étaient tous deux des adultes sans attaches. Elle ne comptait pas lui demander plus que cela.

Elle frissonna. C'était ce qui arrivait lorsque vous passiez quatre ans sans homme et que vous en aviez soudain envie. Elle voulait le sentir en elle. Elle ne voulait plus avoir peur, elle voulait se sentir vivante. Elle défit le bouton de son jean, puis ouvrit sa fermeture éclair avec précaution, le libérant ainsi de son pantalon. Toute sa longueur se déploya dans sa main et elle toucha la peau soyeuse et lisse, tendue sur une chair rigide. Il trembla, et cela la fit presque rire de penser qu'elle aurait pu le séduire. Elle ne connaissait rien à la séduction, mais elle était presque sûre qu'être nue et consentante jouait en sa faveur.

Elle voulait lui donner du plaisir, peut-être relâcher un peu de la tension accumulée ces derniers jours, et elle voulait se débarrasser du terrible désir qu'elle éprouvait pour cet homme. Elle fit glisser un doigt sur son abdomen, regardant son corps se contracter alors qu'il gardait les yeux fermés, la mâchoire si serrée qu'elle semblait à deux doigts de lâcher. Elle s'agenouilla devant lui et se servit de sa bouche. Il gémit et se cogna la tête contre la porte. Elle s'écarta.

— Tu veux que j'arrête ?

— Oui. Non.

Il avait presque l'air de souffrir, mais il pouvait y réfléchir pendant qu'elle jouait. Elle avait oublié la joie de procurer du plaisir. De donner et de recevoir des attentions sexuelles.

Il enfouit ses mains dans les cheveux de Vivi et rapprocha sa tête de sa verge dressée pour qu'elle le reprenne en bouche. Puis il s'écarta pour enlever son jean. Il avait l'air merveilleusement excité et l'impatience de Vivi s'accrut.

Il la fixa d'un regard prédateur qui la fit frissonner. Puis il se pencha pour prendre quelque chose dans la poche arrière de son jean et la repoussa sur le matelas, ne lui laissant pas le temps de récupérer, sa bouche se posant directement sur son bouton de plaisir. Des spirales de plaisir la traversèrent et elle s'agrippa aux draps pour éviter de se tordre de façon incontrôlable. Il releva l'une de ses cuisses et glissa sa langue en elle, la titillant avant de s'enfoncer profondément en elle. Elle ondulait des hanches en rythme et haletait son nom.

— Encore, chuchota-t-elle, car Michael dormait en bas, et elle ne pouvait pas crier.

Il releva son autre cuisse, écartant ses genoux pour découvrir son intimité. Elle vit ses yeux briller.

— Tu es si belle.

Elle ne se souciait pas de savoir si elle était belle ou non. Elle voulait juste le sentir en elle. Elle entendit un bruit de froissement puis une déchirure, et le regarda dérouler le préservatif sur sa tige épaisse. Savait-il qu'il l'excitait ? Qu'il la faisait mouiller, palpiter ?

Ses yeux lui indiquaient qu'il en était conscient.

Elle commença à baisser les jambes, mais il attrapa ses genoux et les écarta.

— Je n'avais pas l'intention de faire l'amour avec toi, Vivi. J'ai besoin que tu le saches.

Elle se mordit la lèvre. Puis fit un signe de tête.

— Et si j'avais pensé à te faire l'amour, ça aurait été après t'avoir courtisé pendant le temps qu'il fallait quand toutes ces conneries auraient été terminées.

Il la regarda, des flammes au fond des yeux. Il était en colère. Elle lui avait ôté certains de ses choix, et il voulait la punir.

— Je n'ai pas besoin de romance. Et je n'ai pas besoin qu'on aille lentement.

Elle se releva et plaqua ses lèvres contre les siennes avant de retomber sur le matelas.

— Je te veux juste toi.

Elle réalisa alors que c'était vrai. Elle ne voulait pas seulement s'en sortir. Si Jed Brennan n'avait pas été là, si elle n'avait pas craqué pour son côté sombre, sa beauté et son comportement protecteur, elle n'aurait pas ressenti ce besoin désespéré de sexe.

Elle était en train de tomber amoureuse de lui, et cette prise de conscience la glaça.

Ne pas tomber amoureuse.

Il se plaça à l'entrée de son intimité, mais dut sentir son hésitation. Il lui passa la main dans les cheveux, soulevant sa tête pour qu'elle croise son regard.

— Tu en es sûre ?

Il frotta le côté de son menton contre sa joue en une caresse intime.

Elle frissonna. C'était si agréable. Il était chaud, fort, beau. Elle se redressa et toucha sa lèvre inférieure, si douce et pleine, délicate et exigeante.

Elle tremblait d'une envie désespérée. Un peu pathétique.

— Certaine.

Alors, il s'enfonça en elle, lentement, un centimètre à la fois, allant et venant pour se faire une place en elle et rappeler au corps de Vivi qui se cambrait combien il était bon de se sentir comblée. Finalement, il s'enfonça jusqu'à la garde et posa sa tête contre la sienne pendant un moment.

— Tu es merveilleuse.

Lui maintenant les cuisses bien écartées, il la pénétrait puis se retirait presque entièrement avant de replonger au plus profond. Encore et encore. Malgré les paroles de Vivi, ses mouvements restaient lents, d'une langueur atroce. *Oh, mon Dieu.* Cela faisait si longtemps et elle était si excitée qu'il suffit de quelques coups de reins insistants pour la faire éclater en mille morceaux. Il ne changea pas de rythme, mais un sourire satisfait s'afficha sur son visage, tandis que le sérieux initial de leurs ébats commençait à s'estomper.

Il se retira et la fit grimper sur le lit, se réinstallant entre ses jambes, ses genoux aux épaules.

— Je t'ai déjà dit combien j'aimais tes épaules ? demanda-t-elle à mi-voix.

— Je t'ai déjà dit combien j'aimais tes jambes ?

Il commença à lui donner des coups de langue et Vivi sentit le plaisir monter à nouveau.

Elle n'avait jamais joui deux fois d'affilée par le passé, mais elle était tout à fait disposée à essayer.

— Ton goût me rend fou.

Tandis qu'elle haletait, il remonta ses genoux contre sa poitrine et la prit à nouveau avec un angle différent, rendant la pénétration plus profonde. Elle poussa un petit cri lorsqu'il toucha ce qui devait être le mystérieux point G – elle s'était toujours demandé où il se trouvait. Jed l'avait trouvé avec une précision infaillible.

— Fort et vite ?

Elle était sur le point d'exploser.

— Oui.

Au lieu de cela, il reposa ses genoux sur le lit et l'embrassa. Sa langue la rendait folle alors qu'il lui administrait de délicieux coups de reins. Enfin, il s'enfonça profondément, à la rencontre de ses coups de hanches, ses mains glissant sur sa peau lisse et enfiévrée. Elle s'agrippa à ses fesses, les pieds dans le matelas, et l'attira vers elle, épousant ses mouvements, refusant de le laisser sortir. Le frottement, la fougue et la bestialité de leurs ébats mirent en feu tous ses nerfs et elle explosa autour de lui, ses muscles contractés si fort qu'elle ne se souvenait pas avoir déjà ressenti un tel plaisir. Elle sentit son propre orgasme le traverser, qui déclencha un autre spasme en elle, la faisant trembler si intensément qu'ils en frissonnèrent.

Ils s'écroulèrent sur le lit, en feu, en sueur et à bout de

souffle, leurs cœurs en harmonie.

Jed se cambra, envoyant une nouvelle vague de sensations en elle. Il lui écarta les cheveux du front, ses yeux marron foncé soudain sérieux.

— Ne t'en fais pas.

Elle lui saisit les poignets et lui adressa un sourire triste.

— Je n'attends rien de toi. J'avais juste besoin de…

— Tais-toi.

Il s'enfonça à nouveau en elle. Elle se tut, et il la récompensa par un nouveau coup de reins.

Elle gémit.

— Je pensais que tu avais joui.

— C'est le cas. Il n'y a pas que toi qui n'a pas fait l'amour depuis longtemps.

Elle ne pensait pas pouvoir supporter davantage de plaisir, et pourtant il conserva ce rythme lent et implacable. Le corps de Vivi, si détendu l'instant d'avant, se raidit contre le sien, comme si tout était normal. Comme si la situation n'était pas extraordinaire et que Jed n'était pas spécial. Comme si elle pouvait passer à autre chose sans avoir le cœur brisé.

CHAPITRE SEIZE

PILAH SE REVEILLA et s'étira sur la chaise d'hôpital. Elle avait mal au dos. Ses paupières étaient lourdes de fatigue. La pièce était plongée dans la pénombre, tout juste éclairée par la lueur bleue glacée des machines. Après l'avoir entendu des heures durant, le bip constant du moniteur cardiaque s'apparentait à une forme de supplice chinois de la goutte d'eau. Mais quelque chose était différent. Quelque chose avait changé. Lentement, elle réalisa que le corps sous les couvertures était tendu. Elle leva la tête et croisa les yeux grands ouverts de William Green.

Elle ne portait pas de hijab, mais il la reconnut en croisant son regard. Il fit un geste vers le bouton d'appel d'urgence et elle lui saisit la main. Il se débattit avec acharnement, se tordant dans le lit. Elle était terrifiée à l'idée qu'il puisse retirer certains de ses tubes. En plaquant sa main contre le matelas, elle s'appuya sur le bras de l'homme, elle attrapa son propre sac et fouilla à l'aveuglette dedans. Elle toucha quelque chose et ses doigts se resserrèrent sur les pilules que l'homme de l'ombre lui avait données. William luttait de plus belle contre son emprise. Désespérée, elle lui grimpa dessus et posa ses genoux sur le haut de ses bras, appuyant contre sa poitrine, le coinçant contre le matelas. Sur la machine, le rythme cardiaque s'emballait et son propre pouls répondait à ce rythme effréné. Elle ouvrit le couvercle du flacon avec les dents. Elle prit un comprimé, en faisant tomber quelques-uns dans le lit. Cela n'avait pas d'importance. Elle avait besoin qu'il soit inconscient avant qu'un membre du personnel ne vienne enquêter. Elle lui saisit la mâchoire, mais il parut comprendre ce qu'elle voulait faire et ferma la bouche. Frustrée, elle lui pinça les narines jusqu'à ce qu'il soit obligé d'ouvrir la bouche pour respirer, et elle lui enfonça le comprimé dedans. Elle se servit de ses deux mains pour lui maintenir la bouche fermée, utilisant toute sa force alors qu'il se débattait sous elle. Le moniteur devenait fou, comme si son cœur était sur le point d'exploser.

Ne mourez pas !

Sargon et l'homme de l'ombre seraient mécontents si elle le tuait et ruinait tous leurs plans.

Vingt secondes plus tard, elle sentit ses muscles se relâcher sous elle. Elle entendit des pas et descendit rapidement du lit, lissa les draps, trouva deux comprimés égarés et les remit dans le flacon qu'elle enfonça dans sa poche. Elle lissa ses cheveux et s'assit au moment où l'infirmière entrait.

— Vous êtes encore là ?

Pilah fit un signe de tête.

— Je me suis endormie. Il semblait rêver il y a une minute. Je lui ai tenu la main jusqu'à ce qu'il soit à nouveau calme.

L'infirmière vérifia le moniteur.

— C'est une bonne chose que vous ayez été là. Oh, il a fait sortir son cathéter.

Elle fit un petit bruit désapprobateur, remit le cathéter en place, puis se tourna vers elle. Elle lui tapota le bras.

— Vous devriez rentrer chez vous pendant quelques heures. Je vous appelle s'il y a du nouveau. Il a de la chance de vous avoir.

Elle prit son manteau et son sac, et inspira profondément, en espérant que l'infirmière ne remarque pas qu'elle transpirait. Ses pas résonnaient dans le couloir, et Pilah était impatiente de sortir de là. Une part d'elle aurait voulu avaler toutes ces pilules et mettre fin à ses souffrances. Mais la lâcheté ne faisait pas partie de sa personnalité. Elle était allée trop loin pour reculer à présent. Tant que l'homme de l'ombre sauvait ses bébés, elle irait jusqu'au bout.

ELAN S'AVANÇA DANS l'ombre, le pistolet dans sa main gauche, le silencieux fixé sur le canon. Il avait enlevé ses raquettes et les avait cachées avec le fusil sous un buisson au détour d'un chemin, à l'abri des regards.

Il décrivit des cercles dans la forêt, puis s'approcha de la voiture de police par l'arrière, se servant des arbres comme couverture. Le moteur tournait, les gaz d'échappement créant une chape de brouillard qui le recouvrait.

Le véhicule était un SUV. Elan discernait une silhouette sur le siège avant. Sans le pont étroit qu'il devait traverser à la vue de tous, il aurait épargné cette personne, mais avec la neige qui illuminait la nuit, il ne pouvait pas prendre ce risque. L'adrénaline coulait dans son sang, mais ce n'était pas suffisant pour lui donner envie de tuer comme quand il était jeune. Peut-être parce que ces gens n'étaient pas l'ennemi – ils étaient des dommages collatéraux dans une guerre qui ne cessait jamais.

Il s'approcha de la portière côté conducteur et tira à travers le métal. Un cri de douleur s'éleva à l'intérieur. Elan ouvrit et mit deux autres balles dans la tête de l'homme, et le type s'effondra sur le côté. Mort.

Les épaules d'Elan s'affaissèrent lorsqu'il examina la mâchoire glabre et les cheveux bruns à présent maculés de sang. Un visage jeune. Un beau visage.

Un autre martyr pour la cause.

Une alliance brillait à la main gauche de l'homme, scintillant à la lueur de l'ordinateur de bord. Plus de vies gâchées. Elan serra les lèvres. Il sentit un poids sur la poitrine. Il en avait assez. Ce serait sa dernière mission, mais peut-être la plus importante.

Avait-il fait une différence ? *Oui.*

Mais leurs ennemis ne cesseraient jamais de les persécuter, et lui et ses semblables ne connaîtraient jamais de répit. Il pensa à sa famille au pays. Sa mère et sa grand-mère, sa sœur et leur famille. Leur sécurité valait tous ces sacrifices. Son peuple connaissait le prix de l'échec. Ils savaient ce qu'il en coûtait d'attendre que le reste du monde vienne à leur secours.

Plus jamais.

Plus jamais.

Doucement, il ferma la portière de la voiture et remonta la route, en passant par le pont à l'arrière du chalet en bois. Il entendit un bruissement en provenance des bois. Elan se tourna dans la direction du bruit – cerf, lapin, loup ? Tant que l'animal le laissait tranquille, il le laisserait en vie.

Il se faufila le long du bâtiment, avançant lentement et silencieusement. La serrure de la porte du sous-sol était solide, mais Elan était tout à fait capable d'entrer par effraction. Il sortit un kit de crochetage de sa poche arrière et inséra les tiges de métal dans la serrure. Il œuvra avec soin et minutie, le bruissement tout proche masquant le bruit sourd du métal contre le métal. Cela lui prit plus de temps que d'habitude, car ses doigts étaient engourdis par le froid. Il souffla dessus et essaya à nouveau, entendant finalement le déclic indiquant l'ouverture de la serrure.

Il leva son pistolet et pénétra à l'intérieur. Bien qu'il y fasse sombre comme dans un four, le chalet était plus ouvert qu'il ne l'avait imaginé. Il referma doucement la porte derrière lui et se risqua à utiliser sa lampe de poche. Des poutres massives s'étendaient dans une pièce remplie de bois de construction, de kayaks, de gilets de sauvetage et de mobilier de jardin. L'endroit était immaculé et sentait le bois fraîchement coupé.

Derrière les escaliers se trouvaient la machine à laver et le four. Chassant son approbation, il se prépara à la tâche qui l'attendait. Il était temps d'en finir avant que le garçon ne réduise leurs efforts à de simples chimères.

Il repéra le disjoncteur au mur. Il sortit des lunettes de vision nocturne d'une de ses poches et les enfila. Puis il actionna le disjoncteur.

———————————

JED ETAIT ALLONGE dans l'obscurité, fixant le plafond. Vivi était étendue à côté de lui, les yeux fermés. Sa respiration ralentissait et devenait plus régulière.

Que diable venait-il de faire ? Par *deux fois* ?

Il était absolument impossible de s'engager avec un témoin. Bien sûr, cela avait été spectaculaire, mais c'était quand même une énorme erreur de jugement. Aller aussi loin était puni par la loi. Peu importe qu'elle ait été à l'origine de la chose. Le fait qu'elle en ait été l'instigatrice l'avait choqué, car il savait qu'elle ne prenait pas les relations sexuelles à la légère, quoi qu'elle en dise.

Et il était trop occupé pour s'engager avec une femme comme Vivi. C'était une mère célibataire pour l'amour de Dieu – il ne risquait pas seulement de foutre en l'air son bonheur, mais aussi celui de son fils, et il ne voulait en aucun cas les voir souffrir. Il gagnait sa vie en traquant les tueurs en série. Ce n'était pas le genre de travail de bureau que les femmes recherchaient chez les hommes qu'elles fréquentaient. Ce n'était pas le genre de réalité que les mères voulaient faire entrer dans leur foyer.

Et puis quoi encore ? À présent, il envisageait une *relation* ?

Ils étaient coincés au milieu de nulle part, se cachant de terroristes, et il imaginait des fleurs sur la table et une femme venant l'accueillir à la porte après une longue journée de travail ?

Imbécile.

Comparée à sa vie austère et stérile, l'idée exerçait une sorte d'étrange attrait. Avoir la même chose que ses parents. Entretenir une relation qui durerait au-delà de quelques semaines de dîners, de rendez-vous et de corps à corps médiocres. Ce que lui et Mia auraient pu avoir si sa vie n'avait pas été si brutalement écourtée. Une relation construite sur des bases solides de confiance et de soutien et qui lentement, au fil du temps, se transformait en cet amour profond qui semblait si répandu dans les films, mais si rare dans la vie réelle. Il n'avait jamais pensé qu'il ressentirait à nouveau cela, mais c'était le cas, et il devait trouver un moyen d'y mettre un terme avant qu'ils n'en souffrent tous.

Le visage sans sourire de Bobby lui vint à l'esprit et il grogna.

Nul ne vivait éternellement…

Il n'avait pas besoin d'une autre complication, même s'il était attiré par toutes les facettes de Vivi, de son cerveau à son corps, en passant par son amour et son dévouement envers son fils. Il ne comprenait pas qu'on puisse ne pas apprécier ce garçon. Michael était un enfant génial. Son père était un connard. Le fait que ce type ait laissé une personne aussi incroyable que Vivi lui glisser entre les doigts dépassait Jed. Si jamais il passait la bague au doigt d'une femme, il remuerait ciel et terre pour qu'elle soit heureuse et qu'elle reste à ses côtés.

Mais ce n'était pas ce que l'avenir lui réservait.

Il aimait son travail – en supposant qu'il en ait encore un quand tout cela sera terminé –, il faisait une réelle différence et permettait de mettre des tueurs sous les verrous. Et elle vivait à *Fargo*. Bon sang. Il serra les dents.

Il aurait dû se concentrer sur les terroristes. Il aurait dû être en bas en train de photographier et d'envoyer les dessins par e-mail. Dès que Frazer saurait qu'elle et Michael étaient en vie, ils seraient placés sous détention protectrice. Le fait qu'il veuille l'éviter affectait déjà l'affaire.

Soudain, la lumière de la salle de bains s'éteignit. Et merde. Le fusible avait dû sauter à nouveau.

Il s'éloigna de la chaleur attirante de Vivi. Elle lui manqua immédiatement. Il savait qu'il ne pourrait pas se permettre de refaire cette erreur. Il devait arrêter de s'inquiéter qu'*elle* puisse s'attacher à lui. Il était déjà dedans jusqu'au cou. Il était censé rendre le monde plus sûr pour eux et pour les autres, et non prendre du bon temps en faisant l'amour avec une belle femme. Il tâtonna sur le sol, trouva son jean et l'enfila. Il devait réparer le disjoncteur et commencer à envoyer les images à

Frazer pour qu'ils puissent voir si certaines des personnes que Michael avait dessinées étaient impliquées dans l'attaque.

Il enfila sa chemise, puis entendit un bruit et se figea. *Ça*, c'était la porte de la cave.

Michael s'était-il réveillé et était-il parti en exploration ?

Son instinct lui disait que ce n'était pas Michael, et son pouls s'accéléra. Ils étaient dans la merde.

En silence, il prit son SIG sur la table de chevet. Il sortit son portable et envoya un message à son frère pour qu'il vienne au plus vite, lui indiquant qu'il y avait quelqu'un dans la maison. S'il avait tort, il accepterait les railleries. C'était mieux que de se faire tuer.

Il pouvait s'agir du père de Jed, mais le vieil homme savait qu'il était préférable de ne pas arriver dans le noir sans l'avoir prévenu au préalable. C'était lui qui avait appris à Jed à tirer d'abord, et à poser des questions ensuite. Le FBI avait mis des semaines à lui faire changer ses habitudes.

Jed sentit l'adrénaline monter en lui. Il s'extirpa du lit, reconnaissant que le chalet soit robuste et que le plancher ne craque pas sous ses pas. Il se glissa sur le palier et jeta un coup d'œil par-dessus la rampe à l'étage du dessous. Le feu brûlait faiblement dans l'âtre, projetant une faible lueur orangée dans la pièce.

Il écouta attentivement, mais même le bourdonnement du réfrigérateur s'était tu. Après de longues secondes de silence, il détecta le léger bruissement de pieds sur le tapis, et vit une ombre se déplacer dans l'obscurité en bas – une ombre trop grande pour être un garçon de huit ans.

N'y avait-il qu'un seul intrus ?

Il n'avait pas le temps de s'en préoccuper. Michael était en bas, seul, vulnérable. Il suffirait d'une balle. Une balle. Il aurait dû veiller sur l'enfant plutôt que de baiser sa mère. Bon sang.

La rage était son combustible. Il ne se donna pas la peine de descendre les escaliers, il sauta sur la rampe et atterrit avec fracas dans les épaisses ténèbres. Il visa la tête avec ses pieds. Au grognement de douleur qui s'éleva, il estima avoir touché sa cible. L'ombre s'écrasa sur le sol, son crâne venant se fracasser contre l'îlot de cuisine. Quelque chose glissa par terre. Le pistolet du fils de pute.

Bien. Il écarta du pied la forme à peine visible une fraction de seconde avant que l'homme ne se lance sur lui. Son SIG s'envola de sa main. *Bon sang.* Jed se retrouva contraint de reculer par une série de coups rapides portés à son visage et son corps. Il remit son cerveau en route et se souvint de sa formation un instant avant qu'un couteau ne fonde vers son ventre.

Il sauta en arrière juste à temps. Il prit un coussin sur le canapé et s'en servit pour s'en prendre à la main armée de l'homme. Il le poussa jusqu'au bas de l'escalier, renversant au passage une table et une lampe. Il fracassa le poignet de l'homme contre le mur, lui enfonça le coude dans la gorge et lui donna en même temps un coup de genou à l'entrejambe. C'était un coup bas, digne d'un combat de rue, mais il avait mis son honneur de côté. C'était une question de survie.

L'agresseur laissa tomber le couteau et Jed l'écarta du pied.

L'homme souffrait, probablement du coup porté à la tête, dont s'écoulait tant de sang que Jed pouvait le voir à la lumière des flammes de la cheminée.

Jed était ceinture noire troisième dan de Taekwondo, mais il avait l'horrible sentiment que l'homme était meilleur que lui. Sans cette blessure à la tête qui affectait la vue et les réflexes de l'assaillant, Jed serait probablement déjà mort. Et Michael et

Vivi aussi.

Cette prise de conscience décupla l'attention de Jed. Ce n'était pas encore fini. Jed s'attaqua aux points faibles de l'homme : ses reins, ses genoux, sa gorge, ses yeux.

L'agresseur tenta de se mettre hors de portée. Il respirait péniblement. Une absence totale d'émotions se reflétait dans ses yeux à la lueur du poêle à bois. Son expression était implacable. C'était un homme habitué à tuer. Il ne montrerait aucune pitié, même si sa cible était un petit garçon.

— Tu es en état d'arrestation, connard.

L'homme le surprit en riant alors qu'il s'arrachait à son emprise.

— Je ne pense pas.

Il avait un léger accent. Si américanisé que Jed ne parvint pas à l'identifier. L'homme l'attaqua à nouveau, le faisant reculer, essayant de se rapprocher de l'endroit où les pistolets avaient glissé sous le meuble. Jed n'avait pas l'intention de le laisser s'approcher de son arme ou de son couteau.

L'homme attrapa le bras de Jed et le tordit, le balançant par-dessus son épaule. Il s'écrasa sur une autre table basse qui se brisa sous lui. Jed ne resta pas à terre. Il roula et attrapa une lampe cassée qu'il fracassa contre la tempe de l'homme. L'agresseur vacilla comme s'il était étourdi. Un mouvement dans les escaliers attira l'attention de Jed.

Vivi.

Et merde. Elle tenait l'arme qu'il lui avait donnée plus tôt.

L'homme se précipita vers elle. Jed n'hésita pas une seule seconde. Même s'il ne voulait pas se faire tirer dessus, il n'était pas sûr qu'elle tirerait sur un autre être humain, et si l'agresseur mettait la main sur elle ou sur l'arme, il n'y avait plus qu'à creuser sa tombe.

Le tapis glissa sous les pieds de Jed, qui trébucha.

L'écho d'un coup de feu vint rompre le silence. L'agresseur tressaillit, mais continua à avancer vers elle. Vivi tira de nouveau, mais le coup de feu atteignit la cheminée en pierre et sortit par l'une des fenêtres qui donnaient sur le lac. Puis elle tira une dernière fois. L'homme grogna et s'enfuit par la porte d'entrée.

Il allait s'élancer à sa poursuite, mais elle lui attrapa le bras. Jed hésita pendant une nanoseconde. Les yeux de Vivi étaient immenses dans la quasi-obscurité, puis ses mains se mirent à trembler et il lui retira l'arme des mains.

— Michael, chuchota-t-elle, et elle s'élança vers la chambre de son fils.

Et merde. Il était déchiré. Il devait attraper cet homme et faire tomber cette organisation. Mais il y avait aussi le besoin impérieux de s'assurer que Michael allait bien.

Jed verrouilla la porte d'entrée, récupéra son arme par terre au cas où il y aurait d'autres assaillants et suivit Vivi jusqu'à la chambre de Michael. Dans la pénombre, il distingua le garçon endormi. Il avait écarté sa couverture, et sa poitrine se soulevait et s'abaissait doucement comme s'il n'avait aucun souci à se faire.

Vivi déglutit bruyamment et se tourna ensuite vers lui, s'agrippant à sa chemise. Elle enfouit son visage contre sa poitrine et murmura :

— Je viens de tirer sur un homme et mon bébé ne s'est pas réveillé.

Jed la serra très fort dans ses bras et l'embrassa sur le dessus du crâne.

— Tu nous as sauvé la vie.

Il aurait dû courir après l'agresseur, mais le souffle rauque de Vivi témoignait de sa lutte intérieure et il ne pouvait pas se résoudre à la quitter. Une autre erreur à ajouter à la liste.

— Je ne sais pas combien de temps je vais pouvoir continuer comme ça, Jed.

Il ne dit rien et se contenta de la serrer plus fort.

———

ELAN TREBUCHA DANS la neige. Sa vision se brouillait, son sang coulait d'une blessure au cuir chevelu. Sa tête s'était fendue lorsque l'homme avait atterri sur lui. *Amateur*. Il tituba jusqu'à une congère, son épaule le lançant à l'endroit où la balle l'avait touché. Elle n'était pas ressortie, et il lui fallait extraire les éclats de métal et pas seulement parce qu'ils le faisaient atrocement souffrir.

Il accueillit avec soulagement la neige sur sa chair à vif. Personne ne le suivait pour l'heure, ce qui était un miracle, mais s'il ne partait pas immédiatement, il serait piégé.

Debout !

Il tituba jusqu'au SUV de la police, ouvrit la porte et arracha le corps du flic mort de son siège, le jetant dans la neige. Il s'affala sur le siège du conducteur. Se forçant à utiliser son bras blessé, il mit la voiture en marche et tourna le volant à fond à droite pour faire demi-tour sur la voie étroite. Il lutta contre les ténèbres qui obscurcissaient son esprit.

Tout avait mal tourné.

Un rire douloureux lui souleva la poitrine. À l'idée qu'il n'avait jamais envisagé l'échec, et encore moins de se faire tirer dessus. Mourir, peut-être, mais pas cette pathétique évasion, blessé.

Les pneus glissèrent, et il relâcha l'accélérateur. Sa vision ne cessait de se troubler. *Et merde.* Il se gifla et aperçut une bouteille d'eau sur le siège passager à côté de lui. Il ouvrit le bouchon après l'avoir coincée entre ses cuisses, bascula sa tête sur le siège passager et fit couler de l'eau sur son visage malgré le fait qu'elle était gelée. La température le saisit suffisamment pour que son cerveau se concentre à nouveau sur la route et pour l'empêcher de terminer dans le fossé.

Il tourna à gauche à l'intersection et roula pendant environ un kilomètre et demi avant d'afficher une carte routière de la zone sur l'ordinateur de bord. Il s'arrêta et reprit ses esprits, essayant d'ignorer le sang qui coulait sur son visage. Il étudia le paysage, luttant pour se souvenir de la direction qu'il avait prise pour se rendre au chalet à pied. Enfin, il parvint à s'en rappeler et reprit sa route. Un kilomètre plus loin, il reconnut le virage à gauche qu'il avait vu plus tôt dans la journée. À 500 mètres de là, il s'arrêta sur un petit parking invisible depuis la route, et retrouva sa camionnette exactement là où il l'avait laissée.

Il arrêta la voiture de police à côté. Il poussa contre la porte. Il avait à peine assez de force pour l'ouvrir. Il chercha ses clés dans une des poches de sa veste, les sortit, mit le contact de sa camionnette et laissa le moteur chauffer pendant une minute. Il sortit une trousse de premiers secours de la console centrale et appliqua une compresse sur son cuir chevelu, essuya le sang de son visage et mit une casquette sur le pansement. Il grimaça de douleur, mais après quelques instants, la pression accrue stoppa le saignement.

Il apposa une autre compresse sur la blessure par balle de son épaule. Elle avait cessé de saigner, à l'exception de quelques gouttes de temps en temps.

Il s'extirpa de sa voiture et retrouva l'air glacial de la nuit.

Il trouva le localisateur GPS du SUV et l'arracha. Il utilisa ensuite des pinces coupantes – ce qui lui fit un mal de chien – pour retirer l'ordinateur de bord avant de le jeter dans la neige. Il ne survirait pas cinq minutes à ces températures. De retour dans la camionnette, il fouilla dans son sac de sport et en sortit un épais sweat à capuche noir, qu'il enfila en le remontant jusqu'au cou. Pour un œil non averti, il semblait indemne. Il avala des analgésiques extra-forts avec une gorgée d'eau pour les faire passer. Son épaule était maintenant engourdie. Son téléphone sonna et il décrocha. Un SMS.

— C'est l'heure. Oubliez le garçon. Retournez en ville. AU PLUS VITE.

Elan jura, fit marche arrière et s'en alla. Si seulement ils lui avaient envoyé *ce* message une heure plus tôt. Bon sang. Ses mains tremblèrent. Il avait été à deux doigts de tuer l'enfant. Cela s'était joué à rien. Un curieux élan de soulagement s'empara de lui. Dieu merci.

Le jeu touchait à sa fin. Il avait besoin de savoir exactement quelle était la situation. De déterminer combien de temps il avait pour se mettre en position. Il devait retirer cette balle et se recoudre. Beaucoup de choses à faire en quelques heures, mais il devait être prudent. Tout devait être parfait. Les choses devaient se dérouler comme prévu. Il se reposerait quand il serait mort.

Laissant Vivi surveiller Michael, Jed courut dehors pour voir si le bâtard était mort dans la neige. Il y avait suffisamment de taches sombres sur le sol pour savoir que Vivi l'avait touché au moins une fois. Une traînée de sang menait jusqu'à la route, maculant le pont étroit. *Et merde*! Un corps gisait dans la neige. À la vue de l'uniforme de policier, son propre cœur s'arrêta de battre. *Liam*! Il courut, dérapa sur ses genoux, retourna l'homme pour vérifier son pouls et se lança dans un massage cardiaque.

Ce n'était pas Liam. Et le massage cardiaque ne servirait à rien.

Il appela son frère qui répondit à la première sonnerie.

— Merde. J'ai raté ton message. Qu'est-ce qu'il s'est passé ?

La culpabilité dans la voix de son frère et son essoufflement indiquèrent à Jed qu'il venait de l'arracher à la compagnie d'une femme. S'il y avait eu un moyen de retarder les choses ou de modifier la vérité, Jed l'aurait fait. Malheureusement, cela allait faire mal, Jed était bien placé pour le savoir.

— On a eu un visiteur, déclara Jed.

Il n'y avait aucun moyen de supprimer la douleur.

— Merde.

Jed entendit un bruissement qui ressemblait à celui de vêtements qu'on enfilait.

— J'ai envoyé T-Bone pour surveiller les environs. Il s'est endormi ? Je lui ai dit que je serais là dans une heure. Bon sang.

Il y avait une voix féminine derrière, et Jed fronça les sourcils parce qu'elle ressemblait beaucoup à celle d'Angela – mais pour l'instant, cela n'avait pas d'importance.

— Il ne s'est pas endormi, Liam.

— Oh, putain, non. Non, non, non.

Il entendit une porte claquer et un moteur démarrer, puis le hurlement d'une sirène de police.

— Dis-moi qu'il va bien, Jed.

Mais T-Bone – que Jed reconnaissait maintenant comme

étant le frère cadet d'un autre de ses amis de lycée – n'allait pas bien. Il n'irait plus jamais bien.

— Il est mort, Liam. Le type qui l'a tué était un sacré morceau. Je pense qu'il n'a pas dû le voir venir.

Jed ferma les yeux. Dire que si son frère n'avait pas eu de rendez-vous galant, il aurait pu être en train de regarder le corps de Liam. Il avait cru qu'ils seraient capables de régler ce problème eux-mêmes et à cause de lui, un innocent était mort.

— Vivi a tiré sur le type, mais il s'est enfui en volant le SUV de ton officier. Il faut que tu lances un avis de recherche sur le véhicule et que tu appelles les fédéraux. Je suis désolé.

Jed raccrocha et appela son père.

— J'ai besoin que tu viennes chercher Vivi et Michael. Que tu les ramènes à la maison et que tu les protèges.

Comment les avaient-ils retrouvés ? Il regarda son SUV. Jusqu'à ce qu'il fasse confirmer l'absence de mouchard sur sa voiture, hors de question que Vivi y monte. Mais comment avaient-ils su qu'*il* l'avait emmenée ? Quelqu'un avait sûrement assemblé les pièces du puzzle rapidement. Ou alors ils avaient eu beaucoup, beaucoup de chance. Killion avait probablement compris. Cela aurait dû l'avertir du danger plus tôt. Sa complaisance avait mis les Vincent en danger et avait fait tuer un flic.

Il retourna à la maison et rajouta du feu dans la cheminée pour réchauffer l'endroit. Il sortit son portable, photographia rapidement tous les dessins de Michael et les envoya à Frazer, à Quantico.

Son téléphone sonna trente secondes plus tard.

— Dites-moi que ce n'est pas ce que je pense.

— C'est pire. Je pensais que je faisais ce qu'il fallait, mais je me suis trompé. Vivi et Michael sont tous les deux avec moi, et toujours en vie, pas grâce à moi. J'ai besoin qu'on m'envoie la police scientifique pour une scène de crime.

Il raccrocha au nez de son patron, se sentant congelé de l'intérieur. Sa carrière était complètement foutue, mais le pire, c'étaient les reproches qui tournoyaient sous son crâne. Comment avait-il pu imaginer qu'il pourrait protéger Vivi et Michael ? Il les laissait tomber comme il avait laissé tomber Mia des années auparavant.

Mais ces terroristes avaient des tentacules partout – à qui diable pouvait-il faire confiance ? Ils devaient avoir une taupe au sein des forces de l'ordre.

Il rassembla le matériel de dessin et la tablette qu'il avait donnée à Michael et les mit dans un sac qui les accompagnerait. Puis il ferma les yeux. Même à présent, il essayait d'utiliser le gamin pour ses connaissances, d'extraire de cet esprit jeune et vulnérable chaque information qu'il pouvait trouver afin de mettre ces gens derrière les barreaux, là où était leur place.

Michael et Vivi seraient alors en sécurité.

Il repéra une paire de lunettes de vision nocturne sur le sol de la cuisine, sous le lave-vaisselle. Et merde. Le type était certainement préparé. Jed regarda l'arme qui se trouvait à côté de l'îlot et fronça les sourcils. Il sentait le malaise le gagner. Tanfoglio produisait de très bonnes armées à feu. C'était aussi le principal fournisseur d'armes de poing du Mossad.

Les choses pouvaient-elles se compliquer davantage ?

Cela pourrait certainement empirer si quelque chose arrivait à Vivi ou à Michael ou à toute autre personne qui lui était chère. À l'heure actuelle, il était mal préparé pour les protéger. Ils avaient besoin d'une meilleure protection que celle qu'il pouvait leur apporter seul.

Il entra dans la chambre et toucha l'épaule de Vivi. Elle

était aussi froide qu'un cadavre. Le regard choqué et vitreux. La femme avec laquelle il avait fait l'amour peu avant avait disparu, retranchée au fond d'elle-même.

— Liam sera là dans une minute. Cours à l'étage. Habille-toi – elle ne portait qu'un t-shirt et une culotte, ce qui lui rappelait encore plus à quel point il avait dépassé les limites avec elle plus tôt – et prends tes affaires parce qu'il faut qu'on parte vite d'ici.

Il y eut un bruit au niveau de la porte d'entrée.

— Ce n'est que moi, cria le père de Jed, alors que Jed prenait son arme.

Vivi ne voulait pas quitter Michael. Il mit ses deux mains sur ses épaules et la poussa vers la porte.

— Je vais le surveiller. Fais vite. Mon père vous emmènera tous les deux chez lui. Espérons que Michael ne se réveillera pas avant demain matin.

La lèvre de Vivi tremblotait.

— Je ne vais pas avoir besoin de faire de déposition ?

— Si, confirma Jed. Mais je veux d'abord que tu sortes d'ici pour qu'on puisse examiner la scène et nous assurer qu'il n'y a pas d'autres tireurs à proximité.

Elle posa une main sur le torse de Jed, qui se déroba. Elle cligna alors des yeux comme si elle avait enfin compris que ce qui s'était passé entre eux plus tôt était une énorme erreur. Elle lâcha sa main et s'éloigna plus vite que s'il l'avait mordue. Et il l'avait mordue plusieurs fois alors qu'il aurait dû garder Michael.

— Je ne veux pas mettre en danger tes parents, dit-elle à voix basse. On devrait peut-être aller au poste de police ?

Il essaya d'adoucir ses traits, mais c'était impossible. En son for intérieur, il était tellement en colère contre la situation, contre lui-même, qu'il pouvait à peine parler. Il se débarrassa des émotions qui nuisaient à sa capacité d'action, suivant finalement ce que son patron essayait de lui mettre dans le crâne. Il était temps de prendre du recul. De se détacher. Il ne pouvait pas traquer ces gens et veiller sur Vivi en même temps.

— Mon père va s'occuper de vous pendant quelques heures. Mes parents ont même installé une chambre forte dans le sous-sol du chalet.

Elle écarquilla les yeux.

— Et on va poster des hommes qui garderont la zone. Mais tu dois te dépêcher, j'ai du travail à faire.

Il avait rendu sa voix impersonnelle et implacable. Ce serait plus facile ainsi à long terme.

Ses lèvres cessèrent de trembler et elle fit un signe de tête. Elle sortit de la chambre et passa devant son père. Jed l'entendit lui demander si elle allait bien. Il n'entendit pas sa réponse, juste le martèlement de pas dans les escaliers. Puis, au-dessus de lui, il identifia le bruit sourd d'objets jetés pêle-mêle dans un sac de voyage, sans se soucier de les ranger. La situation ne s'y prêtait pas. Ils devaient encore fuir devant des gens qui ne reculeraient devant rien pour les tuer.

Qui *étaient-ils* ? Et pourquoi voulaient-ils tant la mort de Michael ?

Son portable sonna. Frazer. Jed se reprit et répondit, se demandant s'il lui restait encore une carrière à sauver.

CHAPITRE DIX-SEPT

VIVI COURUT A l'étage, sans même se soucier d'être à peine habillée en passant devant le père de Jed. La peur, la colère et la détresse des trente dernières minutes l'avaient immunisée contre des considérations aussi mineures. La chambre sentait encore la sueur et le sexe. Voilà ce qui arrivait quand on baissait la garde.

Elle avait été tellement stupide. Tellement naïve.

Elle entendit une voiture de police arriver, toutes sirènes hurlantes. Sa vie s'était transformée en une succession d'événements désastreux impliquant armes à feu, mort et sirènes.

Pendant un bref moment, elle avait cru pouvoir échapper à tout ça. Dans ce beau chalet enneigé, avec un homme qu'elle croyait…

Ses mains tremblèrent. En bas, elle aurait voulu que Jed la prenne dans ses bras comme une petite fille et s'occupe d'elle, mais c'était elle qui avait un enfant à charge. C'était elle qui devait se ressaisir. Certes, elle avait tiré sur un homme, un homme qui l'aurait sans doute tuée si Jed ne l'avait pas désarmé. Un homme qui était venu là dans le but exprès de mettre une balle dans la tête de son fils.

Cette pensée provoqua en elle une vague de colère, repoussant la torpeur et le choc. Elle lui tirerait de nouveau dessus sans la moindre hésitation. Elle était prête à passer sa vie en prison pour meurtre tant que Michael survivait à cette épreuve. Et il avait dormi pendant tout ce temps.

Elle ravala un sanglot, se força à absorber le choc, et enfila des chaussettes et un jean.

Jed était en colère contre elle pour l'avoir séduit, et il avait peut-être raison.

Elle savait que ces gens n'abandonneraient pas facilement. Elle n'aurait jamais dû croire Jed quand il lui avait dit qu'ils étaient en sécurité. Elle avait le terrible pressentiment qu'ils ne seraient plus jamais en sécurité. Elle courut dans la salle de bains et prit tout ce qui s'y trouvait, y compris le savon – comme si elle n'allait plus jamais pouvoir entrer dans un magasin et que ces objets stupides, même s'ils étaient sans importance, étaient tout ce qui lui resterait. Elle les jeta dans un sac en plastique.

Elle jeta son haut, enfila un soutien-gorge, une chemise, un pull. Elle fourra tout le reste dans d'autres sacs en plastique, les rassembla et descendit les escaliers en courant, sans regarder les taches de sang sur le sol.

Une voix venant du seuil de la porte l'arrêta net.

— Bonjour, Veronica.

Elle sentit la bile monter en reconnaissant la voix. Elle leva les yeux. David Pentecost, son ex-mari, se tenait dans l'embrasure de la porte, vêtu d'un uniforme qui épousait un torse plus musclé que dans ses souvenirs. Il avait désormais des rides aux coins de la bouche qui lui donnaient un air constamment énervé, et ses cheveux extrêmement courts étaient parsemés de touffes grisonnantes qui n'étaient pas là la dernière fois. C'était encore un bel homme, mais il n'y avait plus aucun vestige d'attirance entre eux.

Son regard froid et désobligeant scruta ses cheveux emmêlés et s'attarda sur la marque de morsure sur son cou.

Il était allé voir à droite à gauche pendant qu'ils étaient mariés, de quel droit osait-il la juger ? Elle sentit la rage monter. Un incendie se formait en elle. Elle plissa les yeux et leva le menton. Dire qu'ils avaient fait le serment de s'aimer jusqu'à la mort – ils avaient été bien loin du compte.

— Qu'est-ce que tu fais là ?

— Je suis venu pour protéger mon fils.

Les sourcils de Vivi marquèrent son incrédulité.

— Protéger *ton* fils ?

Elle n'éleva pas la voix. Au contraire, elle constata avec fierté qu'elle avait réussi à garder un ton égal. C'était très *raisonnable* de sa part, parce qu'à l'intérieur, une voix hurlait.

— Au cours des quatre dernières années, tu ne lui as même pas envoyé de carte d'anniversaire et maintenant tu es venu le *protéger* ?

Il y avait assez de sang sur le sol pour prouver qu'elle pouvait s'occuper de Michael elle-même.

Elle repéra un autre homme derrière David, l'espion blond qu'elle avait rencontré à la planque et dont elle s'était méfiée dès le début. Killion entra et détailla la tache de sang.

— J'ai entendu dire que vous lui aviez mis une balle. Beau travail, Mme Vincent.

David ricana.

— Aucune chance que ce soit toi. Tu ne toucherais jamais à une arme, alors tirer sur quelqu'un…

Vivi sentit un sourire féroce gagner les commissures de ses lèvres.

— Oh, crois-moi. Je l'ai fait. Et je le referai si *quiconque* menace mon fils.

— Notre fils, corrigea David.

Elle serra les dents. David voulait quelque chose, mais ce n'était pas une relation avec Michael. Vivi ne savait pas ce qui se passait, mais David n'allait pas leur faire du mal juste parce qu'il avait quelque chose derrière la tête. Jed sortit de la chambre en portant son enfant endormi et des sacs en plastique remplis de leurs maigres possessions. Elle lui toucha le bras et regarda les traits détendus de Michael. Il dormait comme s'il était drogué, et bien qu'elle soit contente de voir qu'il était paisible, elle était tout aussi inquiète.

— Est-ce qu'il va bien ?

— Il est juste épuisé.

Jed l'inspecta de la tête aux pieds comme pour s'assurer qu'elle était indemne. Puis il se tourna vers les hommes à la porte.

— Toujours en train de materner ce garçon, Veronica ?

— Tu devrais essayer un jour, connard, fit Jed à David.

Vivi aurait voulu applaudir.

L'expression de David devint mauvaise.

— Étant donné que vous êtes sur le point de perdre votre emploi pour avoir menti aux autorités fédérales et pour d'éventuelles accusations de kidnapping…

— Il n'a kidnappé personne, David, il nous a amenés ici pour notre sécurité.

Il haussa les sourcils d'un air hautain en jetant un coup d'œil au sol.

— Et regarde le résultat.

Le visage de Jed se ferma, et Vivi comprit qu'il s'en voulait.

— Tu veux que je le tue pour toi, fiston ? demanda le père de Jed derrière David, sur le porche.

Vivi cligna des paupières. David gonfla la poitrine

d'indignation. Killion essaya de cacher un sourire.

— Je pourrais jeter son corps dans l'un des lacs derrière. Personne ne le retrouverait. Je me chargerais aussi des gardes du corps.

Le ton du père de Jed était si monotone que Vivi se demanda à moitié s'il était sérieux. David se posait visiblement la même question.

Vivi ne put s'empêcher d'être émue par l'offre.

— Je peux vous faire arrêter pour comportement menaçant, déclara David, tournant le dos au mur en position défensive.

Le père de Jed rit, imperturbable.

— Pas si vous êtes mort.

Le visage de Killion devint impassible. Il regardait les choses se dérouler. Vivi décida que c'était *lui* qu'elle aimait le moins.

David dansait d'un pied sur l'autre, mal à l'aise.

— Qu'est-ce que tu veux, David ? demanda-t-elle avec lassitude.

— Je suis venu pour mettre Michael en sécurité.

Elle baissa la voix pour ne pas réveiller son enfant, mais la panique commençait à s'installer.

— Non. Dis-lui, Jed.

Mais une expression étrange apparut sur les traits de Jed.

— En fait, c'est peut-être la meilleure chose à faire.

Elle sentit ses genoux flancher.

— Quoi ?

Comment pouvait-il dire cela ? Elle lui avait raconté ce qui s'était passé. Il savait quel genre de parent – ou de non-parent – David avait été. Elle se sentit profondément trahie en croisant son regard impassible. Des yeux qu'elle avait fait briller de désir moins d'une heure auparavant. Peut-être était-ce le problème.

Jed dit calmement :

— Mon supérieur m'a dit qu'ils pensent avoir identifié la faction derrière l'attaque. On devrait pouvoir utiliser cette information pour les retrouver assez rapidement, ce qui signifie que la menace qui pèse sur la vie de Michael devrait bientôt être écartée.

L'exaltation s'empara de Vivi.

— Alors on peut rentrer chez nous ?

Jed secoua la tête. Il évita son regard, mais sa voix était tendue.

— Vous devrez rester sous détention protectrice pendant quelques jours encore. *Il* peut vous emmener dans un endroit sûr, fit-il en désignant David.

Elle attrapa la manche de Jed. Il se raidit légèrement sous ses doigts. Puis elle comprit. Une immense vague de honte vint la heurter de plein fouet.

Jed n'avait plus besoin de Michael. Il n'avait certainement pas besoin qu'elle se jette sur lui et manque de le faire tuer. Bon sang, elle était si stupide. Elle était en train de gâcher sa vie et sa carrière juste parce qu'il avait été assez gentil pour essayer de les aider. Quant à faire l'amour, quel homme ne coucherait pas avec une femme nue qui lui offrait un coup rapide sans attaches ?

Elle sentit la chaleur lui monter aux joues.

Était-ce lui qui avait appelé David ? Cela semblait être une sacrée coïncidence que le jour où il découvrait que son ex travaillait pour la DIA, ce dernier sonnait justement à sa porte. C'était peut-être pour cela qu'il avait été si difficile à séduire, car il savait que David pouvait arriver à tout moment. *Mon*

Dieu, comment avait-elle pu être aussi stupide ? Comment avait-elle pu penser qu'il se souciait vraiment d'eux ? Comment avait-elle pu se laisser séduire par ce type ?

Initier les choses ?

À en croire la douleur qui lui transperçait le cœur face à son rejet, elle avait largement dépassé le stade où elle commençait à « tomber amoureuse ».

Mais cela ne signifiait pas qu'elle devait faire ce qu'il lui disait. Elle ne lui appartenait pas. — Je ne veux pas suivre cet homme. Il doit bien y avoir une autre solution ?

— On vient d'ajouter une autre scène de crime à tout ça. Et un autre flic mort.

La voix de Jed était froide comme de la glace.

Vivi tressaillit et blêmit soudain. *Oh non.* Elle ne savait pas que quelqu'un d'autre était mort ce soir-là. Elle croisa ses bras sur son ventre.

— Les ressources sont limitées, il est donc logique que la DIA s'implique.

Il jeta un coup d'œil à David.

— Je suppose que vous êtes venu avec la cavalerie ?

David hocha la tête.

— Peut-être que les diverses organisations pourraient travailler ensemble pour une fois et attraper ces salauds ?

La bouche de Vivi s'affaissa lorsque Jed s'approcha de David et plaça son fils dans ses bras. David eut l'air surpris pendant un instant, puis fit remonter Michael dans ses bras et adressa un signe de tête à l'autre homme. David se retourna et sortit, la laissant plantée là comme une idiote. Jed se tourna vers elle avec un regard d'excuse, mais elle eut l'impression qu'il lui avait enfoncé une lame dans le cœur. Elle lui donna une gifle. Puis elle courut après l'homme qui portait son fils.

Elle n'avait aucun doute qu'il serait prêt à partir sans elle et la forcerait à le supplier de lui dire où il avait emmené Michael.

Elle était en souffrance. Pourquoi avait-elle cru que Jed était différent de tous les autres hommes ? Quelle idiote ! Elle avait été vraiment stupide. Elle monta sur la banquette arrière de la voiture de David et serra son fils dans ses bras. Elle n'adressa pas un regard en arrière à l'homme qui les regardait partir.

———

JED ETAIT SOULAGE que Vivi ne soit plus sous sa responsabilité. Ils recevraient une meilleure protection de la part de la DIA que celle qu'il avait pu leur fournir. Il s'accrocha à cette idée pendant le temps qu'il fallut à Vivi pour disparaître au loin. Puis son estomac se tordit et il vomit.

Il ressentit une bouffée de chaleur. Son ex était un connard, comment pouvait-il lui faire confiance pour s'occuper de Vivi et Michael ? Bon sang, elle ne lui pardonnerait jamais ce qu'il venait de faire. Bien qu'il l'ait fait pour les protéger, elle et Michael, il l'avait également fait pour essayer de sauver sa carrière et de s'éloigner de l'effet qu'elle avait sur lui – son incapacité à faire son travail correctement lorsqu'elle était impliquée.

Et merde.

Il était dans une merde sans nom.

Il sentit une main se poser sur le haut de son dos alors qu'il s'effondrait dans la neige à côté du chalet. Cette nuit ne s'était pas déroulée comme prévu.

Sa joue le lançait à cause de la gifle. Il l'avait méritée.

— Ça va aller, mon fils.

Une affirmation. Son père. L'ancre de sa vie. Jed n'avait aucun doute que s'il avait voulu la mort de David Pentecost, son père serait allé chercher la motoneige et de très gros rochers.

Jed cracha le goût amer de la bile de sa bouche et se redressa. Il n'allait pas bien, mais il avait un travail à faire, un travail qui finirait par résoudre tous les problèmes de Vivi et Michael – ceux liés à une mort imminente du moins.

Ils pourraient essayer de régler les autres plus tard. Le fait qu'il veuille tous les régler faisait de lui le plus grand des imbéciles, car il venait de griller ses chances d'avoir une relation avec Vivi en mettant Michael dans les bras de David.

Un père *devait* s'occuper de son fils – son propre père le lui avait appris. Alors pourquoi diable avait-il l'impression d'être Judas ?

Liam était arrivé sur place avec certains de ses adjoints et le shérif du comté. Le regard énervé et sombre qu'il lança à Jed alors qu'il s'occupait de son officier à terre fit revenir la nausée, mais Jed parvint à la repousser. Il avait du travail à faire. La culpabilité de la perte de l'officier était renforcée par le fait que son frère, sans parler de Vivi et Michael, était encore en vie. Liam comprit. Ils n'avaient pas besoin de parler.

Il retourna dans le chalet et trouva Killion en train de parcourir les dessins de Michael.

— Vous ne trottez pas après votre maître ? demanda Jed avec amertume.

Il aurait dû s'attendre à cette trahison, mais il avait été naïf de penser qu'ils étaient désormais amis. Les espions n'avaient pas d'amis. Les coups de poignard dans le dos étaient leur mode opératoire. Killion haussa les épaules.

— Il n'a rien à voir avec moi. J'avais besoin d'un service du bureau des attachés militaires et j'ai trouvé un moyen de l'obtenir. En échange, je lui ai dit que je le conduirais à sa femme si je la retrouvais vivante.

— Vous saviez qui était son mari quand vous l'avez rencontrée, n'est-ce pas ?

— Langley le savait.

— Et l'a utilisé à son avantage.

Jed adressa un regard noir à l'homme. Il tremblait de rage.

— La seule raison pour laquelle je ne vous tire pas dessus, c'est parce que je n'ai pas envie de m'embarrasser avec toute la paperasse.

— Hé, fit Killion en levant les mains en signe d'impuissance, ce n'est pas moi qui l'ai mise dans la voiture avec ce type avant d'avoir pu dire ouf. C'est *vous* qui êtes responsable. Je m'attendais à ce que vous lui administriez une correction et pas que vous lui donniez l'absolution. Qu'avez-vous fait de si grave pour chercher à vous débarrasser d'elle si vite ?

Il était évident que Jed avait fait une erreur.

— Si cela peut vous consoler, je l'aurais baisée aussi, dit Killion sans ménagement.

Il sentit une rage sourde monter en lui. Il plissa les yeux et serra les poings. S'il s'était trouvé plus près, il aurait pu lui éclater la tête. Ou il l'aurait étranglé et l'aurait jeté *lui* dans le lac. La seule chose qui le freinait, c'était le fait que le type *voulait* l'énerver. Il voulait qu'il le frappe. Jed avait besoin de retrouver son équilibre et de régler ce problème en gardant la tête froide, c'est pourquoi il s'était débarrassé de Vivi.

Et merde.

Elle allait l'embrocher. Mais elle serait mieux à Washington, à l'abri de ce cinglé. Il pourrait ramper quand tout serait fini, mais il devait d'abord mettre ces gens sous les barreaux. Faire son travail.

— On dirait que vous avez reçu une bonne raclée. Je suppose que le gars était un pro ou bien vous étiez affaibli par… une séance de sport trop intensive ?

Killion s'éloigna, comme s'il savait qu'il jouait un jeu dangereux en cherchant Jed de la sorte. Mais cela ne faisait aucun doute, être énervé était déjà mieux que de s'apitoyer sur soi-même.

— Ce type était un professionnel. Il est entré par le soussol, a coupé le disjoncteur. Je lui ai sauté dessus de là-haut.

Jed indiqua l'étage supérieur du menton.

— La seule raison pour laquelle je suis encore là, c'est que quand je l'ai frappé, il est tombé et s'est fendu le crâne.

Ce n'était pas facile d'admettre que l'autre type était meilleur que lui, mais c'était la vérité.

— Qu'avez-vous tiré de l'interrogatoire ?

Killion plissa les yeux. Il avait entendu Jed dire à Vivi qu'ils savaient qui était derrière l'attaque, mais il était patient pour une fois.

— Abdullah a tout nié et a soudain joué la carte de l'*immunité diplomatique.* Il s'avère qu'il n'est pas seulement de la garde républicaine, c'est aussi un parent éloigné du président lui-même. L'ambassadeur syrien a été appelé à la Maison-Blanche et maintenant les diplomates se font expulser comme des immigrés sans papiers qui traverseraient le Rio Grande.

Killion se tourna pour le regarder, adressant à son père un sourire de surfeur qui ne dupa personne.

— Avez-vous trouvé son ADN sur les téléphones portables ?

Killion secoua la tête.

— Mais on a l'ADN d'une femme correspondant aux vêtements que vous avez trouvés. Aucun résultat dans les bases de données.

Killion sortit l'image d'une femme portant un hijab de la pile de dessins de Michael.

— Vous pensez que c'est elle ?

Jed grimaça.

— Probablement.

Mais le foulard couvrait tout sauf ses yeux, empêchant toute exploitation par les programmes de reconnaissance faciale. Le FBI pourrait cependant demander l'aide du public. Quelqu'un pourrait la connaître, surtout si elle avait travaillé au centre commercial.

La patience de Killion avait atteint ses limites.

— Alors, qui était derrière les attaques ?

Jed le regarda attentivement et se dit qu'il avait assez attendu. Alex Parker, leur nouveau consultant en cybersécurité avait un don pour accéder aux données de téléphonie mobile – pas nécessairement en passant par des moyens légaux –, mais il leur fallait faire tomber à tout prix cette cellule avant que quelqu'un d'autre ne meure.

— Des sources du FBI ont retracé des appels téléphoniques entre Abdullah Mulhadre et un homme appelé Sargon Al Sahad. Il s'est battu avec les rebelles, mais de récentes informations suggèrent qu'il est disposé à travailler avec le plus offrant.

Killion fit rapidement le lien et son regard s'illumina.

— Cela correspondrait au mercenaire allemand retrouvé mort à la planque. Le MI6 est censé se renseigner, mais je n'ai encore rien entendu de leur part.

L'attaque aurait pu être le fait d'un groupe dissident, d'une cellule extrémiste musulmane ou du gouvernement lui-même.

— Les terroristes n'engagent pas de mercenaires. Ou du moins, pas à sa connaissance. L'ironie d'être un expert en psychologie criminelle, mais d'être totalement démuni dans le cas présent ne lui échappait pas.

— Et ils profitent généralement de toutes les occasions pour se faire de la publicité – alors pourquoi personne n'a revendiqué l'attaque du centre commercial ?

— Bien vu, fit Killion.

Ce Sargon et les rebelles auraient-ils cherché à piéger le régime syrien et obtenir plus de soutien de l'Occident pour leur lutte ?

Killion s'interrompit comme s'il y réfléchissait.

— C'est possible. Mais ça ne correspond pas à leur mode de fonctionnement habituel. Ces types se battent pour leur vie. Si je devais parier, je dirais qu'il est plus probable que le régime ait engagé Sargon pour montrer les rebelles sous un mauvais jour et couper les livraisons d'armes et le soutien de l'Occident.

Et merde. Ils avaient besoin de meilleures informations.

— Et il ne se dit rien sur Internet ?

— En fait, tout d'un coup, il se dit tellement de choses qu'on n'arrive à rien vérifier.

Jed se frotta le visage, en pensant tout haut.

— Qui d'autre aurait intérêt à pointer du doigt le gouvernement syrien ?

Oh, non. La réponse lui donna un bon mal de crâne.

Il se dirigea vers l'endroit où se trouvait l'arme de l'assaillant. Il ne l'avait pas touchée à cause des empreintes digitales. L'homme ne portait pas de gants.

— Il faut que vous regardiez ça.

Son père et Killion s'approchèrent de l'arme. Il ne leur fallut qu'un instant pour comprendre la signification de la marque.

— Merde.

Killion tendit la main pour prendre l'arme, mais une voix s'éleva.

Liam se tenait dans l'embrasure de la porte, l'air contrarié.

— Touchez ma scène de crime, et je vous arrête.

— Si vous voulez avoir le Département d'État au cul, allez-y, rétorqua Killion.

Liam s'avança, plissant les yeux, l'air glacial. Il avait perdu un de ses hommes ce soir-là. Jed connaissait son frère. Le menacer ne mènerait nulle part.

— Il faudra peut-être un peu de temps au Département d'État pour savoir où vous êtes, M…. ?

— J'ai le droit à un appel téléphonique, n'est-ce pas ?

— Seulement si je peux trouver un téléphone. Quel est votre nom ?

Son frère n'était pas d'humeur à plaisanter ce soir-là. Ses blessures étaient trop récentes. Jed se rendit compte qu'il n'avait pas ressenti de souffrance quant à lui depuis que l'espion était arrivé. Killion l'avait totalement distrait de Vivi et du flic mort, et l'avait amené à se concentrer sur le vrai problème. Il était doué.

— Il s'appelle Patrick Killion, c'est un agent de renseignements à la CIA. Et si ce n'est pas un oxymore, alors je ne sais pas ce que c'est.

Killion croisa le regard de Jed.

— C'est votre jumeau, je suppose ?

— Comment avez-vous deviné ?

— Parce que vous êtes aussi pénibles l'un que l'autre.

— Vous avez attrapé le gars ? demanda Jed à son frère, ignorant l'espion.

— J'ai tous les policiers et les shérifs qui le traquent dans ce comté et les comtés voisins. Liam secoua la tête.

— J'ai lancé un avis de recherche pour le SUV et des alertes dans tous les hôpitaux locaux. Vous avez bien vu le type ?

— Je n'ai pas vu son visage. Le fait de savoir qu'il était là quelque part, peut-être à traquer Vivi... Il composa son numéro, mais personne ne décrocha.

— Vous savez comment joindre David Pentecost ? demanda Jed à Killion.

Le fait d'avoir perdu de vue Vivi et Michael lui donnait des démangeaisons, même si c'était de sa faute.

Killion sortit une carte de sa poche.

— C'est son numéro personnel. Il a prévu des renforts sur l'autoroute. Ce type ne veut prendre aucun risque avec sa sécurité personnelle.

Jed poussa un soupir de soulagement. Il avait merdé, mais c'était quand même probablement le meilleur choix. La détention protectrice. Et merde. Cela n'avait pas très bien fonctionné la dernière fois... Il glissa la carte dans sa poche.

— Il serait peut-être préférable que cette arme disparaisse, du moins sur le papier, fit Killion.

— Cette arme a probablement tué mon adjoint. Personne ne l'emmènera ailleurs qu'au laboratoire des preuves, déclara Liam avec fermeté.

La tension monta entre les quatre hommes.

— Si on emporte cette arme, quelque chose me dit que les preuves disparaîtront avant le lever du soleil, dit Killion à voix basse, mais avec un sentiment d'urgence. Ça ne me dérange pas vraiment, parce que je doute qu'ils trouvent une quelconque correspondance dans le système. Ce qui me dérange, c'est que les personnes qui traitent les preuves pourraient devenir des dommages collatéraux.

Liam s'avança, furieux, les yeux injectés de sang.

— Vous menacez les gens ?

Jed l'arrêta en posant une main sur sa poitrine.

— Pas moi.

La voix de Killion se fit plus dure.

— Et toutes les autres preuves sur le tapis là-bas ? souligna Jed.

Killion se redressa et haussa les épaules.

— Ça ne m'étonnerait pas qu'elles connaissent le même sort.

— C'est une sacrée théorie du complot que vous nous sortez là.

Les yeux de Liam s'attardèrent sur l'espion. Cette preuve ne risquait pas de disparaître.

— Tu as des flacons stériles ? demanda Jed à son frère.

Le temps allait leur manquer. Il avait du travail à faire.

— Pourquoi ?

— Plus on a d'échantillons d'ADN, mieux c'est.

— Je veux aussi des doubles, fit Killion. Je vais l'envoyer à notre laboratoire.

— Vous avez un laboratoire ? demanda Jed.

— Peut-être.

La réponse de Killion était évasive, mais en disait long.

— Les vacances sont terminées ? lui demanda l'espion.

— Les vacances sont terminées, convint Jed.

Liam fouilla dans ses poches et leur donna deux flacons

chacun.

— L'arme reste. Vous pouvez la photographier, mais c'est tout. Je vais appeler le laboratoire d'État pour qu'il s'occupe de la scène de crime. Cela nous laisse tout le temps d'essayer de résoudre ce problème et de trouver ce tueur de flics. Vous réalisez que la personne qui a tiré sur l'agresseur a officiellement fui la scène ?

Liam fixait durement Jed.

Et cela le frappa à nouveau. Elle avait tiré sur quelqu'un ce soir, après qu'il lui eut promis qu'elle serait en sécurité. Jed ferma les yeux, peinant à réaliser ce qu'il avait fait. Plus tôt ce jour-là, elle lui avait dit qu'elle lui faisait plus confiance qu'à son ex. Il l'avait remerciée en la jetant dehors moins d'une heure après l'avoir baisée alors que cela dépassait l'entendement.

Elle ne voudrait plus jamais lui parler. Et alors ? Il s'était déjà dit qu'ils n'avaient pas d'avenir ensemble, qu'elle méritait mieux. Mais elle méritait sûrement mieux que son trou du cul d'ex. Il se détourna des autres hommes. Il fixa le trou laissé par la balle dans la vitre comme si c'était leur plus gros problème.

— Désolé pour le chalet, papa. Je paierai les réparations.

— Ça va être un enfer d'enlever la tache sur le tapis, dit Killion, toujours aussi serviable.

Son père lui adressa un sourire qui aurait effrayé la plupart des gens, puis il se tourna vers Jed.

— Ne t'inquiète pas pour le chalet, fiston. Trouve juste comment tu vas te racheter auprès de ta jeune femme et de son fils.

— Elle n'est pas à moi.

Cette prise de conscience lui fit l'effet d'un poids sur la poitrine. Son ton devint amer.

— Michael est avec son père. Je pensais que tu approuverais.

— Être un donneur de sperme ne suffit pas à être père, et tu le sais.

Il tourna le dos à Jed et toucha le bras de Liam.

— Ta mère va venir avec toi pour annoncer la terrible nouvelle à la femme de ce jeune homme. Je viendrai aussi, et je verrai si je peux me rendre utile.

Liam fit un signe de tête.

— Merci.

Il pointa du doigt Jed et Killion.

— Si l'un de vous quitte ou touche la scène de crime avant que j'aie fini, je vous retrouverai et je vous jetterai tous les deux en prison, quel que soit votre grade, compris ?

Sa question fut accueillie par un silence assourdissant. Aucun d'entre eux ne promit quoi que ce soit.

CHAPITRE DIX-HUIT

VIVI DETACHA SA ceinture de sécurité et lutta pour garder son sang-froid. Elle était entrée dans un royaume où David pensait qu'il avait plus de pouvoir que Dieu. Considérant qu'elle avait tiré sur un homme ce soir-là qui pourrait ou non encore essayer de tuer son fils, elle n'était pas assez sûre d'elle ni de la situation pour faire autre chose que suivre ses plans. Pour l'instant.

Le fait que Jed l'ait abandonnée lui faisait mal au plus profond de son être, et c'était insensé. Elle s'était jetée à son cou, se disant et lui disant qu'elle n'avait aucune attente. Il avait un travail à faire, un travail qui était important. Il était vital d'attraper les tueurs pour que leur société fonctionne correctement, sauf que rien ne fonctionnait normalement en ce moment et que les tueurs semblaient être partout.

Elle rationalisait son comportement, ce qui signifiait qu'elle avait encore plus de problèmes qu'elle ne le pensait. Elle était amoureuse de cet homme, et il les avait rejetés aussi facilement que David l'avait fait. Mais il n'avait jamais fait de promesses, sauf d'essayer de les protéger.

Elle regardait par la fenêtre le paysage morne et désolé, sentant la solitude s'étendre dans sa poitrine. C'était pour cela qu'elle tenait les gens à distance. C'était trop douloureux lorsque les sentiments n'étaient pas partagés.

Michael s'était réveillé dans l'hélicoptère et était mainte-nant pressé contre elle. Il n'avait pas eu l'air particulièrement effrayé au début, mais ensuite son père s'était retourné pour les regarder et son corps entier s'était contracté dans ses bras. Son père ne lui avait pas adressé le moindre sourire. Il n'avait pas cherché à établir de contact avec lui. Il lui avait seulement adressé un signe de tête froid qui semblait plus scrutateur que bienveillant. Le salaud.

Elle pensait qu'ils allaient s'envoler pour Washington, mais le trajet avait à peine duré une demi-heure. Il les avait ramenés à Minneapolis. En plein cœur du danger.

Mon Dieu, elle détestait cet homme.

Jed avait peut-être raison ; le danger était peut-être quasi-ment écarté. Elle espérait juste que les terroristes avaient tous reçu le mot. Le pilote posa l'hélicoptère presque sans à-coups. Lorsque David ouvrit la porte, le rotor faisait encore trop de bruit pour lui poser des questions ou exiger des réponses. Elle prit toutes leurs affaires d'une main et saisit la main de Michael de l'autre.

La lèvre supérieure de David se retroussa, mais elle se fichait de ce qu'il pensait de son rôle de mère. Si sa propre mère n'avait pas été une telle reine des glaces, ils ne se seraient pas retrouvés dans cette situation. Une berline Lincoln noire s'arrêta sur le tarmac, et David la prit par le coude et la poussa vers le véhicule. Elle serra les dents à son contact. Son estomac se retourna à l'idée qu'ils avaient eu des relations intimes par le passé.

Ils se glissèrent dans la voiture et le conducteur démarra immédiatement.

— Où est-ce que tu nous emmènes ? Qu'est-ce qu'on fait là ? demanda-t-elle avec insistance.

— Calme-toi, Veronica. Tu vas effrayer le garçon.

Une rage volcanique la traversa. Ils avaient été attaqués à plusieurs reprises au cours des derniers jours et pourtant, le fait qu'elle pose des questions basiques risquait d'» effrayer le garçon ».

Mais c'était du David tout craché, toujours à essayer d'avoir le dessus.

— Garez-vous, dit-elle au chauffeur.

Il regarda David dans le rétroviseur intérieur.

— J'ai dit, garez-vous ! cria-t-elle.

David attrapa son bras et le serra si fort qu'elle aurait des bleus le lendemain.

— Ignorez-la. Conduisez jusqu'à l'hôtel.

Il lui tordit le poignet et elle vit un éclat de satisfaction dans ses yeux quand elle grimaça.

— Ferme-la et fais ce que je te dis pendant quelques heures et tu pourras retourner en rampant vers ton agent du FBI de bas étage – non pas qu'il ait eu l'air de vouloir te garder. Plus maintenant en tout cas. J'aurais pu lui dire que le jeu n'en valait pas la chandelle.

Son regard se posa sur le cou de Vivi.

Elle mourait d'envie de le gifler comme elle avait giflé Jed plus tôt. Seule la peur de devenir hystérique devant Michael l'empêchait de le faire. Combien de fois avait-elle essayé d'enseigner à Michael que la violence n'était pas le moyen de résoudre les différends ? Mais Jed l'avait remise à David comme si elle ne signifiait rien pour lui, alors qu'est-ce que ça pouvait bien lui faire ? Excepté qu'elle s'en souciait, sans quoi elle ne l'aurait pas giflé.

Un homme était mort.

Un policier qui surveillait la maison avait été assassiné,

probablement pendant qu'ils faisaient l'amour. C'était de sa faute si Jed avait été distrait. Pas étonnant qu'il se débatte avec la culpabilité. Dieu merci, ce n'était pas son frère, sinon il ne s'en serait probablement jamais remis. Mais un jeune homme était mort en essayant de les protéger. Humilité, regrets et culpabilité tournoyaient dans son esprit à cette idée.

Pourquoi ces gens voulaient-ils tant les tuer ? Que pensaient-ils que Michael savait ? Le danger était-il vraiment écarté ?

David se pencha plus près de son oreille pour qu'elle seule puisse l'entendre.

— Quand es-tu devenue une telle salope, Veronica ? Il m'a fallu une alliance pour pouvoir entrer dans ta culotte, et ça ne valait certainement pas le prix de l'entrée.

Retourner le couteau dans la plaie était sa spécialité. Elle lui répondit donc en chuchotant :

— À l'instant où tu es sorti de ma vie, j'ai sauté sur n'importe quel type qui respirait. Et tu sais quoi ? J'ai aimé ça.

Elle s'assit contre le siège en souriant, tandis que David la regardait méchamment. Il était jaloux. Il l'avait toujours été. Elle le voyait dans ses yeux. Même s'il était marié à une autre femme, il était jaloux de la personne avec laquelle elle couchait, car il l'avait toujours considérée comme sa propriété. Soudain, elle était merveilleusement heureuse d'avoir couché avec Jed. C'était torride, moite et fabuleux. Elle fit en sorte que David le lise dans ses yeux. Sa satisfaction. Le peu de cas qu'elle faisait de lui.

— Je peux te rendre la tâche très difficile, Veronica. Ne l'oublie pas.

— Des menaces, David ? Et pourtant, plus tôt, tu as prétendu que tu venais pour protéger ton fils, dit-elle d'un air arrogant, en espérant que Michael n'entende pas ces échanges agressifs chuchotés.

— Peut-être que je le ferai interner.

Son sourire était glacial.

— Il devrait être en sécurité dans un institut psychiatrique, tu ne penses pas ?

David avait posé cette question comme s'il parlait de la circulation.

Un tic nerveux lui agita la joue. Elle n'était pas une personne violente, mais elle voulait vraiment lui faire du mal. Michael avait les yeux fermés, son front touchait la portière de la voiture. Il n'avait pas croisé son regard, et elle le sentait se renfermer sur lui-même. Elle lui serra le genou pour lui indiquer que tout allait bien se passer.

Elle pouvait y arriver pour lui. Elle ferait n'importe quoi pour lui.

— Tu as dit que tu avais besoin de ma coopération pendant quelques heures. Je te suggère d'arrêter de jouer et de me dire ce que tu veux. Ensuite, je réfléchirai à la possibilité de t'aider ou non.

Ses yeux devinrent pareils à ceux d'un serpent.

— Tu m'as mal compris. Si tu veux accompagner ton fils, tu peux, mais Michael vient de toute façon avec moi.

Leur fils se roula en boule sur le siège et se mit à se balancer. Elle lui passa une main dans le dos, sa colonne vertébrale tendue sous des doigts.

— Arrête de pleurnicher, petit morveux, cracha David. Tu vas avoir l'honneur de rencontrer le président des États-Unis aujourd'hui et tu vas t'adresser à lui et à moi en disant « Monsieur » !

Il allait saisir l'épaule de Michael, mais Vivi s'interposa

entre eux.

— Laisse-le tranquille !

David la poussa si fort qu'elle heurta le siège. La douleur irradiait à travers sa joue, mais ce ne fut pas le plus surprenant.

Michael cria. Il sauta sur son père, le frappant au visage de ses petits poings serrés. David le repoussa. Vivi resta assise, bouche ouverte, stupéfaite.

Cela avait peut-être été déclenché par l'horreur et la violence, mais son fils venait de produire son premier son en quatre ans. Elle ouvrit les bras, et il se précipita contre elle, enfouissant son visage contre sa poitrine. Elle le serra très fort dans ses bras et regarda son ex-mari essayer d'endiguer le saignement de son nez et les égratignures sur sa joue.

— Je t'aime, Michael.

Elle le serra plus fort dans ses bras et il s'accrocha à elle.

Elle sentit les larmes monter, mais elle refusa de les laisser couler. Après tout ce qu'ils avaient vécu, c'était dérisoire. Elle chassa Jed de son esprit. Il appartenait déjà au passé. Plus que quelques heures. Quelques heures seulement. Et ils seraient libérés de cet homme pour toujours.

ELAN RETOURNA A l'hôtel de luxe qu'il avait à peine vu depuis son arrivée. Il avait une trousse de premiers secours bien garnie et quelques heures pour se préparer. La mission de sauvetage de ses enfants était en cours, et dès qu'il aurait mis ses filles en sécurité, Pilah ferait tout ce qu'il voudrait. Non pas qu'il en doutait, mais il aimait avoir toutes les cartes en main. Et il aimait tenir ses promesses.

Ironiquement, tout leur plan reposait sur l'ennemi. Ou

peut-être pas. Tout leur plan reposait en fait sur la force de l'amour d'une mère. Et l'amour qu'il ressentait pour son pays s'apparentait à cette émotion.

Dans la salle de bains de sa suite, il se déshabilla et avança sous les puissants jets de la douche. Il ressentit une vive douleur quand l'eau entra en contact avec sa chair abîmée. L'eau devint rouge vif quand il lava ses cheveux emmêlés. Son épaule le lançait et cela allait empirer.

Une fois la plaie nettoyée, il ferma les robinets et pressa une serviette contre sa blessure à la tête, qui avait recommencé à saigner. Lorsque le saignement s'arrêta, il appliqua des points de suture adhésifs pour aider la plaie à cicatriser.

Ensuite, il s'assit sur une serviette sur les toilettes. Elan utilisa un briquet pour stériliser une pince en acier inoxydable à extrémité plate, puis il versa du whisky sur la plaie de son épaule.

Il serra les dents sous l'effet de la douleur cuisante et enfonça les extrémités métalliques de l'instrument dans sa chair abîmée. Il souffrait le martyre. De la sueur s'écoulait par tous ses pores, formant des ruisseaux dégoulinant le long de son corps. Il prit une profonde inspiration. Il aurait aimé pouvoir boire l'alcool, être chez lui avec sa famille. Puis il enfonça la pince plus profondément et toucha quelque chose de dur. *Enfin.* Il lui fallut plusieurs tentatives pour atteindre la balle, mais il sortit l'objet métallique et le jeta dans l'évier où il atterrit avec un bruit sourd. Heureusement, la balle semblait être en un seul morceau.

Il appuya une autre serviette contre sa blessure et resta assis, respirant fortement.

Il devait rapidement se préparer pour sa mission.

Sargon Al Sahad avait recruté des sympathisants rebelles

qui pensaient piéger le régime syrien avec des attaques terroristes sur le sol américain. Ils voulaient que l'Occident intervienne et avaient très nettement dépassé leur objectif. Quelques minutes plus tôt, Sargon avait reçu une importante somme d'argent d'une société appartenant à un haut fonctionnaire du gouvernement syrien. L'homme s'attendait à être payé, mais pas par les personnes qu'il essayait de détruire ni d'une manière aussi facilement traçable. Les Américains ne tarderaient pas à additionner un et un. Et l'étape suivante du plan garantirait que le président répondrait avec une force létale écrasante – peu importe qu'il soit antiguerre ou proarabe.

C'était garanti.

––––––––––

ILS DESCENDIRENT DANS une somptueuse suite d'hôtel, au centre-ville de Minneapolis. David posta un garde à la porte. Elle se demanda si c'était pour les empêcher de sortir ou pour empêcher les terroristes d'entrer. Vivi espérait qu'ils prenaient le risque au sérieux ; trop de personnes étaient mortes pour qu'ils prennent la menace à la légère. Mais Jed les aurait-il vraiment écartés s'il pensait qu'ils couraient encore un risque ? Peut-être. Elle n'en savait plus rien.

David se tenait près de la porte. Pour la première fois, il avait l'air mal à l'aise, probablement parce qu'ils n'étaient que tous les trois désormais. Ils n'étaient plus en présence d'inconnus ignorant le passé de leur petite famille tragique.

Michael sortit la tablette que Jed lui avait donnée et s'assit, recroquevillé sur une chaise, en la serrant contre sa poitrine.

David consulta sa montre.

— Vous avez quelques heures pour dormir, puis vous faire propres.

Il fronça les sourcils en regardant son jean et ses bottes.

— Je vais aller vous acheter des vêtements à tous les deux. Tu fais toujours la même taille ?

Il avait toujours aimé l'habiller. Elle ressentit un profond dégoût pour elle-même à l'idée qu'elle ait cédé à tant de ses attitudes dominatrices. Mais pour l'heure, elle aurait même accepté de porter un sac en papier tant qu'ils pouvaient en finir avec cette « réunion ».

Elle fit un signe de tête, sachant qu'il allait revenir avec des talons et une jupe crayon même s'il y avait de la neige.

— Prends quelque chose d'assez chaud.

Elle pensait à Michael.

— Et n'oublie pas le maquillage.

Parce qu'elle avait vraiment une sale tête.

— Vivi, je…

Son visage exprima le regret l'espace d'un instant, mais s'il s'excusait, il risquait de s'étouffer avec sa propre langue. Il s'interrompit et resta là, tête baissée, honteux. Mais elle le sentait aussi. Ils s'étaient tous les deux mal comportés et aucun d'entre eux ne savait comment y mettre un terme.

— Passons à autre chose, d'accord ? fit-elle.

C'était triste qu'ils en soient arrivés là. Deux personnes qui avaient autrefois voulu et fait un bébé ensemble pouvaient à peine supporter de se voir.

Il partit sans dire un mot de plus.

Elle se tourna vers son fils qui avait l'air malheureux. Elle ferma les yeux. Malgré tout, il lui fallait trouver un moyen d'arranger suffisamment leur relation pour qu'elle et David puissent communiquer comme des adultes et ne pas traumatiser davantage leur enfant. Que Michael puisse apprendre à connaître son père, l'homme dont elle était tombée amoureuse, et non l'abruti dont elle avait divorcé. Peut-être était-il encore là, enterré sous la déception, le ressentiment et l'ambition.

Michael était toujours en pyjama. Ses cheveux roux avaient tellement poussé qu'ils commençaient à boucler. Ses yeux bleus soutinrent son regard, à la recherche de réconfort. Elle était reconnaissante qu'il ne se soit pas replié sur lui-même à cause du stress qu'il avait subi. Elle commençait à penser que le Dr Hinkle avait raison, que Michael n'était pas autiste et qu'il s'en sortait très bien vu les circonstances.

Elle se souvint de la joie qui avait illuminé son visage devant les montagnes russes quelques jours plus tôt à peine.

Cela lui semblait faire une éternité. Toute une histoire d'amour d'avant.

Si elle devait monter sur des montagnes russes – et même des milliers d'attractions – pour rendre son fils à nouveau heureux, elle le ferait. Ils iraient à Disneyland dès que tout serait terminé, et ils feraient chaque attraction deux fois.

Ce ne serait pas aussi facile de réparer son cœur brisé, mais c'était la vie. Elle aurait dû y être habituée. Elle ne se laisserait pas briser. Elle avait un enfant dont elle devait s'occuper et un président à rencontrer.

Grand dieu, comme c'était détestable de s'apitoyer sur son sort !

Où était passée sa combativité ?

Elle fut alors frappée par le fait que la peur d'aimer revenait à être prisonnière de son propre esprit, mais qu'il s'agissait d'un exil qu'on s'imposait à soi-même.

Elle était lâche.

Une douleur lui contracta l'estomac. C'était une foutue lâche. Sachant à quel point la vie pouvait être courte, elle avait encore trop peur de dire à un homme bon qu'elle aurait voulu avoir une relation avec lui. Et c'était un homme bon. Il essayait de l'aider depuis le début de la catastrophe, que ce soit en l'aidant à se relever lorsqu'on l'avait renversée dans le centre commercial ou en l'emmenant chez ses parents pour essayer de la protéger là-bas. Il avait essayé de faire son travail, et elle n'avait cessé de lui compliquer la tâche. Pas étonnant qu'il lui en veuille.

Son cerveau était embrumé et elle était à deux doigts de tomber de fatigue. Le résultat de plusieurs jours de cavale et de manque de sommeil. Elle se reposerait et essaierait de tirer les choses au clair. Bientôt.

— Dis, chaton, va prendre une douche et ensuite tu pourras dormir un peu plus, d'accord ?

Michael posa la tablette sur la table et se précipita vers la salle de bain. Elle alluma la douche et s'assura que la température était bonne.

— N'oublie pas le savon et le shampoing.

Elle lui donna un baiser et fut récompensée par un petit câlin et un mouvement des lèvres. Elle le serra très fort, en faisant attention à ne pas lui faire mal ; elle aurait voulu l'étreindre de tout son être. Il avait essayé de la protéger plus tôt, et elle savait que le son qu'il avait émis l'avait choqué autant que les autres. Mais cela lui donnait de l'espoir. Cela l'amenait à penser que *peut-être...*

Elle retourna dans le salon et posa les fournitures de dessin à côté de la tablette que Jed leur avait donnée, car le dessin aidait Michael à faire face, et c'était ce dont il avait le plus besoin ; un moyen de faire face. Une page glissa par terre. Elle se pencha pour la ramasser. C'était le dessin de Jed la serrant dans ses bras dans la cuisine, la veille.

Sa réaction fut si intense qu'elle se laissa tomber sur la chaise la plus proche. Ce n'était pas tout à fait le moment où elle était tombée amoureuse de lui, mais le dessin résumait tout ce qu'elle ressentait. Elle était en réalité tombée amoureuse de lui quand il avait sorti Michael de la voiture et l'avait mis au lit à la planque.

Elle toucha les cheveux de Jed comme s'ils étaient réels, mais ce n'était qu'un dessin au crayon couché sur papier. L'expression de ses yeux suggérait qu'il se souciait peut-être plus d'elle qu'il ne le laissait entendre, mais c'était peut-être un souhait de Michael. Il était évident qu'il idolâtrait Jed et sa famille. Elle glissa le dessin avec précaution à l'arrière du carnet de croquis et laissa échapper un profond soupir. Elle avait beau être blessée, elle était redevable à Jed pour ce qu'il avait fait pour eux et devait s'excuser. Cela la rendait malade de l'avoir frappé, et que Michael ait été témoin de la dispute qu'elle avait eue avec David dans la voiture. Qu'est-ce qui lui était passé par la tête ? Vivi sortit son téléphone portable de sa poche et vit que Jed avait essayé de l'appeler plus tôt. Elle ne l'avait pas entendu sonner. Elle était probablement dans l'hélicoptère.

Cela lui procura un ridicule sentiment de soulagement, même si cela n'aurait pas dû être le cas. Elle composa le numéro.

— Vivi ?

Sa voix lui fit un choc, lui rappelant leur première rencontre au centre commercial avant que les ennuis commencent.

— Vivi, c'est toi ?

Elle s'éclaircit la gorge.

— Oui. Je voulais juste m'excuser pour tout à l'heure. J'ai eu tort de faire ce que j'ai fait et je n'ai pas les mots pour te dire à quel point je regrette.

Au bout du fil, il y eut un silence choqué.

Puis il se mit à parler rapidement.

— Écoute. C'est de ma faute. Je n'aurais pas dû. Tu étais dans une situation terrifiante et j'étais en position d'autorité. On nous met en garde contre ce genre de choses pendant la formation et j'ai profité de toi…

Vivi cligna des yeux et éclata de rire.

— Tu penses que je m'excuse de t'avoir séduit ? Si je suis désolée pour tout ce qui s'est passé par la suite, je ne suis *pas* désolée pour ça. Bien que je sois désolée que tu le regrettes.

Il essaya de l'interrompre, mais elle ne la laissa pas faire.

— Je m'excuse de t'avoir giflé.

— Oh.

Bon sang. Vraiment ? *Oh* ? C'était tout ce qu'il avait à dire ? C'en était assez. Il ne s'intéressait manifestement pas à elle, et elle les embarrassait tous les deux en évoquant à nouveau le sujet. C'était la raison pour laquelle elle s'était mise en retrait du monde pendant toutes ces années. Elle ne savait pas comment s'ouvrir sans se faire éviscérer. Personne n'aimait être blessé. Elle était bien mieux seule.

Elle était bien plus lâche qu'elle ne l'avait imaginé.

— Vous avez attrapé le type qui s'est introduit dans le chalet ?

Elle avait besoin de savoir à quel point ils étaient encore en danger.

— On ne l'a pas encore trouvé, mais je suis sûr que vous serez en sécurité à Washington.

— Ah.

Elle eut honte de laisser paraître son amertume.

— Nous ne sommes pas à Washington. On nous a invités à venir rencontrer le président à Minneapolis. Tu te rends compte ?

Son enthousiasme forcé ne trompait personne.

— Quoi ?

Le signal était très mauvais, et il était manifestement dans un véhicule en mouvement. Oh, non, elle était probablement sur haut-parleur. La honte lui monta aux joues à l'idée que ses collègues puissent l'entendre – à l'idée que Killion puisse l'entendre alors que c'était probablement lui qui l'avait vendue à son ex.

— Le président se rend sur le site de l'attentat et va voir les blessés à l'hôpital ce matin. David veut en profiter pour présenter son fils au président.

— Quoi ?

Ce même mot qui revenait sans cesse plus fort. Plus durement.

— On est à Minneapolis.

Ses épaules s'affaissèrent. D'un air absent, elle prit la tablette et alluma l'écran. Son cœur bondit quand elle vit que Michael avait écrit quelque chose. Les mots et les lettres étaient mélangés, mais à l'idée qu'il puisse éventuellement communiquer de cette façon, son cœur s'emballa légèrement.

— Jed, Michael a essayé d'écrire quelque chose sur la tablette que tu lui as donnée. On dirait qu'il essaie de dire quelque chose.

— Envoie-le-moi.

— C'est du charabia. Ça n'a aucun sens…

— Vivi…

Ses douces remontrances lui rappelaient qu'ils n'avaient pas grand-chose à quoi se raccrocher, et que Michael savait peut-être vraiment quelque chose, ce qui semblait encore dingue.

— Donne-moi ton adresse e-mail, dit-elle.

Elle devrait ensuite l'oublier, pour ne pas être tentée de le traquer en ligne. Cela n'arriverait pas. Encore quelques jours et elle en aurait fini avec Jed Brennan. Elle ne le reverrait probablement jamais. Cette idée lui brisait le cœur.

Jed lui donna son adresse et elle lui transféra la note.

— Je l'ai. Merci. Je pensais que vous seriez plus en sécurité avec lui. Merde, je n'arrive pas à croire qu'il vous ait ramenés là-bas…

Il y eut une certaine agitation derrière Jed – l'espion était clairement avec lui et semblait venir d'apprendre quelque chose d'important. Jed était sur le point de raccrocher, elle le sentait. Elle le devança.

— Je voulais te dire quelque chose rapidement.

— Ce n'est pas le bon moment.

Il s'attendait clairement à une déclaration d'amour éternelle, mais elle ne versait pas dans le sadomasochisme.

— Michael a fait un bruit dans la voiture.

— Quoi ? Putain, si je dis encore « quoi ? », tue-moi. Michael a parlé ?

Lui avouer les circonstances violentes dans lesquelles cela s'était passé risquait de mal tourner. Quels que soient ses sentiments, ou leur absence, il paniquerait s'il découvrait que David lui avait fait du mal. Pourtant, elle n'avait pas besoin de lui pour la défendre.

— Ce n'était pas un vrai mot, mais *il a fait un bruit*. C'était la première fois que je l'entendais dire quelque chose depuis…

eh bien. Enfin voilà, c'est tout ce que je voulais te dire. Merci pour tout. Je te laisse tranquille.

Les larmes commencèrent alors à couler. Le poids de toutes les années de silence de Michael s'abattit sur elle. Enfin, ses prières avaient été exaucées, mais elle ne savait pas ce que cela signifiait ni où cela pouvait les mener, et l'homme avec qui elle voulait le partager n'était clairement pas intéressé – ce qu'elle devait accepter. C'était un agent du FBI, et il avait fait tout ce qu'il pouvait pour les aider. Elle lui en était reconnaissante. Vraiment. Mais elle avait l'horrible sentiment que cette histoire d'amour allait être plus difficile à gérer qu'elle ne le pensait au départ.

Puis elle s'énerva contre elle-même. Quel était l'intérêt d'avoir une voix si vous ne disiez pas les choses les plus importantes ?

— Je t'aime, Jed.

Il y eut un long silence choqué à l'autre bout du fil, qui lui dit tout ce qu'elle avait besoin de savoir. Des flots de larmes lui brouillèrent la vision. Elle ne voulait pas l'entendre s'excuser ou changer de sujet, et lui raccrocha au nez. Quand il rappela, elle ignora l'appel et éteignit le téléphone.

Était-ce de la lâcheté ?

Non, la lâcheté aurait été de ne jamais lui dire ce qu'elle ressentait. Elle n'était plus une enfant. Elle comprenait comment le monde réel fonctionnait et elle était fière d'exprimer ses sentiments. Pour une femme qui vivait dans un monde à part, tournant exclusivement autour de son enfant, c'était un pas important. Peu importe quelles étaient ses raisons pour ne pas l'aimer en retour. Il lui avait fait comprendre qu'il ne ferait pas partie de sa vie, et elle devait l'accepter. Mais les sanglots ne cessaient pas malgré tous les efforts qu'elle déployait, et son cœur lui parut se briser en mille morceaux à l'intérieur de sa poitrine. Puis la douche cessa de couler et elle se ressaisit.

Personne d'autre ne devait savoir qu'elle avait le cœur brisé.

Surtout pas un petit garçon qui avait assez souffert. Elle attrapa un mouchoir et s'essuya le nez.

Elle savait qui elle était et ce qu'elle était. Une mère avant tout. Elle s'était offert un peu de bon temps et à présent, il était temps de reprendre sa vie en main.

Sa vie solitaire et stérile.

———

PUTAIN DE MERDE. Comment avait-elle pu lui dire qu'elle l'aimait sans prévenir comme ça et ensuite lui raccrocher au nez ?

Parce que tu as tout fait foirer, tête de nœud. Tu lui as laissé voir tes craintes intérieures avant de faire preuve d'un peu de jugeote et de lui dire que tu voulais la revoir. Comme si c'était possible alors qu'il vivait en Virginie et elle à Fargo – mais c'était juste une considération géographique. *Et merde.*

Il voulait vraiment la revoir, de préférence lorsque les terroristes auraient cessé de courir après son fils.

Il frappa le volant de son SUV de frustration.

— Le connard d'ex les a ramenés à Minneapolis où ils vont apparemment rencontrer le président aujourd'hui.

Il consulta sa montre.

Naturellement, Killion avait tout suivi.

— Je vois.

Ils rentraient à Minneapolis en voiture, ce qui constituait

un trajet de quelques heures. Il espérait juste que Liam ne tenterait pas de les faire arrêter pour avoir enfreint ses ordres. Son frère leur pardonnerait s'ils trouvaient le type qui avait tué son officier, mais pas avant. Le fait que Liam se soit trouvé au lit avec Angela lorsqu'il l'avait appelé signifiait que son frère était poursuivi par les mêmes démons que Jed, mais probablement plus gros et plus laids avec des griffes qui vous déchiraient.

Se fréquentaient-ils déjà alors que Bobby était encore en vie ?

Non. C'était impossible. Liam n'aurait jamais manqué de respect à leur ami, mais Angela ne lui aurait pas fait de reproches, car elle savait à quel point ils étaient proches. Il se serait giflé. C'était comme ça qu'elle avait su qu'il était au chalet, et elle avait probablement voulu lui dire qu'elle sortait avec Liam quand il l'avait plus ou moins jetée hors de la propriété. *Crétin.* Pourtant, à l'heure actuelle, cela lui semblait insignifiant par rapport à la situation avec Vivi et Michael.

Killion tritura la radio.

Jed lui jeta un coup d'œil.

— Que faites-vous là, au fait ?

Killion haussa les épaules.

— J'avais besoin d'un chauffeur.

Jed secoua la tête.

— Vous êtes un beau connard. Je ne comprends pas pourquoi vous avez décidé de vous en prendre à moi.

L'espion était un trop bon menteur pour tirer quoi que ce soit de lui, à moins qu'il ne décide de dire la vérité.

— Qu'avez-vous trouvé sur la tablette de Michael ?

Killion avait consulté les gribouillages de Michael et vibrait presque d'excitation.

— Tout d'abord, pour un artiste de génie, il doit vraiment travailler son écriture.

Jed soupira d'agacement.

— Je le ferai savoir à sa mère.

— Je pense qu'il a écrit les noms des terroristes phonétiquement. Je crois qu'il y a écrit « Razor », ici, et « Amer ». On a identifié deux des types qui, selon nous, ont pu se trouver dans le magasin de jouets avec Michael en tant que Razur et Amir.

Jed était aussi enthousiaste que Killion. Michael avait vraiment entendu quelque chose, mais probablement pas autant que ne le craignaient les terroristes. Si seulement il avait pu parler, il lui aurait fallu trente secondes pour leur donner ces informations, grand maximum.

— Et la femme ?

— Ce gribouillage pourrait être Tira, Tila ou Pila ?

— Transmettez ces informations à Langley et aux fédéraux qui mènent l'enquête. Comparez-les avec les employés du centre commercial, les listes de blessés et les ressortissants étrangers. Avec différentes orthographes.

— Dieu merci, vous êtes là, je n'aurais jamais pensé à faire tout ça.

Killion roula des yeux.

— Contentez-vous de le faire.

— Monsieur, oui, monsieur, singea Killion.

— Enfoiré.

— Crétin.

Killion prit son téléphone et Jed appela son patron, Lincoln Frazer.

— Vous avez créé un sacré bordel en cachant les Vincent comme ça.

Jed attendit que Frazer finisse de le réprimander.

— Mais vous nous avez aussi donné un excellent moyen de savoir qui aurait pu essayer de les retrouver. Parker a remonté une piste électronique jusqu'à une source au sein du service de police local. Nous surveillons l'individu jusqu'à ce que nous identifions la prochaine cible. Il va sans dire que la sécurité américaine est plus serrée que le cul d'un canard jusqu'à ce que nous ayons trouvé une solution.

Jed transmit les noms qu'ils avaient obtenus de la tablette de Michael.

— Ce n'est peut-être rien.

— Mais c'est peut-être quelque chose. Bon travail. Avez-vous encore la femme et l'enfant avec vous ? s'empressa de demande Frazer.

— Négatif. Ils sont partis avec le père du gamin. Apparemment, ils ont un rendez-vous avec un VIP plus tard dans la journée.

— David Pentecost est un crétin.

— Vous le connaissez ?

Jed n'était pas surpris. Frazer était une célébrité dans les cercles du FBI et était invité à tous les grands événements diplomatiques.

— Assez bien pour me demander ce que Veronica Vincent a pu lui trouver. Mais peut-être qu'elle a des goûts douteux en matière d'hommes.

Lincoln Frazer avait lu entre les lignes et avait compris un peu trop de choses au goût de Jed, mais comme il était sur le point de perdre son emploi, il conserva le silence.

— La véritable ironie est que le président vient d'envoyer un message à mon bureau via le directeur pour demander à ce que vous soyez présent lors de sa visite. Il veut rencontrer tous les « héros » de l'attaque.

Jed n'était pas un héros et Frazer le savait. Un goût aigre lui remplit la bouche.

— Cela signifie-t-il que je ne serai pas viré avant la semaine prochaine ?

— Je suppose que tout dépend si vous faites bonne impression ou non, dit Frazer en riant, mais il avait l'air tendu.

Le DSC-4 avait connu un mois d'enfer.

— Pentecost peut-il les protéger ? demanda Jed.

— Oui. Il prendra les précautions nécessaires, ne serait-ce que pour sa propre sécurité.

Il y eut une longue pause qui mit Jed sur les nerfs.

— Parker a retracé d'autres appels passés aux États-Unis par ce type, Sargon Al Sahad. Tout ce que nous avons trouvé jusqu'à présent, c'est une série de téléphones jetables, mais certains d'entre eux semblent encore actifs. Il a reçu des alertes d'activité.

Alex Parker s'avérait être un type utile à avoir de son côté en cas de crise.

— Tenez-moi au courant, déclara Jed.

— Je n'aime pas savoir qu'un tueur à gages professionnel s'est rendu dans votre chalet. C'était un homme, n'est-ce pas ?

Jed se frotta la mâchoire.

— Ils n'ont pas de femmes aussi grandes.

Du moins, il l'espérait.

— Vous avez une tueuse en cavale ?

Pas de réponse.

Intéressant.

— C'était un grand type poilu, et nous avons son ADN. S'il est dans le système, nous le trouverons. Mais il y a quand même quelque chose.

Jed lui parla de l'arme de l'homme.

Frazer se fit soudain très silencieux.

— Ça semble un peu gros pour l'agence de renseignement la plus respectée au monde, vous ne trouvez pas ?

— Peut-être qu'ils ont péché par excès d'arrogance. Ils ne s'attendaient pas à ce que je riposte, et certainement pas à ce que Vivi le fasse. Vous devriez faire quelques recherches.

Killion s'était également tu. Jed se doutait que son agence se renseignait déjà sur la localisation de tous les agents du Mossad et d'Aman dont disposaient les Israéliens.

Frazer prit finalement la parole.

— Gardez la tête baissée. Allez saluer le grand chef et ramenez votre cul ici avant que je regrette de ne pas vous avoir déjà viré.

— Demandez-lui un transfert à Fargo, plaisanta Killion.

Jed leva son majeur.

Frazer raccrocha.

Killion passa un autre de ses millions d'appels téléphoniques, et plaça sa main sur le combiné.

— Un drone de précision vient d'anéantir la maison où se cachait Sargon. Au moins vingt personnes sont mortes dans l'attaque.

— C'est le président Hague qui a ordonné ça ? Déjà ? Une intervention militaire sur le sol étranger ?

Jed était choqué. L'homme évitait généralement la violence à tout prix.

— La Maison-Blanche a tenu une conférence de presse et a déclaré que c'était le sort réservé aux terroristes qui attaquaient les Américains – où qu'ils soient. Sacré message. Il va sans dire que toute la région est maintenant au bord de la guerre.

Formidable. Ils n'étaient même pas encore certains que Sargon était l'homme qui se cachait derrière tout cela. Peut-être quelqu'un s'était-il assuré qu'ils ne le sauraient jamais.

— C'est de pire en pire, fit Jed.

— Ainsi va le monde, dit Killion. Comment va Lincoln Frazer ?

Ding.

— Vous connaissez mon patron ?

Killion haussa les épaules nonchalamment.

— Nous nous connaissons.

— Et vous lui deviez une faveur.

Ding. Ding. Ding.

— Plus maintenant.

Killion régla son siège et s'installa en fermant les yeux.

Jed ne savait pas s'il devait être énervé ou reconnaissant que Frazer ait envoyé des renforts. Mais cela n'avait plus d'importance.

Son moral baissa en pensant à sa conversation avec Vivi. Elle lui avait dit qu'elle l'aimait, mais au ton de sa voix, ce n'était pas une révélation heureuse ou optimiste.

Il y avait tant de choses qu'il ne lui avait pas dites – sur Mia, sur son travail – et pourtant il commençait à penser que rien de tout cela n'avait d'importance. Il n'était pas un adolescent peinant à contrôler ses hormones. C'était un adulte qui avait commencé à tomber amoureux de cette femme forte, mais vulnérable.

Son tempérament de feu allait lui causer des ennuis. Ils n'avaient même pas encore commencé à sortir ensemble – bien qu'ils aient vécu ensemble et aient eu des relations sexuelles. Il voulait l'emmener dîner et lui faire sentir qu'elle était spéciale. Mais elle était assez têtue pour ne plus jamais vouloir le revoir, d'autant plus qu'il l'avait non seulement abandonnée elle, mais aussi Michael, à son connard de père.

Sa bouche devint sèche, et ses doigts se crispèrent sur le volant. Il devait d'abord s'occuper de la menace terroriste. Puis de la femme.

CHAPITRE DIX-NEUF

CE MATIN-LÀ, PILAH s'était habillée avec un soin tout particulier. Elle avait enfilé son plus beau pantalon habillé noir et un joli haut fuchsia avec un ourlet perlé. Elle n'avait pas regardé les informations ni allumé la radio. Elle ne voulait pas que quoi que ce soit vienne troubler son calme ou sa détermination.

Son estomac était trop fragile pour manger, mais elle but un peu de son café turc préféré. Puis elle enfila son manteau, monta dans sa petite voiture et se rendit à l'hôpital. Elle se gara à quelques pâtés de maisons et avança dans les tas de neige grisâtre pelletée. Elle aurait aimé avoir des bottes plus chaudes, car ses orteils étaient gelés. Dans son sac à main, elle avait les pilules pour garder William Green endormi, ainsi qu'un livre qu'elle ne finirait probablement jamais. Un bourdonnement d'appréhension la traversa lorsqu'elle arriva à l'entrée de l'hôpital. Il y avait deux files de personnes et un détecteur de métaux. Son cœur se mit à battre la chamade dans sa poitrine. Cela devenait réel.

Elle sourit nerveusement alors qu'un homme vérifiait son nom sur la liste des visiteurs autorisés et qu'un autre la fouillait. Tout avait été minutieusement orchestré. Comme elle n'était pas censée survivre à la fusillade du centre commercial, ils avaient dû se dépêcher de tout réorganiser.

Elle réalisa qu'Abdullah était censé exécuter cette partie du plan. Le garçon roux avait tout fait capoter et elle se demanda s'il était encore en vie. Elle l'espérait, mais cela n'avait pas d'importance. Plus maintenant. Pas tant que l'homme de l'ombre tiendrait sa promesse et sauverait ses enfants.

Après avoir passé la sécurité, elle pressa le pas, utilisant les escaliers pour monter plutôt que l'ascenseur, sous bonne garde. Le président arrivait. Louange à Allah. Son cœur se mit à battre plus vite. Son pouls s'emballa. C'était l'homme qui avait eu le pouvoir d'intervenir dans son pays et d'arrêter la guerre civile des mois – des *années* auparavant. C'était l'homme qui avait refusé à ses enfants l'entrée aux États-Unis à temps pour les sauver. Même si elle était une citoyenne américaine, elle le détestait, tout comme elle détestait le gouvernement syrien et toutes les organisations qui traitaient les gens comme des marchandises qu'on pouvait échanger et sacrifier.

Ses actes allaient provoquer guerre et désordre, mais c'était mérité. Pas pour les civils toutefois. Pas pour les pauvres âmes malheureuses prises entre deux feux.

Elle frissonna.

Beaucoup de gens mourraient…

Des larmes lui montèrent aux yeux. Beaucoup étaient déjà morts. Elle devait être égoïste et ne penser qu'à Dahlia et Corinne.

Elle adressa un sourire forcé à l'infirmière et se glissa dans la chambre de William Green. Elle fouilla dans son sac à main et cassa un comprimé en deux, ouvrit la bouche de l'homme et plaça la pilule sur sa langue, la regardant se dissoudre. Son rôle dans cette affaire serait bientôt terminé, et elle était désolée qu'il ait souffert, mais elle ne pouvait pas prendre le risque qu'il se réveille au cours des heures qui suivraient.

Elle jeta un coup d'œil aux informations diffusées sur la télévision dans le coin de la pièce. Les images montraient une attaque de drone et une explosion. Puis elle lut le bandeau rouge. « Mort du cerveau derrière l'attaque terroriste du centre commercial. »

Le nom de Sargon Al Sahad s'afficha à l'écran et le chagrin la frappa de plein fouet. Ses genoux vacillèrent et elle s'effondra sur le sol. Et Corinne et Dahlia ? Étaient-elles mortes ? Des larmes coulèrent sur son visage alors qu'elle regardait le missile frapper encore et encore.

Son téléphone sonna. Elle l'ignora, mais se rappela ensuite qui cela pouvait être. Elle se releva. Elle n'avait plus aucune raison de mener à bien leurs plans à présent. Les menaces ne feraient aucune différence. Elle était trop sonnée pour avoir peur.

Elle sortit son portable et découvrit une photo que quelqu'un lui avait envoyée. Ses filles souriaient. Le cœur de Pilah se serra. Elles étaient sur une plage avec des palmiers en arrière-plan. Dahlia avait perdu ses dents de devant. Une femme que Pilah ne connaissait pas leur tenait la main. Elle ne pouvait pas voir la moitié supérieure de son visage, mais ses cheveux étaient longs et blonds, découverts. Elle portait des vêtements occidentaux. Les avait-elle enlevées à Sargon elle-même ?

Elle avait l'air forte et confiante. Un soldat.

Un autre message arriva. « J'ai tenu ma promesse. Maintenant, c'est votre tour. »

Pilah hocha la tête même s'il ne pouvait pas la voir. Elle fouilla dans le placard qui contenait les affaires de William Green et commença à assembler l'arme.

UN BIP SONORE réveilla Alex Parker, qui s'était affaissé sur son ordinateur.

Il prit l'ordinateur portable et sortit dans le couloir, se dirigeant vers l'antre de Frazer. Il ne prit pas la peine de frapper à la porte, et entra.

— L'un des téléphones jetables a été activé.

Frazer se leva du canapé et frotta ses yeux ensommeillés.

— Pouvez-vous le tracer ?

— Je n'ai pas de signal GPS. Je peux essayer de trianguler les signaux et vous donner une localisation approximative.

Alex attendait avec impatience le signal qui lui donnerait un repère.

Frazer faisait les cent pas.

— Je ne sais pas si c'est préférable que ce soit la Syrie, l'Iran ou un groupe terroriste indépendant. Si ce sont les Israéliens…

Il s'interrompit.

— Quoi qu'il en soit, ça va être un beau merdier.

Alex ne connaissait que trop bien le coût de la guerre et des coups bas politiques.

Il sortit une carte de la région. Il soutint le regard bleu et froid de Frazer.

— Le téléphone portable est dans le centre de Minneapolis. Vous êtes toujours certain qu'ils ne seraient pas assez audacieux ou stupides pour s'en prendre au commandant en chef ?

Frazer appela quelqu'un, probablement les services secrets.

Alex tapa sur son clavier.

Cela faisait tout juste une semaine que Frazer avait fait

tomber une organisation clandestine appelée le projet Gateway, organisation pour laquelle Alex travaillait. Il n'aurait pas dit qu'ils se faisaient confiance, mais ils savaient tous les deux où les squelettes étaient enterrés. Ils n'étaient pas passés par la case habituelle « apprendre à connaître ses collègues » et avaient directement sauté à l'élaboration de stratégies efficaces.

Frazer recouvrit le combiné.

— Qu'est-ce que vous faites ?

— Je cherche une liaison satellite au-dessus de la zone. Pour voir si on peut comprendre ce qui se passe là-bas.

Puis il eut une meilleure idée.

— Hé, vous pourriez nous trouver un drone ?

Frazer poursuivit sa conversation, mais hocha la tête.

L'agent spécial du FBI Mallory Rooney frappa à la porte et entra. Elle avait dormi sur le canapé de la salle de conférence après avoir insisté pour revenir au travail afin d'aider à neutraliser cette menace terroriste.

— Qu'est-ce qu'il se passe ?

Cela faisait seulement quelques jours que le monde d'Alex avait changé du tout au tout. Mallory était encore un peu pâle après avoir frôlé la mort, mais le choc de la confrontation avec l'assassin de sa sœur commençait à s'estomper. Le fait de savoir qu'elle avait battu ce salopard diabolique lui permettait de surmonter les conséquences de la découverte des restes de sa sœur jumelle après dix-huit longues années.

Elle était la personne la plus importante à ses yeux – elle et le bébé qu'elle portait. L'idée d'être père lui faisait encore peur – non pas qu'il ne veuille pas avoir un bébé ou une chance de vivre une vie normale –, mais simplement, il n'était pas sûr d'en être digne.

Il lui devait toujours un premier rendez-vous, mais tant

que Mallory était heureuse, Alex l'était aussi. Il lui tira une chaise pendant qu'il lui expliquait la situation.

Frazer reposa le téléphone.

— Les services secrets disent que le président refuse d'annuler le voyage. Il ne s'inclinera pas devant le terrorisme.

— Formidable.

Mallory roula des yeux.

Alex fronça les sourcils en regardant son écran. Il avait obtenu une liaison satellite, mais il était difficile d'obtenir une image assez nette et elle ne durerait pas longtemps.

— Trouvez-moi ce drone, Frazer. Et mettez tous les flics dans la rue au cas où ils auraient prévu une autre fusillade pour le service commémoratif.

Malgré son sombre passé, Alex avait toujours été un patriote. L'idée que le président soit en danger, que des innocents meurent alors qu'ils pourraient l'empêcher…

Une autre attaque saperait complètement la confiance des gens en leurs responsables. Une attaque contre le président serait une déclaration de guerre. Il se replongea dans les données du téléphone jetable et pirata les messages reçus. Il trouva une photo, puis lut le message. Une femme tenant les mains de deux petites filles qui souriaient. Il tourna l'écran vers Frazer.

— Vous devriez voir ça.

Frazer étouffa un juron.

— Trouvez d'où vient ce message et trouvez tout ce que vous pouvez sur qui parle à qui. Rooney, voyez si vous pouvez relier ces enfants à une personne impliquée dans l'attaque du centre commercial.

Elle acquiesça.

Frazer décrocha de nouveau son téléphone.

— J'ai besoin que l'avion soit prêt à décoller dans trente minutes.

Alex pianotait sur son clavier.

— Il est crypté. C'est du matériel militaire de grande qualité. Je vais avoir besoin de plus de temps. Cela pourrait aller plus vite si je faisais appel à des personnes de mon entreprise.

Alex était le cogérant d'une entreprise de cybersécurité de pointe.

Les yeux de Frazer fouillèrent les siens, mais il finit par secouer la tête.

— On ne peut pas prendre le risque. Si nos soupçons fuitent…

Alex poussa un soupir résigné.

— Très bien. Je ferai de mon mieux. Mais je ne peux rien vous promettre.

Frazer se leva et prit son manteau

— C'est seulement la vie du président américain qui est en jeu.

Alex étouffa un juron et pianota plus vite.

— Et une troisième guerre mondiale.

Alex se tordit les lèvres.

— Surtout pas de pression donc.

VIVI PASSA UNE main sur le costume écarlate que David lui avait acheté. Du *rouge* pour une commémoration ? À quoi pensait-il ? Peut-être espérait-il que les terroristes auraient une meilleure cible que si elle portait du noir.

Michael tirait sur sa cravate comme si elle visait à l'étrangler. Elle attrapa sa main et lui écarta les cheveux du visage.

— Tout va bien, Michael. On va rencontrer le président des États-Unis et ton père veut que tu sois beau.

Son visage devint agressif et ses mains se reportèrent sur sa cravate.

Elle prit sa main et la serra.

— Tu as été tellement incroyable, mon cœur. Je ne te demanderais pas de faire ça si je ne pensais pas que c'était la manière la moins douloureuse de s'en sortir, d'accord ?

Les yeux de Michael devinrent énormes et tristes. Il ouvrit la bouche, voulant désespérément dire quelque chose. Elle retint son souffle. Un petit son en sortit. Ce n'était pas un mot, mais c'était un son.

Les larmes menaçaient, mais Vivi les retint. Elle le serra très fort contre sa poitrine, même s'il avait l'air frustré.

— Tu vas retrouver ta voix, Michael. C'est certain. Mais ça ne se fera pas en un jour.

Elle repéra la tablette que Jed lui avait donnée.

— Tiens, tu peux épeler ce que tu veux dire ?

Michael fronça les sourcils en prenant la tablette. Ils n'avaient que quelques secondes avant que David ne revienne les chercher.

Elle ne voulait pas le pousser. Elle aurait aimé qu'il soit aussi drôle et affectueux que Jed et qu'il puisse lui donner envie de l'utiliser.

Ne pense pas à Jed.

Mais quand Michael tapa « Où est Jed ? », elle réalisa qu'ils pensaient tous les deux à cet homme.

Elle s'éclaircit la gorge. Son fils venait de faire un grand pas en avant en matière de communication, mais elle se dit qu'il valait mieux rester discrète sur toute cette affaire. *Ne pas lui faire peur.*

— Il devait aller travailler. Il doit attraper les méchants.

Michael soutint son regard de ses yeux bleus si semblables aux siens. Puis il tapa : « Il me manque ».

La poignée de la porte tourna et David entra dans la pièce, les jaugeant tous les deux du regard. Vivi lissa de nouveau les cheveux de Michael, puis sa cravate. Elle se pencha et lui murmura à l'oreille.

— Moi aussi, mon bébé. Moi aussi.

JED SE TENAIT dans l'atrium de l'hôpital du comté, dans une file d'attente de costumes qui attendaient d'être présentés au président.

Le SSA McKenzie était à sa droite.

— Je vais vous botter le cul quand on sera de retour à Quantico pour ce que vous avez fait.

— Ça a permis de les garder en vie, rétorqua Jed, bien que cela ait peut-être été une erreur.

Frazer avait raison sur le fait qu'il s'impliquait trop, cela affectait certainement ses capacités de décision, mais ce qui était fait était fait. Il n'était pas sûr de vouloir revenir en arrière de toute façon. Vivi et Michael étaient vivants, et ce moment passé au lac était quelque chose qu'il chérirait pendant longtemps.

McKenzie grogna.

— Je vais quand même vous botter le cul.

— C'est mieux que d'avoir à remplir de la paperasse.

— Oh, il y aura de la paperasse. Comptez là-dessus. Des montagnes de paperasse.

L'homme se tut à l'approche du président.

Jed serra la main du président Hague.

— J'ai entendu dire que vous étiez l'agent sur le terrain au moment de l'attaque ?

— Oui, Monsieur le Président.

Jed l'ajouterait à la liste des raisons de ne pas faire de shopping à l'avenir.

— Vous avez sauvé des vies ce jour-là, fiston.

L'homme était grand et légèrement voûté. C'était un économiste respecté, mais il était plus controversé en tant que chef des armées. Il venait de perdre sa virginité en matière de frappes aériennes meurtrières sur un sol étranger.

— Je sais que Mme Vincent et son fils sont particulièrement reconnaissants de votre présence ce jour-là.

Jed écarquilla légèrement les yeux. Surtout quand il aperçut Vivi dans la foule, sa peau pâle se détachant sur le rouge de son costume. Même avec ses cheveux foncés, elle lui semblait être la femme sûre d'elle qu'il avait rencontrée pour la première fois à peine quelques jours plus tôt. Elle croisa son regard, puis détourna les yeux. David Pentecost semblait furieux que Jed parle au président. Jed chercha Michael, mais les services secrets étaient trop nombreux.

— Je donnerais ma vie pour les protéger, monsieur, dit-il assez fort pour qu'ils l'entendent.

Le chef de son pays sourit.

— Rejoignez-nous.

Puis il passa à McKenzie. Jed traversa la foule en direction de Vivi. Elle essaya de s'éloigner, mais elle n'avait nulle part où aller.

Il ignora Pentecost, lui prit la main et lui serra les doigts. Elle leva les yeux vers lui. La méfiance l'emportait sur l'espoir.

Il se pencha et lui murmura à l'oreille :

— J'ai été un vrai con. Je suis désolé.

Les lèvres de Vivi tremblèrent, mais quelqu'un s'interposa entre eux avant qu'il puisse se pencher et l'embrasser.

Michael.

Il souleva le gamin et le prit dans ses bras. Le petit garçon le serra si fort qu'une boule d'émotion menaça de l'étouffer. Il le reposa par terre.

— Reste avec ta mère un moment, je dois parler à ton père.

Jed se fraya un chemin hors du groupe et fit signe à Pentecost de s'approcher de lui. Il se pencha près de l'oreille de l'homme et chuchota doucement :

— Si jamais tu poses encore la main sur l'un d'eux, je te ferai crier comme une fillette. C'est compris ?

Le regard de David se tourna vers Vivi avec une pointe de culpabilité.

Jed avait envie de le gifler, mais il doutait que Vivi apprécie qu'il se batte avec son ex lors d'une visite présidentielle. C'était une personne discrète.

Plus tard.

Son portable sonna dans sa poche, et il en profita pour s'éloigner du groupe. Le président et sa garde rapprochée avaient continué d'avancer. David Pentecost était juste à côté du président. Il tira Michael à ses côtés, déterminé à faire forte impression tant qu'il en avait l'occasion. Vivi les suivait, lui jetant des coups d'œil interrogateurs. Jed suivait plus lentement.

Il jeta un coup d'œil à l'écran du téléphone. Frazer.

— Qu'avez-vous appris ?

Le président et Vivi prirent l'ascenseur pour monter au

troisième étage, et Jed emprunta les escaliers avec quelques agents des services secrets.

— Nous avons identifié la terroriste. Pilah Rasheed. Je vous envoie une photo.

— Formidable. Vous savez où elle se trouve ?

— Non. Mais nous avons suivi un téléphone portable qui semble être le sien et il se trouve dans un rayon de 400 mètres autour de l'hôpital.

Et merde. C'était mauvais signe, même si, avec autant de policiers dans le coin, des braqueurs auraient pu dévaliser une banque n'importe où aux États-Unis et s'enfuir sans souci.

Jed s'entassa avec les agents des services secrets au troisième étage et Jed vit sa garde rapprochée entrer dans une pièce. Le président s'arrêta pour parler à des patients, se déplaçant lentement dans la pièce. Les services secrets savaient que des ennuis étaient possibles. Ils étaient nerveux et agités. Tout comme lui.

On présenta un médecin au président Hague. Vivi jeta un coup d'œil à Jed et il lui fit un clin d'œil, essayant de la mettre à l'aise. Elle se sentit rougir légèrement. Il pensa à ce qu'il aimerait lui dire lorsqu'il serait seul avec elle. Ils ne devaient pas brûler les étapes. Il ne voulait pas lui faire peur, mais ce qui était certain, c'était qu'une fois Michael endormi, il comptait lui montrer exactement ce qu'elle représentait pour lui. Il aimerait…

Son portable sonna de nouveau, le ramenant à l'instant présent. Il passa une main dans ses cheveux. Essayant d'oublier l'effet qu'elle lui faisait.

Frazer déclara :

— Je veux que vous alliez sur le toit pour repérer d'éventuels snipers.

Un froid sinistre s'empara de son corps. Les snipers étaient rarement utilisés par les organisations terroristes, mais pour les assassinats présidentiels…

— Très bien.

Mais il ne voulait pas partir sans en parler à Vivi. Il se dirigea vers elle pour lui demander de l'attendre après le départ des gros bonnets.

Le président et le médecin s'arrêtèrent devant une chambre individuelle. Les services secrets entrèrent dans la pièce en premier, la passèrent au crible, puis le président arriva. Jed entendit le médecin dire que cet homme était dans le coma depuis l'attaque, et que sa nièce était avec lui depuis lors.

Jed ne pouvait pas vraiment passer devant les services secrets, mais il longea le mur et atteignit la porte. La pièce était petite. Tout le monde se posta dans l'entrée lorsque le président pénétra à l'intérieur. Michael échappa à son père et suivit le président dans la pièce. Il se mit à tirer avec insistance sur la veste de l'homme. Jed réprima un sourire. David semblait sur le point de péter les plombs, mais il ne pouvait le faire sans passer pour un connard.

Puis son cœur s'arrêta de battre. Trois choses se produisirent en même temps. Vivi s'engouffra dans la pièce pour aller récupérer Michael. La nièce, une blonde fatiguée à la bouche triste, se pencha à l'abri des regards. Et Michael poussa un cri aigu qui lui fit l'effet d'une aiguille qu'on lui aurait enfoncée dans le tympan.

Jed entra dans la pièce pour aider Michael au moment où la nièce se relevait, tenant quelque chose qui ressemblait étrangement à une arme. *Et merde.* Il plongea devant Vivi et Michael lorsque la femme ouvrit le feu. Une violente douleur lui coupa le souffle, puis une autre. Il entoura de ses bras les trois personnes devant lui et se jeta avec elles au sol. Ils s'écrasèrent en un tas dans le coin de la pièce. Des coups de feu nourris secouèrent la pièce et du verre vola en éclats.

Bon sang. Comment avait-elle trompé la sécurité ?

Les tirs cessèrent.

— Vous allez bien ?

Sa voix semblait pathétique, mais il avait besoin de reprendre son souffle.

— Je vais bien, mon fils, déclara le président.

— Vivi ? Michael ? demanda-t-il.

Ce n'était pas le commandant en chef qui l'inquiétait.

Michael s'extirpa de l'enchevêtrement de bras et de jambes et se leva, tremblant. Son père entra dans la pièce et lui toucha l'épaule. Jed déglutit péniblement en voyant l'homme prendre son fils dans ses bras dans une étreinte hésitante.

Vivi était au sol, abasourdie et hors d'haleine. Jed était couché sur elle et sur le président.

Des hommes des services secrets se précipitèrent. L'un d'entre eux piétina Vivi, et Jed l'écarta.

— Fais attention à la dame, connard.

Le président Hague leur fit signe de l'éloigner.

— Je vais bien. Mme Vincent ? Est-ce que ça va ?

Un mur de cadavres se dressait derrière eux.

Vivi cligna des yeux, puis ils roulèrent dans leurs orbites et elle s'évanouit. Qu'est-ce que… ?

Il repoussa les cheveux de son visage.

— Je t'aime, Vivi. Tu n'as pas à intérêt à me lâcher.

Le moment était vraiment bien choisi pour cette prise de conscience.

Puis Jed vit une tache cramoisie plus sombre sur son costume rouge. *Oh, non*. Il avait échoué. Il releva le chemisier de Vivi, sans se soucier des autres regards masculins, mais il n'y avait pas de blessure. Jed cligna des paupières, confus, puis quelqu'un le traîna en arrière.

— Laissez-moi tranquille.

Il tenta de crier, de se débattre, mais sa voix était faible. *Qu'est-ce que… ?* Puis il regarda sa propre chemise et vit une énorme tache de sang. C'était lui qui avait été touché. C'était son sang sur le tailleur de Vivi. Pas le sien. Bien.

Puis il sentit la douleur fulgurante dans son dos. *Putain de merde.*

Un médecin était penché sur lui et il était sur un lit roulant à pleine vitesse dans les couloirs, ébloui par les lumières. Des gens criaient. C'était le chaos.

Il devait appeler Frazer. Il essaya de chercher son téléphone dans sa poche, mais ses mains refusaient de coopérer. Sa vision se brouilla. Merde, il ne comptait pas mourir maintenant. Il venait de trouver une nouvelle femme à aimer et il ne comptait pas lui faire subir l'enfer qu'il avait enduré en perdant Mia.

— Dites-lui que je l'aime, dit-il à l'homme penché au-dessus de lui.

Il rassembla ses dernières forces et saisit la manche de l'homme.

— Dites-lui.

L'étranger fit un signe de tête, et la vision de Jed vira au gris, puis au noir.

———

Vivi se reveilla avec un mal de crâne lancinant et le

sentiment que quelque chose n'allait pas du tout.

— Michael ? Jed !

Où étaient-ils ?

Elle se mit à quatre pattes. Sa tête tournait. Elle avait perdu les stupides talons que David lui avait achetés. Elle allait se mettre à porter des baskets partout où elle allait, quelle que soit l'occasion.

— Mme Vincent ?

Le président Hague était à genoux à ses côtés.

— Allez-y doucement. Vous vous êtes cogné la tête.

Il eut un petit rire, mais semblait sincèrement préoccupé.

— Vous feriez mieux d'attendre le lit à roulettes avant d'essayer de vous lever…

Mais elle était déjà sur ses pieds, vacillante, s'appuyant contre le mur pour se soutenir.

Le président souffla.

— Encore une femme qui ne m'écoute pas. J'ai hâte de vous présenter à la mienne.

Deux armoires à glace arrivèrent, passèrent leurs bras sous les aisselles du président Hague et le relevèrent. Un autre la regardait d'un air de faucon depuis le coin.

— J'aimerais savoir comment va votre jeune homme…

Le président parlait encore quand on l'emmena hors de la pièce.

Un brouillard douloureux lui grignotait le cerveau. Où était Jed ? Où était Michael ? Elle fit un pas vers la femme qui leur avait tiré dessus. Son joli haut rose était criblé de balles. C'était un spectacle criard. Une femme d'apparence si ordinaire, désormais morte. L'estomac de Vivi gargouilla. Elle jeta un regard sur le lit. Le pauvre homme dans le coma avait dormi pendant tout ce temps. Qu'allait-il penser en se réveillant ?

— Jed. Michael.

Elle devait les retrouver. Où étaient-ils ? Elle vacilla et quelqu'un lui prit le coude.

— Je m'occupe de vous.

C'était le type de la CIA qu'elle n'aimait pas. Elle essaya de s'éloigner.

— Allons, Vivi. Nous sommes dans la même équipe, je vous le promets. Michael est juste derrière la porte. Je vais vous emmener jusqu'à lui et ensuite vous allez devoir vous faire examiner.

Elle regarda son tailleur cramoisi et vit une grosse tache de sang. Mais à part son crâne qui la lançait, elle n'était pas blessée. Elle fut prise de panique.

— Où est Jed ?

Killion avait l'air pâle et ébranlé.

— Il est en route pour le bloc opératoire, répondit-il d'une voix tendue.

— Emmenez-moi le voir.

— Dès que le docteur vous aura examinée.

Elle essaya de s'éloigner, mais il s'accrocha à elle et la força à le regarder.

— Il vous aime, et si je ne vous fais pas examiner par le médecin avant qu'il ne sorte du bloc, il va me botter le cul.

Elle fronça les sourcils.

— Il ne m'aime pas.

Killion afficha un air incrédule.

— Vous ne l'avez pas entendu vous déclarer son amour éternel quelques secondes après avoir pris une balle pour vous ?

Elle regarda autour d'elle, confuse. Elle avait peut-être un vague souvenir de sa voix disant *Je t'aime*.

— Je… Je ne… Peut-être. Je ne voulais pas qu'il *meure* pour moi.

Elle sentit la nausée la gagner et mit la main sur la bouche. Killion l'emmena aux toilettes en un temps record. Alors qu'il lui tenait les cheveux, elle décida qu'il n'était pas si horrible que cela après tout. Soudain, son fils était à côté d'elle et elle le serra contre elle dès qu'elle put s'asseoir.

— Je vais bien, Mikey. Ne t'inquiète pas, mon bébé. On dirait bien qu'aujourd'hui, c'est moi qui vais avoir le droit aux scanners et aux piqûres. Tu vas devoir être courageux pour moi.

David lança maladroitement depuis la porte :

— Je vais rester avec lui.

Elle se retourna et le regarda d'un air incrédule.

L'un des agents des services secrets du président lui tapa sur l'épaule et lui murmura quelque chose à l'oreille. Rien de tel qu'un public pendant que vous vomissiez.

David se débarrassa de l'homme.

— Je ne peux pas. Je dois rester avec mon fils.

Et il resta là, la regardant d'un air déterminé.

— Je lui dois bien ça.

Elle le regarda d'un air suspicieux, mais n'était pas en mesure d'argumenter.

— Ne quittez pas l'hôpital, l'avertit-elle.

David hocha la tête.

Elle essaya de ne pas penser à Jed lorsque les médecins l'emmenèrent faire un scanner, mais elle n'arrivait à penser à rien d'autre.

CHAPITRE VINGT

LE COLONEL ISRAELIEN Elan Gourda descendit la passerelle menant à son avion et montra au steward sa carte d'embarquement.

Ses blessures cicatrisaient. L'entaille sur sa tête était cachée par ses épais cheveux noirs et un bonnet de laine. Son épaule était bandée et n'était ni enflée ni blessée. Il ne pensait pas qu'elle était infectée.

Il rentrait chez lui pour les vacances et n'avait jamais été aussi soulagé, mais la mort de la femme lui pesait, même s'il avait observé la scène depuis un bâtiment de l'autre côté de la rue, prêt à la tuer si les gardes du président ne faisaient pas le travail à sa place. Ils avaient été efficaces, et il leur en était reconnaissant.

Le plan était de mettre le président en danger, mais ils ne voulaient pas que la tentative d'assassinat réussisse. Membre du Kidon, le département antiterroriste hautement secret du Mossad, Elan avait pour mission de gérer le complot ourdi entre le chef du Mossad et un politicien américain de haut rang. Ils avaient piégé des terroristes potentiels, dirigés par le mercenaire Sargon Al Sahad et leur avaient donné l'occasion d'agir. Il y avait eu des sacrifices, très clairement, plus de gens étaient morts que ce qu'Elan avait imaginé, mais ces gens auraient fini par attaquer quelqu'un, quelque part. Au moins, ils étaient morts à présent.

Sa priorité était de provoquer une déclaration de guerre sans tuer le président américain.

Ironiquement, il avait presque échoué.

Pilah Rasheed avait presque atteint le président, et l'aurait probablement touché sans compter l'agent du FBI qui s'était mis en travers de leur chemin depuis le début de cette opération. La balle ne l'aurait probablement pas tué, mais de peu.

La mort de Pilah le dérangeait. Il ne savait pas pourquoi, étant donné qu'elle avait tué tant d'innocents. Il regarda la photo qu'il avait gardée sur son téléphone portable. Deux petites filles avec une mercenaire qu'il avait engagée pour les sortir des griffes de Sargon. Elles ne savaient pas qu'elle était un soldat chevronné. Il voyait bien, à la façon dont elles lui tenaient la main, que les fillettes l'appréciaient.

Il n'avait pas encore décidé ce qui leur arriverait. Au début, il comptait les envoyer dans un camp de réfugiés, mais la vie y serait dure et cruelle. Il regarda l'écran, réalisant soudain qu'il prenait vraiment sa retraite. Il était fatigué – il n'était plus la « crème de la crème ». C'était terminé. Il en avait fini avec la mort et le devoir. Quelle que soit l'ampleur des besoins de son pays, il ne pourrait plus tuer par nécessité politique. Il toucha le petit sourire aux dents espacées, puis effaça l'image. Il savait ce qu'il allait faire une fois rentré chez lui. Il savait quelle serait sa prochaine mission.

Les fillettes auraient un foyer. Elles seraient en sécurité. Il tiendrait sa promesse envers la mère décédée et entamerait une nouvelle vie. L'avion roula le long de la piste et continua à accélérer. Quelques secondes plus tard, ils décollèrent, sa tête appuyée contre le siège en cuir.

Il ferma les yeux et pria pour obtenir le pardon. L'image du petit garçon roux flottait dans son esprit et il soupira. Peut-être que son Dieu lui avait déjà pardonné. En sauvant le garçon, Elan pourrait vivre avec ce qu'il avait fait. Ce n'aurait probablement pas été le cas s'il avait tiré sur Michael Vincent comme on le lui avait ordonné à l'origine.

TED BURGER, LE vice-président des États-Unis d'Amérique, regarda par la fenêtre de sa maison du Kentucky et sourit. Tout avait parfaitement fonctionné. Son téléphone sonna, mais il ne voulait parler à personne pour l'heure. Il se leva et prit le téléphone jetable dans sa poche. Il sortit la carte SIM et la jeta au feu. Il mit la batterie à la poubelle et jeta le boîtier du téléphone dans les flammes à la suite de la carte.

Il n'y avait plus rien qui le reliait à l'attaque terroriste ou à la tentative d'assassinat du président. Il s'autorisa un petit rire. Hague était un imbécile naïf. Si les choses avaient mal tourné et que le président était effectivement mort, Ted n'aurait pas versé trop de larmes. Il n'était pas entré en politique pour être le second choix. Et sans ses riches soutiens, Hague n'aurait jamais remporté les élections. Mais ce plan avait fonctionné – renforçant la position de force de Ted, accentuant le soutien qu'il recevait de l'État d'Israël et lui offrait en retour.

Hague était un imbécile avec ses idées pacifistes. Mais la plupart des imbéciles pouvaient être manipulés tant que vous étiez assez fort pour garder votre sang-froid.

On frappa à la porte.

— Entrez.

Une femme de chambre qu'il ne reconnut pas poussa un

chariot dans la pièce avec du café et des gâteaux. *Il était déjà cette heure-là* ? Elle était jolie. Elle lui sourit, et il se demanda pourquoi il ne l'avait jamais vue auparavant. Il l'aurait certainement remarquée.

— Voulez-vous que je le verse pour vous, M. le vice-président ?

— Avec plaisir.

Il plaça un fauteuil à oreilles près de la cheminée. Une odeur de plastique brûlé imprégna l'air, mais la femme ne fit pas de commentaire.

— Où est Nancy ?

Nancy travaillait pour lui depuis des années et n'était pas aussi agréable à regarder.

— Elle est malade, une grippe intestinale.

Ted grogna. La dernière chose qu'il voulait, c'était d'attraper une grippe intestinale.

— Faites en sorte que le personnel désinfecte l'endroit avant que nous ne l'attrapions tous.

— Oui, monsieur.

Elle lui apporta son café et soutint son regard.

— Avec crème et sans sucre.

Elle le posa sur la table à côté de lui. Mon Dieu qu'elle était jolie. Des yeux gris et des cheveux blonds. Une silhouette svelte avec de longs doigts élégants.

— Merci. Je n'ai pas saisi votre nom ?

Il l'observa rouler des fesses sous son uniforme tandis qu'elle retournait au chariot.

— Rachel, monsieur. Voulez-vous du gâteau ? À la carotte ou au chocolat ?

— À la carotte, s'il vous plaît.

Il prit sa tasse et but une gorgée. Il se demanda s'il oserait faire des avances à cette femme. Son épouse était partie rendre visite à sa mère et le reste de la famille n'était pas encore rentré pour les vacances. Il but une nouvelle gorgée de café et l'observa. Elle lui coupa une grosse part de gâteau qu'elle posa sur une petite assiette en porcelaine. Il était peut-être préférable d'attendre. Ce pourrait être une croqueuse de diamants ou une femme qui lui attirerait des ennuis. Mieux valait se renseigner sur elle avant de tremper son biscuit.

— Depuis combien de temps travaillez-vous ici, Rachel ?

— Oh, vraiment pas longtemps, monsieur.

— Appelez-moi Ted.

Un large sourire se dessina sur ses traits. Elle s'approcha et posa le gâteau à côté de lui sur la table.

Il but davantage de café et sentit la fatigue l'envahir. Il avait eu une grosse journée. Il n'avait pas beaucoup dormi cette semaine-là.

— Tout va bien, Ted ?

La bonne s'accroupit à ses pieds.

Le front du vice-président se couvrit de sueur. Ses mains se mirent à trembler, et elle lui retira la tasse des mains, la posant sur la table basse.

— Peut-être que j'ai attrapé cette satanée grippe.

Il avait du mal à articuler. Ses paupières devenaient lourdes.

— Il vaudrait mieux appeler le médecin.

Elle plaça sa main sur son front.

— Oh, je pense que vous avez juste besoin de vous reposer un peu, Ted.

C'était un petit bout de femme audacieuse. Mais il ferma les yeux malgré tous ses efforts.

— Voilà ce qui arrive quand on commence à se mêler de

ce qu'il ne faut pas, Ted, avec les compliments du projet Gateway.

Le projet Gateway ? Il n'existait plus ! Ses membres avaient été dispersés comme des cafards sous le soleil mexicain. Il y avait veillé lui-même. À moins que… Son cœur s'emballa. Il battait si fort et si vite qu'on aurait pu croire qu'il courait. Quelqu'un n'en avait pas fini. Quelqu'un jouait encore les justiciers. *Contre lui…* Une douleur fulgurante lui traversa la poitrine, et il s'agrippa à son col, les yeux exorbités.

— Un médecin. Appelez un médecin…

Il se leva de son fauteuil. La femme de ménage fit un pas de côté et il s'écrasa sur le tapis persan. Il roula sur le dos alors que son souffle devenait rauque et faible. Ses mains s'agrippèrent au tapis. Ses veines gonflaient douloureusement alors que son sang bouillonnait.

— À l'aide. Aidez-moi, je vous en supplie.

Ses yeux gris et froids l'évaluèrent.

— Vous devriez vous estimer chanceux que ce soit du poison et non une balle, M. le vice-président. Pensez à tous ces gens qui sont morts juste pour que vous puissiez déclencher une autre guerre.

Pas provoquer une guerre – protéger son peuple, voulut-il rétorquer. Mais sa langue refusait de coopérer. La douleur dans sa poitrine était si intense qu'il avait l'impression qu'on lui arrachait le cœur.

— Dormez maintenant, dit la femme calmement.

Elle lui serra la main, le réconfortant. La belle meurtrière avec son gâteau à la carotte et son café. La dernière chose qu'il vit fut ses yeux gris et son joli visage. Un ange, un bel ange de la mort.

JED EMERGEA LENTEMENT, dans un brouillard de fatigue et de confusion. Mais une chose était claire dans son esprit.

— Vivi.

Il sentait des mouvements autour du lit, qu'il ne parvenait pas à discerner à cause de la lumière vive. Quand il y vit enfin moins trouble, il se retrouva nez à nez avec la version brune de la femme qu'il aimait. Rien de tel que de se faire tirer dessus pour clarifier ses sentiments.

— Ça va ? demanda-t-il.

Elle acquiesça. Jed saisit son bras alors qu'elle se penchait sur lui. Il ne lui laissa pas le temps de réfléchir, lui prit la tête entre les mains et l'embrassa sur les lèvres, lui communiquant dans ce baiser tout ce qu'il ressentait pour elle. Elle resta raide pendant un instant, mais il tient bon, refusant de s'arrêter jusqu'à ce qu'elle lui rende enfin son baiser.

— On dirait que le FBI a finalement réussi à faire quelque chose de bien.

Jed reconnut la voix. *Killion.*

— Ce n'est pas le FBI, ce sont les gènes des Brennan.

Son frère, Liam.

Il s'écarta de Vivi à contrecœur. Avec la dose de morphine qu'on lui avait administrée, il ne ressentait pas la douleur.

— Je suppose que nous avons un peu trop de public pour aller plus loin ?

Il lui fit un clin d'œil et elle secoua la tête, exaspérée.

Quelqu'un toussota.

— Quelles vacances !

Merde, son patron, Frazer. Super.

— Il s'est jeté devant le président, le défendit Vivi.

Il fit une grimace.

— Je me suis jeté devant toi et Michael, Vivi. Le président a juste eu de la chance de s'être trouvé sur ma trajectoire.

— Ne lui dites pas ça, dit Frazer en haussant les sourcils tout en s'approchant du lit. Je pense que vous allez avoir une augmentation, et les chances que je puisse vous virer sont nulles.

Son sourire s'atténua, mais la lumière dans ses yeux laissait entendre combien il s'était inquiété.

— Je suppose que je vais m'en sortir ? demanda Jed.

Ils hochèrent tous la tête.

— Jusqu'à ce que je te botte le cul pour être parti, marmonna Liam sombrement.

Jed l'ignora.

— J'ai perdu un organe vital ?

Il avait atrocement mal au dos.

— Une balle s'est coincée dans vos côtes, à l'arrière. L'autre a traversé votre poumon droit, mais n'a touché aucun organe majeur.

— Donc votre bite ne craint rien.

Killion adressa à Vivi un sourire d'excuse.

Jed essaya de s'asseoir, et ils se ruèrent tous sur lui. La douleur le terrassa, mais il fut surtout touché de voir qu'ils se souciaient de lui. Vivi lui donna la télécommande et il redressa le matelas.

— Le danger est écarté ?

Frazer sortit son téléphone portable et lui montra une photo de deux petites filles.

— Nous pensons que Pilah Rasheed a été poussée à agir par la menace qui pesait sur ses enfants.

Et merde. Elle avait essayé de sauver ses enfants en sacrifiant ceux des autres ?

— C'était donc *ça* le but ultime. Pas l'attaque du centre commercial, mais la tentative d'assassinat du président, dit Jed.

— Parce que le président vient traditionnellement rendre visite aux victimes d'un incident majeur à l'hôpital, acquiesça Frazer.

Vivi s'assit sur le lit à côté de Jed et lui prit la main. Elle portait un t-shirt noir et un jean. Ainsi que des chaussures de course. La terreur qu'il avait ressentie à l'idée de la perdre lui avait permis d'y voir plus clair, et il savait maintenant exactement ce qu'il voulait. Elle. Eux.

— Mais ils ont échoué. Le président est toujours en vie, déclara Liam.

Frazer et Killion échangèrent un regard avec lui. Parce que les auteurs n'avaient peut-être pas échoué. Le pays était désormais en état d'alerte et particulièrement hostile envers les nations arabes. Peut-être avaient-ils obtenu exactement ce qu'ils voulaient.

— Je ne comprends pas. Qui aurait eu le plus à gagner si Hague s'était fait tuer ? demanda Liam.

— Pas la Syrie. Les États-Unis largueraient une bombe sur Damas si nous pensions qu'ils avaient assassiné notre président. L'Iran aussi, d'ailleurs.

Les pièces du puzzle commençaient à s'imbriquer.

— Un pays a appelé l'Occident à faire preuve de plus d'agressivité envers la Syrie et les autres nations arabes, dit Vivi à voix basse.

Le téléphone de Frazer sonna et il prit l'appel.

— Un pays entouré par des ennemies ayant juré de l'anéantir.

Liam les regardait attentivement.

— Et qui prendrait la relève s'il arrivait quelque chose au président Hague ? fit Vivi.

Le vice-président était juif et s'opposait vigoureusement à la Syrie, à l'Iran et aux autres pays du même genre. Si les Israéliens parvenaient à l'amener au pouvoir, ils seraient bien plus tranquilles en cas d'action militaire dans la région. De plus, ils pourraient déclencher une guerre si les États-Unis croyaient que c'était la Syrie qui les avait attaqués, ce qui signifiait qu'Israël pourrait regarder ses ennemis se détruire. Sans lever le petit doigt.

— Nous devons mettre fin à cette conversation.

Frazer interrompit brusquement son appel téléphonique.

— Le vice-président Burger vient d'être retrouvé mort chez lui. Ça ressemble à une crise cardiaque, mais le médecin légiste va faire une autopsie dès que possible.

Ils échangèrent tous des regards incrédules.

— Je dois y aller. J'ai un briefing avec le président.

Les antidouleurs de Jed s'estompaient et il était impatient de pouvoir parler seul à seul avec Vivi avant d'avoir besoin d'une nouvelle dose, qui l'assommerait probablement immédiatement.

— Avez-vous attrapé l'homme qui nous a attaqués dans le chalet ? demanda Vivi à son patron.

Frazer secoua la tête.

— L'ADN et les empreintes digitales ne sont dans aucun système. Mais nous avons bien arrêté un officier de la police locale qui fournissait des informations aux terroristes. Maintenant que Sargon est mort, il va être plus difficile de comprendre ses motivations et qui l'a vraiment engagé.

Frazer récupéra son manteau et adressa un sourire à Jed.

— Heureux de vous voir en vie, Brennan. Prenez quelques

semaines de congé. Pour de vrai cette fois-ci.

Jed examina son corps immobile. Il n'aurait peut-être pas vraiment le choix.

— Je pourrais vous prendre au mot.

Les hommes quittèrent la pièce et Vivi s'attarda, ne sachant pas si elle devait s'en aller ou non.

Il tendit la main et elle avança lentement la sienne.

— Où est Michael ?

— Ta mère et ton père l'ont emmené à l'hôtel pour qu'il se change. Ensuite ils vont revenir te voir.

Il l'attira vers lui.

— Je me suis trompé, Vivi. En vous écartant, je pensais que vous seriez plus en sécurité. Mais je me suis trompé. Je suis désolé.

Ses yeux bleus à l'air grave s'emplirent de quelque chose qui ressemblait beaucoup à de l'amour.

— Tu pensais ce que tu m'as dit au téléphone ? demanda-t-il.

Cela semblait remonter à une centaine de jours à présent.

Elle se détourna, la tête baissée.

— Je sais que je l'ai dit trop vite. C'était assez fou, mais je voulais avoir le courage de le dire à voix haute.

— Tu le pensais vraiment ?

Elle rit et cligna rapidement des yeux.

— Je n'ai jamais été aussi sincère.

— Je pensais ce que j'ai dit après m'être fait tirer dessus, Vivi. J'ai trouvé ma famille. Je ne savais même pas que j'en voulais une avant de vous rencontrer, toi et Michael. Je t'aime. Je l'aime. Je sais que j'ai été lent à répondre au téléphone, mais j'étais sous le choc. Je ne m'attendais pas à ce que tu me fasses confiance après tout ce que je vous ai fait subir. Après que je vous ai tant déçus. C'était un honneur et je ne m'en sentais pas digne.

Il l'attira vers lui, pour que son front touche le sien.

— Tu penses qu'ils me trouveraient une place au bureau de Fargo ?

— Tu ne peux pas quitter ton travail pour nous, Jed…

— Mon travail actuel n'est pas vraiment compatible avec une vie de famille.

— Tu parles à une mère célibataire et à un garçon sans père.

Ses yeux brillaient d'une lueur mi-triste, mi-amusée.

— Tout le temps qu'on passera avec toi sera un bonus, mais crois-moi, on peut se débrouiller seuls.

Elle eut un sourire ironique.

— Je ne veux pas que tu changes de travail. C'est important et tu es doué pour ça.

— Je ne sais pas comment tu sais ça, vu que…

Elle posa son doigt sur les lèvres de Jed. Ce contact était agréable, mais il aurait préféré sentir ses lèvres sur les siennes. Malheureusement, il commençait vraiment à souffrir.

— Écoute-moi. Je peux travailler n'importe où. Alors si tu veux nous laisser une chance d'explorer ce qui se passe entre nous et de voir comment les choses évoluent, Michael et moi on pourrait passer un peu de temps avec toi. Il commence à communiquer.

Ses yeux étincelaient.

— Il a tapé quelques mots et il produit des sons. Je vais voir si je peux trouver des orthophonistes pour l'aider.

— Facilitons-lui la tâche.

Il soutint son regard.

— Je vais rester avec toi pendant que je me rétablis – ou on pourrait tous aller au chalet.

Elle déglutit péniblement.

— J'aimerais bien. Les deux me tentent.

Ses yeux scrutèrent son visage. Elle hésitait.

— Je ne veux pas précipiter les choses et faire une erreur, mais…

— Mais cela ne ressemble pas à une erreur, fit Jed, terminant sa phrase.

— Voilà.

La porte s'ouvrit sur Michael et les parents de Jed. Les sourires soulagés sur leurs visages révélaient à quel point ils s'étaient inquiétés. Sa mère semblait avoir pleuré.

Pour un homme qui était marié à son travail et qui voyait rarement sa famille, il savait que sa vie allait changer radicalement. Il serra la main de Michael.

— Veille sur eux jusqu'à ce que je sorte d'ici, d'accord, Mikey ? Demain ça devrait être bon.

Ils tiquèrent tous, mais il avait déjà pris une autre dose de morphine, car la douleur était si intense qu'il craignait de commencer à gémir. Vivi se pencha pour l'embrasser doucement sur les lèvres. C'était la femme la plus belle et la plus résistante qu'il ait jamais rencontrée. Il était impatient de quitter cet endroit et de commencer le reste de leur vie ensemble. Sa vision commença à se brouiller et Vivi lui serra la main.

— Ne m'abandonne pas, murmura-t-il à travers le brouillard croissant.

— Je ne t'abandonnerai pas.

— C'est promis ?

— C'est promis.

Il entendit le sourire dans sa voix, mais ses paupières étaient trop lourdes pour qu'il les soulève. Au moins, cette fois, il savait ce qu'il trouverait à son réveil.

ÉPILOGUE

Le 23 décembre. Onze jours plus tard.

L'AGENT SPECIAL ADJOINT responsable Lincoln Frazer venait de voir un homme qu'il savait être un traître et un meurtrier enterré avec tous les honneurs militaires au cimetière d'Arlington. Le vice-président Ted Burger n'avait pas seulement planifié une attaque terroriste contre son propre peuple sur son sol, y compris une tentative d'attentat contre le président, il avait également été une figure de proue du projet Gateway, une importante organisation de justiciers. Le fait qu'à peine quelques semaines auparavant, Frazer ait accepté de dissimuler l'existence de l'organisation sur ordre du vice-président, plutôt que de risquer la destruction du Département des sciences du comportement du FBI, lui donnait des reflux gastriques. Il devait vivre avec ses choix, mais cela ne signifiait pas qu'il devait les aimer.

Officiellement, le Vice-président était mort d'un infarctus. En réalité, il avait ingéré une infime quantité de batracho-toxine, qui avait été étalée sur le rebord de sa tasse de café. Cela l'avait tué en quelques minutes. Personne n'avait rien vu.

Frazer se consolait en se disant que les croyances reli-gieuses de l'homme avaient dû passer après les considérations politiques. Comme l'âme de cet homme était déjà damnée, Frazer doutait que cela ait beaucoup d'importance dans tous les cas.

Il se tenait dans le bureau ovale de la Maison-Blanche, plein de solennité, et non sans un certain malaise, entouré de cartes de Noël et de décorations souhaitant joie et bonheur. Ces vœux n'avaient jamais été aussi précaires.

— Que savons-nous de la femme qui a administré le poison ?

Le président Hague s'assit derrière son bureau poli et le regarda par-dessus ses lunettes demi-cerclées. Joshua Hague était un économiste, et non un tacticien militaire. Il avait joué un rôle essentiel dans la reprise de l'économie américaine. Il venait juste de réaliser qu'être président des États-Unis impliquait bien plus que de tenir le chéquier.

— C'est une tueuse professionnelle. Nous ne connaissons pas son nom et nous n'avons pas de photographies nettes de son visage, mais j'ai déjà vu son travail. Elle est très versée poisons.

— Une idée de qui l'a engagée ?

Frazer se redressa.

— Non, Monsieur le Président. Il est possible qu'elle ait agi seule.

Il avait obtenu un entretien privé avec le président, privilège rare, et ce dont ils discutaient n'était connu que d'une poignée de personnes. Pourtant, il ne pouvait pas révéler toute la vérité sans mettre des vies en danger, des vies de gens bien, des gens qui avaient les meilleures chances d'attraper cette femme.

— Suis-je en danger ? demanda le président.

Frazer hésita.

— Elle semble seulement tuer des gens qui ont aussi commis des meurtres, monsieur.

Il se demandait si cela le mettait sur sa liste. Elle pouvait difficilement lui jeter la pierre au vu des circonstances.

— En tant que président des États-Unis, beaucoup sont d'avis que je commets des meurtres tous les jours.

Hague fixa les papiers sur son bureau, manifestement mal à l'aise avec certaines des récentes décisions qu'il avait été contraint de prendre.

— Je pense qu'après tout ce qui s'est passé, vous devez être très attentif à votre sécurité, Monsieur le Président. Pour l'instant, je ne sais pas qui l'a engagée ou si elle fait cavalier seul. La sécurité de la Maison-Blanche est excellente, mais tant qu'elle n'a pas été arrêtée, il serait sage de faire preuve de prudence en toutes choses. Mais je ne pense pas que vous soyez une cible.

Hague acquiesça d'un signe de tête réfléchi.

— Êtes-vous sûr que le FBI a retrouvé toutes les personnes impliquées dans les attaques terroristes au Minnesota ?

— Tous les terroristes directement impliqués dans la fusillade du centre commercial sont morts. Tout comme les hommes qui ont attaqué la planque – on a sorti un type d'une benne à ordures avec une balle de son propre pistolet dans le crâne. Nous avons un flic local qui a été soudoyé, mais selon nos interrogateurs, il ne sait pas qui tirait les ficelles. Abdullah Mulhadre ne parle pas et ne parlera jamais.

Ce qui soulevait des problèmes majeurs avec la Syrie, car l'homme disposait d'une immunité diplomatique.

— Nous n'avons jamais attrapé l'homme qui a attaqué Jed Brennan et Vivi Vincent au chalet.

— Nous devrions libérer Mulhadre, déclara Hague. Quelque chose me dit que son propre peuple va le traiter bien plus mal que nous ne le ferions jamais.

Frazer était d'accord. Il doutait que Mulhadre sache que le complot avait probablement été initié par Israël. Ils n'avaient aucune preuve *concluante*, juste un pistolet Tanfoglio, des données de téléphones portables qu'Alex Parker avait illégalement tracées entre Burger, Al Sahad et Pilah Rasheed, plus le meurtre du vice-président Burger par une justicière connue de leurs services. Heureusement, Frazer avait réussi à persuader le président Hague que, malgré la piste de l'argent qui menait du régime syrien aux terroristes, il ne pensait pas qu'ils étaient responsables de ce qui s'était passé.

La guerre avait été évitée. Pour l'instant. Mais tout le monde était encore en état d'alerte.

Hague s'affaissa sur sa chaise.

— J'ai parlé au Premier ministre israélien. Il m'a assuré que son pays n'avait rien à voir avec l'attaque.

Frazer haussa un sourcil.

— Franchement, il était peu probable qu'il dise autre chose, Monsieur le Président. Nous pensons qu'un membre présumé du Kidon s'est enfui dans les heures qui ont suivi l'attentat contre vous.

Le Kidon était une organisation très secrète au sein du Mossad, déjà furtif, qui aurait commis des assassinats politiques.

— Quelqu'un d'autre communiquait avec Pilah Rasheed. Quelqu'un a enlevé ses enfants des griffes de Sargon Al Sahad juste avant que vous n'ordonniez l'attaque du drone.

Le président fit rouler ses épaules, posa son stylo et se leva.

— J'ai parlé à mes chefs d'état-major.

Les récents événements avaient suscité des émeutes similaires au Printemps arabe, mais cette fois-ci, la colère était dirigée avec acharnement contre les États-Unis.

— Nous renforçons la préparation militaire dans toutes les bases et tous les consulats des pays arabes. Et également dans toute l'Europe. Avec les Russes qui s'en mêlent, nous sommes débordés à un moment où nous voudrions être perçus comme plus forts que jamais.

Il releva les yeux. Son visage était plus marqué qu'il ne l'était onze jours plus tôt, avant la tentative d'assassinat.

— Je ne peux même pas pointer du doigt Israël en ce moment. Si nous les abandonnons, l'Iran y verra une carte blanche pour attaquer et Israël ripostera avec l'arme nucléaire.

Il se tourna pour regarder par les fenêtres. Les lumières de la ville commençaient à s'allumer.

— À quoi espéraient-ils aboutir ?

Il avait l'air vraiment perplexe.

— Eh bien, ils ont réussi à semer le trouble dans toutes les nations arabes, ce qui, je pense, était leur principal objectif.

Frazer s'éclaircit la gorge.

— Et ils ne s'attendaient pas à se faire prendre. Le Kidon a une réputation redoutable.

Le fait que Jed, Vivi et Michael aient survécu… *C'était un miracle.*

Le président acquiesça.

— Je n'ai jamais aimé Burger.

— Mais vous l'avez choisi comme candidat à la vice-présidence ?

Un sourire rapide montra à Frazer l'esprit vif qui se cachait sous le personnage décontracté.

— Je voulais gagner, ASAC Frazer. J'avais besoin de Burger pour ça. Maintenant, je peux choisir quelqu'un que j'admire et avec qui je peux travailler.

Il passa une main dans ses cheveux clairsemés.

— Cet homme m'a rendu service. Je pense qu'il doit se retourner dans sa tombe.

— Une idée de qui vous pourriez choisir ?

Hague pinça les lèvres.

— Je vais demander à Madeleine Florentine.

La gouverneure de Californie était une ardente défenseuse du développement de sources d'énergie alternatives dans le but de mettre un terme à la dépendance de son pays aux combustibles fossiles. Les grandes compagnies pétrolières seraient furieuses, mais du point de vue de la sécurité, Frazer trouvait qu'il s'agissait d'un bon plan à long terme.

— C'est un excellent choix.

— J'aimerais que vous vous renseigniez sur elle avant que je prenne ma décision finale.

Il cligna des paupières.

— Moi, Monsieur ?

Hague soutint le regard de Frazer et hocha la tête.

— Ce sont vos hommes qui ont fait le lien entre Burger et la tentative d'assassinat.

— Nous n'avons pas vraiment de preuves directes, monsieur, lui rappela Frazer. Cela n'aurait probablement pas tenu devant un tribunal. Et quelqu'un d'autre a compris.

— C'est exactement ce que je veux dire.

Les yeux du président Hague brillaient.

— J'apprécierais que vous fassiez quelques vérifications pour vous assurer que je n'engage pas quelqu'un qui pourrait me poignarder dans le dos – littéralement. J'aime mon travail, mais j'espère arriver à la retraite.

— Je ferai de mon mieux, monsieur.

Le président fit un signe de tête abrupt, puis sourit.

— J'ai une surprise pour vous. J'ai invité l'agent spécial

Brennan, Vivi Vincent et son fils à dîner ce soir. J'aimerais que vous vous joigniez à nous.

Frazer consulta sa montre. Il était censé aller à la fête de Noël de l'ambassadeur de Russie, mais on ne laissait pas tomber le président américain pour l'ennemi. De plus, il voulait voir Jed.

— Merci. Cela ne vous dérange pas que je passe un coup de fil ?

L'agent spécial Matt Lazlo le couvrirait. Il habitait à moins d'une heure de là et Frazer lui enverrait une voiture. Il avait même un uniforme tout prêt pour ce genre d'occasions.

Ils avaient tous bien besoin d'une fête de Noël. Puis de quelques jours de congé avant de se remettre à traquer les méchants. Frazer espérait que ces derniers recevraient le mémo et que tout le monde ferait une pause. Il se demandait où la tueuse passerait Noël. Il finirait bien par la retrouver et par l'arrêter, d'une manière ou d'une autre.

J'espère que vous avez aimé l'aventure de Jed et de Vivi. Pour plus de frissons romantiques, découvrez le prochain tome de la série *Le Sommeil des Justes*! Commandez dès aujourd'hui le tome 3, *Entre chien et loup*.

Que se passe-t-il quand un agent du FBI tombe amoureux de la fille de l'espion le plus célèbre de l'histoire des États-Unis ? Découvrez une alchimie explosive dans cette romance à suspense, haletante du début à la fin !

La physicienne Scarlett Stone est la fille de l'espion russe le plus célèbre de l'histoire du FBI. Son père agonise en prison et le temps presse. Sous une fausse identité, elle accède à la fête de Noël de l'ambassade russe, où elle se met en quête de preuves pour innocenter son père.

Ancien membre de la marine, aujourd'hui agent spécial du FBI, Matt Lazlo est tout de suite attiré par Scarlett, mais lorsqu'il découvre qu'elle lui a menti sur son identité, il entreprend de la traquer avec l'efficacité implacable qu'il réserve en temps normal aux tueurs en série.

Non seulement le plan de Scarlett échoue, mais elle s'est fait des ennemis, et ils sont du genre à répondre à la curiosité indésirable par une extrême brutalité. Le FBI se serait bien passé de cette histoire, et Matt le premier. Mais alors que les agents impliqués dans l'enquête sur le père de Scarlett commencent à mourir et que les recherches s'intensifient autour d'elle, Matt et ses collègues se posent de plus en plus de questions. Y aurait-il un traître dans leurs rangs ?

— JE NE le sens pas, glissa Scarlett Stone à sa meilleure amie de toujours, Angelina LeMay.

— Ils ne savent pas qui tu es, répondit Angel en lui tapotant le bras. Détends-toi et profite, pour une fois. Je n'arrive pas à croire que tu sois venue, mais j'apprécie vraiment.

Son amie n'aurait pas été aussi compréhensive si elle avait su ce que Scarlett cachait dans sa culotte. Elle prit une gorgée de champagne. C'était une idée stupide. Pour qui se prenait-elle : James Bond ?

Elle sentit la peur s'insinuer en elle à cette idée. Trop proche de chez elle. Trop réel.

Mais ce n'était pas de l'espionnage de secrets d'État. Elle enquêtait sur une vieille affaire, cherchant à faire éclater la vérité avant qu'il ne soit trop tard. Personne ne voulait l'aider. Dieu sait qu'elle les avait tous suppliés au fil des ans et qu'ils avaient tous refusé. Maintenant, c'était à elle de jouer.

La salle de réception où l'ambassadeur de Russie aux États-Unis organisait sa fête de Noël annuelle avait des airs de palais, avec ses plafonds étonnamment hauts, ses murs blancs glacés incrustés de dorures et deux énormes lustres brillants comme une galaxie de petites étoiles. Un piano à queue sur le côté égrenait doucement ses notes en arrière-plan. Les senteurs subtiles du pin mêlées aux parfums et aux épices du vin chaud avaient un côté écœurant, mais créaient une atmosphère étrangement nostalgique. L'endroit était bondé. Le sentiment d'opulence, le poids de l'histoire étaient stupéfiants.

Jusqu'en 1994, la résidence avait abrité l'ambassade de Russie et été le théâtre de la folle histoire des luttes de pouvoir secrètes. Plutôt approprié au vu des circonstances. Son père lui avait raconté qu'à l'époque, le KGB opérait à partir de deux caravanes dans l'arrière-cour, à l'ombre de l'immense bâtiment du Washington Post. Elle ne savait pas où se trouvait l'équivalent moderne du KGB, le SVR, et elle espérait ne jamais le savoir.

Les parents d'Angel – son père était le député Adam Le-May – avaient reçu une invitation pour la fête de Noël de ce soir-là, mais n'avaient pas voulu y assister. Angel avait supplié Scarlett de se faire passer pour sa sœur, partie explorer le désert de Mojave. Étant donné que le nouvel ambassadeur était Andrei Anatoly Dorokhov, Scarlett n'avait pas pu refuser, même si son plan était dangereux et désespéré. Elle n'avait pas le choix.

Elle prit une nouvelle gorgée de champagne. Elle avait besoin d'un petit remontant, peut-être même d'un calmant.

— Scar, ne regarde pas tout de suite, fit Angel à voix basse, manquant de s'étouffer, mais je crois que mon futur mari vient de passer la porte.

Angel LeMay tombait régulièrement amoureuse.

— J'espère que vous serez très heureux ensemble, dit Scarlett sans se retourner.

Son amie s'éventa de sa main libre.

— Tenue de gala de la marine et large ceinture dorée. Je suis amoureuse.

— Je croyais que tu te mariais seulement pour l'argent ? la taquina Scarlett.

Angel sourit, faisant ressortir ses fossettes.

— Je suis prête à faire une exception pour un héros de guerre, et aussi bien, il est plein aux as.

Angel avait beau être sa meilleure amie, Scarlett voyait tout de même ses défauts. Ses parents cédaient à ses moindres caprices. Elle *travaillait* au Capitole dans le bureau de son père, faisant Dieu sait quoi. Elle répondait probablement au courrier à en croire leur présence ce soir-là. Scarlett se disait que seule une atrophie du cerveau pouvait expliquer les goûts désastreux d'Angel en matière d'hommes. Non pas que les siens soient vraiment meilleurs. Elle ne sortait qu'avec des rats de laboratoire et des universitaires, et « sortir » était un bien grand mot. « Partager un café entre deux expériences » était probablement plus exact.

Par-dessus l'épaule d'Angel, Scarlett vit un homme portant un smoking noir se diriger vers elles. Son regard intense et charbonneux ne quitta pas les fesses de son amie. Angel portait une petite robe noire. « Petite » était le mot. Peu d'hommes étaient capables de lui résister, et rares étaient ceux qui essayaient. Il leva les yeux et surprit Scarlett en train de le regarder. Une fossette apparut sur sa joue et ses yeux d'ébène s'illuminèrent. Il ne manifestait aucun remords qu'elle l'ait surpris à reluquer les fesses de son amie. Il dégageait un sentiment de légitimité : s'il voulait regarder, personne ne l'en empêcherait. Sûr de lui et puissant. Il devait avoir une petite trentaine d'années. Avec son beau visage, ce devait être un vrai tombeur.

Il s'approcha et se présenta.

— Bienvenue chez l'ambassadeur de Russie aux États-Unis. Permettez-moi de vous dire que c'est un plaisir d'accueillir de si belles jeunes femmes. Je m'appelle Sergio Raminski et je suis l'assistant personnel de l'ambassadeur.

Ses *W* ressemblaient vaguement à des *V*, mais à part cela, son accent était impeccable.

Il ressemblait plus à un garde du corps qu'à un assistant personnel, mais elle était peut-être paranoïaque. En fait, il n'y avait pas de *peut-être*. Un frisson d'inquiétude vint balayer sa peau. Si quelqu'un correspondait au profil de l'agent de renseignements étranger, c'était bien Raminski.

Selon son père, certains membres du personnel de l'ambassade étaient en fait des agents du Kremlin, de la même manière que certains Américains à Moscou faisaient plus que tamponner des passeports. Angel déclina son identité avant de présenter Scarlett comme sa sœur, Sarah. Scarlett et son look ringard étaient passés entre les mains d'une pro. Angel adorait la relooker à la moindre occasion, et ce depuis la maternelle. Sarah et elle se ressemblaient vaguement à présent qu'Angel lui avait appliqué une couche de maquillage et lui avait tiré les cheveux en arrière. Scarlett avait emprunté une robe argentée sans bretelles qui brillait à la lueur des bougies. Elle avait un jupon en filet et des doubles couches de soie froncée qui voltigeaient autour de ses genoux. Avec ses talons de 10 cm, elle arrivait presque au menton de la plupart des hommes de la pièce.

Sergio fit d'abord un baisemain à Angel, puis à Scarlett. Lorsqu'elle voulut retirer sa main, il la surprit en la gardant pendant un moment. Son rythme cardiaque s'accéléra, mais pas pour les bonnes raisons. Elle sentit le rouge lui monter aux joues et retira sa main fermement.

— Votre père n'a pas pu venir ? demanda Sergio.

Scarlett resta bouche bée.

Angel intervint.

— Après l'enterrement du vice-président aujourd'hui, il s'est senti un peu mal. Il vous présente ses excuses.

Scarlett ravala le nœud qui s'était formé dans sa gorge. Son père était la véritable raison de sa présence en ces lieux.

— Rien de grave, j'espère ?

Ses yeux noirs brillaient d'intérêt.

La mise en garde de son père lui revint à l'esprit.

Les informations internes, aussi triviales qu'elles puissent paraître, intéressent toujours les agents russes.

— Juste quelque chose qu'il a mangé au déjeuner.

Angel sourit. Elle était passée maître dans l'art de mentir et de manipuler les gens pour obtenir ce qu'elle voulait. À la lueur dure qu'elle voyait dans ses yeux, Scarlett aurait parié que Raminski était encore plus doué.

— Vous avez de la chance de ne pas être tous malades.

Raminski arbora un sourire plus chaleureux.

— Je serais passé à côté de la meilleure partie de la soirée : rencontrer deux jeunes femmes aussi charmantes.

Gloups.

Ce n'étaient pas seulement les répliques mièvres de Raminski qui la mettaient mal à l'aise. Elle était sur le point de faire quelque chose qui pourrait conduire à son arrestation. Cette idée lui donnait des maux d'estomac. *C'est une occasion unique,* se rappela-t-elle. Et même inespérée. Le destin. Un heureux hasard. Saisir l'occasion. *Quel est le pire qui puisse arriver ?*

Ils pourraient l'enfermer et jeter la clé.

Et merde.

Elle prit une nouvelle rasade de champagne.

Angel, qui avait le flirt dans le sang, adressa à l'homme un sourire électrisant et passa ses mains sur son ventre concave, comme s'il fallait attirer davantage l'attention sur sa silhouette de déesse.

— Je voulais rentrer dans ma robe ce soir, alors j'ai été sage au déjeuner.

L'expression de ses yeux suggérait qu'elle n'était pas sage

en temps normal.

— Vos efforts sont très appréciés, Mlle LeMay.

Raminski inclina la tête avec courtoisie vers Angel, puis vers Scarlett.

Il n'était *vraiment* pas son genre. Elle aimait les hommes qui appréciaient le cerveau d'une femme au moins autant que son corps. Pas les beaux mecs musclés qui ne voulaient qu'une partie de jambes en l'air torride, moite et abrutissante.

Ce serait bien de revoir tes critères, se plaignit une voix intérieure.

Puis elle eut le déclic. *C'était* sa chance. Angel et Sergio Raminski étaient tous deux distraits, occupés à flirter. Elle n'avait besoin que de dix minutes seule.

— En fait, dit-elle en touchant son propre ventre, je ne me sens pas très bien. Si vous voulez bien m'excuser un instant, je dois aller aux toilettes.

Elle recula d'un pas et heurta le coude de quelqu'un derrière elle.

— *Mer…* credi, dit une voix masculine grave.

Elle fit volte-face et se retrouva nez à nez avec le futur mari d'Angel. Elle le reconnut, car elle venait de renverser du champagne sur sa tenue de gala.

— Je suis vraiment désolée.

Elle prit une serviette en tissu blanc à un serveur qui passait et tamponna la chemise blanche et la ceinture dorée de l'homme.

— Je suis vraiment nulle.

— Ce n'est pas la première chose qui me vient à l'esprit en vous voyant.

Son expression la prit au dépourvu. Il la regardait avec une admiration très masculine. Elle cligna des yeux. Il lui prit la serviette des mains et elle ressentit un frisson très éloigné du dégoût.

Cet homme était… eh bien… il était magnifique. Et sexy. Assez grand pour qu'elle doive lever la tête, même en portant ces talons ridicules. Il avait des cheveux courts façon militaire, d'un blond foncé, qui brillaient sous les lustres. Un visage maigre, une mâchoire ferme, des yeux noisette clair qui affichaient un amusement évident que sa bouche tentait de réprimer. Elle résista à l'envie de s'éventer comme Angel l'avait fait plus tôt. Ses yeux descendirent sur ses larges épaules et sa poitrine débordant de médailles qui la tirèrent de son examen minutieux. C'était un héros américain. Il n'était pas fait pour les femmes comme elle.

Sergio Raminski tenta d'intervenir.

— Laissez-moi vous aider.

— Ça ira, merci.

L'homme leva la main fermement comme pour éloigner le Russe.

Captain America rencontre le Prince des Ténèbres.

— Je ne suis pas un grand fan de champagne, de toute façon.

— Vous allez être tout collant, fit Scarlett avec une grimace d'excuse.

— Sarah LeMay !

Angel éclata d'un rire sonore et grivois, et Scarlett devint rouge de honte.

Elle ouvrit la bouche pour insister sur le fait qu'il n'y avait pas de double sens, puis la referma. L'étincelle dans le regard du marin s'intensifia et le rictus de Raminski devint un véritable sourire. Elle roula des yeux. *Formidable.* Tout simplement génial.

— Si vous souhaitez vous débarbouiller, je peux vous emmener dans une des suites réservées aux invités, ou…

Raminski pencha la tête sur le côté et bascula vers une hospitalité onctueuse.

— Mlle LeMay allait justement aux toilettes. Peut-être pouvez-vous y aller ensemble ?

L'Américain soutint le regard de l'homme si longtemps que Scarlett commença à se sentir mal à l'aise. Puis il se tourna vers elle et lui tendit le coude dans un geste courtois.

— Bien sûr, laissez-moi vous escorter. Nous pouvons nous perdre ensemble.

— Je sais qui j'aimerais perdre, murmura-t-elle doucement en jetant un coup d'œil à Raminski alors qu'ils s'éloignaient.

Le marin lui adressa un sourire. La dernière chose qu'elle voulait, c'était d'une escorte, surtout celle que les gens remarquent avec une belle allure et des médailles scintillantes, mais elle avait besoin de sortir de là, et faire des histoires attirerait trop l'attention. Scarlett Stone aurait pu s'enfuir et se cacher, mais les filles du député avaient été élevées dans l'opulence et les privilèges. Elles s'attendaient à être traitées comme des princesses mondaines. Dans le couloir, un serveur leur indiqua un long couloir faiblement éclairé. D'après les plans qu'elle avait étudiés, c'était là qu'elle devait aller.

Ses talons claquaient sur le parquet, ses pas résonnant bruyamment dans le calme relatif du couloir vide. Il se déplaçait en silence, mais elle était pleinement consciente de l'homme à ses côtés – sa taille, son apparence et son corps chaud à côté du sien. Ils s'arrêtèrent lorsqu'ils atteignirent les toilettes des hommes et elle dégagea rapidement son bras.

— Je suis vraiment désolée pour le champagne.

— Ce sont des choses qui arrivent, fit-il en haussant les

épaules et en lui tendant la main. Matt Lazlo.

Elle serra sa main à la peau chaude et sèche. Sa poigne était ferme, mais sans chercher à l'écraser. Elle faillit donner son vrai nom, l'espace d'un instant, avant de se souvenir de qui elle était censée être.

— Sarah LeMay. Je suis ici avec ma… sœur, Angel.

Elle ne pouvait pas soutenir son regard, mais elle pouvait difficilement lui avouer la vérité juste parce qu'il avait de beaux yeux et qu'il portait bien l'uniforme. Quel piètre agent secret elle aurait fait auquel cas ! Elle résista à l'envie de lever les yeux au ciel.

Les lèvres de l'homme se resserrent et son expression devint sérieuse.

— Je suis désolée qu'ils vous aient mis mal à l'aise là-bas.

Elle le regarda d'un air étonné. Elle avait passé sa vie à être mal à l'aise et peu de gens l'avaient remarqué. Elle frotta ses bras nus pour faire disparaître sa chair de poule.

— Ne vous en faites pas. C'est de ma faute si vous vous êtes retrouvé recouvert de champagne. J'ai tendance à être maladroite, sauf au travail.

Ses mains étaient alors aussi fiables que des lasers et il fallait qu'elles le soient.

— Que faites-vous comme métier ?

Et merde.

— Oh, rien de très important, dit-elle vaguement.

Sarah travaillait pour une agence de publicité, mais Scarlett ne voulait pas s'étendre sur les mensonges qu'elle avait déjà racontés et, dans ces circonstances, elle pouvait difficilement lui dire qu'elle était experte en physique des solides.

— Jolies boucles d'oreilles.

Il désigna l'une des boucles d'oreilles pendantes et étincelantes qu'Angel lui avait prêtées. Scarlett la toucha timidement, n'ayant pas l'habitude de porter quoi que ce soit de tape-à-l'œil.

Elle désigna ses médailles.

— Assez impressionnantes aussi. Je vois que vous avez servi notre pays dignement.

Ces mots la mettaient mal à l'aise, non pas parce qu'elle n'était pas sincère, mais parce que s'il savait qui elle était vraiment, il ne voudrait pas de son admiration. À cette pensée, elle baissa les épaules, se renfermant un peu sur elle-même. L'Amérique pensait que sa famille abritait le nec plus ultra des traîtres, prêt à vous poignarder dans le dos. À moins qu'elle ne parvienne à prouver le contraire, les choses ne changeraient pas.

Elle remarqua deux petits trous sur sa veste d'uniforme. Une autre décoration avait dû s'y trouver. Elle tendit la main et passa les doigts sur le bord rugueux du tissu.

— Qu'est-ce que vous aviez là ?

Elle leva les yeux vers lui et vit ses pupilles s'agrandir sous l'effet de la surprise.

— Rien.

Elle retira sa main.

— Alors, pourquoi l'avoir enlevée ?

Un côté de sa bouche se retroussa. Mon Dieu qu'il était beau.

— Enlevé quoi ?

Elle lut toute son intelligence dans ses yeux noisette. Ils devinrent soudain un million de fois plus séduisants, lui envoyant comme une décharge électrique. Le moment était vraiment mal choisi pour commencer la moindre relation – mais n'était-ce pas là l'histoire de sa vie ? Elle fit machine arrière.

L'idée de ce qu'elle allait faire balayait le plaisir de rencontrer un homme aux yeux magnifiques et au sens de l'humour aiguisé.

— Je suppose que je ferais mieux de me dépêcher et de retourner voir Angel.

Il fit une grimace, visiblement aussi désireux qu'elle de retourner à la fête.

— Pourquoi êtes-vous venu ce soir ? demanda Scarlett, soudainement curieuse.

— Un ordre direct de mon patron. Et vous ?

Il se tenait debout, les jambes écartées, la regardant comme s'il avait tout le temps du monde.

Elle n'avait pas tout le temps du monde – elle n'avait que ce bref moment pour essayer de réparer une terrible erreur. Cela risquait même de ne pas suffire.

— Mes parents m'ont forcée à venir, lui dit-elle.

Ce n'était pas vraiment un mensonge.

Ils se tenaient là, à se regarder dans les yeux, et Scarlett faillit oublier de respirer. C'était l'un de ces rares moments où l'on rencontre quelqu'un et où l'on aimerait passer la nuit entière à apprendre à mieux le connaître. Elle rompit finalement la connexion. Cela ne pourrait jamais fonctionner. Elle s'éloigna et se dirigea vers les toilettes des dames. Lorsqu'elle se retourna, Matt Lazlo avait disparu.

Ce n'était pas l'homme qu'il lui fallait, même si elle aurait préféré qu'il en soit autrement. Son uniforme aurait dû être un avertissement suffisant.

La citation préférée du père de Scarlett était « Le prix de la liberté est la vigilance éternelle », mais il avait tout de même fini dans une prison de haute sécurité où il purgeait de multiples peines à vie pour trahison. Scarlett s'apprêtait à franchir un cap en matière de vigilance. Elle risquait gros si elle se faisait prendre.

En arrivant aux toilettes, elle tint la porte à une femme qui sortait. Depuis sa semi-cachette derrière la grande porte en chêne, elle repéra l'ambassadeur russe sortant d'une pièce située de l'autre côté du couloir, une pièce qui, selon ses recherches, était son bureau. Elle avait déjà vu son visage sur des photos officielles – des cheveux blonds hirsutes et un front anguleux. Il était petit, trapu, mais il dégageait une beauté brutale et puissante. Quatorze ans plus tôt, il occupait le poste d'attaché diplomatique ici même à Washington. Il était retourné à Moscou peu avant l'arrestation de son père.

Simple coïncidence ? Scarlett n'y croyait pas.

Son père s'était toujours méfié d'Andrei Dorokhov, mais il n'avait trouvé aucune preuve concrète d'espionnage contre lui. Il avait dû devenir trop dangereux et le Russe avait trouvé un moyen de le piéger – Scarlett espérait découvrir comment, afin de blanchir son père.

L'ambassadeur lissa sa somptueuse veste blanche et arpenta le couloir à grandes enjambées. Un autre homme sortit à sa suite, partant dans la direction opposée. Scarlett observa la porte du bureau qui se refermait lentement. Son plan était de placer son appareil dans un placard à balais qui partageait un mur avec le bureau de Dorokhov. La technologie devrait suffire à capter les conversations, mais ce n'était pas l'idéal. Profitant de l'occasion, elle se précipita dans le couloir, retint la porte juste avant qu'elle ne se ferme et se glissa dans le bureau, fermant doucement derrière elle.

Il faisait sombre et elle alluma le plafonnier pour s'assurer qu'il n'y avait personne d'autre dans la pièce. Il était plus facile de feindre l'innocence dans les premières secondes que de fouiner et de trouver quelqu'un assis dans le noir, qui l'aurait observée commettre un crime. La pièce était belle, avec son opulence d'antan. Une cheminée de marbre surmontée d'un grand miroir au cadre doré constituait le point central de la pièce, et de lourds rideaux de velours rouge l'isolaient du reste du monde. Un bureau massif en bois sombre, au fini satiné, reposait sur sa droite.

Si elle se faisait prendre, elle ne savait pas ce qu'ils lui feraient, mais ce ne serait pas beau à voir.

Elle repéra sur le bureau une lampe en laiton ouvragée parfaite pour ses besoins. Elle releva sa jupe et fouilla dans sa culotte, en retirant un petit sac en plastique. Elle coucha soigneusement la lampe sur le bureau et sortit son petit tournevis extensible du sac. C'était délicat, mais il ne lui fallut que quelques secondes pour retirer le socle de la lampe et regarder à l'intérieur.

Une vague d'horreur glacée déferla sur ses épaules nues et le long de sa colonne vertébrale. À l'intérieur de la lampe se trouvait un autre dispositif d'écoute électronique. Un modèle sophistiqué. Ce n'était pas un vestige de la Guerre froide. *Bordel de merde.* Elle aurait voulu crier, mais elle serra les lèvres. Sa peau se couvrit de sueur et ses paumes devinrent moites. Quelqu'un espionnait déjà Andrei Dorokhov, ou son prédécesseur. Et quelqu'un pourrait la surveiller en ce moment même.

Ce n'est pas possible.

Elle ferma les paupières très fort. Puis elle se ressaisit. C'était bien réel, et elle devait sortir de là. Rapidement.

Elle remonta la lampe et effaça ses empreintes en toute hâte. Il était fort probable que celui qui espionnait les Russes vienne de la voir tenter de faire la même chose. Ou peut-être n'avaient-ils que le son ? *Faites qu'ils n'aient que le son.*

Elle fourra le petit sac en plastique avec son matériel dans son corset, et éteignit la lumière avant d'ouvrir la porte de quelques millimètres. Comme il n'y avait personne en vue, elle traversa rapidement le couloir et se glissa dans les toilettes. Elle jeta l'émetteur dans la cuvette et le tournevis à la poubelle.

Elle avait laissé passer sa chance. Peut-être n'avait-elle jamais vraiment existé – peut-être était-ce juste un autre espoir fragile de maintenir l'illusion en vie. Elle appuya son front contre la porte en bois des toilettes alors que son cœur martelait sa cage thoracique. L'adrénaline lui donnait le vertige. Sa peau était moite. Son corps alternait entre le chaud et le froid, sa réaction passant de la panique au désespoir. Il fallait qu'elle sorte de là. Elle n'arrivait pas à croire qu'elle ait été si stupide et naïve. Elle pensait pouvoir le faire, mais c'était peut-être de cette façon que son père avait été piégé. La stupidité et la naïveté devaient être de famille, tout comme la crédulité et la malchance.

Commandez dès aujourd'hui, Entre chien et loup.

DEFINITIONS UTILES DE QUELQUES ACRONYMES UTILISES DANS LES LIVRES DE TONI

PG : procureur général

ASAC (Assistant Special-Agent-in-Charge) : agent spécial adjoint responsable

ATF (Alcohol, Tobacco, and Firearms) : alcool, tabac et armes à feu

DSC : département des sciences du comportement

BOLO (Be On the Look-Out) : avis de recherche

BUCAR (Bureau, Car) : voiture du FBI

CIRG (Critical Incident Response Group) : groupe de réaction aux incidents critiques

CMU (Crisis Management Unit) : cellule de gestion de crise

CN (Crisis Negotiator) : négociateur de crise

CNU (Crisis Negotiation Unit) : cellule de négociation de crise

CODIS (Combined DNA Index System) : banque de données qui répertorie les profils ADN

PC : poste de commandement

DEA (Drug Enforcement Administration) : administration pour le contrôle des drogues

DDN : date de naissance

DOJ (Department of Justice) : département de la Justice

EMT (Emergency Medical Technician) : urgentiste

ERT (Evidence Response Team) : (police) scientifique

FOA (First-Office Assignment) : première affectation

FBI (Federal Bureau of Investigation) : bureau fédéral d'enquête

FO (Field Office) : bureau régional

IC (Incident Commander) : commandant des interventions

HRT (Hostage Rescue Team) : équipe de libération d'otages

HT (Hostage-Taker) : preneur d'otages

LAPD (Los Angeles Police Department) : département de police de Los Angeles

LEO (Law Enforcement Officer) : agent des forces de l'ordre

ML : médecin légiste

MO : mode opératoire

NAT (New Agent Trainee) : nouvel agent stagiaire

NCAVC (National Center for Analysis of Violent Crime) : centre national pour l'analyse des crimes violents

NCIC (National Crime Information Center) : centre national d'information sur la criminalité

NYFO (New York Field Office) : bureau local de New York

CO : crime organisé

OCU (Organized Crime Unit) : unité de lutte contre le crime organisé

OPR (Office of Professional Responsibility) : bureau de la responsabilité professionnelle

POTUS (President of the United States) : président des États-Unis

RA (Resident Agency) : agence locale

SA (Special Agent) : agent spécial

SAC (Special Agent-in-Charge) : agent spécial en charge

SAS (Special Air Squadron) : forces spéciales aériennes

SIOC (Strategic Information & Operations) : informations et opérations stratégiques

SSA (Supervisory Special Agent) : agent spécial superviseur

SWAT (Special Weapons and Tactics) : armes et tactiques spéciales

TC (Tactical Commander) : tacticien

TOD (Time of Death) : heure du décès

UNSUB (Unknown Subject) : sujet inconnu, suspect

ViCAP (Violent Criminal Apprehension Program) : programme d'arrestation pour actes criminels violents

WFO (Washington Field Office) : bureau régional de Washington

REMERCIEMENTS

Comme toujours, un grand merci à ma formidable partenaire critique de lecture Kathy Altman qui a embarqué dans cette aventure avec moi il y a plus d'une décennie.

Merci aussi à Diane Garo et Valentin Translation pour la version française.

DECOUVREZ L'UNIVERS DE LA SERIE COLD JUSTICE (EN ANGLAIS)

COLD JUSTICE

A Cold Dark Place (tome #1) Téléchargement gratuit

Cold Pursuit (tome #2)

Cold Light of Day (tome #3)

Cold Fear (tome #4)

Cold In The Shadows (tome #5)

Cold Hearted (tome #6)

Cold Secrets (tome #7)

Cold Malice (tome #8)

A Cold Dark Promise (tome #9 ~ nouvelle de mariage)

Cold Blooded (tome #10)

COLD JUSTICE – CROSSFIRE

Cold & Deadly (tome #1)

Colder Than Sin (tome #2)

Cold Wicked Lies (tome #3)

La série *Cold Justice* en anglais est également disponible en audiolivres interprétés par Eric Dove, et dans de nombreuses collections et coffrets.

Surveillez les nouvelles parutions de Toni sur son site web (www.toniandersonauthor.com/books).

À PROPOS DE L'AUTEURE

Toni Anderson est une auteure de best-sellers classés par le *New York Times* et *USA Today*, finaliste de RITA®, accro aux sciences, touriste professionnelle, amoureuse des chiens, jardinière et maman. Originaire d'une petite ville d'Angleterre, Toni a étudié la biologie marine à l'Université de Liverpool (B.Sc.) et l'Université de St. Andrews (Ph.D.) avec l'intention de ne jamais s'éloigner de l'océan. Jusqu'à ce que ce plan vole en éclats et qu'elle atterrisse dans les prairies canadiennes avec son mari, professeur de biologie, deux enfants, un chien rescapé et un gecko léopard nonchalant. Ses plus belles réussites sont d'avoir compris le fonctionnement du métro de Tokyo, gravi le mont Ben Lomond, plongé dans la Grande Barrière de corail et survécu à de nombreux hivers à Winnipeg. Elle adore voyager à des fins de recherche et elle a eu la chance de visiter le centre des opérations et de l'information stratégique au quartier général du FBI à Washington en 2016. Elle a également réussi l'exploit notoire de déclencher une sortie de route lors de sa formation en course-poursuite à l'académie de police pour écrivains, dans le Wisconsin. Chaud devant, le monde, j'arrive !

Inscrivez-vous à la newsletter de Toni Anderson en anglais :
www.toniandersonauthor.com/newsletter-signup

Suivez Toni Anderson sur Facebook :
facebook.com/toniannanderson

Découvrez la bibliographie de Toni Anderson :
www.toniandersonauthor.com/books-2

Suivez Toni Anderson sur Instagram :
instagram.com/toni_anderson_author